*A vida e a morte
de Kitty Karr*

A VIDA E A MORTE DE KITTY KARR

CRYSTAL SMITH PAUL

Tradução Débora Isidoro

astral
cultural

Copyright © 2023 Crystal Smith Paul
Esta edição foi publicada em acordo com Henry Holt and Company e Agência Riff.
Tradução para Língua Portuguesa © 2024 Débora Isidoro
Todos os direitos reservados à Astral Cultural e protegidos pela Lei 9.610, de 19.2.1998.
É proibida a reprodução total ou parcial sem a expressa anuência da editora.

Editora
Natália Ortega

Editora de arte
Tâmizi Ribeiro

Coordenação editorial
Brendha Rodrigues

Produção editorial
Manu Lima e Thais Taldivo

Preparação de texto
João Rodrigues

Revisão de texto
Alexandre Magalhães, Dayhara Martins e Fernanda Costa

Design da capa
Gregg Kulick

Imagem de capa
© Image Source / Getty Images e Adobe Stock

Foto da autora
© Matthew Schmidt

Dados Internacionais de Catalogação na Publicação (CIP)
Angélica Ilacqua CRB-8/7057

P345v

    Paul, Crystal Smith
      A vida e morte de Kitty Karr / Crystal Smith Paul ; tradução de Débora Isidoro. -- São Paulo, SP : Astral Cultural, 2024.
    448 p.

    ISBN 978-65-5566-546-8
    Título original: Did you hear about Kitty Karr?

    1. Ficção norte-americana I. Título II. Isidoro, Débora

24-3577   CDD 813

Índice para catálogo sistemático:
1. Ficção norte-americana

BAURU
Rua Joaquim Anacleto
Bueno 1-42
Jardim Contorno
CEP: 17047-281
Telefone: (14) 3879-3877

SÃO PAULO
Rua Augusta, 101
Sala 1812, 18º andar
Consolação
CEP: 01305-000
Telefone: (11) 3048-2900

E-mail: contato@astralcultural.com.br

Para Mamie Helen, Nellie Gray e Mary Magdalene.

Metade do trabalho feito no mundo é para fazer as coisas parecerem o que não são.
— E. R. Beadle

CAPÍTULO 1
Elise

MANHÃ DE SÁBADO, 28 DE OUTUBRO DE 2017

Elise nunca dormia, e não era a única. O pai dela estava trancado em seu abrigo musical. A mãe andava de um lado para o outro, escondida no fundo do labirinto, mas de vez em quando Elise conseguia ouvi-la chutando o cascalho. Situado a alguns passos da varanda dos fundos da propriedade dos St. John, o labirinto era construído de sebes verdes e frondosas e de roseiras cuja altura e circunferência aumentavam à medida que penetravam mais no labirinto.

Estava nublado, e a única iluminação era proveniente dos raios da roda-gigante. Ela ficava lá embaixo, no quarto nível da propriedade, por isso só metade de sua estrutura era visível da casa. Tratava-se de um presente, dado para sua mãe mais de duas décadas antes, oferecido por um diretor francês que a cortejava para um filme do qual, no fim, ela não aceitou participar. A mãe achava a roda-gigante feia, mas a mantinha lá pelo bem da situação. Os visitantes a comparavam a um filtro dos sonhos gigante, o que era apropriado, considerando que o quê e quem estava por trás de sua presença refletiam os desejos coletados, embora programados, de muita gente. Era um símbolo de fama, um clube a que todos queriam ter acesso — uma divisão entre deuses e mortais. Em cima do Poleiro, Elise se sentia divina, de alguma forma.

Não tendo sido feita para sentar-se, a plataforma de madeira de quarenta centímetros quadrados ficava abaixo do telhado da casa onde

Elise cresceu. Suspensa no meio da copa de galhos grossos da figueira, ficava escondida de quem estava no chão, mas oferecia uma vista aérea encantadora do terreno de quatro níveis e de toda Los Angeles sob a colina em que se localizava a propriedade dos St. John. Naquela semana, esse era o refúgio de Elise.

Sequestrada já havia uma semana, Elise agora percebia que seu estresse aumentava com a iminente chegada das irmãs. A proximidade física forçaria a intimidade que só uma infância compartilhada poderia proporcionar. Tudo havia mudado do dia para a noite, e ela não sabia como fingir com elas que isso não tinha acontecido. Elise não tinha dificuldade para representar emoções que não sentia, mas não era capaz de mostrar o que de fato sentia.

Ela ficou no Poleiro até o despertador tocar, às seis da manhã, para lembrá-la de fazer atividade física, indispensável para o controle de sua ansiedade. Naquela manhã, Elise terminou o treino de uma hora cheia e ainda se sentia agitada.

Estava sentada do lado de fora, no único degrau diante da porta da frente, à espera, quando Andy Davis, seu motorista e guarda-costas durante os últimos cinco anos, chegou com sua assessora de imprensa e melhor amiga desde a pré-escola, Rebecca Owens.

— Bom dia! — Rebecca deu a ela um copo do Starbucks.

Elise fez uma careta contrariada e o colocou no suporte entre elas.

— Você sabe que eu odeio Starbucks.

— Desculpa, não tivemos tempo para ir buscar o latte de lavanda que você prefere.

— Aposto que teve tempo para fazer chamada de vídeo com Gabe. — O namorado de longa data de Rebecca estava em turnê pela Europa com uma das maiores bandas de rock do mundo.

— O meu relacionamento vai ser o assunto dos nossos últimos meses?

— Foi só uma constatação dos fatos. — Elise percebeu o olhar de Andy pelo retrovisor enquanto passavam pelos portões de ferro de seis metros de altura da propriedade. Apropriados para um castelo, eram adornados com gravações complexas de pássaros e árvores.

Na rua principal, os paparazzi, que em geral esperavam no enclave do lado de fora dos portões de Bel Air, avistaram Andy e entraram na van para começar a perseguição.

Rebecca apontou para eles, passando as unhas pintadas de prata no cabelo vermelho espesso. As pessoas a paravam todos os dias para elogiar a vibração da cor.

— As câmeras serão agressivas. As primeiras fotos podem ultrapassar os duzentos mil dólares. Alguma outra pessoa deveria ir buscar Giovanni e Noele no aeroporto.

— Andy não é o motorista da família inteira — respondeu Elise.

— Até mesmo para buscá-la... talvez faça sentido trocar de motorista por um tempo.

— Eu não pretendo ultrapassar os limites do portão. Não vamos alimentar essa chama.

O celular de Rebecca começou a vibrar.

— Não... não vamos. — Ela baixou o tom enquanto lia a mensagem.

— É a *Vogue*?

— Minha mãe. Vou ligar para ela depois da reunião. — Rebecca e a mãe, Alison, comandavam uma das mais respeitadas agências de representação de celebridades da indústria. Elas representavam toda a família St. John.

— Teve notícias deles?

Rebecca lhe deu uma olhada.

— É claro, eles querem que você fale sobre Kitty.

— Eu nem saberia o que dizer.

— Uma coisa de cada vez — avisou Rebecca quando passaram pela segurança na entrada do Looking Glass Studios.

Elise respirou fundo.

— Estou me sentindo como se tivessem me chamado na diretoria.

Elise e Rebecca entraram na sala de reuniões do estúdio com movimentos sincronizados de pés e braços. Assustadas ao se depararem com a mesa de dezesseis lugares cheia, elas não hesitaram em ocupar as duas últimas cadeiras restantes. Todos os executivos por trás da *Drag On* sentavam-se com suas canecas de café e canetas esferográficas, prontos para colocar sua estrelinha do cinema, Elise St. John, na linha. Elise sentou-se à ponta, de frente para o chefe do estúdio, Tom. Rebecca, à direita dela.

— Elise, que bom te ver, querida. — Tom deslizou a borracha do lápis pelo copo de vidro, como se tivesse uma lista escrita ali. — O que acha de fevereiro para o casamento?

— Isso é daqui a três meses.

— Se você quisesse, poderíamos fazer o casamento amanhã. — Susie, sua agente, estava sentada ao meio da mesa, à direita de Elise.

— Mas não vamos — interferiu Rebecca. Era evidente que ouvia tudo isso pela primeira vez.

Susie a ignorou e olhou para Tom.

— O quando não é tão importante quanto o efeito nas manchetes.

Ela era duas décadas mais velha que Elise e Rebecca, e nunca se mostrou muito impressionada com a assessora, cuja amiga de infância foi sua primeira e única cliente pelos últimos dez anos.

Tom gesticulou com as mãos.

— "Elise e Aaron vão se casar logo depois de seu filme indicado ao Oscar", esperamos, "vencer o prêmio". Boas notícias sempre ajudam uma bilheteria.

Elise queria dizer o quanto isso era idiota, mas, em vez disso, respondeu:

— Está bem.

Concordar era um sacrifício, mas, com dez anos como atriz e quinhentos milhões de dólares em bilheterias entre suas conquistas, Elise não era dona da própria vida havia anos. Às vezes, o controle emocional necessário para esconder a infelicidade beirava o masoquismo.

— Achamos que isso vai ajudar. — Tom falava depressa, surpreso com a concordância imediata dela. — Ninguém nem sequer está falando de vocês dois. Vocês costumavam ser o casal queridinho da cidade.

Quando se conheceram, Aaron Oliver ainda teria seu momento sob os holofotes. Namorar Elise foi a chave para ele conseguir *aquele* papel, e o relacionamento entre os dois ganhou fama. Nos três anos seguintes, eles haviam contracenado como protagonistas duas vezes. Elise e Aaron tinham uma casa modesta (de quatro quartos) atrás de um portão deslizante em West Hollywood e estavam noivos havia um ano.

— Não passava um dia sem que vocês dois fossem vistos se beijando. — Tom moveu a boca como se fosse dizer *caliente*, mas, em vez disso, só estendeu as mãos para manter o diálogo aberto.

— Tem muita exposição desse tipo no filme, as pessoas podem ver quantas vezes quiserem — respondeu Elise.

Rebecca lembrou todo mundo da capa da *Vogue* de fevereiro.

— Vai ser divulgada no início de janeiro, e demos exclusividade à revista. A entrevista vai acontecer na sexta-feira.

— Isso é só alguns dias antes do anúncio da indicação ao Oscar — comentou Susie.

— Suavizar as coisas agora é crucial — opinou Tom.

— Certo. — Rebecca suspirou. — Vamos ficar felizes em tentar. Ser indicada e ganhar o Oscar é nosso objetivo. — Elise tinha troféus Golden Popcorn e Viewer's Choice, mas um Oscar seria crucial para sua carreira.

— Agradecemos por isso, mas Elise e Aaron juntos, como uma unidade, foram relacionados como um fator importante para o marketing dessa coisa. A gente precisa garantir esses benefícios. — Tom empurrou a cadeira para longe da mesa e cruzou as pernas. Os dedos de seus pés, visíveis nos Birkenstocks gastos, pareciam *nunca* ter visto uma gota de hidratante. — Estamos nos preparando para a divulgação na imprensa europeia, então escolha uma data e compartilhe-a na semana que vem.

Elise ergueu os punhos no ar.

— Cinco dias antes do lançamento!

Alguns executivos aplaudiram, o que foi suficiente para Tom. Ele levantou os pés no ar.

— Bom trabalho, pessoal! — E saiu antes que alguém pudesse dizer obrigado.

— Agora a internet vai fervilhar com hipóteses sobre o meu casamento, quando devia estar bombando com notícias sobre meu filme — reclamou Elise no carro.

— Melhor do que falar sobre Kitty — respondeu Rebecca.

— Algo que eles evitaram, embora tenha sido esse o verdadeiro motivo para convocarem a reunião.

— Verdade. — Rebecca voltou ao celular.

— Foi desrespeitoso da parte deles fingir ignorar o assunto. Podiam ter ao menos oferecido as condolências.

— Ninguém sabe como lidar com isso — disse Rebecca.

A morte de Kitty Karr Tate, de oitenta e um anos, tinha dominado os noticiários naquela semana. Não era tarefa fácil competir com políticos, e a pausa nos comentários sobre os tuítes presidenciais atestavam a importância do legado de Kitty. Ela era um ícone estadunidense, ganhadora do Oscar, escritora, estrela da televisão e filantropa. As homenagens eram numerosas, seus filmes e o programa de TV, que esteve no ar durante mais de uma década, chegaram ao topo das vendas digitais.

Com os elogios vieram as teorias a respeito de sua vida misteriosa e das circunstâncias de sua morte. Kitty se tornou uma lenda urbana póstuma, uma caricatura da Sunset Boulevard que, de acordo com os boatos, havia cometido suicídio após anos de isolamento. Kitty desistiu de atuar aos cinquenta e poucos anos e, com exceção de algumas raras aparições públicas, não era fotografada havia mais de vinte.

O público criou muitas teorias da conspiração depois do vazamento da notícia sobre Kitty ter deixado toda sua fortuna — cerca de seiscentos milhões de dólares — para Elise e suas irmãs, Giovanni e Noele. Na verdade, o valor se aproximava de um bilhão; as estimativas estavam erradas porque os documentos vazados listavam apenas os bens pessoais de Kitty. Sua propriedade também incluía a herança dos pais de seu falecido marido *e* as ações do estúdio, os royalties *e* os imóveis do marido.

Os St. John deram uma declaração pedindo privacidade, mas o interesse pela família famosa por ser discreta só se quadruplicou.

O mundo batia na tecla da única questão que abria buracos de curiosidade na cabeça de todos: por que o ícone da Hollywood Branca havia deixado sua fortuna para as filhas negras (sendo "negras" a palavra-chave aqui) de sua coprotagonista em uma *sitcom* lançada há quase cinquenta anos? Algumas pessoas logo de cara expressaram essa dúvida, e as redes sociais se tornaram um caldeirão de comentários racistas; era a histeria causada por Meghan Markle multiplicada por três. Por esse motivo, nenhuma das irmãs acessava a internet havia dias.

Elas não sabiam o que fariam com o dinheiro e, sim — obrigada, internet! —, todas sabiam que não precisavam dele. Cada uma das filhas era multimilionária de berço.

— Então, sabia que minha avó vem para a homenagem póstuma de Kitty? — perguntou Rebecca.

A pedido de Kitty, os St. John organizaram uma homenagem e um leilão privado que aconteceria na noite seguinte na casa deles.

Elise balançou a cabeça em negativa.

— Eu te falei, Sarah assumiu a lista de convidados. — Usar o primeiro nome da mãe demonstrava a frustração de Elise.

— Kitty a convidou. Ela recebeu um dos primeiros cartões. Não é engraçado?

Kitty havia escrito vinte e cinco convites para a própria homenagem póstuma e deixado com a advogada, para que os enviasse apenas após sua morte.

Elise olhou para ela naquele momento.

— Por que engraçado? Sua avó devia frequentar os mesmos círculos que Kitty.

— Engraçado ela nunca ter contado para nenhuma de nós, até agora. Minha avó me falou que conheceu Kitty quando atuava.

— Então pronto, é isso. — Elise abriu a porta do carro assim que ele parou em frente à casa. — Avise à *Vogue* que vou me ater ao casamento e ao filme.

Elise parou à porta da cozinha, surpresa ao ver que as irmãs já tinham chegado. A bagagem entulhava todo o espaço, e elas comiam de uma bandeja de charcutaria em cima da ilha. Giovanni, feliz por ter saído do frio do Canadá, vestia short jeans e um cropped violeta de costas abertas e tecido felpudo que exibia sua pele de ébano. Noele usava um conjunto de moletom azul-royal, mais adequado ao clima inconstante de outubro em LA.

Sarah falava e enfatizava cada palavra com as mãos. Estava acordada havia quase vinte e quatro horas, e Elise conseguia identificar o ritmo de sua mania, embora, para as irmãs, era provável que parecesse entusiasmo.

Fazia quatro anos desde a última vez que toda a família St. John tinha se reunido. Dias depois da formatura de Noele na NYU, Giovanni, a filha do meio, se mudou para Toronto para filmar o programa que se tornou um sucesso da AMC. Os pais delas, que enfrentavam uma batalha no casamento, se mudaram para Paris naquele mês de dezembro, o que concedeu a Elise a separação da família e o crescimento profissional. Três ou quatro dos cinco se reuniam de meses em meses, ou durante as festas de fim de ano, em algum evento ou quando as obrigações de trabalho convergiam, mas a formatura de Noele na faculdade tinha transformado a propriedade St. John em um verdadeiro ninho vazio, e todos, menos Elise, haviam se espalhado.

Um ano atrás, as irmãs prometeram que todas voltariam para casa para comemorar o trigésimo aniversário da lendária festa à fantasia de Halloween dos pais. Tratava-se da ocasião que todas elas mais amavam e, por isso, era quase como se Kitty tivesse planejado morrer agora, sabendo que os vizinhos, os St. John, estariam todos reunidos.

Sentindo a chegada das lágrimas, Elise saiu da porta da cozinha e andou pelo caminho de acesso até o quintal. A neblina estava baixa e densa, então ela tirou os sapatos de salto antes de descer ao terceiro nível do terreno e atravessar a horta que escondia o estúdio de seu pai.

Embora tivesse sido construído para parecer um galpão de jardinagem, o estúdio tinha uma porta de aço à prova de balas. Ela digitou a senha no painel, entrou e encontrou o pai tocando uma bateria eletrônica.

— Suas filhas chegaram.

James não levantou a cabeça.

— Minhas filhas, é?

A cabeça careca dele era marrom como uma castanha e brilhava com suavidade sob a luz forte acima da bancada de trabalho. Ele apontou para a bateria eletrônica.

— Estou trabalhando.

James era produtor e tocava catorze instrumentos; compunha, fazia arranjos musicais e tinha uma amplitude vocal que ia de Maxwell a Barry White. O amor pelo blues, jazz e os clássicos tornava sua música complexa e variada, mas, de algum jeito, atemporal.

Elise se jogou no sofá, olhando para o autorretrato do pai que estava pendurado na parede. Pintado a partir de uma foto dele em Zuma Beach quando ainda usava barba, a tela celebrava seus primeiros dias vivendo em Los Angeles como um músico remunerado. Ele ainda continuaria dormindo no chão do apartamento de um amigo por pelo menos mais um ano, mas aquela foi a primeira vez que percebeu que podia (mesmo sendo um homem negro) ganhar dinheiro fazendo o que amava.

Ele foi se juntar à filha, coçando a sombra de barba grisalha.

— Como foi a reunião?

— Eles nem tocaram no nome dela.

— Não sei por que esperava que fosse ser diferente.

— Até para a mamãe, parece que a morte de Kitty é uma nota de rodapé. Ela só se importa com estarmos todos aqui.

— Isso para ela é felicidade. E para mim também.

— É só que... A mamãe prefere falar de qualquer outra coisa.

— Kitty não ia querer que ficássemos de chororô. Vai ter tempo de sobra para isso amanhã à noite.

Elise revirou os olhos.

— Mamãe mudou tudo.

— Vai dar tudo certo, meu bem, prometo.

— Acha que eu deveria falar com a *Vogue* sobre Kitty?

— Se Kitty não quisesse um espetáculo, ela não teria deixado o dinheiro para vocês.

— Isso não é muito a cara dela.

— Sei que você a idolatrava, mas garanto que ela era humana.

— Eu sei disso. — Elise fez um biquinho, ressentida com a verdade óbvia de não ter conhecido Kitty tão bem quanto imaginava.

— Existem tantos lados da verdade quanto pessoas contando a história.

— Quantos lados você acha que existem?

— Meu bem, não sei. Kitty teve uma vida longa. Conheceu muita gente.

Ela o observava com os olhos semicerrados, sentindo que o pai sabia mais do que admitia.

Ele riu e se apoiou no braço do sofá para levantar-se.

— Vamos ver meus outros bebês. Além disso, também acho que está na hora de uns drinques.

Elise o deixou se safar por ficar do lado da mãe dela, sabendo que o pai nunca deixaria de ser leal à esposa, por ninguém.

— Bem-vindas ao lar, meninas. — James entrou na sala de jantar com os braços estendidos para abraços.

Giovanni e Noele correram ao encontro dele. James era um homem de um metro e noventa, e as duas se encaixaram perfeitamente embaixo de seu queixo.

— Você está linda — comentou Giovanni ao abraçar Elise. — Quero dizer, com tudo o que está acontecendo, ainda parece descansada.

Giovanni era a cara da mãe delas, seu clone em beleza e talento. A opinião geral a apontava como a mais bonita das três irmãs, com um corpo curvilíneo desejado pelas capas de todas as revistas masculinas estadunidenses. Giovanni também tinha conhecimento disso; estava sempre pronta para ser fotografada pelos paparazzi. Mesmo naquele momento, ela estava completamente maquiada.

O estúdio teve sorte em ver Elise com um protetor solar com cor no rosto. Das três, a dela era a beleza mais incomum, com olhos que iam do azul-escuro ao cinza, dependendo do humor. Havia semanas que eles exibiam um cinza-metálico, desanimados pela vida.

— Eu não me *sinto* descansada.

Noele a abraçou em seguida.

— Que saudade de você.

Seu cheiro era doce, como a coloração âmbar e mel de sua pele. Apesar da variação nos tons de pele, Elise e Noele eram as que mais se pareciam entre as três. Misturas perfeitas dos melhores traços dos pais, elas tinham os olhos grandes e afastados do pai; o arco do cupido nos lábios, que era marca registrada da mãe; e cabelo castanho-escuro dela, que, sob o sol, ganhava uma tonalidade avermelhada em algumas partes. Elise beijou o rosto da irmã e bagunçou seu cabelo. Ela costumava alisar o cabelo com chapinha, mas Noele preferia o dela natural e volumoso.

— Como vai Aaron? — perguntou Sarah a Elise enquanto segurava a taça vazia para mais uma mimosa. — Uma pena ele não ter podido se juntar a nós.

Aquele não era um lamento sincero. A mãe estava perguntando quando iria vê-lo.

— Ele está filmando, mãe.

— Está tudo bem? — quis saber Sarah, notando seu tom de voz.

Elise pegou pão, salmão e vegetais para fazer um sanduíche.

— Está, sim. — Então lançou um olhar para James com cara de "eu falei". A mãe sempre presumia que qualquer problema com ela estava relacionado a Aaron. Nas atuais circunstâncias, isso era tão irritante quanto ofensivo. Ela entregou à mãe a taça cheia. — Quer mais alguma coisa?

Sarah fez que não com a cabeça.

— Tomei um café da manhã completo hoje. — A família esperou, sabendo que ela listaria os detalhes. — Meia caneca de aveia com um fio de calda de bordo e três morangos.

— Poxa, três? — reagiu Noele. — Deixa um pouco para os outros.

— Mãe, é quase meio-dia.

Sarah voltou ao assunto de seu interesse.

— O que o estúdio queria discutir?

Elise suspirou, torcendo para a mãe entender o sinal de que não queria conversar.

— A turnê de divulgação europeia. — Ela pegou alguns pedaços de brownie, depois se serviu de um dedo de uísque, antes de escolher a cadeira do outro lado do pai.

— Estão perguntando sobre Kitty? — Giovanni tentava soar casual enquanto falava, mas Elise sabia que ela estava perguntando para o benefício da mãe.

— Ainda não.

Sarah gesticulou ao redor da sala, capaz de acomodar cem pessoas em pé.

— Não é bonito aqui a essa hora do dia?

Era mesmo. Os cristais no lustre de três camadas, suspenso a quatro metros de altura, refletiam arco-íris nas paredes brancas que os cercavam como se estivessem em uma boate. A mãe delas tinha uma beleza etérea, como os arco-íris decorando a sala. Ela era o estereótipo do que se poderia esperar da mais famosa, bonita e celebrada atriz do mundo. Havia estrelado mais de trinta filmes, agraciado a capa da maioria das revistas e somado mais de dez indicações a premiações. Ela exalava excelência pelos poros.

As irmãs de Elise sorriram, como se essa fosse apenas a quarta ou quinta vez que a mãe tinha feito esse comentário.

— Queria que estivéssemos apreciando tudo isso em circunstâncias diferentes — comentou Elise.

James assumiu o comando da situação e, ao redor de um vaso, olhou para Noele.

— Nós podemos ter muito mais tempo em família, se Noele decidir voltar para casa. — Ele piscou para deixar o clima mais leve.

— Pai, eu vou estudar Direito.

Como a guerreira do trio, depois de oito anos em Nova York, Noele se moldou em alguém autoconfiante o suficiente para pensar que sabia quem era. Sendo a mais velha, Elise sabia que não era bem assim, mas poupou os discursos. Se os sorrisos e os jantares compartilhados que postava em seu Instagram privado serviam de indicação, Noele estava satisfeita com a própria vida.

— Meu bem, fico feliz por querer ajudar as pessoas, mas...

— Que possível objeção pode ter a isso, papai? — Noele o interrompeu

— Você tem sorte o bastante de poder comprar o próprio escritório de advocacia e manter uma equipe trabalhando *pro bono*.

— E assim eu teria tempo para retomar as aulas de canto, certo? James olhou para Elise.

— Quem falou alguma coisa sobre ela cantar?

Sem disposição para traduzir, Elise continuou comendo. Por mais que parecesse feliz, Noele se incomodava com esse assunto. Sua voz era mesmo um dom, e Elise, como todo mundo (embora só o pai verbalizasse a opinião), pensava que sua escolha seria um desperdício. Mesmo assim, Elise admirava o comprometimento resoluto com que Noele construía uma vida fora do círculo familiar... embora se perguntasse como os próximos dias poderiam mudar isso.

— Sei o que está pensando — disse Noele.

James riu para a caçula, que se achava a pessoa mais esperta em qualquer ambiente.

— Você está enganada. — Ele apontou o garfo para Noele. — Quer ser advogada? Seja advogada. Desde que você providencie uma boa segurança.

— Eu mal consegui chegar ao aeroporto. — Noele passou o celular pela mesa para que todos vissem.

Ela havia escolhido a Universidade de Nova York em prol do anonimato, o que era relativamente fácil, já que a caçula nunca havia entrado no mundo artístico. Nos primeiros meses, o sobrenome atraiu algum interesse, mas Noele, de certo modo, tinha conseguido viver em anonimato durante anos... até aquela semana, é claro.

— Onde você estava? — perguntou Sarah, intrigada. — Essa vista não é da sua casa.

— Rebecca disse que as primeiras fotos podem alcançar uns duzentos mil dólares — contou Elise.

— Todo mundo precisa comer — comentou James.

— Fique no apartamento — opinou Elise.

Os St. John mantinham uma residência desconhecida no Upper West Side.

— É muito longe do meu emprego — respondeu Noele. — Mas talvez eu já o tenha perdido. — Ela trabalhava com vítimas de violência doméstica, e ser seguida colocava em risco a segurança das vítimas.

— Provavelmente, com toda essa atenção da mídia — concordou Giovanni.

Elise se recostou na cadeira, sentindo o efeito do uísque, e Giovanni começou a falar de negócios, como sempre.

— Então, meu crédito de produtora executiva vem com um novo arco.

Agora em sua terceira temporada, a série de época da AMC havia suspendido limites de raça e gênero e se tornado muito popular. Giovanni, que fazia o papel de uma professora em um colégio interno na cidade de Nova York no início do século XIX, passaria a fazer parte do elenco regular nessa temporada.

— Não que não merecesse há eras, mas que bom para você — disse Noele.

O pai meneou a cabeça para concordar com o segundo comentário.

— É boa a sensação de ter voz.

Aos treze anos, Giovanni já era uma atriz ganhadora de um Oscar, mas aos vinte e oito, não estava nem perto de ter a visibilidade dos outros, que não tinham os mesmos prêmios nem tempo de indústria. Publicamente, ela atribuía a atual condição ao ressentimento contra sua origem e trabalhava com ainda mais afinco; tinha feito aulas de atuação todas as semanas durante anos. Mas a falta de reconhecimento não tinha a ver com seu talento. Em última análise, a questão era "étnica" e, embora Giovanni devesse estar incluída no que parecia ser uma tendência, os diretores de elenco sempre repetiam que ela era "exótica" demais, não parecia uma garota negra *de verdade*.

— Vai ter um interesse amoroso? — perguntou Noele.

— Sim, até que enfim!

— Pensei que ela já tivesse alguma coisa com um dos outros professores. — Giovanni olhou para Elise, que adorou vê-la corar. — Como é o nome dele? — provocou Elise.

A irmã estava saindo com o tal ator na vida real, poucos além de Elise sabiam.

— Quer dizer que é um novo arco na história? — perguntou Sarah.

— O primeiro beijo aconteceu há dois episódios.

— Não consigo acompanhar — confessou Sarah, rindo.

Giovanni parecia magoada, mas só Noele assistia à série da irmã religiosamente.

— Ninguém assiste a tudo que faço — lembrou Elise.

— É uma *novela* — argumentou Giovanni.

Momentos depois, a gargalhada estrondosa de Sarah, provocada pela imitação que Noele fez de Giovanni na série, começou a competir com o estresse de Elise como a causa de uma intensa e atordoante dor de cabeça.

A felicidade da mãe ficou mais alta, e era contagiosa. A alegria de todos enfurecia Elise, que começou a morder um canto do dedo médio da mão direita, um antigo hábito nervoso que fez Sarah censurá-la até parar.

Elise ouviu o aviso, mas só porque, no mesmo instante, Sarah se lembrou de alguma coisa e saiu da sala.

Ela voltou com o que deveria ser sua sobremesa favorita: um bolo de limão cheio de velinhas e confeitado com as palavras BEM-VINDAS AO LAR sobre a cobertura branca. Sarah esperava elogios pelo gesto atencioso. A mesa atendeu às expectativas e, da parte de Elise, o sentimento era sincero. Bolo de limão também era a sobremesa favorita de Kitty.

— À Kitty — disse ela, e ergueu o copo.

James respondeu com um olhar de alerta, mas ela continuou:

— Vocês se lembram de quando ela fez todos aqueles bolos e salgados para a nossa produção de *Alice no país das maravilhas*?

As lembranças iluminaram os olhos das irmãs, mas essa luz foi extinta pela fúria da mãe.

— Aham, e todos os meus pratos de bolo foram quebrados. — O ressentimento de Sarah reverberava nas paredes de arco-íris. — Kitty fez vocês todas marcharem por aquele maldito matagal com toda a minha porcelana boa, como empregadinhas.

CAPÍTULO 2
Elise

TARDE DE SÁBADO, 28 DE OUTUBRO DE 2017

Construída sobre a cozinha e acessível apenas por uma porta que a maioria confundia como sendo de um armário de corredor, a ala sul era o apartamento de quatro dormitórios onde as irmãs passaram a infância.

Depois de um cochilo e um banho, Giovanni e Noele encontraram Elise na saleta do apartamento. Local de muitas festas do pijama e brigas, a sala de estar em seus variados tons de rosa era uma expressão de inocência, de um tempo antes de as irmãs descobrirem os garotos.

Noele sentou-se na poltrona na frente da única janela do cômodo, um vitral octogonal que formava uma rosa vermelha. Giovanni a seguiu, com uma máscara facial de hortelã no rosto.

— O ar do avião prejudica minha pele. — Ela se sentou no chão e se encostou no sofá ao lado de Elise.

— Por que viajou maquiada, então?

Giovanni juntou as mãos no colo e dobrou as pernas sob o corpo.

— Eu não vou a lugar nenhum pelada.

Elise revirou os olhos.

— Você fica mais bonita sem isso.

— Nem todo mundo pode ser naturalmente bonita como você, irmã.

Elas sabiam que não era verdade, mas continuaram brincando, e Elise imitou Dolly Parton em seu filme favorito da década de 1980, *Flores de aço*.

— Ser assim exige esforço.

— Cala a boca.

Noele arregalou os olhos.

— Podemos falar sobre Kitty agora?

— Fiquei preocupada depois do seu brinde — disse Giovanni.

— A mamãe estava empurrando o bolo goela abaixo na gente!

Noele e Giovanni se divertiram lembrando como Sarah cortara fatias enormes de bolo, porções incompatíveis com sua habitual filosofia alimentar.

— Cinco minutos depois que cheguei aqui, ela já estava me atormentando por causa do peso, e aí fica furiosa quando recuso um pedaço de bolo enorme — continuou Noele.

— Não tinha a ver com seu peso, você está ótima — falou Elise. — Ela estava bisbilhotando para saber se é séria essa história entre você e o sei lá o nome dele. — Noele tinha sido fotografada algumas vezes com um cara branco de cabelo comprido, e a família inteira andava curiosa.

— Faz sentido. Ela perguntou se eu estava grávida! Me deu uma inspecionada. — Noele demonstrou como Sarah tinha levantado sua blusa acima do sutiã para analisar sua barriga, depois deu de ombros. — Não estou acostumada com ela sendo tão... enxerida. — Ela dominava a arte de se esquivar de atenção.

— No fundo, a mamãe está com inveja. — Elise sabia, porque *ela* também estava. Noele tinha uma liberdade que nenhuma outra St. John conseguia ter.

— Ela tem comido? — Estresse sempre tirava o apetite da mãe, mas, em alguém que tratava a disciplina alimentar como um exercício militar, qualquer redução no consumo era sempre motivo de preocupação.

— Parece que sim.

— Ela e o papai estão bem? — perguntou Noele.

— Acho que sim, mas eu não moro aqui.

Durante décadas, a união dos pais tinha sido protegida das habituais armadilhas da fama por posicionamentos profissionais quase paralelos; os dois tinham crescido juntos e construído um império. Mas quando James, agora com sessenta anos, enfrentou um declínio criativo cinco anos antes, ele insistiu para que Sarah se aposentasse. No início, ela se recusou, mas, quase um ano depois da resposta negativa, desistiu de um grande filme no meio da produção para salvar o casamento, e eles foram para Paris, onde a criatividade de James voltou com força total.

James começou a trabalhar em seu primeiro álbum em décadas, trazendo outros produtores e músicos para trabalhar com ele. Quando o casal voltou para casa, James saiu em turnê, deixando Sarah sozinha para enfrentar a rejeição da indústria do cinema e ignorando o fato de que seu ultimato tinha causado um dano irreparável à carreira da esposa. Planejar a iminente festa de Halloween foi a única coisa que a tirou da cama de maneira consistente durante o último ano.

Giovanni e Noele trocaram um olhar que parecia fazer referência a alguma conversa anterior entre elas.

— Desculpe por não termos conseguido chegar antes — falou Noele.

— Sabemos o quanto isso tem sido difícil para você. O quanto era próxima de Kitty. — As duas eram novas demais para estabelecer um vínculo com Kitty na infância, como Elise estabeleceu.

— Sendo sincera, não havia muito que vocês poderiam ter feito. Kitty deixou o trabalho para mim. Um de seus muitos últimos desejos. — Elise fez a piadinha para evitar outros detalhes.

— Consegue pensar em algum motivo para ela ter deixado os bens para nós? — perguntou Giovanni.

Elise deu de ombros.

— A gente era o mais próximo que ela tinha de uma família.

— Ninguém deixa tanto dinheiro para quem não é sangue do seu sangue — argumentou Noele.

— Ela dizia que doaria tudo para a caridade...

— É o que deveríamos fazer — sugeriu Noele. — Isso ia tirar as pessoas da nossa cola.

— Ou, se ficarmos com a herança, podemos comprar um escritório de advocacia para Noele! — brincou Giovanni.

— Você vai parar de atuar para cuidar desse escritório de advocacia? — perguntou Elise.

— Eu cuidaria de tudo! — confirmou Noele.

— Você ainda nem se formou.

Giovanni falou por cima das duas:

— Kitty nunca te falou nada sobre isso? Em todo esse tempo?

— Não.

Apesar dos meses que havia passado ao lado da cama dela, Elise compareceu ao escritório do advogado com os pais, as irmãs no viva-voz, e ouviu pela primeira vez os últimos desejos de Kitty. Sarah ficou tão perturbada com tudo, que saiu da reunião.

— O estúdio espera que o anúncio dos planos do casamento consiga ofuscar esse interesse nela, e em nós — confessou Elise.

— Isso é ridículo — disse Noele.

— Entendo a necessidade de deixar o ar à sua volta mais leve. Você fez as pessoas se lembrarem de que é uma pessoa de verdade, não um avatar. Você obliterou a fantasia.

Depois que Colin Kaepernick foi vetado pela NFL por ter se ajoelhado durante o hino nacional para protestar contra a violência direcionada a pessoas negras, Elise fizera uma postagem no Instagram em solidariedade. As pessoas estavam com dificuldade para entender por que ele havia ajoelhado, e Elise quis explicar isso a elas. Ela tinha editado, em um vídeo, filmagens de brutalidade policial contra negros em um período de cinquenta anos usando imagens de telejornais, documentários e filmes estadunidenses, e usado uma trilha sonora de artistas negros de cada década cujas letras também faziam referência ao problema.

A esgarçada trama social estadunidense estava por um fio, prestes a se romper, e Elise sentia que era inadequado ignorar essa realidade e continuar postando conteúdo autogratificante por curtidas. O vídeo resultante tinha menos de um minuto, mas viralizou. O incidente dobrou seu número de seguidores, dividido igualmente entre apoiadores e haters cheios de ódio.

— Agora todo mundo entre Montana e Rhode Island sabe que você é negra. — Giovanni piscou para ela.

Elise se sentia grata pela rara, mas contínua, demonstração de solidariedade da irmã. Eterna advogada do diabo, Giovanni fazia comentários sobre a aparência de Elise que dançavam no limite da adequação, o que às vezes soava como inveja. Elise chegou a esperar que ela fosse a primeira a adverti-la pela postagem e pelas declarações, mas, quando o post viralizou, ela foi a primeira a aparecer com uma DM simples: ACABE COM ELES.

— Para o desespero de Aaron.

— Ele disse isso? — quis saber Noele, chocada.

— Não, mas foi quando ele me disse que "precisava de espaço".

A reação a magoou, mas ela não precisa atuar. Aaron, sim... pelo bem de seu próprio ego e de sua conta bancária. Para continuar a ser visto nos grupos certos, com as pessoas certas, ele teria que se manter neutro. Desde então, Elise se perguntava se essa necessidade havia influenciado, de alguma forma, a atração por sua atual coprotagonista, Maya Langston, cujas origens misturavam um pouco de tudo. Ela mantinha cinco bandeiras na bio do Instagram.

— Além disso, todo mundo na família dele é negro de pele clara. É como se passar no teste do saco de papel pardo fosse um requisito para casamento.

As irmãs acharam isso engraçado, mas era algo que incomodava Elise, que havia sido prejudicada por essa percepção. Embora eles fossem classificados como de pele clara por outros negros, os quais presumiam a existência de brancos em suas origens, Elise e Aaron eram filhos de pai e mãe negros. Elise era mais clara que os pais, as irmãs e a maior parte da extensão de sua família por conta da presença comum de branquitude nas árvores genealógicas de muitos negros estadunidenses, o que resultava em características inesperadas que às vezes simplesmente apareciam. Esses lembretes surgiam em todas as gerações, causando estremecimentos e desencadeando os espaços da raça misturada.

Frequentemente, as pessoas reagiam desapontadas ou confusas quando descobriam que Elise era só negra, e não birracial. Ela sempre começava a explicação com "em algum ponto do caminho", e toda vez que seguia essa linha, o ouvinte desviava o olhar. Eles queriam que ela validasse a tonalidade pudim de banana de sua pele, os olhos claros e o cabelo que crescia feito erva daninha pelas costas, como se essas qualidades não fossem possíveis dentro da raça negra. A escravidão e a violência sexual que a acompanhavam não eram coisas das quais eles queriam ser lembrados.

A indústria do cinema não era sequer educada em relação a isso. Queriam o cabelo de Elise liso e seu corpo magro como uma vareta. Em público, elogiavam sua negritude para mostrar compromisso com a diversidade. Mas eles, ainda assim, a forçavam em papéis nos quais sua raça nunca era estabelecida, nos quais isso não existia, e esperavam que ninguém notasse. E, durante anos, ela deixou que o fizessem. Mas agora isso poderia se voltar contra eles. Depois da #oscarssowhite, ela ganhar um Oscar poderia ser percebido como uma esmola — e, pior, talvez nem fosse comemorado pela comunidade negra. Ela não estava exatamente qualificada para ser uma "vencedora" contra o sistema; deixando de lado o dinheiro e o tom de pele, suas ligações nepotistas com a indústria gritavam privilégio extremo.

— Comece a escolher papéis diferentes — disse Giovanni. — Ou diversifique, como eu.

— Não sei o que eu prefiro fazer. — Elise se sentia presa, obrigada a atuar. As pessoas dependiam dela para alimentar a família, e essa obrigação lhe era sufocante. — Talvez eu não faça nada por um tempo depois do Oscar. Preciso de um tempo.

— Falar sobre Kitty poderia ser útil agora.

— Concordo com Gio. Devíamos dar uma declaração em conjunto.

— Nós não vamos falar nada sobre Kitty. A gente nem sequer consegue falar sobre isso como família — lembrou Elise.

Discrição era quase uma religião na casa dos St. John. Herdeiras de um casal bilionário da indústria do entretenimento, as irmãs eram famosas antes de conhecerem o significado da palavra, e a fama herdada vinha com regras. Elas nunca podiam dar declarações pessoais em local público — nunca, nem quando a arte fazia isso por elas. Não podiam responder a perguntas sobre estilo de vida, política ou vida pessoal. Era mais seguro assim. Uma celebridade era uma imagem, um modelo ideal. Era um título usado por seu detentor, pesado como uma coroa, mas a pele se tornava o figurino; o rosto, a máscara. Qualquer desvio da fantasia as afastaria da arte... e, se não fossem cuidadosas, do legado.

Elise temia o estrago que já havia sido feito. A *Vogue* só queria falar sobre os boatos. Estranhamente, eles deixaram bem claro que *não* queriam falar sobre aqueles posts no Instagram.

— Bom, e daí? Vamos só deixar que eles continuem criando hipóteses e nos assediando?

— Isso vai passar.

— Ainda nem é novembro — apontou Giovanni. — Kitty vai ser citada em cada programa sobre a premiação, em cada entrevista.

— A gente não tem permissão para falar sobre Kitty. — As duas irmãs resmungaram em protesto, mas se renderam à autoridade de Elise. — Além do mais, as pessoas só querem saber o motivo de ela ter deixado o dinheiro para nós.

— E nós também! — exclamou Giovanni.

— Você perguntou para a mamãe?

— Não.

— Porque sabe que ela nunca tem nada de positivo para dizer sobre Kitty.

— Isso não é verdade. — Giovanni assumiu uma atitude defensiva, como se já estivesse esperando por isso. Elise gostaria de saber o que a mãe havia dito por trás dela para provocar essa reação na irmã. — Imagine como ela se sente... a culpa.

— Ela estava na casa vizinha o tempo todo. Foi escolha dela. Tudo foi escolha dela — respondeu Elise, firme.

— Ela está lidando com a morte de Kitty do jeito dela. — Como sua gêmea de porte físico, Giovanni idolatrava a mãe e romantizava seu narcisismo.

Era a única convencida de que seus longos desaparecimentos para trabalhar eram causados pela necessidade de prover, como se mais um filme fosse fazer alguma diferença entre o estilo de vida que elas mantinham e a vida de sem-teto.

— E que jeito é esse?

— Eu falo com ela duas vezes por dia. — Giovanni cruzou os braços. — Ela tem se mantido ocupada. Eu apoio essa atitude.

— Eu escuto ela mentindo para você da cama — revelou Elise. Sarah dormia tanto que Elise se sentia constantemente obrigada a ir ver se a mãe estava bem, depois de ficar com Kitty, antes de ir para casa. — Ela está fugindo de alguma coisa.

— As pessoas lidam com o luto de maneiras diferentes. — Giovanni tentou de novo. — Nós deveríamos ter um pouco mais de sensibilidade com ela.

— Eu tenho, pode acreditar. — Lágrimas inesperadas começaram a descer. Giovanni passou um braço sobre os ombros de Elise, e Noele juntou-se a elas.

Sarah disse estar ocupada cuidando dos assuntos de Kitty, mas Elise não acreditou nela na época.

Kitty a repreendera por dizer isso. *Ela virá quando estiver pronta.* Mas Elise não contou nada disso para as irmãs. Em vez disso, lamentou como Kitty, uma mulher que um dia foi tão bonita, tinha sido sugada por dentro pela morte. A região em torno dos olhos escureceu; as maçãs do rosto perderam sustância. A gordura desapareceu de seu rosto e o nariz se curvou para dentro.

— Mesmo assim, ela pedia o batom todos os dias.

Isso arrancou de Giovanni uma risada triste.

Para tentar distrair Kitty da dor, Elise a subornara com massagens nos pés em troca de histórias.

— Ela fingia que não queria falar, mas, quando começou, não parou mais.

Elise pedira para gravá-la — havia anos que Kitty não contava histórias para ela. Naquele primeiro dia, Kitty falou durante duas horas, o tempo todo de olhos fechados, como se visse a si mesma e os amigos percorrendo toda Los Angeles. No dia seguinte, ela estava preparada com outra história. Não muito tempo depois, Kitty começou a ouvir batidas nas paredes e na porta da frente tarde da noite, como se alguém estivesse tentando entrar.

— Ela me falou que era a morte, e que não tinha medo de morrer.

Elise se perguntara se ouviria as batidas quando chegasse a hora de Kitty, mas não ouviu nada. A morte levou Kitty no meio da noite, tão silenciosa e tão rápida que Elise não acordou, continuou dormindo no casulo de cobertas no chão. Com Kitty, se foi a habilidade de Elise de descansar.

Elise subiu no Poleiro quando as irmãs foram dormir. Além das sebes à sua direita, a casa de Kitty parecia dilapidada, como se soubesse que ela não voltaria. Os holofotes iluminavam a pintura descascada rosa--flamingo do exterior e as ervas daninhas que tinham tomado conta do gramado. Havia algumas janelas rachadas no segundo andar, mas nenhuma quebrada.

A insônia tinha levado Elise até ali nas primeiras horas da manhã desde a morte de Kitty. Também mandava sua mãe ao labirinto, onde ela vagava de camisola de seda, apesar da temperatura de quatro graus à noite. Ninguém tinha visto Sarah derramar uma lágrima por Kitty, e essas caminhadas eram a única evidência de seu sofrimento. Elise a via fumar um cigarro atrás do outro no miolo escuro do labirinto.

Kitty era a única pessoa com quem Sarah fumava. Kitty fumava maços por dia, mas, para uma mulher que só se alimentava de orgânicos desde muito antes de essa ser uma opção popular, o tabaco era, de longe, o hábito mais sujo de Sarah. As duas mulheres foram fotografadas *juntas* em uma festa do Oscar anos antes, lado a lado, as duas segurando um cigarro aceso e com um cinzeiro cheio de bitucas diante delas. A foto foi publicada em todos os lugares e rendeu a Sarah a ira das filhas, que tinham acabado de perder a avó materna, Nellie, para o câncer.

Quando acordava pela segunda vez todos os dias, Sarah se mostrava animada e compreensiva, tão diferente de sua natureza básica, que parecia estar em mania. Era como se pensasse que eficiência e rapidez pudessem convencer todo mundo de que ela estava bem.

Pelo jeito, estava funcionando. As irmãs não percebiam nada novo. Elise não a delataria, porque não queria chamar a atenção para si mesma. Ela só era uma testemunha da manifestação solitária do sofrimento da mãe porque também não conseguia dormir, e ficava acordada fumando um baseado e conversando com Kitty em pensamentos a respeito do peso de tudo que tinha para fazer, junto com o peso das lembranças deixadas sobre seus ombros.

Nada era como antes, mas Sarah estava decidida a fazer tudo parecer igual — uma tarefa que, pelo jeito, também não parecia fazer muito bem a ela. Em algumas noites, Elise chegou a pensar em sair do Poleiro para ir confortá-la, mas, imobilizada por raiva e culpa, não conseguiu se mover.

CAPÍTULO 3
Hazel

JULHO, 1934

Quando Hazel conheceu o pregador, ele morava em Wadesboro, na Carolina do Norte, em uma casa de um quarto à beira do riacho. Ele tinha rugas profundas em volta dos olhos e da boca, como sulcos no tronco de uma árvore.

Ele estava meio cego, por isso a sobrinha o acompanhava todos os dias à padaria, onde ele trabalhava como padeiro. O homem não precisava de ajuda aos domingos, quando ficava inspirado. Ele pulava sobre uma perna só, balançava os braços, virava a cabeça para um lado e para o outro como se tocasse dois instrumentos em uma peça, e nunca tropeçava em cadeiras ou no degrau do púlpito.

Hazel acompanhava a mãe no ensaio do coral uma hora antes do culto para garantir um bom lugar. A sétima de onze filhos, ela tinha treze anos e, apesar de ter as notas mais altas da turma da oitava série, sua educação havia parado por ali. Os pais eram arrendatários e, com o dono da terra aumentando o preço de sementes e de outros suprimentos o tempo todo, todos os outros filhos, exceto pelos quatro menores, agora eram necessários para superar os gastos a cada ano.

A dor que você tem sentido não se compara à alegria que está a caminho. Hazel recitava as palavras do pregador enquanto arava a terra sob o sol quente, tentando distrair-se do calor úmido e das picadas de mosquitos que inchavam e coçavam poucos minutos depois de um ataque.

Árvores ladeavam os campos, mas suas sombras eram reservadas para os brancos. Todo mundo odiava o trabalho na terra, mas só Hazel era alérgica ao sol; apesar da pele escura, os irmãos a provocavam por ser sensível como os brancos. A mãe de Hazel logo os colocava para fora da casa para dar privacidade à menina, que precisava fazer banhos de aveia para acalmar a urticária constante provocada pelo calor.

Embora ela fosse um dos filhos do meio, Hazel era a menor de todos. E, à medida que crescia, continuava mais delicada que os irmãos, preferindo ler a brincar ao ar livre. Sujar as roupas significava mais trabalho para lavá-las e menos tempo para ler. A mãe mantinha seus velhos livros de escola escondidos no fundo de um armário da cozinha, no entanto escola era um assunto delicado. Hazel estudou mais que todos na família; os pais não sabiam ler.

A mãe não trabalhava nos campos. Em vez disso, limpava peixe e camarão para o distribuidor que os fornecia para a maior parte do condado. Qualquer coisa que ele não vendesse até as sextas-feiras era oferecida para os empregados por preço mais baixo. Depois de separar o suficiente para a família, a mãe de Hazel vendia o restante para os vizinhos. E assim, às sextas-feiras, todo mundo comia peixe — e pão de milho e verduras.

Hazel gostava de ouvir a mãe cantar enquanto cozinhava. Como o sermão de domingo, a voz (sozinha ou acompanhada pelo coral) provocava nela um frio na barriga.

Certa manhã, estava sentada na cadeira de balanço na varanda da igreja, quando o pregador chegou com a sobrinha.

— Seu propósito está além daqui.

Ele disse a Hazel que ela era um receptáculo do Senhor, assim como a maior discípula de Jesus Cristo, Maria Madalena, que recebeu os ensinamentos do pai com pureza, livre da necessidade de competir e se comparar como os homens. Ela era testemunha da maldade e da divindade dos homens. Testemunhou o assassinato de Jesus e foi a primeira a testemunhar sua ressurreição. O pastor disse que, com acusações de corrupção moral, as pessoas de coração invejoso diminuíam o papel de

Maria Madalena na história, confundindo sua identidade ou ignorando por completo sua importância para Jesus. Mas elas estavam erradas. Quando volta a atenção para o exterior, o indivíduo esquece a própria capacidade de aperfeiçoar sua compreensão da verdade.

Hazel acreditou nele. Nascido na escravidão, o pregador tinha o dom da visão interior. Ele havia crescido em uma cabana de um cômodo no Tennessee com um homem que todos chamavam de Avô, e que viajava entre as fazendas para acalmar os escravizados rebeldes com a palavra de Jesus. Uma noite, o pregador, ainda menino, avisou a seu sinhô que o avô estava com problemas. O sinhô o botou para correr, mas, alguns dias depois, o cadáver do Avô chegou ao lar. Caçadores de escravizados o confundiram com um fugitivo e, depois de ser espancado, forçado a andar amarrado a um cavalo e privado de água, ele morreu.

O sinhô, que tinha ouvido o menino recitar trechos da Bíblia por conta própria, o colocou no comando da igreja dos escravizados. O Avô havia feito o garoto decorar os versos primeiro, antes de lhe ensinar a lê-los. Foi com esses versos que o menino ensinou Belle, uma escravizada doméstica de nascimento, como ele, a ler. Belle ensinou ao treinador de cavalos, que ensinou à esposa, que ensinou à irmã. Em pouco tempo, todos os trinta escravizados da fazenda sabiam ler. Eles fugiram em uma noite de sábado, o que lhes deu cinco horas antes de alguém perceber que não estavam na igreja. Milagrosamente, todos permaneceram em liberdade. Foi o que o pregador contou a Hazel, pelo menos.

Enquanto falava, o pregador apontava para ela como se pudesse enxergá-la, como se pudesse ver a promessa de algo bom. Hazel se convenceu de que isso era verdade, até que toda sua família se afogou no barco de pesca do distribuidor, e então ela não só perdeu a fé na palavra do pregador, como deixou de acreditar em Deus.

A pele escamosa de Hazel a impediu de ajudar a família a servir o bufê de peixe na festa de fim de verão organizada pelo distribuidor. Eram necessários dois barcos para transportar equipamento e trabalhadores, mas, devido a um erro de cálculo ou corte nas despesas, tudo e todos foram postos em uma só embarcação.

O evento à beira d'água terminou cedo por causa de uma tempestade de verão. O capitão esperou a chuva passar para zarpar, mas chuva e vento voltaram mais fortes quando eles estavam na metade do translado. A força do temporal dificultou a condução, e eles bateram em um aglomerado de rochas. Depois de um tempo, o barco começou a afundar e a família de Hazel se afogou, inclusive sua sobrinha, que era bebê.

Ela trabalhou nos campos por mais um ano, depois de ser acolhida pelos vizinhos, que adoravam lembrá-la do quanto isso lhes era um sacrifício. Quando se cansou de ouvir a mesma coisa, ela partiu para Nova York. A mãe tinha viajado para lá uma vez com uma família branca e gostado muito. Ela sentiu uma leveza no ar, apesar do calor úmido e pegajoso de agosto. Lá, os negros não eram incomodados, em sua maioria.

Dois anos depois de perder a família, Hazel estava sentada a poucas horas de Wadesboro, sua cidade natal na Carolina do Norte, em uma nova igreja e em meio a mulheres negras que tinham dinheiro para comprar chapéus decorados com renda, contas e rede. Todos sabiam falar em línguas, mas precisavam dos hinários para cantar junto com o coral. Todos sentiam o espírito da mesma maneira: com a cabeça inclinada para trás, os olhos fechados, balançando-se nos bancos de madeira; *Aleluia, obrigado, Jesus,* com um suspiro no fim. Não eram piedosos, ou então não teriam sido tão cruéis. Mulheres adultas rosnavam para sua barriga de gestante, e o pregador, um homem casado de trinta e poucos anos, anunciou uma alteração no sermão que havia planejado. *O Senhor me chamou para falar dos pecados da carne esta manhã.*

Hazel era aquela de quem tinham ouvido falar: a menina nova que veio do campo com olhos cativantes, que se meteu em confusão com aquele garoto branco. E não só um garoto branco qualquer... um daqueles meninos dos Lakes.

Ela quase se retirou quando o pastor falou sobre uma prostituta chamada Maria Madalena, que caiu aos pés de Jesus implorando por absolvição. Hazel levou as mãos até a barriga quando se lembrou do velho pregador, pela primeira vez em muito tempo. Podia ver o contorno de seu rosto em pensamento, sorrindo para ela como se estivesse ali, ouvindo. Um calor a invadiu e, embora o sermão tivesse o objetivo de envergonhá-la, ela sorriu pela primeira vez em algum tempo. *Ela enlouqueceu de vez*, ouviu as pessoas dizerem.

O que aconteceu com Hazel se tornou mais um tópico da longa lista de avisos dados a toda menina negra em Winston-Salem, na Carolina do Norte, ao primeiro sinal do desabrochar de uma teta. Homens brancos eram tão ameaçadores para mulheres e meninas negras quanto para homens e meninos negros. Em vez de ser espancado, o corpo negro feminino podia ser usado para satisfazer a curiosidade, a frustração ou a lascívia de alguns homens ou meninos brancos. Esse fato, que desde muito cedo era parte fundamental da educação de uma menina negra, fez Hazel, então com dezesseis anos, sentir sobre os ombros o peso da vergonha por sua situação. Muitos diziam que ela havia atraído deliberadamente para si a atenção do herdeiro do tabaco, um rapaz de vinte e três anos.

O nome Lakes era uma marca, e a criança em seu ventre era um marco do passado de Hazel. Cheios de ódio por onde e com quem ela estivera, os homens negros não iam querer nada com Hazel depois disso. Órfã e nova na cidade, ela criaria seu mestiço sozinha.

Algumas mulheres poderiam ter odiado o bebê crescendo dentro delas, mas Hazel amou o bebê com ferocidade desde o momento em que sentiu a centelha de vida abaixo do umbigo. Ela voltou a orar, dessa vez pelo parto da criança e, quando uma menina nasceu com a pele tão branca como a de qualquer neném branco, Hazel decidiu que talvez existisse um Deus. Sua filha poderia escapar da vida a que Jim Crow[1] havia decidido que a pele escura de Hazel a condenaria.

Hazel deu à filha o nome de Maria Madalena, acreditando nas palavras do pastor sobre a menina ser mais que uma testemunha... ela

---

1   Personagem de teatro que deu nome às leis que formalizaram a segregação racial nos Estados Unidos entre 1877 e a metade da década de 1960. (N.T.)

era a cria, a magnífica manifestação física do pior no mundo, aquela que um dia, Hazel acreditava, absolveria o pecado de sua criação. Hazel de fato era um receptáculo, a incubadora de um pequenino milagre.

Outros apontavam para as orelhas da criança.

— Está vendo aquele marrom-fulvo? Ela vai escurecer.

Tratava-se de uma história de mulheres velhas de que a cor de um bebê se definiria pela cor na ponta de suas orelhas, mas Hazel olhava e não conseguia decidir se as de Maria Madalena eram marrons ou só um pouco avermelhadas.

A cada mês que passava, e depois o primeiro e segundo anos, Maria Madalena permanecia branca como um lírio, com cabelo castanho-avermelhado liso. Seus olhos azul-acinzentados eram a única marca física deixada pela maternidade de Hazel. Quando olhava nos olhos de sua bebê, Hazel se lembrava da família que perdera e de quanto seria difícil garantir a segurança da filha.

Hazel, dois de seus irmãos, a mãe, uma tia, a avó e a bisavó tinham aqueles mesmos olhos. Uma justaposição impressionante com as tonalidades de pele marrom, as íris azul-acinzentadas eram um gene recessivo e prova da miscigenação forçada gerações antes.

Hazel tinha deixado a casa da família com dois bens valiosos enrolados na faixa da cintura: os cinco dólares que eram as economias de toda a vida dos pais e os brincos de bola de ouro que foram de sua tataravó Elizabeth. Histórias da família relatavam que Elizabeth tinha sido a escravizada doméstica de um senador em Washington e mãe de dois dos oito filhos dele, uma menina de olhos cinzentos e um menino de olhos azuis. Quando nasceram, as duas crianças elevaram o número de escravizados do senador para quarenta e um.

Hazel manteve o braço colado ao corpo durante a viagem. Os brincos eram a única conexão física com sua linhagem, sua única herança... a única oferta de riqueza a qualquer descendente.

CAPÍTULO 4
Hazel

JULHO, 1936

O Tabaco Lakes, cultivado e curado durante centenas de anos por mãos negras, era a base da economia de Winston-Salem, na Carolina do Norte. O produto dominava o mercado nacional e, fosse fumado ou mascado, era consumido por todos na cidade: pobres e ricos, negros e brancos, jovens e velhos, homens e mulheres.

A fábrica Lakes proporcionava oportunidades de cargos de gerência a homens brancos e trabalho administrativo para mulheres brancas. A homens e mulheres negros era ofertado pagamento por hora e trabalho sazonal.

Uma caminhada de pouco menos de um quilômetro em qualquer direção levava a Cottonwood, a vizinhança que fazia fronteira com a área branca mais rica ao norte e a mais pobre ao sul. A fábrica Lakes ficava ao leste, perto dos trilhos da ferrovia, com o centro da cidade à oeste. Embora Cottonwood tivesse uma localização central, o que permitia que os negros fossem a pé para o trabalho, os densos bosques em seu entorno obrigavam os moradores a se locomover em grupos. À noite, os galhos das árvores eram como ameaças de morte, estacas nas quais poderiam ser espetados.

Hazel chegou lá por acidente. Tinha descido do ônibus para ir ao banheiro, mas, como não havia nenhum banheiro para pessoas de cor naquela estação, ela teve que andar pela estrada até encontrar um lugar sombreado embaixo de uma árvore. Agachada, viu o ônibus partir. A estação já havia fechado, então ela atravessou a rua para ir ao posto do xerife e, quando estava a poucos passos da porta, uma mulher negra mais velha bloqueou seu caminho.

— O que você está fazendo?

— Estou perdida. Meu ônibus foi embora.

A mulher segurou Hazel pelo pulso.

— Eles não vão te ajudar lá dentro. Vão te colocar atrás das grades e fazer tudo que quiserem com você até seus parentes aparecerem. — A mulher havia perdido a maioria dos dentes, e os poucos que restavam eram pretos, podres. Havia um grão de milho preso em um dos lados da boca.

— Não tenho nenhum parente.

A mulher bateu uma gengiva contra a outra.

— Vem comigo, criança.

Ela bateu na mão de Hazel, gesticulando para ela imitar sua postura de cabeça baixa, ombros caídos e costas encurvadas, pois assim passariam com rapidez pelas lojas e restaurantes exclusivos para brancos. Elas precisavam andar pela rua, e Hazel, nervosa com a proximidade dos carros, tinha dificuldade para acompanhar a mulher e carregar a bolsa feita de lona, tomando cuidado para pisar nas pegadas de terra que a mulher deixava. A família de Hazel raramente ia à cidade por causa dessas regras.

A mulher só reduziu a velocidade dos passos e endireitou as costas quando elas já estavam entre os seus.

— Não conte a nenhum branco que você não tem família. — Ela exigiu que Hazel a encarasse. — Tá me ouvindo?

— Sim, senhora.

— Você é bonita demais. — Ela fez o comentário em tom de alerta, antes de bater na porta da casa de Adelaide e Lefred Bends.

Os Bends tinham uma das maiores casas em Cottonwood, com três quartos e um banheiro, e acolhiam hóspedes para pernoite sem esperar nada em troca, ou talvez só um escambo por comida e abrigo. A lei Jim

Crow proibiu os negros de terem estabelecimentos de hospedagem, mas não havia uma comunidade negra nos Estados Unidos onde não se pudesse encontrar abrigo temporário.

Depois de saberem que ela era uma órfã a caminho de Nova York sozinha, os Bends quiseram que Hazel ficasse. A decisão se tornou fácil quando a vizinha deles, Bessie, ofereceu a Hazel um emprego como segunda cozinheira na mansão Lakes. Havia vinte e cinco anos que Bessie cozinhava para a família.

— Eles a tratam tão bem, que às vezes Bessie se esquece de que não é da família — brincou Adelaide, colocando um prato com pescoços de peru, arroz e couve diante de Lefred. Ele estava em seu lugar habitual à ponta da mesa, ainda com o avental da fábrica.

— Diga o que quiser, mas eles são tão leais quanto os brancos podem ser. — Bessie tirou os sapatos que usava em casa e, ajeitando a barriga avantajada, se inclinou para tocar os pés. Seus dedos eram acinzentados pela falta de circulação. — Tenho dor nas solas de ficar em pé por tanto tempo, preciso treinar alguém para fazer as coisas direito.

A comida de Bessie era amada em um raio de muitos quilômetros, *A nível nacional*, revelou Adelaide a Hazel mais tarde. Foram as receitas de Bessie que a sra. Nora Lakes usou para abrir a famosa cadeia de confeitarias BabyCakes, fato que aborrecia mais Adelaide do que a própria Bessie.

— Eu não poderia abrir uma loja com esta cara. — Bessie era prática em relação aos fatos do mundo. — Além do mais, mais gente sabe disso, mesmo que ninguém admita ou se importe.

Bessie era responsável pelas receitas, mas era a sra. Lakes quem fazia os bolos serem vendidos. As decorações juvenis, femininas, e as cores variadas de glacê eram uma parte importante do que fazia um bolo da BabyCakes ser um *bolo*. No começo, as decorações da sra. Lakes permitiram que as criações fossem vendidas pelo dobro do preço.

— Eu garantia que fossem bons, mas seria preciso comprar o primeiro bolo para provar.

— Seria bom receber uma parte maior daquele dinheiro que está entrando — comentou Adelaide.

— Ah, Addy. O Senhor me abençoou com tudo de que preciso. A gente não leva nada disso aqui.

Adelaide respirou fundo.

— Você merece mais. Todos nós merecemos. — Adelaide limpava a casa de uma família que morava a dois quarteirões dos Lakes e sempre voltava para casa praguejando.

— Ah, Adelaide, ora, ora. Chega disso esta noite. — Lefred apontou o garfo para ela. Normalmente, ele teria batido de leve em sua mão, e ela teria se calado, percebendo que também estava farta. — Só quero comer.

— É um mundo imprestável, se querem saber.

— Não queremos. — Naquela noite, ele foi se deitar primeiro, deixando as mulheres, e Hazel, futricando. Normalmente, ficava na varanda fumando até que Bessie tivesse voltado para dentro de sua casa.

Bessie censurou Adelaide assim que a porta do quarto foi fechada.

— Para de lembrar o homem do quanto você quer uma vida que não tem.

Adelaide a desconsiderou com um gesto.

— Ele entende o que quero dizer.

— Acha que ele se sente bem com isso, com você tocando nesse assunto o tempo todo?

Hazel entendia a raiva de Adelaide. Lembrava-se de como os pais tinham trabalhado duro, de como estavam sempre exaustos e impacientes à noite. Bessie ainda cozinhava três refeições completas por dia, seis dias por semana, apesar de precisar mancar pela cozinha dos Lakes. Na casa dos cinquenta anos, Adelaide sofria com dores nas costas. Mesmo assim, ela sempre era a primeira a acordar, preparando o café da manhã e servindo o jantar todas as noites, apesar de limpar e lavar o dia inteiro. Embora nunca tivesse muito a dizer, Lefred era um bom homem, um homem fiel, e merecia mais do que tinha — ele merecia uma chance justa de ser feliz.

Hazel teve a impressão de que Bessie encontrara alguma semelhança com isso na mansão dos Lakes. Lá, ela era famosa, uma instituição, tendo alimentado os moradores mais ricos da cidade. Sua comida — e, em especial, suas sobremesas — eram parte do que fazia uma festa dos Lakes ser uma festa dos Lakes. Cada guloseima crocante, doce, cremosa, cada confecção com textura de flan, com sabor de chocolate ou amanteigada, desaparecia minutos depois de ser servida. Para Bessie, isso parecia ser um elogio suficiente.

A vida parecia ser igualmente doce para Hazel na mansão Lakes... até que azedou.

Em agosto, o segundo filho da família, Theodore "Teddy" Lakes, chegou para uma visita, depois de concluir o primeiro ano de Direito em Harvard. O filho mais velho era casado e morava na Carolina do Sul, e o caçula estava em uma faculdade no oeste.

— Eles o mantêm longe de casa na esperança de que se torne bom — cogitou Adelaide.

Dias depois de chegar, quando passou por Hazel no corredor estreito perto da entrada secundária da cozinha, Teddy a beliscou no seio direito por cima do uniforme. Ele sorriu ao vê-la apertar a mama dolorida.

— Pensei que todas vocês gostassem desse tipo de coisa.

De volta à cozinha, Bessie ergueu o olhar da panela de feijão que preparava, como se soubesse o que havia acontecido.

— Todos eles vão puxar ao pai.

A fofoca sobre os brancos em Winston-Salem circulava por meio de criadas, babás, mordomos e motoristas negros que ouviam e observavam os segredos mais obscuros da cidade. Teddy, assim como o pai e o pai de seu pai, e até três gerações antes dele, apreciava todos os prazeres com fervor; diziam que a sra. Nora tinha mandado pintar a porta da frente de vermelho vibrante para o marido saber qual era a casa dele. O sr. Lakes tinha três filhos, mas Bessie dizia que havia mais dois ruivos, pelo menos, de outras mulheres. Os três rapazes Lakes agora eram loiros, mas foram ruivos como o pai até a puberdade.

— Ele volta para a escola em algumas semanas. Até lá, fique perto da cozinha — avisou Bessie. — Vou pedir para o sr. Ford servir a mesa.

— Vai continuar trabalhando até lá?

— Se o Senhor permitir.

Teddy tinha sido forçado a começar a faculdade na Virgínia depois de apalpar a filha de um dos empregados do pai. Não havia justiça legal para essas ocorrências, mas o sr. Lakes concordou que o filho deixaria a cidade; o capataz branco tinha um certo grau de poder, mesmo contra a riquíssima família Lakes, do qual não gozavam os pais das duas meninas negras que Teddy e o irmão obrigaram a se despir no bosque que cercava Cottonwood, quando ainda estavam na escola. Os rumores sobre o comportamento de Teddy com meninas brancas na Virgínia obrigaram uma doação generosa para garantir sua admissão em Harvard.

Teddy retornou naquele Natal com a nova esposa, a antiga srta. Lanie Crew. Eles haviam se casado no fim do outono na propriedade da família dela, na Virgínia. Ela era uma loira comum, e Teddy, que apesar da reputação, sempre pôde escolher as mulheres que quis, era um partidão para ela — e os dois sabiam disso. Mesmo assim, ela era rica, educada e tinha sido prometida a Teddy pelo pai anos antes.

Na manhã da véspera de Natal, a família Lakes saiu para cortar uma árvore, como era tradição, a uma hora de distância da casa. Eles passariam o resto do dia aparando os galhos e enfeitando a árvore com fitas antes da festa anual de véspera de Natal, naquela noite. Como ele e a esposa ainda não tinham filhos, a presença de Teddy na expedição para cortar a árvore não era obrigatória, e ele se ofereceu para ficar em casa e pegar a decoração no sótão.

Nem dois minutos depois de todos terem saído, ele apareceu na cozinha, empurrando a porta de serviço com tanta força, que ela bateu na parede.

— Os biscoitos estão prontos? — Ele se aproximou de Bessie, que estava no meio do aposento, à mesa, fazendo uma lista. Então a beijou na bochecha com um bico molhado, exagerado.

— Ainda não — respondeu ela.

Ele tentou beijá-la de novo, mas a cozinheira virou a cabeça, sem parar de escrever.

— Para agora com esse monte de beijo.

Ele riu, e Hazel levantou o olhar das vagens que estava limpando e viu quando ele segurou o rosto de Bessie.

— Eu adoro suas bochechas, Bessie.

Ela levantou um braço, impedindo a aproximação.

— Para agora.

— Será que posso...

— *Por favor*, posso — corrigiu-o Bessie.

Como a pessoa que os alimentara com canja quando adoeciam e que tinha dado banho neles, ela era maternal com os garotos Lakes.

Como uma criança, Teddy abaixou a cabeça.

— Por favor, posso comer um sanduíche de peru com molho?

— Não pode esperar o jantar?

— Estou morto de fome.

— Tenho que ir ao armazém, mas faço o sanduíche quando voltar. — Bessie o levou até a porta de serviço. — Agora vai. Fica fora daqui. A gente tem que trabalhar. — Bessie pendurou no braço a bolsa de couro azul-escuro. — Logo eu volto.

Ela insistia em cuidar pessoalmente de todas as compras relacionadas a comida, apesar do esforço que isso exigia de seus pés e pernas de setenta anos, e sempre voltava com duas unidades de tudo — bananas, carne enlatada, papel higiênico —, às vezes com uma terceira para Hazel. Dizia que os Lakes não se importavam, e Hazel não duvidava disso, considerando o Cadillac prateado que a família tinha comprado para Bessie alguns anos antes.

Bessie apontou para a caixa de gelo.

— Começa a cortar a manteiga, está bem?

Ela precisava estar na temperatura e na consistência perfeitas para ser usada; do contrário, arruinaria seus famosos biscoitos de Natal. Servidos com geleia à meia-noite durante a festa da véspera de Natal, os biscoitos de Bessie eram metade do motivo para os convidados comparecerem. Ela servia aos Lakes mais uma pequena porção com ovos e bacon na manhã de Natal, mas o restante era o presente de Natal de Bessie para os empregados da casa.

Hazel tirou a batedeira da caixa de gelo, ainda ouvindo os pneus do carro de Bessie no cascalho lá fora. A manteiga era do amarelo mais claro, o que indicava o frescor do leite das vacas mais gordas da fazenda dos Lakes. Hazel pensou em como os biscoitos ficariam deliciosos naquela noite, quando saíssem do forno e recebessem a geleia de pêssego, pera e amora que Bessie tinha ido comprar. Era de uma marca especial de Charleston que a sra. Nora uma vez lhe trouxe de presente quando esteve lá.

Ouso dizer que essa geleia é melhor que a minha. Bessie ficara tão empolgada quanto uma criança com um brinquedo novo. Em geral, ela fazia a geleia para os biscoitos em casa (Bessie cultivaria a própria cana-de-açúcar se pudesse), mas esquilos tinham dizimado as árvores frutíferas dos Lakes em agosto.

Quando Hazel percebeu a presença de Teddy, os joelhos dele afastavam suas pernas; conhecedor de cada tábua barulhenta no assoalho da cozinha, ele se aproximara por trás de modo sorrateiro. O choque do corpo de Teddy contra o dela jogou a batedeira no chão, onde ela se partiu. Hazel resistia e lutava enquanto, com os pés, ele afastava os dela ainda mais. Ela perdeu o equilíbrio e caiu sobre a mesa, escorregando na manteiga e a sujando com os pés. Seus olhos se fixaram em um pedaço de madeira da batedeira. Ela levou os dedos na direção dele, aflitos para abrir a cabeça de Teddy, e Hazel teria conseguido, se ele não tivesse prendido suas mãos sobre a mesa. Parte dela resignou-se a estar imobilizada. Se lutasse e o machucasse de verdade, os brancos usariam essa desculpa para atear fogo em Cottonwood. Pior do que isso, esse momento se tornaria a razão para todos que conhecia perderem tudo que tinham.

Uma de suas bochechas encontrou a mesa de madeira e, tendo sido avisada sobre a coisa antinatural que ele faria caso resistisse, ela olhou para fora, pela porta dos fundos, torcendo para ver o brilhante para-choque do Cadillac prateado de Bessie se aproximando.

Foi a esposa de Teddy, Lanie, quem primeiro encontrou Hazel no chão da cozinha, no meio da manteiga e da farinha. Como ela não conseguia parar de cantar um dos hinos que a mãe costumava entoar para explicar como a batedeira se quebrou, Lanie tomou a decisão de demitir Hazel sem indenização compensatória.

Depois de trabalhar na casa dos Lakes no dia de Natal, Bessie apareceu com um cesto de biscoitos para Hazel e os Bends.

— Sem manteiga e sem geleia.

— Não faz mal. — Adelaide serviu um pouco de sidra para Bessie. Bessie demonstrou surpresa ao ver Hazel à mesa, mas não disse nada.

— Íamos começar a comer. Quer um prato? — Adelaide perguntou, pegando um prato para ela e um para Hazel, esperando Bessie recusar a oferta, como sempre.

— Quero, obrigada. Vou comer um pouco.

Adelaide pegou outro prato.

Hazel olhou para Bessie quando esta se sentou ao seu lado.

— Ela deu toda a minha geleia para os convidados — falou Bessie. — Até os três potes que eu tinha guardado no meu lugarzinho. Disse que era uma forma de se desculpar com eles pela quebra da tradição dos biscoitos.

— Os mãos-leves estão sempre pegando alguma coisa — comentou Adelaide.

— O que ela disse que aconteceu? — perguntou Hazel.

Adelaide pôs diante dela e de Bessie os pratos com mostarda-castanha, inhame e feijão-de-lima.

— Disse que a manteiga estragou.

Hazel ouviu "sujou", e isso trouxe de volta a imagem de seus sapatos pretos de bico redondo deslizando e pisoteando os torrões claros de manteiga. Ela sentiu náusea.

Bessie baixou a voz para falar com Adelaide assim que Hazel saiu do cômodo.

— Ela está bem?

Apesar de ter fechado a porta do quarto, Hazel ouvia a conversa. Ela se perguntava se Lefred também conseguia ouvir tudo da varanda.

— Você sabe que ela não é de falar muito.

— Vai levá-la para ser examinada pelo dr. Cardwell?

— Levei hoje.

— Quando voltei do armazém, eles estavam limpando tudo. A manteiga tinha penetrado nas frestas do assoalho.

— Quem estava limpando?

— Fizeram Teddy limpar. A idiota da esposa que ele arrumou estava lá ajudando. Eles ferveram caldeirões de água para derreter a manteiga.

Teddy e a esposa partiram no meio da noite, depois de uma briga terrível. A sra. Nora não sabia ao certo quando ele voltaria. Ela entrou na cozinha pouco depois da volta de Bessie, levando uma surpresa de Natal: um pote de geleia que tinha guardado longe dos olhos. Elas comeram a geleia com torradas. Bessie riu enquanto relatava esse momento.

— Se eu te contasse minha história de vida, juro que você não acreditaria.

Hazel nunca descobriu o que tinha sido tão engraçado, mas não queria perguntar. A ausência do passado de Bessie foi o que fez Hazel se sentir tão confortável perto dela. As duas tinham um entendimento, e depois da morte da família, Hazel havia aprendido a não perguntar às pessoas o que não queria que lhe perguntassem.

Algumas semanas depois, o enjoo matinal e uma região endurecida abaixo do umbigo mandaram Hazel de volta à mansão dos Lakes. Ela precisava de um emprego, e a demissão lhe havia tirado todas as oportunidades de encontrar trabalho em outro lugar. Além de ter arruinado a celebração de véspera de Natal favorita da cidade, Hazel era "bonita para uma menina negra", e nenhuma mulher queria dar trabalho a alguém por quem o marido poderia tomar gosto.

A sra. Nora segurou as mãos de Hazel e implorou por seu silêncio. Havia planos para Teddy na política e, embora transar com uma menina negra não fosse uma ameaça para seu futuro, ter um filho com ela poderia ser.

— Como vou alimentar a criança? — Hazel encarava a sra. Nora.

Completamente consciente da ilegalidade do contato visual direto, sentia-se encorajada pela necessidade de proteger a vida que gestava.

A sra. Nora olhou para Bessie como se precisasse de sua permissão para falar.

— Pode trabalhar aqui pelo tempo que quiser — disse, por fim. — Bessie vai se aposentar em breve, e eu gostaria que você ficasse.

— Ele vai morar na Virgínia depois da faculdade de Direito — acrescentou Bessie, lendo os pensamentos de Hazel.

— Senhor, dai-me forças. — A sra. Nora se inclinou para a frente e respirou fundo.

Bessie começou a bater nas costas dela, como se tocasse um pandeiro.

— Vai ficar tudo bem. Não é culpa sua.

Dias depois, Hazel encontrou um envelope no bolso de seu avental. Dobrado dentro dele havia um cartão com o cabeçalho DE NORA ALISSON LAKES gravado em letras douradas:

Emprego e despesas a serem pagas durante toda a vida de Hazel Ledbetter e do filho que será o mais velho e o primogênito na época de seu nascimento, seja homem ou mulher. A remetente humildemente sugere que esse dinheiro seja mantido em uma conta bancária até a criança ter dezoito anos e desejar embarcar em sua própria vida.

Hazel assinou o cartão e devolveu o envelope ao bolso. Dias depois, encontrou um recibo de depósito ali. Bessie fingia não saber nada sobre o assunto, mas só ela poderia identificar qual avental branco no cabide era o de Hazel.

Quando dormia, os pesadelos com Teddy chegavam. Ela sentia a respiração dele na orelha e ouvia o ritmo cadenciado reverberando em seu tímpano. Sentia o cheiro do cigarro que ele fumava e do bacon que ele comia no café da manhã. Sentia a beirada da mesa da cozinha pressionando-lhe a pélvis, onde deixou uma cicatriz permanente, cada vez que ele estocava contra seu corpo. Depois Hazel via o rosto dele, uma cena que não tinha visto na vida real. Os traços deformados pelo prazer do poder, os olhos semicerrados e a língua se projetando como a de uma cobra a cada penetração. Ela acordava depois que o pai aparecia e explodia a cabeça de Teddy com uma espingarda.

Durante o dia, Bessie a mantinha ocupada. Agindo como *sous-chef* de seu assento à mesa, ela recitava receitas para Hazel entre histórias sobre o filho que morava em Chicago e tinha acabado de ser pai pela terceira vez.

Hazel lhe dava corda porque ouvir era um ato de bondade: quando perguntou a Adelaide se ela planejava acompanhar Bessie a Chicago para conhecer o bebê, Hazel soube que o filho de Bessie tinha morrido mais de dez anos antes. Fora encontrado enforcado depois de ter organizado um boicote na madeireira onde trabalhava, exigindo outras tarefas para os negros além do árduo trabalho de carregar madeira.

— Ela passou dias sentada na banheira, uivando como se uma parte de seu corpo tivesse sido amputado — contou Adelaide. — Ela esteve muito perto da morte depois de perder aquele garoto. — Quando a água esfriava, Adelaide fervia mais e alimentava Bessie com caldo. — Então, uma manhã, ela saiu da banheira, se vestiu e voltou ao trabalho como se nada houvesse acontecido. O esquecimento é o único motivo para ela ainda estar respirando.

Bessie não era a única assombrada na casa dos Lakes. A sra. Nora nunca mencionava o nome de Maria, mas ofereceu um bolo a Hazel no primeiro aniversário da menina.

— Ela não pediu minha ajuda — comentou Bessie mais tarde, quando soube disso.

A sra. Nora não voltou a fingir interesse pela confeitaria; vendeu a BabyCakes, e Hazel a entreouvia rindo com os convidados, odiando a facilidade com que a senhora mentia. *A última coisa que quero voltar a fazer é peneirar farinha e cortar manteiga.*

A exceção não amoleceu o coração de Hazel. Tratava-se de um reconhecimento débil da existência de Maria, mas Hazel, convencida de que o mundo precisava de mais menininhas negras mimadas, levou para casa a caixa cor-de-rosa, perfurou a criação de três camadas com o número exorbitante de velas fornecidas, as acendeu e cantou "Parabéns a você" para a filha. Os olhos de Maria brilharam, fascinados pela luz das velas, enquanto ela batia palmas.

Depois do terceiro setembro desse jeito, Hazel começou a temer o dia em que Maria perguntaria de onde vinham os bolos recheados nas caixas cor-de-rosa feito pétalas. A verdade era difícil de ser verbalizada. Ela poderia ter deixado a casa dos Lakes, mas seria forçada a se mudar para outra cidade, sozinha, e a procurar outro emprego. Além do mais, por mais complicado que fosse, era confortável ter laços.

Quando Bessie morreu, Hazel começou a ter pesadelos de novo, temendo o retorno de Teddy para o funeral.

— Ele não vem — disse Adelaide.

Hazel, sabendo o quanto os filhos dos Lakes amavam Bessie, não foi ao funeral, insegura. Essa foi uma decisão da qual logo se arrependeu, porque a cerimônia aconteceu sem a presença de Teddy, como Adelaide tinha dito que aconteceria.

Naquela noite, Adelaide levou Hazel ao túmulo de Bessie, cavado no limite da propriedade dos Lakes, embaixo de um dos pessegueiros do pomar. Olhando para o montículo, Hazel não pôde deixar de pensar em como a carne decomposta de Bessie se misturaria às raízes da árvore e ajudaria a nutrir a fruta suculenta que comeriam durante o ano todo. Agora seria Hazel a fazer as conservas e a geleia de Natal. Em vez de lágrimas, pensamentos mórbidos sobre os outros corpos que poderiam estar enterrados sob aquelas árvores reviraram seu estômago até Hazel sentir o jantar subindo pelo esôfago. Adelaide começou a acariciar suas costas, e ela se abaixou e apoiou as mãos nos joelhos.

— Você foi uma filha para ela.

Hazel queria dizer o que sentia, mas não conseguia, sentia que seria uma traição à própria mãe. Adelaide segurou a mão dela enquanto voltaram caminhando pelo bosque, entrando e saindo da rede de sombras criada pelos galhos sob o luar. Hazel olhou para trás antes de chegarem à rua principal e pensou ter visto alguém se esconder atrás de uma árvore.

O coração dela era uma ferida cicatrizando lentamente, ainda purgando, desesperado para selar qualquer exposição, mas perder Bessie arrancou a pequena casquinha que tinha se formado ali. Em seu testamento, deixado aos cuidados de Nora Lakes, Bessie deixou a casa para Hazel, que se negou a ir morar lá e a ofereceu a Adelaide e Lefred, que precisavam de um quintal maior para a horta.

— A gente não precisa morar lá para isso — disse Lefred. Ele gostava da vista de sua varanda, de onde podia apreciar Cottonwood em um ângulo de cento e oitenta graus. — Garota, qual é o seu problema? Por que essa atitude esquisita em relação à casa?

Hazel começou a chorar.

— Eu nem falei para ela que a amava.

— Bonequinha. — Ele estendeu a mão para a dela. — Ela sabia.

Meses mais tarde, depois que Hazel e Maria se mudaram para a casa, Hazel encontrou um fundo falso dentro do único guarda-roupa. Nele, em uma caixinha de metal, havia uma Bíblia da família, as receitas de Bessie para a BabyCakes e seu testamento, o qual deixava todos os seus bens para o filho, William. Foi então que Hazel soube que a sra. Lakes havia intercedido e garantido que ela ficasse com a casa que, de outra forma, teria ficado vazia. Depois disso, o coração de Hazel amoleceu um pouco com relação à sra. Lakes. Ela não conseguia identificar, mas havia algo de diferente na senhora, uma fagulha de *alguma coisa* da qual gostar.

<hr />

No verão antes do quarto aniversário de Maria, Teddy e Lanie voltaram à mansão dos Lakes. A filha deles, Shirley Claire, tinha quase três anos e já havia crescido o suficiente para passar o verão na casa dos avós enquanto os pais viajavam.

Maria pegou um resfriado dias antes da data em que eles chegariam. Adelaide e Lefred estavam visitando a família, e ninguém podia cuidar de uma criança doente, então Hazel levou Maria para os aposentos de empregada. Para garantir que a criança ficasse dormindo, Hazel esfregou Vick em seu peito e deu a ela um gole de uísque, melado e limão. Naquela tarde, Hazel entrou em pânico quando voltou e descobriu que a filha tinha desaparecido. Encontrou-a no quarto de Shirley Claire, no terceiro andar da casa de quatro andares.

Hazel espiou pela fresta da porta e viu as irmãs brincando no tapete, entre animais de pelúcia, livros e blocos de madeira. Elas não eram nada parecidas, exceto pelas entradas na testa, como as do pai, e os tons avermelhados do cabelo. Shirley Claire era ruiva com fios alaranjados nas pontas; o traço hereditário de Maria era oculto, assim como a identidade de seu pai, e só aparecia à luz do sol. Hazel não saberia dizer que outras qualidades Maria herdara do pai. Presumia que Teddy havia sido instruído a desaparecer durante aquela estadia; Hazel só o vislumbrara chegando. Ele e Lanie faziam todas as refeições fora.

Ainda doente, Maria se deitou sobre uma girafa de pelúcia e fechou os olhos. Shirley Claire, ainda querendo brincar, pegou o brinquedo. Maria o puxou de volta, e Shirley perdeu o equilíbrio e caiu para trás. Um baque pavoroso ecoou contra o braço de Maria, e seu grito furioso fez Hazel entrar correndo e pegá-la no colo. Um livro de capa dura, aberto, ocupava o lugar onde Maria estivera, arremessado por, Hazel agora percebia, Lanie Lakes, que estava sentada em uma cadeira de balanço no canto esquerdo do quarto. Maria escondeu o rosto molhado de lágrimas e muco no pescoço de Hazel, encolhendo o bracinho entre o corpo das duas. Igualmente assustada, Shirley Claire começou a chorar e puxar a bainha do vestido de Hazel, tentando alcançar a companheira de diversão.

Lanie era ainda mais fria do que quando Hazel a conhecera, agora que vivia a realidade cruel de seu casamento arranjado. Por uma fração de segundo, pareceu sentir vergonha da própria crueldade, mas depois a encarou com ar ameaçador quando viu que Hazel era a única testemunha.

— Ela nem devia estar aqui.

— Ela está doente, senhora. Eu não tinha ninguém com quem deixar ela.

— E a trouxe aqui para contaminar todos nós? — Lanie passou pela filha para brandir um dedo na frente do rosto de Hazel. — Você sabe que estamos de partida. Estava tentando arruinar nossa viagem.

Hazel começou a recuar para sair do quarto.

— Não, senhora — disse, batendo suavemente nas costas de Maria.

Os soluços da menina não davam sinais de perder a força. Lanie as seguiu e ficou olhando do alto da escada, ignorando a filha que, no meio de uma crise de birra, se contorcia no chão, até Hazel desaparecer com Maria pelo corredor.

O médico disse que o braço de Maria não estava quebrado, mas inchou tanto, que ela não conseguiu movê-lo por duas semanas depois da agressão de Lanie. Os pensamentos de Hazel eram dominados por fantasias em que ela machucava Lanie: um tombo do alto da escada de madeira de dezoito degraus, um escorregão no piso recém-encerado, os dedos presos na porta.

Sem saber por quanto tempo ainda poderia resistir, depois de dez minutos pensando em temperar a sopa de Lanie com vidro moído, Hazel agradeceu a Deus quando chegou para trabalhar certa manhã e soube que Teddy e Lanie tinham partido.

A sra. Nora encontrou Hazel à porta da cozinha com a filha traumatizada do casal gritando e se debatendo contra o corpo da avó, que a segurava.

— Ela grita ainda mais alto quando a ponho no chão. Não deixa o sr. Lakes nem mesmo olhar para ela. — Ela encarou Hazel com uma expressão suplicante ao lhe entregar a criança.

Shirley Claire parou de chorar e se agarrou aos ombros do uniforme de Hazel com as mãos molhadas. Então olhou para a avó com uma expressão aliviada.

A sra. Nora riu.

— Os bebês sabem onde estão mais seguros. — Ela levou a mão à testa. — Vou precisar de sua ajuda neste verão. Não cuido de um bebê há quase trinta anos.

A sra. Nora não levou em consideração os sentimentos de Hazel sobre cuidar da segunda filha do homem monstruoso que a havia engravidado de maneira tão violenta. Hazel decidiu que ou a sra. Nora confiava nela cegamente, ou a subestimava por completo. Mas Hazel não era capaz de ser cruel com uma criança. A emoção mais forte que sentia pela menininha era empatia.

Shirley Claire se apegou a Hazel como se nunca tivesse tido uma mãe e, como os Lakes não suportavam ouvir o choro da menina, os horários de Hazel mudaram para girar em torno das necessidades da criança, o que exigiu que Adelaide entrasse em cena para evitar que Maria fosse negligenciada.

Às vezes, levava horas para conseguir acalmar Shirley Claire. Hazel presumia que esses eram os raros momentos em que ela sentia falta dos pais.

Certa tarde, em um gesto inesperado, o sr. Lakes pegou a neta dos braços de Hazel.

— Deixe-me tentar.

Eles desapareceram escritório adentro e, poucos minutos depois, Shirley Claire se acalmou. Perplexa, Hazel se aproximou da porta e ouviu o avô lendo para ela:

O que é a vida se, tomados de preocupação,
Não temos tempo para observá-la do chão?
Não temos tempo para sob os galhos descansar,
E ver carneiros e vacas a pastar:
Sem tempo para ver, quando pelo bosque andamos velozes,
Onde os esquilos escondem suas nozes:
Sem tempo para ver, em plena luz do dia,
Riachos cheios de estrelas, como um céu à noite brilho irradia:
Sem tempo para seguir a Beleza com o olhar,
E observar seus pés, quando ela se põe a dançar:
Sem tempo para esperar até que a boca dela enriqueça
Aquele sorriso largo que nos olhos começa?
Que vida pobre é esta, tomada de preocupação.
Que não temos tempo para observá-la do chão.

Ao fim da história, Shirley Claire dormia encolhida como um bichinho no colo do avô. Ao vê-la parada à porta, o sr. Lakes acenou, chamando-a para entrar. Ela hesitou.

— Quer que eu leve Shirley Claire para a cama?

Hazel conseguia ver uma gota de suor escorrendo do alto da cabeça dele. O sr. Lakes estava sempre suando, mesmo nos meses de inverno. Ela imaginava que o homem cheirasse a uma toalha que nunca secava por completo.

— Eu cuido disso. A pequenina é pesada. — O sr. Lakes ajeitou a menina para encaixar a cabeça dela na dobra de seu braço. — Ela está sonhando agora. — Ele apontou para o livro de poesia sobre a mesinha. Hazel viu o nome no dorso: W. H. DAVIES. — Eu lia esse poema para os meninos quando eram pequenos. Imagino que seja relaxante. A descrição de como a vida devia ser.

— E como devia ser?

— Só passar o tempo sem fazer nada em especial.

Hazel pensou em como o sr. Lakes passava seu tempo e começou a entender. E ouviu quando ele começou a recitar o poema de cor.

As palavras eram melódicas e levaram sua atenção para fora, para os raios de sol que atravessavam a copa das árvores e se derramavam sobre o assoalho de madeira sob seus pés. Ela estendeu a mão, esperando o sol banhar sua pele. O rangido de uma tábua do piso a tirou do aconchego. O sr. Lakes estava *à* porta com Shirley Claire.

— Fique com o livro, parece que funcionou com ela também.

Depois de ler o poema antes de cada soneca de Shirley Claire a partir desse dia, Hazel logo o decorou e começou a recitá-lo também para Maria nas raras noites em que estava em casa para colocá-la na cama. Às vezes, Maria era complacente e aceitava Hazel de imediato; outras vezes, ela se agarrava a Adelaide, recusando o toque da mãe.

Então, em um dia de julho, nada funcionou, e os gritos de Shirley Claire tornaram-se insuportáveis para o casal de idade.

— Ela está entediada, e faz muito calor. A menina não pode mais passar o dia inteiro nesta casa — disse a sra. Nora, entregando a Hazel um maço de dinheiro. — Vá ao parque, compre sorvete para ela, leve-a ao cinema... qualquer coisa.

— Mas, sra. Nora, eu não tenho permissão.

— Enquanto estiver cuidando dela, você tem. — Mulheres negras eram toleradas em espaços exclusivos para brancos quando acompanhavam crianças brancas. — Se algum daqueles vagabundos olhar torto para você, diga que venham falar comigo.

Obrigada pela lei a manter os olhos no chão, afastar-se para dar passagem e falar pouco, Hazel sentia-se um fantasma entre os brancos que viviam em Winston-Salem. Eles passavam por ela, sorriam para Shirley Claire e nem olhavam para sua cara. Ela não se incomodava. Ser notada pelos brancos levava a situações das quais não era possível sair. Ser olhada significava que eles queriam alguma coisa para chutar, muito parecido com um cachorro. Essa era uma lição que Hazel tinha aprendido direito. Além do mais, ser ignorada permitia a ela que continuasse observando o mundo do qual a filha deveria fazer parte.

Com o dinheiro que recebia todos os dias para atender a cada capricho de Shirley Claire quantas vezes eles surgissem, Hazel começou a desviar uma parte para Maria, decidindo que um dia a filha também teria e faria tudo o que Shirley Claire tinha e fazia. Mas Hazel só encontrou essa coragem em agosto. Quando o aniversário de Shirley Claire passou sem o bolo de três camadas e as velas que a sra. Nora sempre mandava para Maria, Hazel decidiu que a sra. Nora haveria de querer que Maria tivesse os benefícios que o dinheiro proporcionava.

CAPÍTULO 5
Hazel

VERÃO DE 1942

No domingo seguinte, e todos os domingos depois deste, Hazel levou Maria a Charlotte. A apenas duas horas de ônibus, era a cidade grande mais próxima de Winston-Salem. Lá ninguém as conhecia, o que fazia da cidade o lugar perfeito para criar a impressão de que Maria era sua pequena senhora.

— Nunca me chame de "mamãe" na frente dos brancos. Me chama de "Hazel", ouviu?

— Sim, senhora.

— Deixa a conversa comigo, aconteça o que acontecer... entendeu? Não responda às perguntas de ninguém, só às minhas.

A pele de Maria era um manto de aceitabilidade, e Hazel a usava para abrir as portas da frente de todos os espaços aos quais a presença de crianças negras não era permitida. Elas iam à biblioteca, e Maria aprendeu a nadar na piscina pública. Gostavam de fazer piqueniques no Royale Park.

Do armário do andar de baixo, Hazel pegou emprestado um dos cobertores de jardim dos Lakes, no qual havia um grande "H" bordado, para se sentarem nele. Hazel ouvia Maria ler em voz alta enquanto refazia as tranças de seus rabos de cavalo; de vez em quando, verificava se as mechas ainda cresciam lisas desde a raiz. Toda semana, Maria chegava em casa com fitas novas, um par de luvas, um livro ou, em ocasiões especiais, uma boneca da loja de departamentos Ivey's. A loja só vendia bonecas brancas, mas todas tinham os olhos de Maria.

O lugar favorito delas era o cinema. Hazel tinha que ficar de pé — negros só tinham permissão para sentar-se no piso de cima —, mas usava sapatos confortáveis, mais preocupada com mostrar à filha as vidas tranquilas vividas na tela do que com o próprio conforto. Maria sentava-se como uma pequena lady, sozinha, na seção do cinema reservada aos brancos, ereta e quieta durante todo o tempo de exibição do filme, exceto quando sorria ou movia os ombros com alegria. Shirley Temple era sua favorita.

Depois, Maria saltitava pelo corredor do cinema como se não houvesse mais ninguém em volta, balançando os braços e elevando os joelhos ágeis até o peito. As pessoas saíam do caminho ou eram atingidas por um braço; de qualquer maneira, sorriam para a linda garotinha feliz. Hazel seguia Maria enquanto a pequena abria caminho até o saguão, e de lá para a saída. Hazel não parava nem depois disso. Era bom poder andar por uma linha reta e desobstruída no mundo branco.

Elas iam à lanchonete comer misto-quente, hambúrgueres e picles. Hazel não podia comer, mas gostava de ver Maria. Na terceira visita, Maria lhe entregou metade de seu misto-quente.

Hazel empurrou a mão dela de volta ao prato.

— Coma você. É uma refeição especial.

— Mas você também gosta de sanduíche com queijo.

— Sim, mas comê-lo aqui é o que o torna especial.

Maria olhou em volta.

— Todas essas pessoas são especiais?

Hazel sorriu.

— Todo mundo é. Cada um do seu próprio jeito.

— Então por que a comida especial é só para as pessoas brancas?

— Você não é branca — cochichou Hazel.

Maria tinha mais perguntas, mas seguiu comendo quando aquela cara de "faça o que mando", que conhecia bem, cruzou o rosto de Hazel.

— Coma.

— Eu sou clara — anunciou Maria mais tarde no ônibus. Ela encostou o braço no de Hazel. A diferença era evidente. — Você é negra.

Houve risadinhas de outros negros no ônibus, provavelmente por já terem tido a mesma conversa com uma criança negra. A raça negra tinha tonalidades variadas que iam do branco nevado ao preto retinto. As crianças não entendiam como todas eram chamadas de "negras" ou "de cor".

Hazel aninhou-a ao lado e sussurrou que elas conversariam em casa.

— Você é igual a mim, mas não precisamos falar sobre isso. Os brancos não pensam sobre serem brancos o tempo todo, então por que temos que pensar? — Para conquistar o que Hazel pretendia para seu futuro, Maria teria que desenvolver uma personalidade camaleônica, a qual deveria ser como uma segunda natureza para ela. — Deixe as pessoas pensarem o que quiserem sobre você. Não é da conta delas, de qualquer maneira. Aprenda a se adaptar, independentemente de onde estiver.

Hazel nunca disse à filha para não contar a ninguém sobre as viagens que faziam a Charlotte, mas, de algum jeito, Maria sabia que não devia mencionar a ninguém em Cottonwood as mulheres brancas que a punham no colo, a mimavam com doces e brincavam com seu cabelo quando ela ia ao salão da Ivey's ou a restaurantes. Orgulhosa, Hazel observava quando as vendedoras brancas paparicavam sua filha. Se soubessem a verdade, cuspiriam nela.

Nascida clara, Maria permaneceria assim até o dia de sua morte. De porte delicado e magro, tinha pernas torneadas, grandes olhos de corça, queixo fino e nariz pequeno. Cada traço era suave, como um busto de marfim com traços perfeitos. Os olhos mudavam do azul-acastanhado para o azul-acinzentado, como se conhecessem a dor de sua origem e o futuro sombrio que nela havia semeado. Ciente dos problemas que a beleza poderia trazer, Hazel reduzia a importância dos elogios dos outros.

— Beleza é só beleza, mais nada.

Os elogios das damas brancas não influenciavam o tratamento que Maria recebia em casa. Qualquer medida de vaidade era impossível em Cottonwood, onde os que conheciam a menina a rejeitavam e só lhe ofereciam insultos. Sua beleza a tornava um alvo do desejo masculino e, consequentemente, da inveja feminina. A marca da mãe a ostracizava, a privava da solidariedade de seus professores, que viam a crueldade acontecer todos os dias sem interferir. As pessoas a odiavam, mas mesmo assim ela chamava toda a atenção na sala, um poder que ainda não sabia ter.

Enquanto todos estavam sentados na igreja, na manhã de domingo, Hazel e Maria eram vistas saindo de Cottonwood em suas melhores roupas. As mulheres, que eram mais duras com Hazel, presumiam que ela estava levando a criança para ver o pai; de acordo com os rumores, Hazel nunca tinha deixado de encontrar o filho dos Lakes. Ninguém sabia a verdade, mas todo mundo aceitava que, o que havia acontecido entre Hazel e Teddy Lakes não podia ter sido tão ruim, se ela ainda trabalhava na casa dos Lakes depois de todos esses anos. E, do ponto de vista dessas pessoas, tudo indicava que ela andava tirando bastante coisa disso. E era bem remunerada também, eles ouviram dizer.

Na escola, as crianças repetiam as coisas que ouviam os pais dizerem. Um dia, Maria voltou para casa ofegante e inconsolável com perguntas sobre quem era seu pai. As crianças a tinham chamado de "vira-lata", uma "golden retriever mestiça", e dançaram em volta dela no recreio repetindo o xingamento sob o olhar dos professores.

— Eles não sabem que também tenho que sentar no fundo do ônibus?

Maria tinha acabado de completar seis anos, era nova demais para essa conversa. Hazel teria preferido salpicar as informações em pequenas porções ao longo dos anos, como a trilha de migalhas de pão na fábula de que Shirley Claire gostava. O momento fez Hazel se lembrar de que, por mais clara que fosse, Maria *não era branca. Sua inocência não poderia ser protegida. O mundo forçava meninas negras a amadurecerem mais depressa que todo mundo*; a feiura no mundo era imposta primeiro a elas.

— O nome dele é Theodore T. Lakes Terceiro — revelou Hazel, apontando para o nome da família no rótulo da latinha de tabaco que ficava sobre a mesa da cozinha da casa delas. — Chamado assim em homenagem ao pai e ao avô dele. — Ela apreciava uma pitada de tabaco, que colocava no meio do lábio inferior todas as noites, quando Maria lia para ela, em voz alta, os livros que Hazel pegava na biblioteca do sr. Lakes.

— E é tudo meu também? — perguntou Maria.

O rótulo vermelho e branco do Tabaco Lakes era visto em todos os lugares — nos ônibus, prédios e outdoors. Todos os anos, na parada do Quatro de Julho, a família atravessava a cidade em um carro alegórico da largura da rua.

Hazel abriu os braços, acenando para casa de dois dormitórios.

— Parece que é?

— Mas por que as outras crianças dizem que sou rica?

— Porque elas *não sabem de nada.*

— Mas meu pai é rico.

— Sim, seu pai é.

— Mas por que...

— Porque as coisas são assim para meninas negras. Mas a gente nunca vai passar fome nem ficar ao relento, no frio.

— Por que ele não veio me ver?

— Ele não mora mais aqui.

— Bom, e onde ele está?

— Na última vez que eu soube, ele estava na Virgínia.

— E ele não vem visitar?

— Talvez, mas não para te ver. — Hazel pôs Maria no colo para fazer o anúncio mais importante: — E, se algum dia o vir na rua, você não pode falar com ele.

Maria fez cara de choro, e Hazel a acalmou antes de a primeira lágrima cair.

— Existem algumas verdades na vida que é melhor aceitar o quanto antes. Esta é uma delas. — Depois disso, Hazel deslizou a filha para o chão e entrou no quarto para pegar os valiosos brincos de bola de ouro do fundo falso na cômoda.

Ainda sentada no chão, Maria olhou para a mãe quando ela voltou.

— Odeio esse lugar feio.

Hazel sabia que ela estava mais constrangida do que magoada; as crianças de Cottonwood sabiam mais sobre sua vida do que ela mesma.

— Sabe, pessoas como você... misturadas com um pouco disso e um pouco daquilo... nascem aqui desde que os Estados Unidos foram chamados de Estados Unidos. Foram filhos e filhas de homens importantes neste país.

Maria se animou um pouco.

— E, acredite em mim — continuou Hazel —, eles também não podiam chamar o pai de "papai".

— Como você sabe?

Hazel abriu a mão esquerda para mostrar as esferas de ouro brilhantes.

— Estes brincos estão na nossa família desde os tempos da escravidão. Seu tataravô os deu para uma escravizada, Elizabeth. Eles tiveram dois filhos. Temos os olhos dele.

— Por quê?

— Por que o quê?

— Por que ele deu os brincos para ela?

— Acho que a amava, e ele era um homem rico.

— Bem, e ele também deu a ela a liberdade?

— Não.

— Então, para que ela precisava de brincos?

Hazel riu da lógica da filha.

— Eles podem servir como uma lembrança.

— Da escravidão?

— Não, de quem você vai ser. Há dois tipos de pessoas no mundo, Maria: pessoas com tempo para se sentar embaixo de árvores, olhar para o céu e pensar na vida — ela balançou os brincos —, e pessoas que acabam penduradas nessas mesmas árvores, olhando para baixo, para a vida que poderiam ter tido, se tivessem nascido diferentes. Você nasceu diferente, com a graça de Deus, por isso pode escolher. Escolha a vida dos brincos de ouro.

Maria a encarava com olhos grandes, incapaz de processar o que ouvia. Mas Hazel sabia que, com o tempo, ela entenderia — ela mesma garantiria que entendesse, nem que fosse a última coisa que fizesse.

Maria pegou um dos brincos.

— Sua mãezinha que te deu?

— Mais ou menos isso.

— Como ela era?

Hazel sorriu, percebendo que era a primeira vez que Maria fazia essa pergunta.

— Ela cantava muito. — Refletindo sobre o passado, sua mãe era feliz, apesar de passar os dias limpando peixe e cuidando de uma família de treze pessoas. Mesmo que não tivesse sido escolha dela, ela agia como se fosse. — Tinha uma voz bonita. E ela também tinha os nossos olhos, sabe?

Maria suspirou.

— Você me falou. Mas eu ainda quero ter olhos castanho-escuros como todo mundo.

Hazel sugou o ar por entre os dentes.

— Acerta isso com Deus. Você tem a aparência que tem, e ela nunca vai mudar.

※

No dia seguinte, Hazel foi à escola para falar com a professora de Maria, Mabel Wish. A maioria dos problemas de Maria na escola eram atribuíveis a coisas que ela não era capaz de controlar, e o ódio de Mabel por ela era uma dessas coisas. Mabel tinha sido uma das autoindicadas líderes do grupo de adolescentes da igreja que fizeram questão de isolar a gestante Hazel. Excluí-la tornou-se uma obsessão quando o namorado de Mabel carregou as compras de Hazel uma noite, depois de vê-la com dificuldade para acalmar uma Maria bebê. Mabel compartilhava suas especulações sobre Hazel e Teddy Lakes com qualquer um que lhe desse ouvidos. Agora, lá estava a filha de Hazel em sua turma, esperta como um chicote, linda como uma boneca e tão infeliz quanto poderia ser, levando-se em conta as circunstâncias. Hazel suspeitava de que Mabel havia gostado de pôr a criança no lugar dela.

Quando Hazel chegou ao prédio da escola, estava tão furiosa que Mabel pensou que poderia ser agredida. A mulher atribuiu todos os problemas de Maria à sua inteligência. Maria escrevia histórias durante a aula e ignorava as lições, enquanto os outros ainda tinham dificuldade para ler.

— Você é a professora. Se ela está fazendo outras coisas em sala de aula, o problema é seu.

Hazel tinha ensinado Maria a ler quando a menina tinha quatro anos. Primeiro a fez decorar o poema da hora de dormir, depois a ensinou a ler as palavras. Desde então, elas haviam passado muitas tardes no parque em Charlotte (e ainda mais noites, Maria com seu leite morno e Hazel com seu tabaco de mascar) imersas em uma história. O resultado disso era que Maria estava eras à frente, emocional e academicamente, do esperado para sua idade.

— Eu ia sugerir que Maria fizesse as aulas de escrita e leitura com a turma da segunda série.

— E quando ela ler e escrever melhor que a segunda série, o que vai acontecer?

— Lidaremos com isso quando acontecer.

— Do mesmo modo que lidou com os pequenos? — Hazel apontou na direção do bosque. — Maria voltou para casa chorando. Ninguém se importou com a segurança dela. Todos vocês a viram sair correndo.

Mabel suspirou.

— A culpa é sua se ela é tão diferente de todos os outros.

— Todo mundo é diferente de todo mundo, Mabel. Minha filha não pode mudar as circunstâncias de seu nascimento.

— Ela destoa de todo mundo, como um holofote… cegando a todos.

— É por isso que você é tão maldosa? Ela é só uma criança. Não sabe nada sobre como chegou a este mundo.

— Eu não fiz nada com sua preciosa filha.

— Tem razão. Você não fez nada… quando era sua obrigação protegê-la. Minha filha ficou com medo e confusa. Crianças perguntando sobre um homem branco que ela nunca conheceu, a chamando de coisas feias. Eu não queria ter que contar nada sobre ele, mas, graças a você, contei.

Mabel não parecia arrependida o bastante. Hazel se ouviu sibilar:

— Se você não fizer esses ataques contra minha filha pararem, eu vou bater de porta em porta e contar para *todo mundo* sobre você e o pregador. — A porta dos fundos da casa de Mabel era visível do banheiro externo de Hazel, e mais de uma vez ela viu o pregador, o mesmo homem que tinha repreendido publicamente sua moralidade, sair por aquela porta de modo sorrateiro, levantando a calça.

— Ninguém acreditaria em você.

— Os Bends também viram. — Era mentira, mas Adelaide e Lefred eram idosos em Cottonwood, e Mabel sabia que ninguém refutaria o testemunho do casal.

— Você e essa sua filha pensam que são melhores que todo mundo.

Hazel atravessou a sala com passos furiosos, parou a um segundo do contato físico e, em vez disso, apontou um dedo a menos de dois centímetros do rosto de Mabel.

— Maria também tem que se sentar no fundo do ônibus, sabe. Ela é aluna desta escola, em vez de estudar na radiante escola dos brancos, porque eu sou a mãe dela. E minha filha não pode fazer nada quanto a isso. Você devia se envergonhar.

<hr />

Mais tarde, Hazel estava lavando batatas quando Maria chegou saltitante pela porta. Duas meninas da turma tinham se afastado do grupo para voltar para casa com ela. Normalmente, Maria andava atrás dos outros, que não queriam ser vistos no bosque com uma "menina branca".

Hazel não ergueu os olhos da pia.

— Não se esqueça de como elas te trataram antes de terem que ser gentis.

— Mas elas pediram desculpas.

Hazel pegou uma faca e começou a descascar uma batata, sentindo a necessidade de contar a verdade à filha.

— Eu fui lá falar com sua professora. — Hazel tinha visto Maria colhendo flores naquela tarde durante o recreio, no limite do terreno da escola onde cresciam as roseiras silvestres. Tinha esperado ela ficar de costas para atravessar a área e chegar ao prédio.

— Hoje? — Os olhos de Maria cintilaram e ficaram azuis da cor do Atlântico, como acontecia quando ela estava feliz. A menina enlaçou a cintura de Hazel com os braços. — Eu sabia! Não te vi, mas senti sua presença!

Ainda com as mãos ocupadas, Hazel se inclinou para beijar a cabeça da menina.

— Espero que sempre consiga sentir minha presença, meu bem.

CAPÍTULO 6
Elise

MANHÃ DE DOMINGO, 29 DE OUTUBRO DE 2017

A chuva começou por volta das três da manhã. Ainda no Poleiro, Elise viu a mãe abandonar a xícara de chá sobre a mesinha no centro do labirinto para proteger o cabelo alisado com chapinha, o qual cobriu com as duas mãos enquanto corria pelo caminho, subia a escada da varanda e entrava na cozinha pelas portas de correr de vidro. Elise também entrou.

Quando a chuva começou a bater e respingar contra as janelas, Elise vestiu as roupas de ginástica, esperando poder ir, com alguma privacidade, à academia naquela manhã. A umidade fazia os residentes de Los Angeles, inclusive os perseguidores de celebridades, pensarem duas vezes antes de sair de casa sem necessidade. Um único acidente — provável em um lugar onde o sol constante fazia os moradores reagirem a qualquer chuvinha como se fosse um temporal de granizo — podia bloquear a cidade toda. Perder horas preciosas de um fim de semana preso no trânsito podia fazer até o angelino mais tranquilo perder a cabeça.

Além disso, Elise se exercitava às seis da manhã havia anos, e o mercado estava saturado de fotos dela toda suada saindo do estúdio Tracy Anderson Method. Com ou sem escândalo, nenhum paparazzo se arriscaria a sair tão cedo, na chuva, por uma foto que não conseguiria vender.

E, se a fotografassem, Elise não se importava. Durante a semana anterior, seu quarto tinha sido a academia, e a substituição era insuficiente.

Quando as irmãs acordaram para acompanhá-la, ela lembrou-lhes da agressividade dos fotógrafos, mas as duas insistiram. Aliviada por não terem sido seguidas quando Andy entrou na rodovia, Elise sugeriu tomarem café da manhã em Melrose depois do treino.

— Vamos chegar lá às sete e meia... horas antes do movimento do brunch.

Comeriam e iriam embora antes que os comilões dedicados, dispostos a enfrentar o dilúvio, chegassem. Era um risco, mas renderia uma boa lembrança, o que era importante em um tempo que parecia ser tão melancolicamente orquestrado.

Depois do treino, foi impossível tomar café da manhã em qualquer lugar que não fosse em casa; os paparazzi, que agora lotavam a viela atrás da academia, as seguiriam e acabariam com a paz de todo mundo. A fama oferecia privilégios, mas as pessoas os trocavam por liberdade. As irmãs St. John preferiam não submeter outras pessoas às suas inconveniências.

Elise se mantinha atrás de Andy. Sempre sua primeira linha de defesa, o ex-jogador de futebol profissional tinha um metro e noventa e oito de altura, pesava cento e quarenta quilos e era uma fortaleza. Ele abria caminho às cotoveladas, usando os braços como uma barricada contra os fotógrafos, que posicionavam as câmeras na cara das irmãs, apesar de sua circunferência e alcance dos braços. O ar frio atingiu as costas suadas de Elise quando Noele agarrou sua camiseta. Os cliques das lentes lembravam o ruído de um brinquedo irritante à medida que elas começaram a caminhada de sete metros até o Range Rover de Andy, estacionado no meio da rua. Elas mantiveram a compostura: cabeça e olhos baixos, óculos escuros, indiferentes ao coro invasivo e desesperado por respostas:

O que aconteceu com Kitty?
Qual é a sensação de ficarem seiscentos milhões de dólares mais ricas?
Por que Kitty Karr deixou o dinheiro dela para vocês?
Como ela morreu?

Eles cercaram o carro para fotografar através do para-brisa e das janelas laterais.

— Puta merda. — Noele cobriu o rosto com uma toalha e deslizou pelo banco de trás depois de Elise.

— Eu avisei.

Giovanni acenava para as câmeras entre os bancos da frente, exibindo os seios fartos no top esportivo de Elise, que era alguns números menor do que a irmã usava.

Elise a puxou para trás pelo elástico da cintura da calça de ginástica.

— Dá para parar?

— Papai tem razão... todo mundo precisa comer. — Giovanni passou por cima das irmãs e pulou para a terceira fileira, enquanto Andy mostrava o dedo do meio pela janela do motorista. Ele pisou fundo no acelerador.

— Tenham um pouco de respeito, babacas! Elas estão de luto. Hollywood inteira está.

Os fotógrafos se espalharam como formigas para segui-los em seus carros.

— Você não devia ter dito isso — falou Elise, encontrando os olhos castanhos de Andy.

— Estou cansado deles — respondeu Andy, e virou à esquerda. — Parasitas desgraçados. Lucrando com a dor dos outros... isso não é certo.

— Eles não criaram a indústria, Andy.

— Tudo bem — falou Giovanni lá do fundo. — Ele disse *Hollywood inteira*.

Elise nem se deu ao trabalho de olhar para trás.

— Hollywood inteira não se tornou parte da narrativa.

A ligação de Rebecca para o celular de Elise foi compartilhada pelos alto-falantes bluetooth do carro. Sabendo que ela estava ligando para criticá-la por terem permitido serem fotografadas, Elise silenciou a ligação e mandou uma mensagem: OCUPADA COM A FAMÍLIA. LIGO QUANDO DER.

— Ela vem hoje à noite? — perguntou Noele.

— Mas é claro.

As irmãs cochichavam sobre isso pelas suas costas. Giovanni falou pelas duas:

— O que ela acha que devemos fazer em relação a Kitty?

— Não sei — respondeu Elise. — Não perguntei, e ela não falou.

— Ela saberia como lidar com isso — opinou Noele.

— Duvido. Ela não mencionou a herança nem uma vez. — Elise sabia que Rebecca tinha evitado comentar acerca dos ataques racistas que haviam explodido on-line, algo pelo qual, para sua vergonha, ela a deixou se safar sem protesto.

— Vocês ainda estão brigando? — perguntou Giovanni.

— Não estamos brigando; nós discordamos fundamentalmente.

— Tenho certeza de que, para ela, foi chocante saber que você tem opiniões sobre o Vidas Negras Importam.

— Infelizmente.

Em seguida, a ligação de Aaron entrou pelo sistema de alto-falantes; ela também a silenciou. Uma mensagem de texto iluminou a tela do celular no mesmo instante: O QUE VC TÁ FAZENDO?

— Quem falou que não devemos comentar sobre Kitty? — quis saber Giovanni.

— A mamãe decidiu. Entendeu? *A mamãe*. — Elise tocou o ombro de Andy e pediu para ele aumentar o volume do rádio.

Giovanni falou ainda mais alto:

— Pensei que você não tivesse conversado com ela sobre isso.

Elise bateu no braço de Andy.

— Mais alto, por favor.

— Vai com calma — murmurou ele, antes de passar um baseado pequeno e o isqueiro por cima do ombro. Elise deu dois tapinhas em seu braço para agradecer, e Andy pegou a rampa de acesso à rodovia.

Ela desceu o vidro e acendeu o baseado quando ganharam velocidade por alguns minutos, antes de terem que reduzir de novo em um trecho de trânsito. A fumaça que soprava combinava com a manhã cinzenta. Ainda havia paparazzi atrás deles, mas estes dirigiam mais devagar que de costume por causa da chuva. Elise pouco se importava se eles tirassem uma foto. Aaron se importaria muito, é claro; ela leu de relance o parágrafo que ele escrevera sobre seu egoísmo por ter saído da casa dos pais. Elise ocultou as notificações e examinou suas playlists.

Dias nublados a faziam imaginar que eles eram todos criaturas em um globo de neve, girados e estudados à medida que os elementos desse mundo se assentavam. O pensamento de algo maior, de um plano maior, a confortava, e isso ajudou a reduzir um pouco a tristeza do luto. O deslizar dos pneus sobre a pista escorregadia, o barulho da chuva forte nas janelas do carro e Tupac com "How Long Will They Mourn Me?" iniciando a playlist da semana criaram uma sinfonia que a colocou em estado meditativo.

O último ano tinha transformado em rotina essa sequência — ginástica, playlists e maconha. Sancionada pelas duas pessoas com quem passava mais tempo, Andy e Rebecca, essa prática a mantinha lúcida, apesar dos cúmplices da fama, os paparazzi, e sua vigilância de quase vinte e quatro horas diárias que, ao mesmo tempo, a isolavam e exploravam.

A música tanto a distraía quanto a animava, e, quando combinada com o treino, Elise conseguia se desligar de tudo. Havia sido nesse estado, toda suada e fortalecida, que encontrara coragem para expressar uma opinião verdadeira em sua conta pública. Precisava de um pouco dessa coragem agora. Ao ouvir os cochichos das irmãs novamente, perguntou:

— Que foi?

— Não sabia que você fumava. — Noele estava sempre pronta para um interrogatório.

— Por quê? Você não fuma? — perguntou Elise.

— Fumo. Só não sabia que você fumava. — Noele tinha que ser a autoridade em tudo.

— É cedo demais para ficar chapada. — A voz de Giovanni subiu de tom no fim da frase, e ela franziu o nariz sardento em sinal de desaprovação.

— Por quê? Estou de folga até sexta-feira. — Elise sabia que Giovanni não havia esquecido sua sessão de fotos. Uma capa da *Vogue* também era um dos sonhos da irmã.

— Nenhum compromisso antes disso?

— Não, dei exclusividade a eles.

— Antes ou depois de Kitty? — falou Giovanni, mais seca.

— Antes — respondeu Elise.

Sem esperar pelas felicitações, ela reacendeu o baseado e pôs os pés no banco, apoiando o corpo contra a porta. O cabelo voou pela janela aberta, secando e ganhando volume a cada segundo. Andy acionou a trava das portas.

Ela passou o baseado pra Noele, que o segurou enquanto abria com os dentes um pacote de frutas secas e castanhas.

— Então você não vai falar sobre ela?

— Não.

— Eles perguntaram? — Giovanni limpou o rosto com um lenço umedecido e jogou a embalagem plástica para Elise, no banco da frente.

— Não sei — mentiu Elise.

Andy acelerou na via de acesso para a propriedade. A meio caminho da casa havia uma fileira de vans de serviço de bufê e aluguel de utensílios de festa, todas estacionadas na grama.

— Quantas pessoas virão para a homenagem póstuma a Kitty? — Noele tossiu e devolveu o baseado para Elise.

— Deveriam ser vinte e cinco — informou Elise.

— Mamãe falou em setenta e três. Estou surpresa por Kitty ter vinte e cinco pessoas para convidar — comentou Giovanni, em defesa da lógica da mãe. Ela passou o braço por cima de Noele para pegar o baseado de Elise, que o passou, sem lembrar à irmã que ainda era muito "cedo".

— Kitty conhecia meio mundo — ela disse. — Só não tinha o hábito de encontrar as pessoas.

— É, gente velha.

— Isso não é uma festa — argumentou Elise, de repente preocupada com a possibilidade de as vans não serem para a cerimônia de Kitty.

— A homenagem não vai ser feita na casa de Kitty? Por que as vans estão aqui? — indagou Noele.

— Aposto que a mamãe não cancelou a festa do aniversário dela — falou Giovanni. Ela fumou o que restava do baseado e o jogou pela janela na calçada.

Elise a encarou irritada quando desceram do carro.

— O Halloween nem é o aniversário dela de verdade.

Sarah nascera em setembro, assim como Kitty, mas se apoderou do Halloween depois de se mudar para a casa em Bel Air, porque essa era sua data favorita e a casa nova era um "sonho" para decorar.

Havia muito tempo que Elise suspeitava de que o gosto da mãe por comemorações tinha pouco a ver com sentimentalismo e se tratava, na verdade, de uma necessidade urgente de se distrair. Quando eram mais novas, às vezes a mãe fazia uma festa simplesmente por ser terça-feira.

CAPÍTULO 7
Maria

AGOSTO, 1946

As placas de EXCLUSIVO PARA GENTE DE COR eram sempre menores que as de EXCLUSIVO PARA BRANCOS. Essas eram sempre mais velhas, mais sujas, como se estivessem penduradas no mesmo lugar havia séculos, diferentes das placas que marcavam espaços para os brancos, que sempre pareciam novas, apesar de serem impressas ou manuscritas.

Maria permanecia muito ereta no corredor do ônibus, olhando para a placa de EXCLUSIVO PARA GENTE DE COR pendurada sobre sua cabeça por um arame enferrujado e torto. Ela firmou os pés, se preparando, conforme o motorista fez outra curva rápida demais. A mão da mãe era pesada e quente sobre seu ombro direito, puxando-a para perto de si para garantir que nem mesmo sua cabeça ultrapassasse a linha traçada no ar. Ela olhou para a placa de EXCLUSIVO PARA BRANCOS perfeitamente pregada pelos quatro cantos na frente do ônibus.

A seção dos brancos estava vazia, com exceção de uma mulher jovem, seu bebê agitado e o marido, que tinha se transferido para a primeira fileira para conversar com o motorista. Ele estendia as pernas pelo corredor, e os pés sobre o banco vazio.

Com exceção da conversa entre eles e do bebê, o ônibus estava quieto, mesmo estando cheio na parte de trás. Era assim que os negros se comportavam em espaços públicos, mesmo quando seus corpos, com frequência, os dominavam. Havia mais negros que brancos no ônibus porque muitos destes tinham pelo menos um carro. O ônibus estava mais cheio que de costume naquele domingo — além da viagem de duas horas pela estrada irregular até Charlotte, a maioria dos negros não queria passar o único dia de folga perto de brancos que usavam o transporte público por diversão no fim de semana —, mas era fim de agosto, e o início das aulas tornava essa viagem indispensável para alguns.

Maria era metade negra e metade branca (como o ônibus, como o mundo). Normalmente, ela procurava a linha delimitadora, imaginando que havia uma escondida em algum lugar, desenhada com giz. Porque, sempre que saía de Cottonwood, ela encontrava Jim Crow.

— Ele é o super-herói deles. Dá a eles poder sobre nós, permite que façam o que quiserem. Não fosse por ele, eles teriam que fazer o próprio trabalho... se esforçar de verdade.

— Tão preocupados em garantir que não vamos pisar um centímetro além da linha... A maioria é tão pobre quanto nós.

— E são preguiçosos.

Por trás de portas fechadas, Hazel e Adelaide falavam sobre os brancos como se fossem cachorros. Todo mundo falava.

Sem Bessie para amortecer a relação entre ela e a sra. Lakes, Hazel se incomodava com o tempo ocioso da mulher.

— Rezo todo dia para que a venda seja removida dos olhos deles. Às vezes, fico tão furiosa que quero arrancá-la a facadas! — Adelaide raramente deixava Cottonwood, exceto para trabalho, para evitar interações com os brancos.

As mulheres uivaram, ignorando o aviso de Lefred sobre acordarem Maria, que sempre adormecia no sofá da sala de estar dos Bends depois do jantar.

— Ah, ela não tá dormindo — disse Hazel. — Está ouvindo cada palavra que dizemos. — Sentindo o olhar firme da mãe, Maria riu baixinho.

Hazel apontou para ela.

— Temos que construir nossa sorte. Ser duas vezes mais espertos, três vezes melhores... mas não ouse deixar que eles saibam disso.

Para Maria, Jim Crow era um malandro: às vezes amigo, às vezes inimigo. Em Charlotte, ele também era seu super-herói, e lhe dava a liberdade de saltitar nas calçadas e brincar nas prateleiras de roupas. Em casa, Jim Crow era seu inimigo e de todo mundo que ela conhecia. Ele mantinha seus colegas de turma, que diferente dela não podiam ultrapassar o limite, na rédea curta. Maria se sentia culpada por conseguir escapar, pelos jorros de liberdade, pela sorte que jamais poderia compartilhar. Nem Adelaide sabia sobre o jogo que ela e a mãe faziam em Charlotte.

Em Cottonwood, adultos eram ditadores. Só se podia falar quando chamado, e suas preferências não tinham nenhuma importância. Havia amor, muita comida, mas listas de regras:

- *Usar hidratante.*
- *Ir à igreja todos os domingos.*
- *Manter as pernas fechadas.*
- *Não se deixar ser explorado.*
- *Manter o cabelo arrumado.*
- *Não encarar os brancos olho no olho.*
- *Ter educação.*
- *Não chamar adultos pelo primeiro nome.*

Havia regras a respeito de ônibus, escolas, calçadas e de onde eles podiam morar e trabalhar. Com o passar do tempo, Maria parou de perguntar o motivo, porque ninguém nunca lhe dava uma resposta que fizesse sentido. Ela fazia o que mandavam com a maior obediência, tendo aprendido bem cedo na vida que desrespeitar as regras de Jim Crow muitas vezes significava a morte. Dias antes do início das aulas da terceira série, Joshua Hunt, um dos alunos do colegial em Cottonwood, foi encontrado no bosque com o crânio rachado e costelas quebradas. Ele estava à beira do caminho que todos usavam para ir à escola. Havia sido espancado com um taco de beisebol e morrera em casa alguns dias depois.

Depois de uma atrocidade, novos itens sempre eram adicionados à lista de regras, reduzindo ainda mais a largura e a profundidade do mundo deles.

· *Não ir àquela loja sozinho.*
· *Seguir o resto da turma de volta para casa pela rua Johnson.*
· *Ficar longe daquele campo.*

Com Joshua, só houve *ódio* — nada de explicações nem conclusões a serem tiradas. Um atleta ágil que, aos quinze anos, foi convidado pelo treinador-chefe do time de beisebol da faculdade dos brancos para treinar com a equipe (não havia time universitário de negros). Sua morte dilacerou Cottonwood, mas os culpados se vangloriavam sem medo. O sr. Atkins, que morava do outro lado da rua de Hazel e Maria, era cozinheiro na lanchonete da rua Collins e entreouviu alguns homens brancos admitindo que queimaram uma cruz no gramado do treinador só por ele ter convidado o garoto para treinar. Eles pretendiam apenas assustar o menino, mas *aquele macaco idiota levantou o taco, e não tivemos escolha.*

O bosque se tornou assombrado, e Maria, como o restante dos colegas de escola, começou a andar em fila e contornar o perímetro da área de árvores para chegar à escola. Maria odiava o frio extremo no inverno e o suor abundante no verão, mas descobriu que a beleza da Carolina do Norte perdurava o ano todo entre as árvores que cercavam Cottonwood. Em janeiro, pingentes de gelo cintilavam nos galhos despidos; no fim de abril, brotos verdes surgiam; e, no início de junho, vibrantes botões cor-de-rosa, amarelos e roxos apareciam. No meio de setembro, folhas amarelas, alaranjadas e vermelhas cobriam o chão com um tapete de quase cinco centímetros de espessura, criando uma paleta perfeita para seu aniversário e sempre combinando com a cobertura de seu bolo. Naquele ano, as cores do outono se pareciam com os vários estágios de sangue secando.

Só quando saíam da estação rodoviária em Charlotte, Jim Crow se tornava um amigo. Maria o acolhia, porque só então a luz mudava, o ar ficava mais leve.

E ficava mais pesado e pegajoso novamente quando o ônibus parava na esquina da Ardsley com a Kings Drive. A última parada antes da via expressa, aquela em que sua mãe descia para ir trabalhar.

A mansão dos Lakes ficava em uma esquina diagonal ao ponto de ônibus. Localizada sobre uma colina, a casa de tijolos brancos e quatro andares ficava na parte mais rica de Winston-Salem, onde todas as casas eram recuadas da rua, contornadas por carvalhos e bordos de tronco grosso que cresciam ali havia centenas de anos. Seus galhos e aquelas folhas verdes e exuberantes do fim de verão cobriam a rua, revelando pedaços de céu em meio a seu emaranhamento.

À luz daquela tarde, a porta vermelha na frente da mansão dos Lakes brilhava como um farol. Maria não visitava a casa havia anos, mas, para pegar no sono, ela usava a imaginação para adivinhar o que tinha atrás daquela porta cor de tomate.

Antes, Maria acreditava que tinha sido Jim Crow quem proibira o amor de seus pais, que o pai havia ido embora de Winston por não suportar viver a minutos delas e não poder vê-las. Hazel destruiu suas ilusões.

— Ele não pensa em nenhuma de nós duas, muito menos nos ama.
— E minha avó? Ela me ama?
— *Muito*, mas está no céu.
— Não, a que faz os bolos para mim. Ela me ama?
— As pessoas podem dizer que te amam três vezes por dia e ainda te tratar de qualquer jeito, no fim da história.

Como sabia que eram os Lakes que garantiam que elas tivessem comida na mesa, Maria deduziu que aquilo era um sim. Agora que estava entrando na quarta série, ela raramente pensava nos Lakes, até seu aniversário, é claro. O bolo sempre era bonito, mas ficava uma bagunça depois que a umidade do verão local derretia a cobertura. A maior parte dele acabava indo para o lixo.

O ônibus arrancou com um solavanco depois que a família branca desembarcou. Maria cambaleou para trás e se chocou contra a mãe, cujo corpo provocou um efeito dominó atrás delas. Maria recuperou o equilíbrio bem a tempo de ver o motorista, cujo pescoço tinha a largura de sua cabeça, rir antes de fazer a curva seguinte em alta velocidade, de modo brusco. No espelho retrovisor, seu rosto estava corado de tanto rir, e um sorriso cruel o desfigurava. Maria tinha ouvido falar no mal que induzia as pessoas a serem cruéis por prazer. Nesse dia, ela o veria duas vezes: Jim Crow tinha o poder de possuir.

Hazel comprou um sorvete de casquinha para Maria assim que elas chegaram a Charlotte; em geral uma parte da rotina no fim do dia, dessa vez era uma recompensa por como ela se comportara no ônibus. Feliz e animada com o açúcar, Maria seguiu a mãe pela Ivey's até a seção infantil, mas se distraiu com as cores nos expositores de maquiagem e bateu de cabeça em uma das mulheres brancas espirrando perfume.

Maria se assustou quando viu o sorvete escorrendo pela saia preta da mulher.

— Desculpa! — Ela recuou com um passo hesitante, e a bola inteira de sorvete caiu no chão de mármore entre elas. Sabendo que tinha feito algo terrível, Maria começou a chorar quando a mulher olhou em volta.

— Com quem você está? — Sua longa trança loira balançava como uma cobra pendurada em suas costas.

Maria apontou para Hazel, que olhou para o chão como sempre fazia quando estava entre brancos. Maria se encolheu quando a mulher gritou com a mãe dela.

— Vai mesmo só ficar aí parada? Limpe isso!

Hazel colou o queixo ao peito.

— Vou precisar de um pano, senhora.

Maria foi pegar os lenços de papel sobre o balcão.

— Eu cuido disso.

Mas a mulher a segurou pelo braço.

— Não seja tola, menina — sibilou a mulher. — Para isso serve sua ama. — Ela apontou para Hazel e, um segundo depois, vendo que ela ainda não havia se movido, berrou. — Vem pegar!

— Um pano seria melhor, senhora — repetiu Hazel.

— Acha que sabe mais que eu? — Gotinhas de saliva voaram da boca da mulher.

Paralisada diante da desconhecida que se colocava como uma autoridade maior que sua mãe, Maria viu Hazel percorrer os três metros para pegar os lenços que estavam a poucos centímetros do ombro da mulher. Ela se abaixou e, de quatro em sua melhor roupa de domingo (o vestido azul-claro com gola de renda que tinha comprado em uma liquidação antes da Páscoa), limpou o chão.

Maria viu a mancha crescer, e os passos de outros clientes passando perto da cena se tornaram mais altos e constantes em seus ouvidos. Ninguém parava, indiferentes à visão de uma mulher negra de quatro. Maria também não queria olhar, e levantou a cabeça para estudar o segundo andar, onde uma menina branca, mais ou menos da idade dela, espiava por cima da grade.

Os aromas de leite e baunilha invadiram o nariz de Maria, que começou a se sentir claustrofóbica e enjoada. Foi nesse dia que perdeu o apetite para sorvete.

— Você está piorando a situação. — A mulher sorriu com arrogância para uma funcionária atrás do balcão.

Hazel não ergueu o olhar, nem mudou o tom de voz.

— Preciso de um pano. — Só Maria conseguia ouvi-la xingando a mulher.

— Deixa isso aí — resmungou a mulher. — Vou chamar o zelador.

Hazel se levantou, ajeitando a roupa.

— O que está fazendo aqui, afinal?

Hazel acenou com a cabeça na direção de Maria.

— Roupas para a escola.

— Na próxima vez, deixe o sorvete para depois das compras.

— Sim, senhora.

A mulher estudou Maria.

— Os olhos dela são impressionantes. É espanhola? — Ela estendeu a mão para tocar o rosto de Maria, que, em vez de recuar, como queria, ficou paralisada como um manequim, compreendendo o domínio da mulher sobre ela.

— Não, senhora — respondeu Hazel.

Se a desconhecida tivesse a coragem de encará-la olho no olho, talvez tivesse encontrado a resposta para a pergunta. Em vez disso, tendo perdido o interesse, ela gesticulou com o punho:

— Bem, podem ir.

Maria ficou observando a mulher enquanto subia pela escada rolante ao segundo andar, odiando tudo nela, inclusive o jeito como apertava e segurava os botões do telefone por mais tempo do que era necessário para chamar o zelador.

Sua mãe a puxou para perto.

— Não dê importância àquela mulher.

— Por que ela perguntou se sou espanhola? — Maria não sabia que aparência teria alguém "espanhol".

— Porque ela não acreditou que você pudesse ser minha filha.

Maria ficou em silêncio. Pois naquele momento, mesmo que só por um segundo, desejou não ser filha de sua mãe. Queria ser aquela menina no segundo andar, olhando por cima da grade. Se não fosse filha de sua mãe, não teria doído tanto vê-la de joelhos.

Hazel seguiria sendo rei e rainha do mundo de Maria, mas o encontro plantara nela uma insegurança que se tornou a subcorrente de sua alma. Agora tinha consciência de que havia alguém maior e mais cruel no comando de todos eles. Ela guardou essa constatação para si mesma, sentindo que a mãe ficaria constrangida por saber que Maria tinha acabado de descobrir que era muito pouco o controle que ela detinha sobre a própria vida e a da filha.

No departamento infantil, Hazel deu a ela três blusas.

— Pegue e vá se sentar com aquela menina.

Maria viu a menina de antes sentada de pernas cruzadas no banco. E balançou a cabeça em negativa.

Hazel se abaixou para fazer contato visual, o que fez Maria ter a impressão de que olhava para um espelho.

— Você vai ter que conversar com as pessoas quando estivermos fora.

Maria não sabia sobre o que conversar com aquela menina branca. Quanto mais velha ficava, mais nervosa se sentia perto de brancos. Podia parecer branca, mas passava cada momento da vida sendo negra, exceto de quatro a seis horas todo domingo, quando iam a Charlotte.

— Agora pegue as blusas, vá até lá e diga olá. Eu chamo você quando terminar.

Maria caminhou arrastando os pés pelo piso de mármore branco, esfolando a ponta dos sapatos pretos.

Antes que ela pudesse falar, a menina sorriu com a língua visível pela janelinha entre os dentes da frente.

— Meu nome é Lillian. — Ela escorregou para o lado, dando espaço para Maria sentar-se.

Maria não se moveu, mas se apresentou com o primeiro nome completo.

— Maria Madalena? Que nome engraçado — comentou Lillian. Seu rosto era redondo e rosado como os brincos de rubi em suas orelhas. As pedras brilhavam sob a luz no teto. Maria levou as mãos às orelhas sem furos.

— Está na Bíblia.

— Minha mãe diz que a religião foi criada para nos fazer sentir que o sofrimento é nobre. Não é. — Com a cabeça, Lillian apontou para o lado esquerdo, onde uma mulher negra e baixa olhava trajes de banho. — Aquela é minha mãe. — Como Maria e Lillian, a mulher tinha cabelo liso o bastante para ser escovado e preso em um coque sem brilhantina, mas sua pele era da cor de casca de pão, marrom demais para passar despercebida.

Maria nunca tinha visto outra dupla como ela e a mãe. Ela apontou para Hazel, que continuava olhando a arara de blusas.

— A minha é aquela.

Lillian não pareceu surpresa.

— Quantos anos você tem?

— Quase nove.

— Você é pequena para sua idade.

— E você, quantos anos tem? — O comentário sobre sua altura fez Maria sentir que estava sendo desafiada ou analisada, assumida como a mais fraca.

— Vou fazer doze daqui a três dias, e já sou mais alta que minha mãe. — Lillian curvou as costas. — Queria ser pequena como você. Estou perdendo as roupas de que mais gosto. Provavelmente, vou ficar alta como meu pai. — Lillian encaixou a língua na janelinha dos dentes.

— Gosto do seu vestido.

Maria tocou o tecido amarelo-claro. A faixa na cintura e o acabamento em renda branca combinavam com as meias de babadinho e os sapatos de couro branco de Lillian. Maria encolheu os dedos dentro dos sapatos pretos e os escondeu embaixo do banco, lamentando os ter arruinado. Eram doações da igreja, mas Maria os tinha amado até ver os sapatos novos de Lillian. O vestido da menina também era novo, Maria percebia pela maciez do tecido que nunca tinha sido lavado.

— Obrigada. É meu favorito. Viemos fazer minha foto de aniversário.

Se ela fosse Lillian, o vestido também seria seu preferido. As duas tinham a pele da mesma cor, aquela do creme sobre a manteiga recém-batida, por isso Maria sabia que a roupa também ficaria bem nela. Ela se perguntou quantos vestidos a menina teria. Maria tinha apenas dois bons, um cor-de-rosa e o caramelo que usava no momento. Hazel só a levava para fazer compras na mudança de estação, ou quando ela crescia e perdia alguma roupa, então a maioria das viagens a Charlotte serviam apenas para olharem as peças.

Lillian a tocou no braço.

— Talvez você também possa tirar uma foto.

Maria virou-se e viu a mãe conversando com a de Lillian perto da arara de casacos, no fundo da loja. A tranquilidade de Hazel sugeria que elas se conheciam.

— Vou tirar a foto no mês que vem, para o meu aniversário — respondeu Maria.

Era mentira; Hazel achava que retratos eram desperdício de dinheiro. *As pessoas se veem todos os dias no espelho, por que precisam de um lembrete? Isso vai além da minha compreensão.* Todo mundo dizia que Hazel era uma beleza — *seria mais bonita se cuidasse um pouco dela mesma* —, mas ela só se arrumava aos domingos. Durante o restante da semana, mal escovava os dentes, muito menos usava batom. *Por que preciso ficar bonita para aquelas pessoas? Beleza é só beleza, e a maioria dessa gente é feia por dentro e por fora.*

As duas mães se aproximaram, e Hazel chamou Maria com um aceno.

— Venha conhecer a sra. Catherine. — Ela pronunciou o nome em três sílabas: Ca-the-rine.

A sra. Catherine se abaixou para olhar nos olhos de Maria, depois se virou para Hazel.

— Que criança bonita.

Bem-vestida, como uma senhora branca, Catherine usava muito pó facial e, de perto, tinha cor de canela. Maria se perguntou se com o pó ela pretendia disfarçar as sardas ou clarear a pele, porque não servia para nenhuma das duas coisas. Clarear a pele mas ainda permanecer escura demais para passar despercebida era tão inútil quanto um negro se fingir de branco. Mas Maria decidiu que, se a sra. Catherine fosse uma daquelas negras que idolatravam as características brancas, Hazel não a trataria com tamanha simpatia. Ela falou sobre o sr. Ford, o mordomo dos Lakes, que era apaixonado por como o cabelo com mechas grisalhas da sra. Lakes dançava ao vento. Ele entrava na cozinha todas as manhãs para observá-la da janela.

— O que aconteceu lá embaixo hoje não foi sua culpa — disse a sra. Catherine.

Maria odiava pensar que houvera duas testemunhas.

— Eu devia ter olhado para onde ia.

A sra. Catherine apertou a mão dela.

— Foi um acidente.

Então ela levou Maria até o corrimão, de onde viram a mulher de trança fazendo cara feia para uma vendedora que andava recebendo flertes.

— Ela tem uma aparência triste. Ela viu sua mãe com aqueles olhos e aquelas maçãs do rosto e quis extravasar seu ressentimento. Quando as pessoas não gostam delas mesmas, tornam-se maldosas. Você entende?

Quando Maria sorriu, a sra. Catherine olhou para Hazel com uma expressão radiante, como se ela tivesse um toque mágico.

Naquele dia, Maria foi embora de Charlotte levando dois vestidos, em vez de roupas para a escola.

— Você pode usar as roupas de verão por mais algumas semanas. Esses vestidos serão mais úteis do que qualquer coisa que você tem.

CAPÍTULO 8
Elise

MANHÃ DE DOMINGO, 29 DE OUTUBRO DE 2017

— O treino foi bom? — Sarah balançou os dedos na direção das filhas, de trás da ilha de mármore cinza. Ela parecia perfeita durante as manhãs, ainda com o cabelo molhado do banho.

— Eu gostei — disse Giovanni.

— Estava muito quente. Pensei que fosse desmaiar. — Noele abriu a geladeira.

— Quanto mais você insiste, mais forte fica — disse Sarah.

Ela levou as mãos à cintura firme. Havia mantido a silhueta esguia depois dos cinquenta anos pela prática diária de exercícios físicos, um hábito que só Elise adotou. Às vezes elas se exercitavam juntas. Elise esperava chegar à idade da mãe com a mesma forma física. Aos trinta e um anos, as pessoas diziam que ela parecia ter vinte e dois e cintilar como se fosse feita de pó de fada. Ela pegou um copo d'água e tomou as vitaminas, vendo Noele remover a tampa do prato de bolo.

— Bolo depois de malhar? — indagou Sarah.

— Meu corpo já está em modo de queima de calorias. Para mim, esse parece ser o melhor momento. — Noele cortou uma fatia grossa e raspou a cobertura da lateral.

Sarah semicerrou os olhos, observando a filha saltar para a bancada.

— Por que todas aquelas vans lá fora? Pensei que a homenagem póstuma fosse acontecer na casa de Kitty — comentou Elise.

— E vai — confirmou Sarah.

— Quanta comida você encomendou?

— Sushi pode ser leve, então vamos ter estações de teriyaki também. — Sarah se encolheu ao ouvir o guincho dos pés da banqueta contra o chão quando Giovanni se arrastou para perto da bancada, esticando o braço por cima de Noele para pegar uma banana na fruteira. A primeira mordida que Noele deu na fatia de bolo provocou uma cascata de migalhas sobre o mármore cinza do balcão.

— As pessoas não vão embora — comentou Noele, limpando a boca com o dorso da mão. Sarah ofereceu a ela um pedaço de papel-toalha.

— Quantas pessoas confirmaram presença? — perguntou Elise. — Não me inscrevi para fazer um discurso filmado.

Sarah levantou as mãos, finalmente cedendo à pressão das filhas.

— Eles estão montando minha festa, está bem? — Ela apontou para Noele. — Agora vou fazer uns ovos para você. Mais alguém quer? — E não esperou pelas respostas antes de tirar a embalagem de ovos da geladeira.

As filhas negociavam atrás dela para escolher quem a confrontaria. Decidiram que seria Elise.

— Depois da notícia sobre a herança, essa festa vai ser um circo.

— Que adequado! O tema é Circo Místico. — Sarah começou a bater três ovos.

Elise tinha pouca paciência para as piadas da mãe. Sarah era uma ilusionista habilidosa: entendia que impressão causaria mantendo a festa, nas atuais circunstâncias, mas não se importava com isso. Não queria que nada estragasse sua diversão.

— Vai parecer que estamos comemorando a morte de Kitty, ou pior, a herança. E a homenagem póstuma hoje à noite... com todas as tendas sendo montadas do outro lado da cerca? Mãe, fala sério.

— Eu falei para ela cancelar. — O pai delas apareceu à porta, esfregando os olhos. Ele era sempre o último a se levantar, pois passava parte da maioria das noites no estúdio. Descalço, aproximou-se do fogão, apertando o cinto do roupão azul-escuro que Sarah tinha feito para um de seus primeiros aniversários de casamento. Ele o usava por algumas horas todas as manhãs, apesar dos buracos na área do peito que deixavam à mostra os poucos pelos grisalhos e a corrente fina de ouro que ele nunca tirava do pescoço. Ele apoiou o queixo no ombro da esposa. — Meus ovos podem ser fritos com a gema dura?

— Comemorar meu aniversário vai passar uma má impressão? — Sarah o beijou antes de apontar para Elise. — Vocês dois ainda estão trabalhando. Todas as outras foram embora.

— Eu passei uma semana fora, mas você sabe que não posso cancelar minhas obrigações com a promoção.

— E alguém precisa pagar as contas — James disse.

Todo mundo gemeu. Por mais que tivesse enriquecido, James ainda mantinha notificações de alerta em suas contas para transações acima de cem dólares e usava o Rolex de ouro todos os dias, mesmo com moletom. Elise olhou para o pulso do pai e viu o relógio, com o qual sabia que ele havia dormido.

Elise ergueu a voz para competir com o ruído dos ovos que a mãe batia na vasilha de alumínio.

— E ninguém mais foi embora. A série de Giovanni entrou em hiato, e Noele não tem emprego.

— Tenho, sim!

— Talvez — disse Elise, referindo-se à conversa que tiveram no dia anterior.

— Noele deveria estar no estúdio comigo. — James bateu de leve na cabeça dela.

Elise sabia que ele vinha em defesa da esposa, tentando mudar de assunto.

— Pai, é sério. Para. — Noele deu uma cotovelada em suas costelas. — Você e a mamãe estão me cansando.

— Quantas pessoas confirmaram presença? — Elise passou pela mãe na frente do fogão para ir pegar mais um copo d'água filtrada.

— Todo mundo. A festa vai acontecer, atura ou surta.

— Bom, eu não vou. — Elise se inclinou sobre a pia para abrir a janela, enjoada com o cheiro dos ovos cozidos demais. Sarah só sabia fazer três pratos direito: lasanha, macarronada e tacos. Sendo a atriz ocupada com o trabalho, ela primeiro contara com a mãe, depois com Julia, a cozinheira deles, para alimentar a família. — É só mais uma oportunidade para sermos questionadas e eles falarem de nós.

Sarah serviu os ovos no prato de Noele e, com o mesmo talher, removeu o que restava do bolo.

— Você sabe como não responder.

— Talvez, mas é hipócrita, não acha? — Sentindo o olhar da mãe em suas costas, Elise saiu da cozinha e subiu vinte degraus de escada até a ala sul.

Elise e as irmãs tomaram conhecimento do conteúdo do livro relativamente recente da mãe por meio da resenha no *The New York Times*, que o classificou como "um depoimento honesto sobre os perigos da maternidade e do casamento apesar da condição de celebridade". Sarah tinha passado dois anos escrevendo sobre sua ambivalência em relação ao casamento e à maternidade — um sentimento, escreveu ela, que nunca ia embora, mesmo depois de três filhas. Havia um ano que o livro fora lançado, mas era impossível esquecer suas palavras.

※

Elise passou apressada pelas fotos de família enfileiradas na parede, entrou na saleta e se jogou sobre o braço do sofá, de onde melhor podia ouvir pela grade de ventilação no chão a conversa que acontecia na cozinha.

— Tenho o direito de comemorar meu aniversário — declarava Sarah, mas parecia insegura.

— Uma noite menos espalhafatosa seria mais conveniente no momento — respondeu James. — Ou um adiamento.

— Não posso cancelar agora, vou perder o dinheiro.

— Eu ia gostar de ver essa gente tentar ficar com o meu dinheiro. — O pai soava como se estivesse com a boca cheia, provavelmente de bolo. — É só reduzir um pouco o esquema.

A mãe dela suspirou.

— Eu esperava que isso pudesse fazer algum bem para sua irmã.

— Sua festa de aniversário é para animar Elise? — indagou Noele, com uma incerteza óbvia.

— Ela precisa se divertir. O golpe da morte de Kitty foi duro demais para ela, e Elise tem estado tão ocupada, que receio que sofra um esgotamento.

— Ela não tem comido — disse Noele. — Devia ver aquele treino dela... Tenho medo de Elise estar desenvolvendo algum tipo de transtorno alimentar.

— É energia nervosa, e existem hábitos piores — retrucou Sarah. — Eu preciso que vocês ajudem sua irmã. Nas últimas semanas de vida de Kitty, ela não saiu de perto dela.

— Ela dormia lá — acrescentou James, validando a preocupação da esposa.

— Você contou — lembrou Giovanni.

— Por que acha que fomos com ela hoje de manhã? — perguntou Noele.

Era bom ouvir todo mundo se unindo por ela, mas Elise se ressentia contra a tática da mãe para desviar a atenção de si mesma.

Sarah respirou fundo.

— Não acredito que Kitty jogaria tudo isso em cima dela. Egoísta demais, até o fim. — Ela começou a detalhar o sistema de catalogação de Kitty. — Dezenas de gravações de áudio: instruções sobre como os cintos deveriam ser dobrados, como conservar as roupas, suas cartas e fotos antigas, como limpar determinadas joias... É insano.

Giovanni deu risada, o que fez Sarah continuar falando, feliz por mais alguém pensar que tudo aquilo era ridículo.

— E esse leilão, meu Deus... — O moedor de café foi ligado, e o ruído encobriu o restante da declaração de desprezo por Kitty.

Elise empurrou a rosácea para abri-la e subiu no Poleiro. Esperara que a mãe demonstrasse um maior grau de respeito, considerando tudo o que Kitty havia feito pela família deles.

Só algumas das fofocas sobre Kitty eram verdadeiras. Ela era uma escritora virginiana excêntrica e reclusa que acumulava lembranças e conquistas dentro de casa, mas ela não se trancou lá dentro, nem havia cometido suicídio. Kitty simplesmente não tinha muita admiração pela raça humana e, com exceção de um punhado de pessoas, queria ficar sozinha para criar os personagens que acrescentava continuamente aos seus bens. Os St. John estavam entre os felizardos escolhidos por ela porque a pessoa mais próxima de Kitty tinha sido a mãe de Sarah, Nellie.

Kitty, a atriz branca e cativante, e Nellie Shore, uma mãe negra e solteira, se conheceram na banca de pêssegos de um supermercado em 1968, quando Kitty convidou Sarah, então com cinco anos, para participar de uma audição no Telescope Film Studios. Depois da escalação de Sarah para o elenco de *The Daisy Lawson Show*, Kitty e Nellie se tornaram próximas, com Nellie sempre no set junto da filha pequena.

Fora do estúdio, a amizade entre elas era mantida em segredo. Mesmo depois de anos de sucesso da série como a primeira comédia inter-racial na televisão, os fãs e os patrocinadores apreensivos do Telescope não aprovariam a amizade inter-racial nos bastidores. Era por isso que, até hoje, as pessoas não sabiam que Kitty e os St. John eram vizinhos, muito menos que as famílias eram tão próximas. A vida antes das redes sociais havia tornado isso possível.

Kitty era o motivo para Sarah ter se tornado a negra queridinha que os Estados Unidos amavam. Com o passar do tempo, Sarah ganhou um camarim que poderia competir com o de Kitty. Depois que a série acabou, Kitty a tinha mentoreado, ajudando Sarah a conquistar papéis que, originalmente, não eram escritos para atrizes negras. Kitty até mesmo a apresentou a James, uma união que fez Sarah decolar emocional, mental e profissionalmente. Depois que o marido dela morreu, Kitty se mudou para a casa ao lado da dos St. John, onde Nellie já morava como principal cuidadora de Elise, Giovanni e Noele.

Quando Nellie morreu, Elise tinha doze anos, Giovanni tinha nove e Noele, sete. O cuidado delas foi substituído por uma babá com a idade de uma universitária, e Elise começou a se esconder na casa de Kitty depois da escola até a hora do jantar, pois lá podia falar sobre a avó. Kitty sentia falta de Nellie, talvez até mais do que Elise, que tinha a sensação de que sua morte havia interrompido o pulsar do coração da família.

Horas se passavam quando Kitty começava a falar sobre os "anos dourados", um período de dez anos que ela citava como sendo o mais feliz de sua vida. Kitty fora uma *It girl* no final da década de 1950 e início da década de 1960, e encontrava alegria nas lembranças das festas e das lendas com quem convivia nesse período. Elise nunca se cansava de ouvir sobre suas aventuras, mas as coisas das quais Kitty nunca falou eram as que importavam agora.

Sua mãe estava certa sobre uma coisa: Elise precisava de conforto e proteção. Todo mundo tentava controlá-la. Até Kitty havia controlado seu luto, sua dor, administrando-lhe a verdade em pequenas doses, como se usasse um lento tubo intravenoso.

A eficiência virginiana de Kitty tinha seu mérito, mas deixar a administração de sua pós-vida aos cuidados de Elise tinha sido uma falta de consideração. Kitty sabia como Elise seria duramente afetada por sua morte, e sabia que o período posterior a atingiria de um jeito para o qual ela não poderia estar preparada.

Ela pegou meio baseado na velha latinha que Kitty usara como cinzeiro para espaços abertos e acendeu o isqueiro: nada de chama. Depois de quatro tentativas fracassadas, resmungou um palavrão e o arremessou de cima do Poleiro.

CAPÍTULO 9
Maria

AGOSTO, 1946

No domingo seguinte, Lillian e a sra. Catherine as esperavam no ponto de ônibus em Charlotte quando Hazel e Maria chegaram, e foi assim durante anos depois disso.

Naquele primeiro domingo, Catherine deu dinheiro a Lillian e instruções para que fossem tirar uma foto e almoçar. Maria puxou a mãe de lado, estranhando que ela tinha concordado com a sra. Catherine.

— Aonde você vai? — As duas nunca se separavam na cidade, com exceção dos poucos minutos necessários para Maria trocar de roupa no provador só para brancos da Ivey's.

— Em algum lugar por aqui. Fique com a Lillian, ouviu?

Lillian puxou Maria pelo braço.

— A gente vai ficar bem — disse por cima do ombro quando começaram a se afastar pela rua. — *À tout à l'heure*, Catherine *et* Hazel.

— O que você disse? — perguntou Maria.

— Disse até logo em francês.

— Você fala francês?

— Francês, italiano e alemão. — Lillian a puxou de novo, dessa vez pelas portas da frente da Ivey's, cujo primeiro andar estava tomado por clientes. Ela levou Maria para a seção de sapatos. — Se alguém perguntar, sua mãe foi ao banheiro.

— Aonde você vai?

Animada, Lillian se dirigiu ao balcão dos cosméticos e, enquanto uma das vendedoras atendia alguém, pegou um perfume entre as embalagens de teste. Maria ficou paralisada quando viu Lillian desaparecer atrás do balcão. Ela voltou de mãos vazias.

— O que você fez?

— Você vai ver. Venha, vamos tirar nossa foto.

Havia uma fila, mas Lillian foi passando pelas crianças brancas acompanhadas de pais ou amas até chegar à frente de todos.

— Oi, Jack! — disse ela ao fotógrafo.

Ele parou de limpar o pequeno set para olhar a recém-chegada.

— Ah, oi, Lilly!

Lillian se aproximou dele.

— Nosso pai nos deixou aqui entre uma reunião e outra. Ele não pode se atrasar para o próximo compromisso.

De algum jeito, elas foram as próximas a entrar no set. Posaram em um banco com guarda-chuvas brancos diante de um cenário de parque. Saíram com duas cópias gratuitas da foto e dois pirulitos. Lillian passou um braço sobre os ombros de Maria para parecerem próximas.

— Irmãs — disse, antes de sair correndo.

Adorando a aventura, Maria entrou mais uma vez na Ivey's, ofegante. Lillian a deixou recuperando o fôlego e se dirigiu a uma das vendedoras.

— Quero denunciar um roubo.

A mulher se afastou e voltou com um homem branco de óculos, os quais ele tirou para conversar com Lillian. Maria observou enquanto Lillian apontava para aquela mulher da trança loira. Não a tinha visto antes.

— Eu vi quando ela pôs um frasco de perfume na bolsa — dizia Lillian à medida que acompanhava o homem até o balcão.

A mulher loira se manteve ereta ao ver o homem. Maria não conseguiu ouvir o restante da conversa, mas viu quando a mulher pegou a bolsa com uma expressão confusa. O gerente a abriu e pegou o frasco de perfume que, mais cedo, Lillian tinha tirado de cima do balcão. Boquiaberta, a mulher começou a se defender.

Lillian apontou para Maria, como se para dizer, nós duas vimos.

O homem gesticulou para que a mulher o acompanhasse. Os dois subiram pela escada rolante e, dessa vez, a mulher olhou para Maria ao passar.

Quando as meninas saíram da loja, Lillian exibia uma expressão marota.

— Não fica brava.

— Obrigada. — Maria abraçou Lillian, que retribuiu o gesto como se estivesse faminta por contato. As duas seguiram juntas para a lanchonete perto da rodoviária. — Sempre tenho muito medo.

Lillian assentiu, compreensiva.

— Por causa de gente má como ela.

— E também de gente má onde eu moro.

— Gente branca?

— E de cor.

— Ninguém é igual a gente, não é?

Maria negou com a cabeça quando elas se sentaram à mesa. Havia outras meninas de cores ensolaradas em Cottonwood, mas nenhuma tão clara quanto Maria. E nenhuma tão esperta; ela poderia ter pulado séries na escola, mas optou por não pular. Maria tinha começado a fingir que não sabia uma coisa ou outra, para não virar um alvo de novo.

— Também me sinto solitária — contou Lillian. — Não tenho amigos.

Maria se assustou com a honestidade.

— Eu também não.

Lillian segurou a mão de Maria sobre a mesa.

— Agora temos uma à outra.

Pela primeira vez em quase uma década de vida, Maria experienciou a sensação de ter amigos. Era bom conhecer alguém que não sabia suas origens, e ainda mais raro se fosse alguém branco, como ela, que não a julgava até por respirar.

Maria voltou para casa eufórica, revigorada pela vingança de Lillian.

— Do que está rindo? — perguntou Hazel. Parecia satisfeita com o que via.

— Nada, não.

Queria contar para Hazel, mas não contou, pois sabia que ela não aprovaria.

Hazel arqueou as sobrancelhas.

— Vocês duas se divertiram?

— Foi o melhor dia.

Charlotte era o único lugar onde a amizade entre Maria e Lillian existia, e elas criaram um vínculo, sendo as duas únicas pessoas que conheciam cujas mães incentivavam esse jogo de faz de conta. Mas as semelhanças terminavam por aí.

Lillian circulava pelo mundo dos brancos como se fizesse parte dele. Às vezes, era como se ela se esforçasse para esquecer suas boas maneiras. Interrompia os adultos, trombava neles, não dizia por favor ou obrigada. Até mesmo chamava os garçons no restaurante pelo primeiro nome no uniforme. De início, Maria repreendia o comportamento de Lillian, até perceber que ninguém mais o fazia. Talvez boas maneiras fossem só um conjunto de regras de pessoas de cor.

— Você só segue regras porque alguém mandou — disse Lillian quando elas entraram no parque alguns domingos mais tarde. — Então, finja que ninguém mandou.

Era como se Lillian nunca considerasse a realidade.

— Não quero me meter em encrenca — protestou Maria.

— Não vai. Ninguém vai saber de nada.

— Como assim? — Maria esfregou a testa.

Lillian sempre argumentava em círculos ao redor dela. Embora fosse três anos mais velha, era a única amiga que chegava perto de se equiparar a Maria intelectualmente. Maria a achava mais inteligente porque ela sabia ler, escrever e falar em três idiomas. Mas, nessa questão, Lillian estava errada. Ela se comportava como se fosse seu direito não ser o que o mundo dizia que ela era.

— Não, estou falando de encrenca *séria*, das grandes.

— Ah, com os brancos, por exemplo?

Maria revirou os olhos.

— *É.*

— Com eles é fácil, porque eles não querem ver. — Lillian tentou orientá-la. — Vamos fazer uma brincadeira. — E cobriu os olhos de Maria. — Pense em um mundo que seja o mais elegante, bom e adorável que puder imaginar, e se apegue a esse sonho. Então abra os olhos e finja que é isso o que vê. — Maria abriu os olhos, e Lillian a empurrou com delicadeza na direção de um grupo de quatro meninas mais velhas que fumavam juntas. — Vai pegar um cigarro para mim.

O grupo estava sobre um cobertor, folheando revistas. A brisa carregava suas risadas, e o cabelo de Maria dançou em torno do rosto quando ela balançou a cabeça em uma resposta negativa.

— Deixa de ser medrosa. — Lillian apontou para o campo gramado. — Não tem negros por aqui, então estamos livres.

— E se elas forem malvadas? — Maria não hesitava só porque as meninas eram brancas; também não teria se aproximado de um grupo de adolescentes negras. Adolescentes eram cruéis. — E, de qualquer maneira, você não devia fumar.

— Não é pelo cigarro, eu estou tentando te ajudar!

— Ajudar com o quê?

— Você precisa sentir que *pertence* a algum lugar, Maria.

Maria sentia que seu lugar era ao lado da mãe.

— Não quero.

— Tudo bem. — Lillian meneou a cabeça, pensando em um novo plano. — Você vai fazer todo o falatório quando estivermos na cidade!

— Tá bem!

Lillian riu de sua teimosia.

— Amo você, amiguinha.

Aliviada por Lillian ainda gostar dela depois de sua recusa, Maria sorriu como raramente fazia, mostrando os dentes.

Daí em diante, Maria foi obrigada a fazer os pedidos por elas, a pedir informações e a conseguir ajuda. Para o desgosto de Lillian, Maria continuou perfeitamente intacta, mas de vez em quando ela tentava agradar a amiga interrompendo uma conversa entre adultos com um "Com licença".

Lillian era indiferente às tentativas atrevidas de Maria.

※

Lillian tinha o melhor de tudo, e Maria nunca a via usar a mesma roupa duas vezes. Os vestidos e as fitas de cabelo eram franceses, e quando conversava com a mãe, elas o faziam em francês. Hazel reclamava do quanto isso era grosseiro e debochava delas com Adelaide.

Presumindo que Catherine também fosse criada doméstica (Maria não conhecia mulheres negras que não prestassem esse tipo de serviço), ela se perguntava como as duas conseguiam comprar as roupas que usavam.

— Minha mãe é governanta de uma família em Asheville — explicou Lillian quando ela finalmente perguntou.

Maria ficou impressionada. Governantas tinham um nível de conhecimento em idiomas, história antiga e hábitos culturais mais elevado do que professores, e recebiam educação em instituições nas quais negros eram proibidos.

— Minha avó também era governanta. Ela nasceu livre e se foi...

— Morreu?

— Agora está morta, mas não... Quero dizer que um dia ela simplesmente partiu, foi viver como uma pessoa branca.

Maria arregalou os olhos.

— Para sempre?

— *É*, muita gente na minha família fez isso. — Lillian deu de ombros. — Acho que aprender a me encaixar está no meu sangue.

Mas a sra. Catherine não podia "partir", pensou Maria.

— Meus avós do lado negro eram meeiros, e os pais deles eram escravizados.

Lillian não falou nada. Orgulhava-se da história de sua família de classe mais elevada, e ficou um tanto quanto constrangida com o comentário de Maria sobre suas raízes mais negras e as histórias sombrias que traziam à tona.

Como só tinha consciência das diferenças entre o modo como os brancos e os negros viviam, Maria nunca considerou como a vida dela e da mãe podia ter se desviado da de outros negros. Maria tinha tudo de que precisava, mas o supérfluo, apesar de Hazel trabalhar muito, estava sempre fora de questão. Algumas crianças negras moravam em casas com o pai e a mãe, como as dos filmes, e eram *essas* as meninas que faziam aulas de dança e música. E aprendiam francês. Talvez Lillian fosse uma dessas meninas.

Mas, embora estivesse curiosa, Maria não fez perguntas acerca disso. Era grosseiro interrogar as pessoas sobre coisas que elas não contavam voluntariamente, e Lillian nunca mencionou o pai, assim como Maria nunca falou sobre o dela.

A conversa entre elas, tal qual os domingos compartilhados, tinha raízes na tradição fantástica. Passavam a maior parte das tardes no cinema. Era o lugar mais fresco no verão e o mais quente no inverno. De vez em quando, Hazel e Catherine se juntavam a elas, e assistiam ao filme de trás da orquestra, uma área que as duas preferiam ao piso de cima.

As meninas idolatravam as estrelas de cinema, com suas faces maquiadas e o cabelo sedoso. Os filmes inspiravam crônicas sobre a vida delas no futuro, como donas de casa morando em propriedades vizinhas, com criadas e meia dúzia de filhos, os quais seriam escoteiros e fariam aulas de balé e natação juntos. Os maridos banqueiros iriam juntos para a cidade todos os dias e assistiriam ao futebol americano aos domingos. Elas trocavam histórias todas as semanas, com uma delas prosseguindo o relato de onde a outra o havia interrompido.

Quando Maria tinha doze anos, Hazel começou a fazer turnos noturnos na casa dos Lakes duas vezes por semana.

Para se ocupar enquanto estava em casa sozinha, a menina encenava suas próprias histórias. Elas a ajudavam a se distrair da violência que muitas vezes destruía seus contos de fadas: o tio, o marido ou o filho de alguém era linchado; um primo saiu da cidade no porta-malas do carro de alguém; as janelas de uma pessoa foram quebradas; a filha ou a esposa de alguém foi estuprada.

Lillian se recusava a falar sobre essas coisas. Ou mudava de assunto ou então ignorava completamente Maria, deixando-a processar a brutalidade sozinha, gravar o medo em sua psique. Maria começou a entender que a leveza de Lillian era resultado de sua capacidade de ignorar coisas; foi assim que ela soube que pessoas brancas podiam fazer a mesma coisa.

Quando Lillian começara a menstruar, dois anos antes, Catherine dera a ela permissão para usar perfume e batom, e para enrolar o cabelo.

— Falei para Catherine que era mais fácil pendurar a filha em uma corda — disse Hazel.

Todas as conversas de Lillian começaram a girar em torno de casamento e bebês, em vez de música e escola. Ela já havia escolhido nomes para os futuros filhos (Jillian e Jackson) e para o cachorro da família, Max. Maria ficava um pouco entediada com essas histórias, e começou a escrever suas próprias, as quais lia para Lillian.

Quando Maria teve o primeiro ciclo, apenas poucos meses depois de completar doze anos, Hazel proibiu qualquer mudança, nem mesmo deixou que Maria usasse seu longo cabelo solto.

— Você quer que eu seja feia!

— Eu não quero que você fique presa com filhos cedo demais.

Consciente de onde essa conversa poderia chegar, Maria voltou ao dever de casa. Adelaide era mais preparada para aguentar os sermões crescentes de sua mãe, em especial depois que Hazel bebia uísque demais. Hazel não bebia com frequência, mas, quando o fazia, dizia coisas que um filho nunca devia ter que ouvir. Uma noite, Maria estava fingindo dormir no sofá, como sempre fazia quando Hazel se deixava dominar pelas emoções, e foi forçada a ouvir mais do que queria.

Vez e outra, Hazel se afundava, e apenas Adelaide era capaz de entender as profundidades disso. Às vezes, Hazel dizia que estava "por um fio".

Era uma expressão que Adelaide não gostava de ouvir.

— Para de dizer isso. Ninguém nunca mais vai te machucar.

— Nem me amar, não é?

Maria começou o colegial em uma turma dividida entre quem iria para o norte depois de se formar e quem ficaria na cidade. Como quase todo mundo, Maria queria ir. Sonhava com o oeste, com se mudar para Los Angeles e ser atriz. Escreveria os próprios filmes e moraria na praia, em uma grande casa branca com venezianas pretas e uma entrada de cascalho, como a casa de que mais gostava no lado branco da cidade. Ela não dividia essa fantasia com mais ninguém, consciente de que era um objetivo impraticável para uma mulher branca, que dirá para uma negra. Até Lillian, sofisticada como era, riria disso. Além do mais, Maria não conseguia se imaginar deixando a mãe. Los Angeles ficava muito longe, e ela duvidava que algum dia poderia convencer Hazel a ir para lá.

— Vou arrumar um emprego e cuidar de você — prometeu Maria à mãe quando o assunto surgiu em uma sexta-feira de peixe frito.

Estavam na varanda, com limonada e salada de repolho, mergulhando pedaços de corvina na mistura perfeita de molhos tártaro e de pimenta feita por Hazel. Crianças pulavam corda e corriam uma atrás da outra na rua. Nuvens de poeira vermelha engoliam seus sapatos e pernas, cobrindo a pele com uma camada fina como cinzas.

— Não preciso que cuidem de mim — respondeu Hazel, com a boca cheia.

Pedaços de pão de milho voaram por cima da grade da varanda, como se ilustrassem sua pressa em recusar ajuda. Maria acreditava nela. A casa onde moravam tinha apenas dois quartos — não era a melhor em Cottonwood, mas não era a pior —, e elas não tinham dinheiro para carne toda semana, mas Hazel não parecia se incomodar com a frugalidade que governava a vida delas.

Lillian não se importava com seu destino. Oeste ou norte, ela só queria sair de Asheville. Ela debutaria em um baile, e Catherine insistiu para Hazel deixar Maria participar.

— Ela vai conhecer um bom menino.

Hazel não permitiu, colocando a culpa no dinheiro, como sempre, mas Maria tinha certeza de que a verdadeira razão era que Lillian debutaria em um baile de brancos. Durante anos, Maria suspeitara de que Lillian, e talvez Catherine também, passasse mais do que os domingos em Charlotte. Elas demonstravam um conforto na companhia de pessoas brancas que Maria não conseguiria desenvolver, nem mesmo com a prática semanal. Maria presumia que era por isso que Lillian não falava muito sobre sua vida em Asheville.

Lillian e Catherine deixaram de ir a Charlotte alguns domingos nas semanas que antecederam o baile de debutantes; Maria deduziu que estavam ocupadas com os preparativos. Lillian tinha os ensaios da dança e precisava decorar a coleção de poemas que tinha escrito em francês.

Quando a data do baile passou, e depois mais um mês, Maria perguntou o que havia acontecido.

— Elas se mudaram — anunciou Hazel, intrigada. — Lillian não te contou?

— Não. Para onde?

— Não sei.

— Elas não vão voltar para nos ver?

— O que faz você pensar que somos tão importantes assim? — Hazel riu. — Cada pessoa tem sua vida, Maria, e todo mundo segue em frente.

CAPÍTULO 10
Elise

COMEÇO DE TARDE DE DOMINGO, 29 DE OUTUBRO DE 2017

A longa e larga fronteira de arbustos e árvores que separava a propriedade St. John da de Kitty era densa a olho nu. Invisíveis a quem não os conhecesse, havia três pontos de entrada em meio à vegetação. O usado com mais frequência ficava do outro lado da entrada da garagem, na frente da porta da cozinha dos St. John; por ele era possível chegar ao caminho de terra que contornava todo o enorme terreno de Kitty.

Já adiantada em relação às irmãs, Elise chutava a terra com o velho Converse preto, olhando para a Selva Verde — o denso aglomerado de árvores, arbustos e flores que cercava a casa de Kitty e a escondia de vista por todos os lados. Construída para imitar o parque perto de seu lar de infância, em Boston, Kitty preferia a réplica porque permanecia verde o ano todo. Todos os anos, a associação de moradores a pressionava para cortar as árvores, alegando que a área era um paraíso para animais selvagens, mas nunca conseguiram provar nada.

— O cenário de algumas das nossas melhores peças — disse Giovanni.

— Não me lembro de quase nada, além dos chás.

— Eu só topava pelas fantasias — confessou Noele.

Kitty sempre oferecia seus vestidos e joias, tanto para as brincadeiras de se fantasiar quanto para as ocasiões especiais, mais tarde.

— A gente achava que estava sendo tão misteriosa. — As meninas preferiam brincar entre si, em vez de perfomarem, por isso ninguém, nem mesmo Kitty, assistia às produções delas. Elise apontou para cima. — E Kitty conseguia ouvir tudo aquilo que dizíamos pela janela da sala de escrita.

— Estou surpresa por Kitty não querer suas cinzas espalhadas por aqui. — Noele passou na frente de Elise e entrou primeiro, atravessando um dos quatro arcos de ferro que davam passagem à casa.

— Espalhadas? — Sob a sombra, Elise esfregou os braços e, franzindo a testa, olhou para Noele, que esperava uma resposta. — Kitty não ia querer correr o risco de animais mijarem em suas cinzas. Sua última morada é uma caixa de ouro maciço.

Elise ouviu o ruído de Noele tirando uma foto das iniciais delas entalhas no salgueiro ao lado da porta da frente enquanto a destrancava.

Todas as portas eram de vidro, de modo que Kitty pudesse apreciar seu jardim sem ter que sair. A casa recebia muita luz durante o dia, mas, à noite, a sombra perpétua da floresta a tornava mais escura do que sombria e sinistra, com a iluminação interna restrita a luminárias de mesa e velas. Kitty havia mandado desinstalar todas as lâmpadas de teto, porque lhe traziam a lembrança de estar no estúdio. O resultado era um ambiente que lembrava uma cripta, mas Kitty achava confortável.

Giovanni e Noele se mantinham atrás da Elise, respeitando seu domínio sobre o espaço que se assemelhava a um mausoléu. O lugar dava a impressão de ser, ao mesmo tempo, entulhado e vazio, graças ao pé-direito de seis metros de altura e aos corredores longos ocupados por móveis, manequins e tapetes enrolados.

A equipe tinha precisado de dois dias para separar as coisas antes que Elise ao menos pudesse começar a etiquetar, fotografar e catalogar tudo para descarte, leilão, exibição e depósito. Kitty sempre insistia em fazer a própria limpeza, o que ela nunca fazia bem o bastante ou com a frequência necessária. A poeira sempre formava camadas de centímetros de espessura, e o ar era pesado, poluído por fumaça de cigarro. Elise apontou para as etiquetas neon em vários objetos.

— Amarelo fica, verde vai para avaliação, rosa é para o depósito e laranja precisa de reparos, e depois vai ficar. — Elise tocou a beirada da mesa da sala de jantar. — Se não tem etiqueta de identificação, vai para o leilão de hoje à noite.

— A mamãe disse que você precisava da nossa ajuda, mas parece que já resolveu tudo.

— Ainda tenho que separar todas as fotos.

— Aposto que Kitty foi um bebê fofinho.

— Não encontrei nenhuma foto dela antes dos dezenove anos — contou Elise.

Giovanni deu de ombros.

— Não parece incomum para a época.

— É triste não ter pelo menos uma foto de bebê. — Noele passou na frente de Elise outra vez. — Vou pegar o elevador.

— Está desligado.

A escada tinha cinquenta degraus largos e deixava até mesmo Elise ofegante. Elas subiram sem pressa, admirando as fotos do casamento de Kitty enfileiradas na parede. O romance entre a mais jovem e recém-chegada estrela do estúdio com o novo e inexperiente comandante do lugar tinha sido um escândalo. Ela era linda e ingênua, e Nathan Tate era o herdeiro arrebatador do estúdio.

Ele e Kitty sorriam em todas as fotos, a epítome do casal perfeito. Lembraram a Elise as fotos que tinha com Aaron: da alegria tensa de olhos muito abertos, congelada.

— Ele era muito bonito — comentou Noele sobre Nathan.

— Charlie Hunnam poderia representá-lo no cinema, com certeza — opinou Elise.

— Eles eram felizes? — queria saber Giovanni.

Elise deu de ombros.

— O suficiente, acho. — O relacionamento entre Kitty e Nathan, assim como o de Elise, tinha algumas regras públicas e privadas. Como o restante do mundo, Nathan era obcecado pela esposa e nunca abraçou sua vida profissional além da atuação. — Kitty dizia que Nathan recompensou sua paciência ao morrer, quando acabou deixando tudo o que tinha para ela.

Velas brancas enormes ocupavam a boca da lareira e os seis parapeitos que havia no quarto de Kitty. Ela gostava de velas acesas o tempo todo, mesmo durante o dia. Elise as acendeu, então, esperando o rápido mas intenso sopro do perfume de Kitty que, aliviada, descobrira ser possível conjurar pela chama. Quando voltara à casa para começar a organização das coisas, sua primeira atitude tinha sido acender velas. O cheiro de Kitty envolvera seu corpo, trazendo a lembrança de sua permanência. Então, Elise fechou os olhos, à espera do aroma.

— Não tem mais nada — falou Giovanni, interrompendo-a ao sair do closet de Kitty. Ela gostava de moda, fazia *mood boards* para sua estilista e assistia a todos os desfiles durante a semana da moda. Teria se dedicado à carreira de modelo em tempo integral se tivesse alguma esperança de atingir a altura necessária para isso. — Imagino que você já tenha pegado tudo que era legal?

Kitty também tinha sido pequena. As roupas serviriam em todas elas.

— Está tudo fotografado e catalogado. Rebecca está com o álbum. Escolha e peça o que quiser antes que as coisas sejam mandadas para o depósito.

— Tem umas joias que eu queria pegar — comentou Noele.

— Todas nós — declarou Giovanni.

— Eu só quero isto.

Elise deslizou a mão pelo enorme baú da Louis Vuitton aos pés da cama de Kitty. Havia passado os últimos meses empoleirada nele como se fosse uma extensão da cama. Kitty nunca se incomodou.

Noele mexeu na fechadura de bronze do baú.

— Por quê? O que tem nele?

— Tinha roupa de cama com cheiro de mofo.

— Onde estão as fotos? — Noele puxou uma das seis gavetas da cômoda de Kitty. — Ah.

Estava lotada. Cada gaveta do quarto era igual. Fotografias empilhadas aleatoriamente, sem envelopes ou negativos. Elise nunca entendeu por que Kitty usava as gavetas da cômoda do quarto para guardar fotos quando havia espaço nas paredes, entre as outras fotografias expostas.

Noele apontou para o baú da Louis Vuitton.

— Fazia mais sentido ter guardado todas aí.

— Kitty fazia muitas coisas que não entendo. — Elise pegou uma pilha de fotos. — Ajudem aqui. Separar primeiro vai facilitar a digitalização.

As irmãs atenderam ao pedido e começaram a esvaziar as gavetas, levando pilhas de fotos para o colchão despido de Kitty.

— Vamos fazer uma pilha com as fotos dela com a gente, uma com as fotos no set, uma com as fotos dela com Nellie. — Elise apontava espaços na cama. — Sejam específicas.

Noele enfiou a mão no meio da bagunça e pegou um retrato de Kitty com a única irmã dela, Emma.

— Deve ter sido difícil ser irmã de Kitty. — Sua beleza na juventude tinha sido impressionante, muito mais bela do que a da maioria dos humanos.

— Ou amiga — disse Giovanni.

— Ou a mulher atrás dela na fila do supermercado — acrescentou Elise.

As três trocaram sorrisos nostálgicos, lembrando o jogo de mais um que faziam na infância.

— Com o tempo, as pessoas encontram seu caminho... Veja só você — falou Giovanni, tirando a foto da mão de Elise.

Elise empurrou a irmã com o quadril, e Giovanni gritou de dor.

— Você está bem ossuda. Está fazendo uma das dietas da mamãe?

— Não... — Ela não estava comendo menos de propósito, mas seu apetite havia minguado nas últimas semanas.

— Estresse. Faz sentido. — Giovanni voltou à foto, comparando-a a outra entregue por Noele. — Emma chegou a ter filhos?

— Acho que não. Quando ela morreu, levaram uma semana para encontrar o corpo.

Noele fingiu ânsia de vômito ao pensar na situação.

— Os pais morreram quando elas eram bem novas, não é? — perguntou Giovanni.

— Aham. — Essa era uma das poucas coisas que Elise se lembrava de ter ouvido Kitty contar sobre a infância.

— Quantos anos elas tinham?

— Não tenho certeza.

— A mãe delas não era professora?

— Não tenho certeza.

— Pensei que soubesse mais, considerando todo o tempo que passou aqui com ela. — Giovanni cruzou os braços.

— Gio, ela ensinou Kitty a ler aos quatro anos de idade, mas não sei se era professora.

— Essas são só as questões básicas da vida às quais ninguém consegue responder. — Giovanni se referia ao obituário de Kitty, que mais parecia um currículo. Elise tinha mandado o rascunho para elas por e-mail, mas ninguém conseguia reunir fatos comuns para formar as frases habituais. Kitty falava tanto sobre seus triunfos e erros na vida, que Elise nunca parou para pensar no que não sabia.

— Está tentando fazer com que eu me sinta pior?

— Ela não está, mas parece que você tem mentido sobre alguma coisa. — Noele entrou na conversa indo direto ao ponto.

Giovanni tentou aliviar a tensão adotando o tom maternal que reservava para Noele.

— Você está bem? O papai e a mamãe estão muito preocupados com você.

— E eu estou preocupada com a mamãe.

— *Nós* estamos preocupados com *você*. Tem um tom meio cifrado em tudo que você fala.

— Tipo assim, eu estou triste — respondeu Elise.

Noele tinha uma expressão pensativa, mas não sabia se devia dizer o que estava pensando.

— Desembucha.

— Você está solitária?

A mãe devia ter dividido com elas a preocupação quanto ao seu relacionamento com Aaron.

— Não. Aaron está trabalhando.

— Ele deveria estar aqui — disse Giovanni, ela era a única na família que gostava dele de verdade.

— Você vai vê-lo à noite.

— Você contaria para nós, se estivesse solitária? — perguntou Giovanni.

— Provavelmente não. A última coisa de que preciso é mais tempo com a família. — Giovanni fingiu estar ofendida e bateu nela, e Elise devolveu o tapa. Elas brincaram de luta por uns segundos, como na infância.

— Pense nisso como um fim de semana prolongado.

— Um pesadelo prolongado, dependendo de quem o sonha — retrucou Elise. A expressão de Giovanni mudou, como se ela estivesse realmente ofendida. — Nós viemos para uma homenagem póstuma, foi a isso que me referi.

Depois de uma hora, o quarto estava abarrotado com a documentação de Kitty. Elise via as irmãs se banqueteando com as fotos até então nunca vistas da mãe delas ainda criança no set e delas mesmas nas festas de fim de ano ou nas férias em família.

— Ei, olha. — Giovanni mostrou uma foto da mãe delas com a avó Nellie e Kitty em sua formatura do ensino médio. Sarah estava no meio, sorrindo e abraçando as duas mulheres.

— Queria saber quando as coisas mudaram entre elas.

— Provavelmente quando Kitty abandonou a vida. — Giovanni se horrorizava com o fato de Kitty ter abandonado sua posição social e com Noele ter recusado a dela. — Elas deixaram de ter coisas em comum.

— Kitty continuou escrevendo e prestando consultoria em vários projetos.

— Eu sei, mas como alguém desiste de ser uma das mulheres mais famosas do mundo?

— Ela disse que deixou de ser tão importante depois que Nathan morreu.

À época, com apenas cinquenta e poucos anos, ele havia falecido três décadas antes de Kitty, e, desde sua partida, ela só se envolveu com um homem, um médico que não tinha qualquer ligação com Hollywood. Elise jamais diria isso em voz alta, mas esperava encontrar um homem que a amasse da mesma maneira que esses dois homens amaram Kitty. Um pequeno nó se formou em seu estômago quando pensou nas circunstâncias atuais da própria vida.

Cansada de rememorar por ora, Elise pegou o celular e viu dezenas de chamadas perdidas de Rebecca.

— Rebecca veio buscar as fotos. Vamos fazer algumas ampliações em tamanho natural para espalhar pela casa.

— Isso é mórbido — opinou Noele.

— Achei que seria legal.

— É mórbido — concordou Giovanni enquanto desciam a escada.

— E sentimental além da conta — acrescentou Noele.

CAPÍTULO 11
Elise

TARDE DE DOMINGO, 29 DE OUTUBRO DE 2017

Rebecca estava ligando da entrada da propriedade dos St. John. Ao ver as irmãs atravessando as cercas vivas, ela gritou pela janela do carro.

— Sejam bem-vindas! — Ela saiu do Jeep para abraçar as três ao mesmo tempo, antes de Giovanni e Noele entrarem. — Você está me ignorando? — Rebecca mostrou o celular para Elise. — Liguei para você tantas vezes.

— Desculpa... nós estávamos na casa de Kitty. Deixei o telefone no silencioso.

Atender às ligações de Rebecca a qualquer hora do dia ou da noite sempre foi seu dever como melhor amiga e cliente. Elise não estava mandando um recado ao não atendê-la... não, ela estava se distanciando de um relacionamento que chegava ao fim.

— Já contou para elas que eu vou embora? — A turnê do namorado dela seria prorrogada, e Rebecca queria se juntar a ele e usar esse tempo para "esclarecer os meus próximos passos profissionais". Elise achava que era uma boa desculpa.

— Ainda não. Isso só vai deixar todo mundo em pânico. Elas parecem acreditar que você pode ajudar com tudo isso.

— Dá para imaginar — respondeu Rebecca.

Elise sabia que Rebecca estava se recusando a aceitar a culpa ou se deixar provocar para uma discussão. A suposta necessidade de distanciamento ou mudança seria plausível, se o confronto de toda uma vida entre elas não tivesse atingido o ponto máximo em março, depois de Rebecca deletar vários posts polêmicos de Elise no Instagram. Rebecca havia explicado que os tinha deletado porque conteúdos semelhantes eram repostados em todos os lugares; ela não considerava o material relevante. Mas depois admitiu ter se sentido incomodada por alguns comentários recentes na conta de Elise. E, mais tarde, declarou que, nos últimos tempos, todo conteúdo de Elise era "ruim".

Rebecca lembrou Elise acerca dos verdadeiros racistas no mundo, que esperavam o momento certo para reclamar seu país. Ela sempre falou em voz baixa sobre a parafernália "constrangedora" que a família colecionava — o tataravô e os tios lutaram pelos Confederados.

— São um bando de maus perdedores com aquelas bandeiras lamentáveis. Você sabia que as pessoas ainda se fantasiam e encenam aquilo tudo por diversão? — Rebecca tivera muito a dizer, depois dos acontecimentos em Charlottesville naquele mês de agosto.

Em março passado, no entanto, Rebecca havia dito para Elise se concentrar em ser atriz. Ela não entendia a responsabilidade que Elise sentia de se colocar como mulher negra estadunidense.

— Você faz doações *enormes*. Isso não é o bastante?

Por fim, elas chegaram à questão crucial: Rebecca achava que os posts de Elise sobre o #vidasnegrasimportam eram "racistas".

Elise ficara irritada no mesmo instante.

— Os negros são a minoria, nós *não* podemos ser racistas.

— Entendo o argumento filosófico, mas todo mundo sofre.

Elise ficou sem palavras. Rebecca havia frequentado uma das melhores escolas particulares do país desde o maternal e, pelo que parecia, ainda não conhecia a história estadunidense. Uma vez, quando eram crianças e estavam a caminho de um acampamento de escoteiras, e Elise andava receando ser a única menina negra no grupo, Rebecca havia tentado ajudar dizendo para ela: *É só fingir que você é branca. Ninguém vai notar.*

Chocada, Elise se empenhara em desconstruir a solução de Rebecca. *Como alguém finge que é branca? O que é ser branca, comparado a ser negra?*

Elise não levara a discussão adiante naquele tempo porque, bem, elas tinham oito anos. As duas nunca mais voltaram a tocar no assunto, e Elise respirou fundo, decidindo que era infantil trazer isso à tona agora. Raça nunca deixou de ser uma questão para Elise, mas, para Rebecca, havia sempre uma solução simples.

— Isso nem sequer é a questão. — Elise decidiu que era hora de, educadamente, chutar Rebecca para fora de sua casa. — Não há nada que precisamos resolver antes de amanhã à noite, certo?

Depois do confronto naquela primavera, Rebecca tinha ido até a mãe, preocupada com a segurança de Elise e a dela mesma. Todos os lados começaram a exigir pedidos de desculpa, mas Elise se recusou. Não tinha nada pelo que "pedir desculpa". O vazamento sobre a notícia da herança naquela semana tinha desencadeado uma segunda onda de hostilidade racista que sua equipe havia ignorado, até aquele momento — e o objetivo, Elise sabia, era não ter que pedir desculpas por terem tentado forçá-la a se desculpar em março.

Rebecca a seguiu para dentro de casa.

— O estúdio telefonou de volta. Querem que você fale sobre Kitty, que explique seu relacionamento com ela.

— O que aconteceu com a ênfase no casamento?

— Eles acham que não vai colar.

Elise começou a balançar a cabeça em negativa.

— Não brinca. — E entregou a pilha de fotos para Rebecca. — Adoro como eles só dizem o que querem dizer depois da reunião.

— Essa é uma posição difícil para todo mundo. — Rebecca se sentou. — Eles têm medo de o público boicotar *Drag On*.

— Então, a morte de Kitty explica minha raiva contra o racismo e a brutalidade policial?

Rebecca se encolheu, o que revelou a Elise que ela havia ajudado a criar a narrativa.

— Você tem um trabalho a fazer, Elise. Eles podem te processar por quebra de contrato.

Elise a encarou de volta.

— Pensei que você estivesse de acordo. Não posso falar sobre Kitty.

— Não sei como vamos evitar isso agora. O estúdio dis...

— Bom, *eu* não concordei. Não é da conta de ninguém.

— Primeiro você reclama quando não falam nada, e agora você reclama...

Sarah apareceu na cozinha depois de ouvir a voz de Rebecca.

— Meu biscoitinho de gengibre! Você chegou cedo. — Sarah examinou Rebecca da cabeça aos pés. — Nada de jeans esta noite.

— Eu volto depois. Só vim buscar as fotos.

Sarah olhou para Elise, depois para Rebecca.

— Que fotos?

— Para as cópias em tamanho natural para hoje à noite.

— Ah, sim, vai ficar muito bom. — Sarah pegou uma garrafa de vinho Riesling na geladeira de porta dupla. — Onde sua mãe está hoje? — Depois de trinta anos trabalhando juntas, Sarah e Alison costumavam se falar algumas vezes por dia.

— Na casa da minha avó.

— E como ela está? — A avó de Rebecca havia ficado viúva recentemente e não estava se adaptando a ficar sozinha. Ela ligava para Alison e Rebecca o tempo todo.

Rebecca balançou a mão para responder "mais ou menos".

— Nervosa com a noite de hoje.

Sarah pegou uma taça no armário.

— O que tem hoje à noite?

Rebecca e Elise se entreolharam.

— A cerimônia de Kitty, mãe.

— Eu sei, mas Rebecca está falando sobre a avó dela. — Sarah ainda parecia intrigada.

— Kitty a convidou — contou Rebecca. — Pelo jeito, elas se conheceram em algum momento do passado.

— Mal posso esperar para ouvir essa história. — Sarah pôs mais taças na mesa. — Vocês querem? — Então começou a servir vinho para Rebecca antes de ela conseguir responder.

— Como vocês todos estão? — perguntou Rebecca, tocando o braço de Sarah.

— Acho que estamos todos mais ou menos — respondeu Sarah.

— Mais para menos. — Elise pegou um pouco de vinho. — A *Vogue* e o estúdio querem que eu fale sobre Kitty. — Ela esperou para sentir um pouco de prazer no desconforto da mãe.

Sarah bebeu um gole de vinho.

— Então, fale sobre Kitty, Elise. Alguém vai ter que desmentir esses boatos sobre ela ter perdido a lucidez.

— Por que não *você*? — indagou Elise.

— Não foi para mim que ela deixou dinheiro. É evidente que ela queria que você e suas irmãs lutassem por ela, defendessem sua honra.

Apesar da entonação sarcástica, Elise sentiu que havia alguma coisa verdadeira no que a mãe disse, mas ela não acreditava que tivesse a ver com honra. Isso parecia egocêntrico demais, superficial demais para Kitty, que havia sido tão antissocial.

— O que Alison disse? — perguntou Elise.

— A gente não falou sobre isso — respondeu Sarah.

Rebecca balançou a cabeça para confirmar a resposta de Sarah.

Elise começou a andar até a porta.

— Vou me vestir.

— E eu preciso ir à gráfica — anunciou Rebecca, recolhendo as fotos de cima da mesa.

Elise acenou e subiu para o portal do seu pedacinho de paraíso. A única coisa em que pensava, para variar, era em um banho e outro baseado antes de a noite começar. O objetivo era não sentir nada.

CAPÍTULO 12
Maria

MAIO, 1955

Os anos voaram uma vez que Maria se apaixonou por Richard Collins. Eles se conheceram no terceiro ano, quando a família dele se mudou para Cottonwood. Ele rapidamente se tornou popular, porque o pai tinha uma firma de serviços de zeladoria e ganhava dinheiro suficiente para que a esposa não precisasse trabalhar.

Maria se afeiçoou a ele depois de ouvi-lo contar à turma que queria ser médico. A confiança de Richard provocou algumas risadinhas.

Maria o encurralou mais tarde, no recreio.

— Que tipo de médico você quer ser?

— E-eu não sei ainda — gaguejou o garoto, assustado por ela estar falando com ele.

— Seu pai é médico?

— Não. Ele quer que eu seja. Está economizando desde que nasci para me mandar para a faculdade de medicina.

Notando a conversa entre os dois, algumas crianças os cercaram e começaram a fazer barulho de beijo. Richard saiu correndo e, depois disso, não falou mais que três palavras com ela até o primeiro ano do ensino médio, quando os dois caíram na mesma turma de geometria. Richard havia passado o verão em Chicago e estava mais alto, mais retinto e mais bonito. Eles se tornaram amigos por causa da antipatia que compartilhavam pelo professor. No segundo ano, ela o convidou para ser sua dupla na aula de química e, na metade do ano, ele enfim criou coragem para perguntar se poderia acompanhá-la até em casa. Eles se tornaram um casal depois de algumas sextas-feiras de peixe na casa de Maria, quando Richard admitiu que era fascinado por ela desde a terceira série.

Hazel não gostou muito da novidade, mas, como sabia que não seria capaz de impedir as atividades sociais de Maria por conta de seu horário de trabalho, ela continuou repetindo o sermão sobre como um bebê a impediria de viver a vida.

— E ele vai embora, vai viver com outra garota tão bonita quanto você.

Os avisos ao longo dos anos fizeram de Maria a melhor aluna e uma oradora de turma virgem. Richard se formou em terceiro lugar. Tudo que faziam, além de trocar uns beijos e carícias, era estudar.

Hazel ocupava os domingos com doses duplas de igreja, mas Maria tinha permissão para voltar para casa depois do culto matinal para "fazer o dever de casa" com Richard, cozinhar para a semana e escrever. Contar histórias foi a única coisa que havia continuado pós-Lillian.

Às vezes ela pensava em Lillian quando iam a Charlotte, mas essas viagens agora eram poucas e espaçadas. Sempre que iam até lá era para fazer algum serviço para a sra. Nora, que gostava de uma loja de vestidos e de um açougueiro da cidade. As leis de Jim Crow diziam que clientes brancos deviam ser atendidos primeiro, então, mesmo que fosse a vez de Hazel, se um branco entrasse, ela teria que esperar. Podia perder horas com isso e, em seu dia de folga, essa era a última coisa que queria fazer com seu tempo. A pele de Maria contornava esses inconvenientes.

Em um final de tarde de domingo, elas estavam no ônibus, indo para Charlotte, porque Hazel se esquecera de ir buscar o vestido da sra. Nora para o aniversário de oitenta anos do marido dela no dia seguinte. Maria se espremia contra a janela, tão longe da mãe quanto podia.

— É melhor você parar com essa atitude — disse Hazel. — Eu esqueci, e sinto muito.

— Ela poderia usar outro vestido.

Maria sentia o olhar da mãe nela. Seus olhos estavam cinzentos feito aço havia dias; completamente destituídos do azul e mais claros do que Maria jamais os vira. Consciente de que eles escureciam quando a mãe se zangava, Maria temia que essa tonalidade clara indicasse uma completa ausência de emoção.

Era Semana do Formando e, naquela noite, o Radley's, o cinema drive-in, exibiria *Frankenstein* em comemoração à turma dos negros de 1955. O drive-in só admitia negros uma vez por mês e, durante as duas semanas desde que apresentaram a agenda da Semana do Formando, Maria não falava de outra coisa. Não ia ao cinema desde que Lillian deixara de ir a Charlotte. Era arriscado demais passar por branca em Winston, e não teria se sentado no piso superior nem que alguém lhe pagasse.

Além do mais, esperava que Richard a pedisse em casamento naquela noite. Ele pegaria emprestado o Cadillac do pai e tinha feito uma reserva para o jantar. A previsão do tempo anunciava uma noite agradável e romântica — trinta e um graus com brisa leve. A formatura aconteceria em uma semana, e Maria imaginava que o jantar que a mãe dele já tinha planejado poderia ser a festa de noivado deles dois.

— Está me ouvindo falar com você?

— Sim, senhora — resmungou Maria, ainda mais irritada por ter sido tirada de sua fantasia.

— Vamos voltar a tempo.

Elas chegaram em Charlotte minutos antes de a loja fechar. Hazel tinha pressa, e lançava um olhar cortante para Maria a cada dois passos para que ela também se apressasse. Maria, ainda furiosa por pensar que a sra. Nora podia ter vindo buscar de carro seu próprio vestido, se era tão importante, parou para admirar um vestido amarelo-mostarda em uma vitrine, uma confecção com decote profundo e corpete justo, estruturado. Era perfeito para a formatura.

Hazel ordenou que ela continuasse andando, falando por entre os lábios contraídos e imóveis. Maria a ignorou e entrou na loja, sabendo que Hazel não poderia entrar.

— Posso experimentar aquele vestido?

— Senhorita. Maria...

Maria acenou para a mãe.

— Um minutinho, Hazel. — Todo esse tempo fingindo ser branca... Maria decidiu que podia muito bem ir até o fim e fazer o que queria pelo menos uma vez.

— Sim, é claro, senhorita. — A vendedora desapareceu no fundo da loja.

O corpo de Hazel dilatou-se pela raiva, ocupando todo o espaço da porta e bloqueando a luz vespertina. Seus olhos se estreitaram, cravados em Maria, até ela ter a impressão de que estavam fechados. Maria ouviu os saltos da vendedora atrás dela e viu a raiva de Hazel se dissolver em felicidade falsa.

— Vou avisar o dono da loja que você está a caminho.

Maria pegou o vestido das mãos da vendedora.

— Por que demorou tanto? Estou com pressa. — Ela fechou a porta do provador, respirando ofegante, incapaz de se olhar no espelho.

Em pânico ao pensar na ira que a aguardava, ela abriu a porta com um movimento brusco, que bateu na parede, assustando a vendedora. Depois, saiu correndo sem dar uma explicação.

Hazel estava parada na rua em frente à loja, fumando. Ela acenou com a cabeça para a placa de FECHADO. Seu rosto estava sério; a voz, sem entonação.

— O dono está lá, mas se recusa a abrir a porta para mim.

Maria bateu à porta, e o homem branco de cabelos grisalhos correu de trás do balcão, sorrindo e ajeitando o pouco cabelo que tinha ao destrancar a porta.

— Desculpe. Já fechamos, senhorita.

— Por favor? Mandei nossa criada avisar que eu estava a caminho.

Ele olhou para Hazel por cima do ombro de Maria. A menina tentou de novo:

— É para minha avó, a sra. Nora Lakes. Esqueci-me de pegar o vestido mais cedo. Ela precisa dele para uma festa.

— Ah, você deve ser Shirley. Estarei lá amanhã.

Maria não sabia quem era Shirley, mas sorriu.

Ele baixou a cabeça como se pedisse desculpas.

— Você sabe que eles são capazes de inventar qualquer coisa. Pensei que ela estivesse mentindo. Espere aqui.

Hazel não falou nem olhou para Maria durante as duas horas de viagem de ônibus. Assim que ficaram sozinhas, Maria começou a se desculpar, mas não conseguiu formular as palavras antes que a mão de Hazel atingisse seu rosto com tanta violência que ela sentiu gosto de sangue.

As mãos grandes de Richard inclinaram o rosto dela para a luz que pendia do teto da cozinha.

— Ela te bateu como se tivesse sido desrespeitada.

Maria só contou que havia dado uma resposta atravessada. Se ele soubesse a extensão de seu desrespeito, teria concordado com a punição. E ela a mereceu.

— Vai ficar roxo. — Ela tocou o lábio, que tinha começado a inchar.

— E bem na formatura. — Richard a beijou, recuou e a beijou de novo. — Mas você ainda é a moça mais bonita que já vi.

Maria empurrou as mãos dele. Sentia-se mal nesse momento, e ele estava sempre elogiando sua aparência, como se fosse a única virtude dela.

Richard pôs a mão no bolso da calça.

— Tenho uma coisa que vai te animar.

Ela prendeu o fôlego imediatamente enquanto ele tirava um mapa.

— Acabamos de fechar contrato com aquele prédio novo na rua Cinquenta e Quatro. — Ele abriu o mapa sobre a mesa da cozinha para mostrar a localização do novo contrato de seu pai no centro da cidade.

Decepcionada por não se tratar de um pedido de casamento, Maria aplaudiu.

— Isso vai ajudar com os custos no ano que vem.

O pai de Richard havia prometido arcar com as despesas dos estudos dos dois, para que não precisassem trabalhar e pudessem concluir a formação no tempo certo. Depois que se casassem, iriam morar no sótão da casa dos pais dele até se formarem e se mudarem para o norte, talvez para a cidade de Washington ou Chicago, onde Richard cursaria medicina.

— É mais que isso, meu bem! Ele quer me ensinar tudo do ofício e se aposentar.

— Como você vai trabalhar e continuar estudando?

— Não vou mais estudar.

— Você não conseguiu entrar? — Maria não queria perguntar, mas a carta de aceitação da Central estava atrasada. A dela havia chegado semanas antes.

— Não é por isso. Essa decisão é minha. Meu pai precisa de mim.

— Mas você quer ser médico. Ele quer que você seja médico. — Richard estava tão comprometido com os planos, que suportou cursar física e cálculo avançados no Reynolds, o colégio dos brancos, naquele ano.

— Até lá, vou ter quase trinta anos.

— O tempo vai passar de qualquer jeito! Quer passar o seu gerenciando zeladores?

— Não tem a ver com o que eu quero. Vai ser melhor para nós se eu tiver meu próprio negócio.

— Melhor que ser médico?

— Melhor que ser um médico *negro*, sim. — Ele alisou o cabelo dela com a mão, que parecia pesada, como a pressão para apoiar seu novo plano. — Podemos ter nossa casa mais cedo, ter um bebê.

Ela saiu de baixo do peso de seu braço.

— Mas eu não quero ter um bebê e morar aqui.

Os dois tinham falado sobre ela se passar por branca no norte para ter um emprego de professora que os sustentasse enquanto ele estivesse cursando medicina. Como professora branca, ela ganharia duas vezes mais que uma negra. Lecionar não era seu sonho, mas era melhor que os empregos nos quais a maioria de suas colegas de classe começaria a trabalhar no fim do verão.

No início, Richard ficou aborrecido quando ela falou de se passar por branca, até entender que ela nunca considerou assumir esse papel de modo definitivo. Fingir que era branca em Charlotte por conveniência ou por motivos financeiros era uma coisa, mas integrar-se ao mundo branco significava isolamento. Entre outras perdas, Maria nunca mais poderia ver a mãe.

Mesmo quando ela e Lillian contavam suas histórias, Maria sempre se imaginou casando-se com um homem de cor e, um dia, tendo filhos de cor. Por isso nunca contou a Richard sobre Lillian e aqueles domingos em Charlotte, ou que agora se passava por branca de vez em quando (e nada mais nada menos que com Hazel).

— Por que não? — Ele cruzou os braços. Richard a desafiava a admitir que ficar não seria bom o bastante. — Tire seu diploma e lecione aqui. Crianças negras bem aqui no sul também precisam de boas professoras.

— O plano era nos mudarmos para o norte!

Ele começou a descer a escada.

— Essa história de oportunidade fora do sul é uma farsa. Esse é o problema com os negros agora, estão sempre diminuindo o que temos. Não nos querem aqui, mas também não nos querem lá. Eu não vou deixar que me façam fugir do meu lar.

— Mas vai deixar que eles o façam fugir de seus sonhos.

— Por que ter um negócio próprio não é um sonho digno de se ter?

— Porque esse sonho nunca foi *seu*.

— Meu pai quer me passar o negócio que ele construiu. Não posso dizer não. — Ele se dirigiu à porta. — Vou encontrar todo mundo no campo de futebol americano. Acho que você não vai querer ir, não com o rosto nesse estado.

A porta de tela se fechou antes que ela pudesse responder.

Maria vomitou na grama do quintal cercado para galinheiro antes de conseguir chegar ao banheiro externo. A raiz da verdade no fundo de seu estômago lhe dizia que não tinha mais certeza de que queria que Richard a pedisse em casamento; vê-lo abandonar todos os sonhos da noite para o dia a deixava sem saber se realmente queria atrelar seu vagão ao dele. Ela tinha desistido das aspirações de ser atriz por razões práticas, mas temia que desistir de seu sonho fizesse de Richard um homem amargurado. Várias mulheres em Cottonwood avisavam: *Um homem sem um sonho não é um homem que vale a pena ter*. Até mesmo Adelaide reclamava das mudanças de humor do gentil Lefred, cujas aspirações de lutar na Primeira Guerra Mundial terminaram com a designação para o serviço na cozinha.

Pensando em Richard, Maria não conseguia dormir, mesmo com o luxo de ter a cama só para si. Ele sabia que Hazel passaria a noite na casa dos patrões e deveria ter vindo pedir desculpas, depois de esfriar a cabeça.

Quando os sapos e as corujas começaram sua sinfonia, ela foi à cozinha fazer café. Estava sentada no escuro havia uma hora, à espera da mãe, quando ouviu o ônibus passar pela rua.

Sua mãe carregava a caixa cor-de-rosa da confeitaria BabyCakes que Maria conhecia tão bem. Ao ver Maria através da porta de tela, Hazel perguntou:

— O que está fazendo acordada?

Maria abriu a porta para ela. Sentiu o ar fresco e molhado, normal para o início das manhãs de verão antes de a umidade absorver o orvalho.

— Não consegui dormir. — Não queria contar o porquê.

A decisão de Maria, de ficar em Winston por mais quatro anos, tinha decepcionado sua mãe. Hazel culpava Richard, mas a verdade era que Hazel tinha perdido peso e cabelos, e foi isso o que convenceu Maria a repensar sua candidatura para faculdades fora de Winston. Sua mãe havia engordado consideravelmente nos últimos anos, e de repente perdera todo esse peso. Agora reclamava de dor nos ossos.

O médico não conseguia encontrar nada de errado, além do estresse. Quando Hazel perdeu tanto cabelo que não conseguia mais esconder as falhas, Maria foi a Charlotte comprar duas perucas: uma para a mãe ir trabalhar e outra para ir à igreja.

Hazel deixou a caixa do bolo sobre o bloco de cortar lenha que usavam como bancada.

— Acho que é para a sua formatura.

— Isso foi gentil da parte dela.

Hazel resmungou alguma coisa. Tinha um relacionamento complicado com a sra. Lakes, marcado ao mesmo tempo por gratidão e ressentimento. Maria sabia que não devia instigá-la ainda mais com uma resposta.

— Não se esqueça de que temos o jantar nos Collins hoje à noite — disse à mãe.

— Tenho que trabalhar. — Hazel puxou o corpete do uniforme cinza; suas costas estavam molhadas de suor.

— Não tem mais ninguém para ficar de olho na respiração dos dois?

O sr. e a sra. Lakes tinham problemas de saúde havia anos, e os filhos mantinham pouco ou nenhum contato. O casal tinha enfermeiras, mas confiava mais em Hazel; ela agora dormia lá na maioria das noites.

— Para com isso.

Por mais que Hazel reclamasse dos patrões, ela tentava acalmar os sentimentos da filha. *São seus parentes, e odiá-los significa que também vai acabar odiando um pouco de você mesma.*

Maria costumava se perguntar se seria beneficiada no testamento deles. Os bolos da avó eram prova dos sentimentos por ela, mas, considerando como os Lakes se negavam a auxiliar Maria além do salário da mãe dela, que era praticamente nada, a menina tinha deixado de acreditar na boa vontade do casal.

— Você vai ter que conviver um pouco com eles antes do casamento — avisou Maria.

Hazel bufou.

— Não se eu puder evitar.

Ela não gostava da mãe de Richard, que usava suas melhores roupas de domingo até mesmo para ir ao mercado. *Sempre tentando lembrar às pessoas como ela tem dinheiro.* Em Cottonwood, ela era a única mulher fisicamente capaz que não trabalhava; sua busca pela fama se limitava ao clube do livro que organizava uma vez por mês. Hazel não foi convidada uma única vez. Embora não pudesse ter comparecido, de qualquer maneira, não em uma noite de quinta-feira, Hazel achava grosseria não estender o convite à mulher que alimentava o filho dela toda semana.

— Você gosta de Richard, não é?

— Gosto.

Maria suspirou.

— Mamãe, estamos namorando há dois anos.

Hazel puxou o cinto.

— E por isso ele merece sua vida inteira?

— Ele é um bom homem, mãe.

— Não duvido disso.

Mancando, Hazel foi para o quarto, e Maria ficou pensando se devia contar a ela sobre os planos de Richard de assumir os negócios do pai. Decidiu não contar, embora soubesse que a notícia circularia em breve. Contar para Hazel faria tudo parecer permanente.

Hazel voltou vestida com o longo roupão atoalhado com zíper frontal e entregou um envelope à filha.

— Seu presente de formatura.

Era uma passagem de trem para Los Angeles. Maria ficou com o pé atrás, nunca tinha dividido com ninguém o sonho de ir para o oeste.

— Por que Los Angeles?

— Catherine escreveu para mim. Lillian agora mora lá.

Maria se surpreendeu ao ouvir o nome delas. Havia quatro anos que não as via, e Lillian nunca escrevera nem telefonara.

— Fazendo o quê?

— Trabalhando em um estúdio de cinema.

Maria sentiu várias coisas que não conseguia nomear.

— Fazendo o quê?

— Vá ver com seus próprios olhos. Ela quer que você vá visitá-la.

Hazel tirou uma foto do envelope. Nela, Lillian usava um chapéu branco de aba larga e um vestido azul acinturado, de comprimento médio, que fazia seu corpo se misturar ao céu. O cabelo escuro parecia abundante e cheio de movimento, e dançava ao vento enquanto ela fingia morder uma bola de algodão doce. Atrás dela havia uma roda-gigante e, atrás desta, o oceano parecia se estender sem fim.

Maria nunca tinha visto o oceano de perto. A praia mais próxima de Winston ficava a quatro horas de distância, mas elas nunca foram lá. As cidades litorâneas não admitiam negros na praia, mesmo que estivessem a serviço.

— Ela ficou muito bonita, não é? — comentou Hazel.

Maria não conseguia ver bem o rosto sob o chapéu. Nunca havia pensado se Lillian era ou não atraente, até Hazel fazer a comparação entre elas um ano depois de ter mostrado a Adelaide sua foto de Natal. *Ela tem muito rosto, hum?*

Adelaide havia gargalhado. *O que é que isso significa?* Hazel tinha um senso de humor ferino e sutil, do tipo que é capaz de provocar um ataque de riso em um funeral.

Você deve saber, ela havia respondido enquanto batia um peito de frango com um bloco de madeira sobre a mesa da cozinha de Adelaide. *É você quem está dando risada.*

— Talvez possa partir amanhã, se conseguir trocar essa passagem por uma de primeira classe. — A sugestão de Hazel trouxe Maria de volta ao momento.

Negros não podiam comprar passagens de trem de primeira classe, mesmo que fosse para um passageiro branco. Estabelecida apenas para humilhar ainda mais os negros, essa era mais uma das regras bobas que também causavam problemas para os brancos, os quais descobriam que o vagão da primeira classe já estava lotado quando iam trocar a passagem. Jim Crow ficava mais burro e mais cego com a idade, prejudicando os interesses das pessoas que deveria ajudar.

— Não posso viajar. Richard vai fazer o pedido de casamento.

— Adie o casamento por alguns meses. Ele vai estar aqui quando você voltar. Faça isso por você.

— Alguns *meses*?

— As aulas só começam em setembro. Divirta-se. Vou dar dinheiro para você levar.

Maria percebeu que a passagem era só de ida.

— Compre a de volta quando quiser voltar. — Hazel ajustou o lenço de seda estampado com espirais verdes, cor de vinho e cinza, que agora usava na cabeça no lugar da peruca.

O laço no alto da cabeça acentuava o rosto anguloso. Ela parecia mais jovem com o lenço, mas se recusava a usá-lo fora de casa, pois temia que as pessoas conseguissem notar que era careca. Maria não sabia como dizer isso à mãe, mas a peruca, embora de boa qualidade, não escondia a verdade.

— Como conseguiu dinheiro para isso?

A mãe contava cada centavo e resmungava muito sempre que Maria pedia alguma coisa, sempre lembrando que tinham pouco. Não importava o que Maria queria; se não fazia parte do básico, sua mãe não tinha.

— Tenho economizado — respondeu Hazel, deixando a lata de tabaco em cima da mesa. O conteúdo (saliva preta, grossa e pegajosa do tabaco eternamente marinando atrás do lábio inferior) fazia Maria pensar em suco de ameixa. Tinha derrubado o suco uma vez, e precisou ferver panelas e mais panelas de água para limpar as manchas do chão.

— Você pode nunca mais sair dessa cidade, depois do casamento.

— Já disse, vou me mudar para o norte depois da faculdade. Você vai comigo.

— Garota, eu não vou a lugar nenhum. — A caminho do fogão, Hazel puxou o lenço para baixo para cobrir os poucos fios curtos que restavam na nuca. — Está com fome? — E pegou uma faca.

Maria fez que sim, vendo como o bolo fofo se afundava antes de ser fatiado. Amarelo-claro, o interior combinava com sua pele. A sra. Nora demorou anos para descobrir qual era seu favorito: os primeiros bolos eram de chocolate, que Maria odiava; depois foram de baunilha, que ela achava sem graça. Morango foi seu sabor favorito durante anos, até ela experimentar o de cenoura com pedacinhos de abacaxi e nozes. Mas o favorito dela era o de limão, que ganhou no ano em que Lillian parou de ir a Charlotte. Perfeitamente redondo, com a altura de três assadeiras, o bolo de formatura tinha sido confeitado à mão. Maria conseguia ver os movimentos do punho da avó nos picos de creme, o final de cada pincelada. Cada pedacinho era úmido e talvez até um pouco menos assado do que deveria ter sido, o que rendia mordidas completas, densas. Seu relacionamento com a família branca era igual, uma combinação inconclusa e complicada, coberta com um caprichado bolo de aniversário.

Pensar no pai — Theodore Tucker Lakes Terceiro, advogado, agora senador da Virgínia — e em sua família deixava na boca o sabor do mais azedo limão: agridoce.

Hazel pôs duas xícaras de café e dois pratos de bolo sobre a mesa.

— Se não quiser ir, vou pegar meu dinheiro de volta. — Ela foi à varanda pela porta dos fundos para deixar o uniforme tomando ar.

Maria comeu um pedaço de bolo. Lá fora, a mãe começou a cantarolar, um hábito de alegria e preocupação. Maria se perguntou qual das duas emoções Hazel estaria sentindo naquele momento. Atrás dela, a primeira centelha de luz do sol pairava no céu. Pássaros-pretos voavam em formação triangular sobre o telhado para o outro lado da rua e acima das árvores, para o oeste. Ela olhou de novo para a foto de Lillian.

Teria ouvido falar dela outra vez, se Catherine não houvesse entrado em contato com Hazel? Maria tinha sentimentos em relação ao silêncio da amiga, mas sua reaparição era como um sinal que não podia ignorar.

Aparentemente, Lillian tinha a vida com que Maria sonhara — desejos que tentara esquecer depois de se apaixonar por Richard. Mas os novos planos dele mudavam as coisas.

— Eu vou passar uma semana lá… talvez duas.

Ao ouvir sua declaração, Hazel entrou e deu tapinhas nas costas da filha.

— Que bom, meu bem. Que bom. — Maria fechou os olhos, saboreando o toque materno.

Hazel tirou os brincos de bola de ouro de sua avó Elizabeth do bolso do roupão.

— Fique com eles. Use-os na formatura.

CAPÍTULO 13
Maria

JUNHO, 1955

Maria caminhou para o vagão da primeira classe carregando o cesto de vime com a comida que Hazel havia preparado para a viagem.

— Isso foi inteligente. — O funcionário, um adolescente branco e falante mais novo que ela e muito interessado em puxar conversa, a seguiu levando sua bagagem. — A comida não é muito boa nessa rota. De onde você é? — Felizmente, outro funcionário mais velho o apressou.

— Todo mundo gosta de uma menina bonita — disse, se desculpando pelo interesse do rapaz.

Grata, Maria aceitou a mão dele para subir no vagão, atravessando a fronteira da branquitude. O toque desse homem era sua passagem para o outro lado.

Maria estava nervosa com a ideia de se passar por branca durante todo o trajeto até Los Angeles. Nunca estivera em um trem, e sua viagem mais longa havia sido até Charlotte. Ela encontrou coragem na certeza de que ficaria espremida e passando calor nos vagões de cor. O estofamento de qualidade inferior no banco de madeira significaria que seu traseiro ficaria dolorido durante dias. E era provável que houvesse só um banheiro para toda a seção de pessoas de cor.

Sentada na primeira fileira do lado direito, uma dama usava um vestido de renda preta, mangas longas e gola alta, e um chapéu de pena preta. O cabelo escuro e frisado era mantido preso em um coque, mas pequenas espirais decoravam sua nuca. Só o luto podia explicar a vestimenta opressora naquela umidade, mas Maria percebeu que ela parecia mais desconfortável do que triste.

A mulher notou o olhar de Maria no momento em que a cortina de veludo roxo foi aberta e, em seguida, olhou para a janela, um gesto deliberado que revelou a Maria que ela também fingia ser branca. Isso a fez se lembrar do que Hazel tinha sugerido que fizesse.

Sorria se forem brancos, mas converse o mínimo possível. Se perguntarem, diga que vai ver a família em Los Angeles. Se forem negros, evite o contato visual. Eles te deixarão em paz.

Maria sentou-se do lado esquerdo, três fileiras para trás, por recomendação do funcionário, que disse que a vista dali seria melhor. Apesar de ter a fileira só para si e o conforto da almofada grossa do assento, era difícil ficar à vontade com a bolsinha de couro que a mãe havia insistido que usasse presa à cintura, debaixo do vestido. *Não tire ela daí até chegar lá,* Hazel a tinha prevenido. Dentro da bolsinha havia dinheiro, a foto e o endereço de Lillian. *Nunca diga a ninguém quanto dinheiro você tem... nem mesmo a Lillian.*

Maria repousou a cabeça na janela à medida que o trem ganhava velocidade. Seu estômago roncou no meio da noite; ela comeu discretamente como um rato de cozinha, mordiscando biscoitos e conserva de peras. Do lado de fora, as estrelas iluminavam os campos planos e, para ela, a paisagem não parecia muito diferente da que via em casa. Queria saber que horas eram em Winston, e se a mãe, Richard, Adelaide e Lefred estavam dormindo. Esperava que todos já sentissem saudade dela, porque ela já sentia falta deles.

Maria pensou no pedido de Richard depois da formatura. Depois da cerimônia, ele se ajoelhara diante dela com uma rosa cor-de-rosa na mão, suando sob a beca e o capelo. Ela ficou nervosa antes de contar a ele, mas Richard ficou feliz com sua viagem a Los Angeles. Até lhe deu dinheiro para comprar alguma coisa bonita.

O céu da noite era amplo e escuríssimo, um imenso vazio salpicado por um cinturão de estrelas cintilantes que pareciam seguir o trem.

Maria ficou hipnotizada pelo cenário, sendo sugada por ele como se fizesse parte de sua luz. Ela acordou um pouco mais tarde, quando uma vozinha interrompeu seu sono.

— Souberam lhe ensinar muito bem a como ser discreta.

Era a mulher de preto. A aba de seu chapéu quase tocou o olho de Maria quando ela se inclinou para sussurrar:

— Todo cuidado é pouco.

Maria se levantou para vê-la sair do vagão. Os outros cinco passageiros ali dormiam. A mulher voltou pouco antes do dia amanhecer e, com a cabeça, acenou rapidamente para Maria, depois tornou a sentar-se no mesmo lugar de antes, exausta de suas excursões para além da primeira classe.

Maria passou a observá-la todas as noites. Queria perguntar aonde ela ia, mas nunca mais se falaram, sabendo que não deviam. Podia haver mais alguém acordado.

Maria viu Lillian assim que o trem entrou na estação, acenando sem parar da plataforma, como se conhecesse todo mundo a bordo. Ela usava a mesma roupa da foto que Hazel havia mostrado e desceu correndo os degraus da plataforma, bloqueando a saída do vagão para abraçar Maria.

— É tão bom ver você de novo. — Lillian cheirava a bala de morango.

— Você também. — Maria se afastou do abraço, sentindo que as pessoas atrás dela ficavam um tanto impacientes. Algumas as empurraram e passaram.

— Com licença — diziam, balançando a cabeça diante da falta de consideração.

Lillian não parecia notar ou se importar, mas Maria, atenta às boas maneiras sulistas, tentou conduzi-la para o lado esquerdo. Ela não saiu do lugar, mas soltou a cintura de Maria.

— Senti sua falta. — Lillian usava o cabelo dividido ao meio, como na infância. Alinhado com o vão entre os dentes, o penteado dava alguma simetria ao rosto. Ao vê-la agora, depois de quase cinco anos, Maria entendia o que a mãe quisera dizer com "muito rosto". As bochechas rechonchudas faziam os traços parecerem gotas de chocolate aninhadas em um biscoito.

— Eu também. — Maria baixou a cabeça, acanhada com como Lillian olhava para seu vestido reto marrom. Mexeu no lóbulo da orelha, percebendo que ainda usava os brincos da mãe. Sentia-se deslocada diante de Lillian, cujo cabelo ondulado, lábios pintados de vermelho e unhas esmaltadas combinavam com os estilos das revistas. Ela soltou a mão de Lillian e pegou a mala, apertando a alça para se equilibrar.

Lillian interpretou o movimento como uma dica e começou a subir a escada.

— A viagem de trem não é majestosa?

— Dormi durante a maior parte.

— Que pena. — Lillian girou na escada, mais uma vez impedindo o progresso da fila. — Quem sabe quando você vai fazer essa viagem de novo? — Ela andava na ponta dos pés, saltitando como uma criança livre do peso do mundo. O cabelo castanho balançava de um lado para outro, brilhando ao sol. — Ver a terra e as árvores... ah, eu amei.

Maria se esforçava para acompanhá-la.

— Vou tentar não dormir tanto na viagem de volta.

Lillian andava entre a multidão, esperando que as pessoas saíssem da frente e as deixassem passar, e era o que a maioria fazia. Se não abriam caminho rapidamente, Lillian virava os ombros para se espremer entre elas. Maria a seguia de perto e pedia desculpas pelas duas, tomando cuidado para não bater em nenhum dos brancos.

No estacionamento, Lillian jogou a mala de Maria no banco de trás de um Buick prateado conversível.

— Esse carro é seu?

Lillian sorriu como se fosse a primeira vez que alguém tinha notado. Ela bateu no capô com a mão aberta.

— Passei um ano economizando. Presente de aniversário antecipado. — Ela completaria vinte e um anos em agosto.

Maria sentou-se no banco do passageiro, deslizando a mão pelo couro branco.

— É bonito.

Lillian ligou o motor.

— Primeiro vamos em casa para trocar de roupa, depois vamos sair.

— Não tenho nada para vestir. — Os amassados no vestido de Maria eram tão profundos que pareciam manchas.

— Não se preocupe. Tenho roupas para você em casa. Também não consegui usar nenhuma das minhas coisas velhas aqui.

Maria tinha dificuldade para acreditar nisso.

Lillian abriu as janelas, ligou o rádio e começou a cantar com Ray Charles. *I got a woman, way over town, that's good to me*. Ela cantava alto e desafinada, chamando a atenção das pessoas no estacionamento.

Maria ficou constrangida até ver que elas sorriam. A natureza leve de Lillian era uma raridade na cidade de onde vinha, onde as mulheres (tanto brancas quanto negras) eram criadas para serem reservadas. Ela percebeu que sentiria um pouco de falta disso.

No meio da onda de pedestres saindo da estação de trem, ia a mulher de vestido preto. Maria a viu caminhar até parada de ônibus, onde um homem negro pôs um bebê em seus braços.

Maria tocou o antebraço de Lillian e apontou a cena.

— Ela se passou por branca no trem.

— E você não?

— Sim, mas estou sozinha.

Lillian olhou para a mulher, analisando a situação.

— Aposto que devia estar muito quente no vagão de pessoas de cor. Ou ela é branca.

— Não, ela estava fingindo. Ela me disse.

— Não há utilidade em todo mundo viajar sem conforto, especialmente se ela ainda está amamentando.

Maria pensou em como seria um bebê dela e de Richard. Teriam que viajar separados? Ela teria que ir sorrateiramente ao vagão de cor à noite para amamentar o bebê?

— O que teria acontecido se a pegassem? — perguntou Maria.

Não era ilegal depois da linha Mason-Dixon, mas teria enfurecido os passageiros e os funcionários da ferrovia, que no meio do nada eram a autoridade.

— Não quero nem pensar nisso — respondeu Lillian, que depois aumentou o rádio e saiu do estacionamento.

Los Angeles era um labirinto de ruas repletas de edifícios, maiores do que qualquer um em Charlotte. As palmeiras eram tão altas quanto ela ouvira falar, mas feias, com troncos finos e poucas folhas verdes, beges e marrons. Ela preferia os carvalhos e os bordos frondosos de onde morava.

Maria balançou os dedos ao vento enquanto Lillian ganhava velocidade. O dia estava ensolarado e quente, mas não era pegajoso como em casa. Pessoas brancas que andavam pela rua vestiam ternos elegantes e vestidos compridos. Os poucos negros no fluxo de pedestres se vestiam com a mesma elegância, se não mais, com chapéus e sapatos de salto alto. Maria mal podia esperar para contar isso a Richard. Tinha começado a escrever uma carta no trem, mas o balanço constante, combinado ao movimento dos olhos e da mão indo da esquerda para a direita a deixaram enjoada.

Lillian anunciou que tinham chegado à casa dela na Orange Drive, uma rua larga e pavimentada com casas térreas de jardins bem-cuidados. Se era assim que os negros viviam em Los Angeles, talvez Maria nunca fosse embora.

— Só preciso andar dez minutos a pé para chegar ao trabalho.

— Minha mãe contou que você trabalha em um estúdio cinematográfico?

— O Telescope. É um estúdio menor, mas muito respeitado.

— E eles nos contratam?

— Sou telefonista.

Maria tentou não demonstrar a decepção. Esperava alguma coisa mais glamourosa — se não atriz, ao menos secretária. Lillian percebeu e se defendeu:

— Qualquer coisa paga melhor que um emprego de serviçal.

Maria não podia discordar.

— Vou ser professora. — Ao pensar em Catherine, ela abaixou o rádio. — E sua mãe, como está?

Lillian moveu a mão e voltou a aumentar o volume.

— Bem.

— Você veio mesmo sozinha para cá?

— Ela não quis vir.

Lillian estacionou o carro na frente de um conjunto de casas rosa-claro. Quatro degraus levavam à propriedade, delimitada por uma cerca retangular de arbustos. Ela apontou para a direita.

— A minha é a primeira. Orange Drive, número oitenta e oito.

A varanda era sombreada por trepadeiras, que subiam pelo ferro da tenda montada no cimento. Os galhos eram baixos e grossos, encobrindo a maior parte da varanda e toda a porta da frente, de modo que quem passava pela rua não as via.

A sala de estar era dominada por livros. Romances grossos, revistas e jornais amarelados enfeitavam cada superfície: o assoalho de madeira nobre, o sofá verde, as duas poltronas idênticas, a cornija da lareira e a mesinha de café. O mais incrível era que a sala não parecia cheia ou bagunçada. Tinha o dobro do tamanho da casa inteira de Maria em Winston.

— Uau.

— Adoro ler — explicou Lillian.

— Eu também — falou Maria, fingindo reagir à coleção.

— Pode pegar emprestado o que quiser.

Perguntas antigas sobre a vida de Lillian além dos domingos em Charlotte giravam na cabeça de Maria enquanto a amiga a conduzia pela casa de três dormitórios e um banheiro, com armários feitos sob medida e azulejos nas paredes e no chão da cozinha e do banheiro. Como ela podia ter todas essas coisas?

Lillian abriu uma das três portas no corredor.

— Este é o seu quarto. — Tudo era branco, e da janela era possível ver o pátio onde havia uma mesa e quatro cadeiras de ferro preto no gramado. Lillian abriu e prendeu as cortinas. — Às vezes me sento lá fora. É tranquilo.

— Seus vizinhos são agradáveis? — perguntou Maria.

Pelo menos uma janela de cada casa era voltada para o pátio.

— São simpáticos. Não me misturo muito. Por ser a proprietária, não quero fazer amizade.

— Você é *dona* de tudo isso?

Lillian assentiu.

— Como?

— Foi um presente muitíssimo merecido.

A cabeça de Maria explodiu; nunca tinha ouvido nada disso.

— De quem?

— Não tenho tempo para entrar nesse assunto agora. — Lillian se dirigiu à porta. — Você deve estar morrendo por um banho. Vou preparar um para você.

Lillian ainda era cheia de segredos, mas Maria planejava obter todas as respostas enquanto estivesse ali.

As bolhas que se expandiam na água saíram de um frasco com um rótulo da Roseland Body Bath. Até então, Maria nunca se banhara em uma banheira de cerâmica, mas não diria isso a Lillian. Em casa, o banho era de balde e tratava-se de uma situação de só jogar um pouco de água no corpo, lavar e pronto. *Vai lá e lava o principal,* dizia Hazel. Demorava uma eternidade para ferver água suficiente para encher o balde, por isso não o faziam.

A água logo encheu a banheira até a borda, e o banheiro começou a ser invadido por um perfume doce, como o de Lillian.

— Gosto de banho quente — disse. — Use aquela torneira para ajustar a temperatura. Sinta-se em casa.

Ela saiu e fechou a porta, e Maria começou a investigar o conteúdo dos frasquinhos e recipientes em cima da pia. Seu rosto formigou quando ela espalhou na pele um pouco de um dos hidratantes de Lillian. Depois começou a arder, e ela se inclinou sobre a pia para lavá-lo, sentindo a tira da bolsa de couro apertar-lhe a cintura. Ao se despir, viu que o couro havia esfolado e marcado a pele. A bolsa estava úmida de suor, e ela teve dificuldades para tirar de lá um maço considerável de notas.

Contou mil dólares. Era mais dinheiro do que jamais tinha visto, e mais do que ia precisar se a ideia era passar apenas alguns meses em Los Angeles.

Quando contava o dinheiro pela terceira vez, Lillian bateu à porta.

— As toalhas estão no armário.

Temendo que ela entrasse se não recebesse uma resposta, Maria gritou:

— Obrigada!

Devia haver algum engano, pensava ela sobre o dinheiro, ao entrar na banheira, deixando a água cobrir o queixo e a boca. Fechou os olhos, confortada pelo calor, até ser tomada pelo medo ao compreender o que uma parte dela já sabia: sua mãe não tinha mil dólares para dar (fosse por engano ou não).

Ela saiu da banheira, e mal se cobriu com a toalha antes de chegar ao corredor.

— Eu estava mesmo indo ao banheiro. — Lillian carregava vários vestidos. — Meus amigos estão esperando. — Quando se aproximaram, ela franziu a testa. — Está tudo bem?

— Preciso ligar para minha mãe.

Lillian entrou no quarto de Maria como se esperasse que ela a seguisse.

— Já é tarde lá. Temos que sair logo. — Maria concordou em silêncio. Precisava de privacidade, e Lillian tinha apenas um telefone em casa.

— Trouxe algumas coisas para você usar até irmos fazer compras. — Lillian apontou para um vestido de renda branca em cima da pilha. — Esse vai ficar lindo em você.

— Não tenho roupas tão chiques assim.

— Tive que comprar roupas novas quando cheguei. Não queria parecer caipira.

— Você sempre se vestiu muito bem.

— Obrigada. Eu ganhava todas as minhas roupas. — Maria se perguntou por que Lillian nunca deu a ela nenhuma de suas antigas roupas.

Lillian empurrou um par de sapatos altos e brancos para perto da cama, usando a ponta do pé.

— Desculpe, estão um pouco arranhados. — O salto tinha apenas cinco centímetros de altura, como seus sapatos de ir à igreja, mas os de Lillian, como sempre, eram melhores.

Lillian se aproximou da penteadeira perto da janela, e Maria aproveitou a oportunidade para guardar a bolsinha de couro dentro do forro da mala.

— Deixa só eu ir terminar de me lavar.

Quando Maria voltou, Lillian estava afofando o cabelo à penteadeira.

— Hoje vamos ao Mitch's. Todo mundo dos estúdios vai lá depois do trabalho. Fica subindo a rua. — Lillian girou na cadeira para olhar para ela. — Espero que não se importe, mas vamos ter que te arrumar um pouco mais. Está parecendo uma menininha.

Maria não ficou ofendida; queria aprender a fazer todas as coisas que mulheres faziam. Mas, quando Lillian pintou seus lábios com o vermelho que era sua marca registrada, ela borrou o batom, e ficou parecida com um daqueles palhaços que faziam *blackface*. Maria escolheu um rosado, em vez disso.

— Agora nem mesmo consigo ver o batom. — Lillian aplicou um pouco do vermelho por cima e ajeitou o cabelo de Maria, o qual o vapor do banho tinha deixado ondulado. — Já usou prancha nele?

— Pente quente, você quer dizer?

— Não, prancha de ferro. Pessoas brancas usam prancha, se têm cabelo cacheado.

— Não. — Maria também nunca havia usado um pente quente. — Me dá a escova. — Tudo que fazia para garantir um cabelo liso era escová-lo para trás e deixar secar. Ela demonstrou, usando a escova de cerdas duras para prender o cabelo em um coque baixo.

Lillian parecia aliviada. Ela prendeu um grampo com enfeite rosa no coque e aproximou o rosto do de Maria, admirando o reflexo das duas.

— Irmãs.

Maria se sentiu brilhar de dentro para fora. Mas, assim como chegou, logo a alegria foi substituída por uma dúvida persistente.

— Por que você nunca escreveu para mim?

— Porque não havia um endereço para onde pudesse enviar uma resposta. — Lillian fez biquinho para o espelho e puxou Maria da cadeira. — Estamos muito atrasadas.

Maria havia presumido que o Mitch's fosse um lugar chique, com velas, toalhas de mesa e guardanapos. Na verdade, era meio bar e meio restaurante, um degrau acima da decoração de lanchonete, e ficava ainda pior com a iluminação fraca, o carpete vermelho-escuro e uma névoa de fumaça de cigarro. Alguns casais dançavam ao som do *jukebox* no canto direito, ao fundo. Maria não conseguia ouvir a música em meio ao barulho de copos e várias conversas entre goles e baforadas.

Lillian a conduziu por entre as pessoas. Todo mundo ali era branco; não havia nem sequer um garçom negro. Ser a única negra, ou mesmo uma de um punhado de negros em uma sala cheia de pessoas brancas, nunca era ideal. Ela puxou o vestido de Lillian.

— Devíamos estar aqui? — Jim Crow não era a lei no oeste, mas isso não significava que os brancos que moravam lá não o apoiavam.

— Não seja boba.

Três mulheres brancas em uma mesa no fundo acenaram na direção delas.

— Emma! — gritaram.

Quando Lillian acenou de volta e se apressou, Maria percebeu que ela estava se passando por branca.

As duas pararam diante de uma mesa de olhares curiosos.

— Pessoal — falou Lillian, e passou um braço em torno da cintura de Maria —, esta é minha irmã, Kitty. Kitty Karr.

Ela apontou ao redor da mesa e apresentou Judy, de cabelos castanhos, depois as gêmeas loiras: Daphne, de cabelo mais curto, e Meredith, mais gordinha, na ponta. As três mulheres deslizaram no banco para abrir espaço.

Maria sentou-se, sabendo que não tinha escolha além de também fingir ser branca. Isso significava falar pouco e ouvir muito, para não contradizer nada do que dissessem. "Emma" era o nome adotado por Lillian? Não se lembrava de como ela a apresentara.

Meredith empurrou para Maria o bolo simples com cobertura branca que estava no centro da mesa.

— Tive que ir até o apartamento da minha criada no Central, mas é o melhor bolo de coco que você vai comer. Espero que goste. — Seus olhos suplicavam por aceitação. — Emma disse que você ama bolo.

— Eu adoraria uma fatia, obrigada.

— Podemos pedir sorvete, se quiser.

— Nada de sorvete — respondeu Lillian antes que Maria o fizesse.

Judy começou a cortar fatias e distribuir os pratos. Daphne serviu champanhe.

— Quase não tem mais bolhinhas.

— O trem de Kitty atrasou — desculpou-se Lillian.

— Tudo bem. Vou pedir outra garrafa. — Daphne procurou um garçom, batucando na mesa com as unhas vermelhas.

Maria comeu metade da fatia de bolo antes mesmo que alguém tivesse dado a primeira mordida. Nunca tinha comido nada de coco antes, e gostou da complexidade inesperada do sabor. Era apropriado ao momento.

— O que está achando de LA até agora? — Daphne dirigiu a atenção da mesa para Kitty.

— Ela acabou de chegar — interferiu Lillian. — Ainda não tem nem como opinar.

Maria percebeu que Lillian queria protegê-la da conversa sobre amenidades, mas Daphne insistiu.

— Toda cidade tem seu clima próprio, uma energia. — Ela levantou as sobrancelhas para "Kitty". — E então? Como é a sensação?

— De liberdade.

Daphne ficou impressionada com a resposta e levantou a taça.

— *À liberdade.*

Todas reagiram como se as palavras tivessem algum significado para elas também. Maria se perguntava para que elas precisavam de liberdade. Sabia que não se passavam por brancas, ou Lillian não diria se chamar Emma.

— De onde vocês são? — Maria tomou cuidado para esconder o sotaque sulista. Até aquele momento, ela nunca tinha pensado nisso, mas Lillian nunca teve sotaque algum, apesar de ter crescido na Carolina do Norte, porque a mãe falava com perfeição o inglês do rei.

— Filadélfia — falou Meredith, apontando para ela e Daphne.

— Daqui mesmo — respondeu Judy, orgulhosa. — Meu pai é aposentado, ele foi diretor de cinema.

— Aposto que deve ficar feliz por estar junto de sua irmã de novo — comentou Daphne.

Essa era uma pergunta a que Maria podia responder com sinceridade.

— Sim. Senti falta dela.

Lillian apoiou a cabeça no ombro de Maria.

— Também senti sua falta. — Ela parecia sincera, como a pessoa que Maria conhecia, mas, sentada ali com ela e aquelas desconhecidas, Maria se perguntava se algum dia conhecera Lillian de verdade.

Não estava zangada — Maria também tinha os próprios segredos —, mas teria sido melhor saber sobre essa circunstância em particular com antecedência. Provavelmente, Lillian diria que passar por branca não era perigoso em Los Angeles. Mas, na opinião de Maria, ninguém gostava de ser enganado, ainda mais os brancos. A precariedade do momento dava a ela o direito a respostas sobre um monte de coisas.

— Emma odiou ter que deixar você cuidando de sua tia — disse Judy. — Toda essa responsabilidade sobre seus ombros…

"Emma" repreendeu Judy por ter mencionado esse detalhe.

— Isso deveria ser uma comemoração!

Judy animou-se.

— Ontem à noite, Sam disse que me ama! Não vai demorar até ele me pedir em casamento.

— Quem é Sam? — perguntou Maria.

— Meu namorado, o chefe de produção. — Judy demorou vinte minutos para contar os detalhes de seu encontro (margaridas, jantar com champanhe, ostras e caranguejo e beijos na varanda da casa dela).

— Que romântico. — Meredith suspirou. — Imagine quando ele fizer o pedido.

Maria pensou novamente em como havia sido pedida em casamento.

— São só alguns meses de namoro. Não crie muitas expectativas, Judy — disse Emma. As gêmeas a encararam, mas ela se defendeu: — Só estou tentando protegê-la.

Conforme a noite avançava, Maria percebeu que "Emma" tecia muitas críticas: o bolo tinha cobertura demais, o batom de Daphne não era o que "mais a favorecia" e Judy falava muito alto. Nesse primeiro contato, Maria não teve certeza se gostava de Emma tanto quanto se lembrava de gostar de Lillian.

Ela se serviu de mais uma fatia de bolo. Comer era uma boa desculpa para ficar quieta. Quando foi cortar a terceira fatia, Lillian puxou seu prato e o substituiu pela terceira taça de champanhe.

— Estou morta de fome — protestou Maria, e puxou o bolo de volta.

— Nada como um problema de peso para complicar sua vida — disparou Lillian.

Judy se inclinou sobre Lillian para explicar:

— O estúdio controla nosso peso. Para ser justo com as atrizes.

— Com que frequência?

— Uma vez por mês.

— Sério?

— Sim, essa é a indústria do cinema — disse Daphne. — Estamos vendendo fantasia.

Segundos mais tarde, uma cigarreira dourada foi deslizada por sobre a mesa e bateu nas unhas de Maria. Ela dobrou os dedos, constrangida pela forma como suas unhas eram curtas, comparadas às de todas as outras, que mantinham unhas longas e pintadas.

— Vai se acostumando — disse Daphne. — Vamos comer daqui a pouco.

Os cigarros Lakes não eram mais de um amarelos turvo, Maria percebeu. Eram brancos com listras verdes, marrons com bolinhas vermelhas, totalmente vermelhos e totalmente brancos. A linha de produtos havia sido expandida anos antes para atrair o público feminino e a população urbana universitária.

Daphne preferia os brancos. Maria pegou um original e se inclinou para a chama que Lillian ofereceu. Nunca tinha fumado um cigarro Lakes, temendo as inevitáveis piadas ou perguntas que o ato poderia provocar. Queria saber o que Lillian e as amigas diriam se soubessem quem ela realmente era. Sentia-se superior guardando esse segredo. Sua confiança crescia a cada tragada; combinado com alguns goles da bebida de Lillian, o cigarro serviu para dissipar o desconforto.

— Todas vocês trabalham no Telescope? — perguntou.

— Telefonistas — confirmou Judy.

Maria entendeu nesse momento que não havia telefonistas negras.

— Gostam do trabalho?

Todas a encararam com graus variados de desagrado.

— Independentemente disso, somos como uma pequena família — comentou Judy.

— E é um bom lugar para poder conhecer homens — acrescentou Lillian.

— Como, se vocês passam o dia todo atendendo a telefonemas?

— Proximidade é meio caminho andado.

— Foi assim que meus pais se conheceram — contou Judy. — Minha mãe era secretária e conheceu meu pai na cantina. Eu conheci Sam enquanto caminhava até meu carro.

— Um dos agentes de elenco me mandou flores — disse Meredith.

— Estou saindo com um produtor... conheci ele no saguão. Ele me deu rosas na semana passada — revelou Daphne. — Vermelhas.

Maria se perguntou por que elas seriam mais importantes que qualquer outra cor.

— As vermelhas gritam paixão — disse Lillian.

— Está saindo com alguém, Emma? — quis saber Maria.

Judy respondeu por ela:

— Ela é maluca pelo Nathan Tate, o futuro presidente da Telescope.

O pai de Nathan, Abner Tate, estava se aposentando depois de quarenta anos e delegando ao filho, e único herdeiro, as operações. O verdadeiro motivo, as mulheres cochicharam (porque esse era um segredo que o público desconhecia), era que Abner tinha doença de Alzheimer.

— Ele é muito bonito — comentou Meredith.

— Mas inexperiente — acrescentou Judy.

— Você está apenas repetindo o que Sam diz — acusou Lillian. — De quanta experiência ele precisa para manter as coisas andando? — Ela parecia cansada dessa conversa.

A sucessão prematura, originalmente planejada para dez ou quinze anos mais tarde, deixava os executivos e criativos do Telescope nervosos, informaram a Maria. Por um lado, o estúdio precisava de uma nova voz e direção. Respeitado como um concorrente menor dos estúdios Big Three, o Telescope tinha perdido o diferencial, e não havia consenso acerca de qual seria a solução. Por outro lado, todos concordavam a respeito de Nathan ter experiência limitada e temiam que a necessidade de provar sua genialidade à sombra do pai brilhante pudesse ser mais devastadora para os negócios do que a doença de Abner.

— Veremos. — Judy olhou para Kitty. — Você já namorou, Kitty?

— Estou noiva. — Percebendo que tinha deixado a verdade escapar, Maria se corrigiu: — Bom, estava.

— Ah, querida, sinto muito. — Judy tocou a mão dela e, ao mesmo tempo, lançou um olhar de reprovação para Lillian. — Não sabíamos de nada.

Lillian tinha uma explicação.

— Eles se conhecem desde o ensino fundamental. O pai dele tem farmácias em Boston, por isso ele nunca teve a intenção de se mudar.

Daphne olhou para Kitty.

— Você tentou convencê-lo? — Seus olhos sugeriam que ela sabia como era deixar alguém para trás.

Maria se arrependeu de ter aberto a boca. E ficou agradecida quando Lillian falou por ela outra vez:

— Não. Ele não seria feliz aqui. Seria difícil abrir o próprio caminho.

A capacidade de improvisação de Lillian era impressionante, mas, ao ouvir palavras tão próximas da realidade, Maria se perguntou se a amiga sabia mais sobre sua vida do que transparecia. Por trás da desculpa do dever filial, a razão de Richard para assumir os negócios do pai era exatamente o que Lillian tinha dito. Ele temia a própria capacidade, não por falta de inteligência e habilidade, mas porque essas qualidades eram só mais duas coisas que poderiam provocar sua morte. Os dois anos no colégio de brancos ensinaram a ele que a estrada para se tornar médico poderia levá-lo a um precipício.

Judy se inclinou sobre Lillian.

— Bem, você não vai ter dificuldade em conhecer alguém aqui.

— É verdade. Você é linda — concordou Meredith. — E tão pequena! Meu Deus... sua cintura!

Maria ficou vermelha, desabituada a receber elogios.

— Obrigada.

— Vamos ver se ela consegue manter a silhueta, com esse apetite — comentou Lillian.

Evidentemente, as mulheres achavam que nem deviam comer. O jantar ainda não tinha sido servido.

— Você era só uma menininha nas fotos que vimos — contou Daphne.

— Mostrei para elas as fotos que fazíamos todos os anos — explicou Lillian. E começou uma história sobre as sessões particulares de fotos que o pai "delas" insistia em fazer na sala de estar. Sua animação e tranquilidade fizeram Maria se perguntar se essa era uma experiência que Lillian realmente tivera.

Para ajudar a curar o coração partido de "Kitty", as garotas começaram a relacionar nomes de homens a quem pretendiam apresentá-la.

Ela ouvia de modo educado, sabendo que jamais consideraria namorar um branco. Além das histórias de horror que tinha escutado, sua vida era prova do trauma que isso causava. Foi um alívio quando um dos nomes direcionou a conversa para longe de sua vida pessoal. Quando Chuck Berry brotou do *jukebox*, a mesa toda se levantou para dançar, e Maria comeu outra fatia de bolo enquanto assistia à cena.

Elas terminaram os últimos cigarros Lakes bem depois da uma da manhã, deixando o cinzeiro cheio de bitucas manchadas de batom.

Quando foram para casa, Lillian dormiu vestida no sofá da sala de estar. Maria continuou acordada, elétrica com a euforia da noite. Queria telefonar para a mãe, mas não o fez, pois sabia que ela ainda não teria chegado em casa do turno noturno. Sua mãe não devia saber como Lillian vivia, pensou Maria, ou nunca a teria mandado para a casa dela. Abandonar voluntariamente a própria família era algo que Hazel nunca apoiaria, tendo perdido a dela de maneira tão trágica. A integração social de Lillian ao mundo branco significava que ela pretendia desaparecer. Em pouco tempo, Lillian só teria amigas brancas e só namoraria homens brancos, torcendo para que as pessoas do passado a esquecessem (ou a entendessem, quem sabe).

Maria não delataria Lillian, porque, na verdade, tinha sido divertido estar com ela do outro lado novamente. Era uma pausa bem-vinda para o estresse crescente que sentia desde a formatura. Por fim, ela adormeceu, pensando que, quando estivesse em casa, o que Lillian fazia em Los Angeles não teria mais importância. Desde que conhecesse aquela roda-gigante na foto e fosse à praia, voltaria feliz para o sul, para Richard.

Ela escreveu essa informação para ele na carta que havia começado no trem. Descreveu os troncos finos das palmeiras e os negros bem-vestidos que passeavam com tranquilidade pelas ruas. Olhar para eles a fez imaginar os dois morando juntos em Los Angeles, escreveu. Ela encerrou a carta com todo seu amor e sem mencionar um retorno.

CAPÍTULO 14
Maria

JUNHO, 1955

— Quer ovos? — perguntou Lillian, em frente à geladeira, quando Maria entrou na cozinha.

Sem maquiagem, ela exibia manchas vermelhas nas faces, como se alguém as houvesse beliscado. Restos de batom vermelho se depositavam nas rachaduras secas de seus lábios, como comida presa entre os dentes.

— Não, obrigada. Eu não gosto de ovos.

— Tem mingau e creme de milho. — Ela abriu um armário, ainda com o vestido verde da noite anterior. — E pêssego em lata.

— Só café, obrigada.

Lillian parecia aliviada.

— Estou com dor de cabeça. — Ela abriu um frasco de aspirinas e ofereceu um comprimido para Maria, que o recusou.

— Por que não me contou que estava se passando por branca antes de chegarmos lá?

Lillian despejou grãos de café no moedor.

— Pensei que você agiria mais naturalmente se fosse surpreendida. E estava certa; foi muito natural. Elas te adoraram.

— Nunca tinha feito isso antes. Estar com pessoas brancas, fazer uma refeição com elas.

— É como andar de bicicleta.

— Eu não sei andar de bicicleta.

— Significa que você nunca vai se esquecer.

— Eu sei, mas... — Maria se interrompeu, impaciente com a distração — ... quem são Kitty e Emma?

Lillian pegou a faca de açougueiro no escorredor.

— Não gosta do seu nome? Podemos usar Lane, acho. É seu nome do meio. Ou Lanie. — Ela abriu a geladeira mais uma vez e ofereceu uma maçã verde para Maria. Quando aceitou, Lillian lhe entregou mais uma. — Lave as duas, por favor.

— Não tem a ver com o nome. — Maria abriu a torneira, embalando as maçãs nas mãos. Embora estivessem sozinhas, ela baixou a voz: — Por que você mentiu sobre sermos irmãs?

— Eu não podia ter você aparecendo aqui completamente do nada.

— Por que não? Só estou de visita.

Lillian se virou com duas canecas de café na mão.

— Meu Deus... você não sabe.

— Não sei o quê?

Lillian entregou um pano a ela.

— Enxugue as mãos. — Então acenou, a convidando para se sentar. — Sua mãe mandou você para cá para morar comigo. Ela quer que você viva como branca.

— Não pode ser.

— Tenho um emprego aqui para você. Estava à sua espera.

— Vou começar a faculdade. Vou me casar.

Lillian estalou os dentes.

— Com um rapaz negro, certo?

Maria cruzou os braços em uma reação defensiva diante da desaprovação de Lillian.

— O nome dele é Richard.

— Você não quer mais para sua vida?

Maria sentiu uma onda de raiva. Lillian não tinha sequer um namorado.

— Ele vai ser médico.

Lillian estendeu a mão.

— Deixa eu ver seu anel.

— Eu disse que vou me casar.

— Onde está o anel de noivado?

Maria não sabia o que era isso. As mulheres que conhecia usavam a aliança que recebiam na cerimônia de casamento.

Lillian leu seus pensamentos.

— Um anel de noivado é o que o homem lhe dá quando faz o pedido de casamento.

O tom de voz dela alimentou a atitude defensiva de Maria.

— Não temos muito agora, mas ele vai ser médico. Nós vamos nos mudar para o norte, onde ele vai cursar medicina. — Ao ouvir sua voz fazendo essa declaração, até a própria Maria duvidou de sua veracidade.

Lillian empurrou a cadeira para trás e se levantou.

— O que você faz não importa para mim, mas importa para sua mãe. Ela sacrificou tudo para mandar você para cá.

— Não acredito nisso. Ela teria me contado.

Lillian apontou para o telefone que ficava em uma alcova no corredor.

— Não precisa acreditar na minha palavra.

※

Hazel atendeu no primeiro toque, como se estivesse à espera do telefonema de Maria.

— É verdade? — disparou Maria.

A linha pareceu muda. Maria não ouvia nem a respiração da mãe.

— Isso é por causa do que eu fiz? Mãe, me desculpa. Não tive a intenção...

— É o que é melhor. — A voz de Hazel soava tensa. — Você tem a própria vida para viver.

— É por isso que você me deu todo aquele dinheiro?

— Eu economizei para esse momento a vida toda — revelou Hazel.

— Mãe, eu nunca mais vou poder te ver. — Maria começou a chorar, sentindo o peso das palavras.

— Chega. Está feito. Ser uma mulher branca não será um mar de rosas, mas é melhor que a vida que você teria aqui ou em qualquer outro lugar sendo uma mulher de cor.

— O quê? Você devia ter me contado.

— Você não teria ido.

— Venha para lá. A gente não precisa fingir.

Hazel ficou em silêncio, seu jeito de dizer não.

— Vamos conversar por telefone todos os dias, então.

— Ouvir sua voz e nunca mais poder ver você tornam isso mais difícil para nós duas.

— Vamos escrever?

— Siga sua vida. Não se preocupe comigo.

— Mãe! Não é isso que eu quero! — gritou Maria ao telefone.

— *Eu não quero você aqui de novo.* — A voz de Hazel tinha uma nota de desespero que Maria jamais ouvira antes. — Ouviu bem? Se não tem o juízo necessário para tirar proveito do presente que Deus lhe deu, não quero que traga sua tolice de volta para minha casa.

Em resposta às lágrimas de Maria, Hazel respirou fundo.

— Pare com isso, está ouvindo? Lillian esteve esperando você. Cuidem uma da outra.

— Você devia ter me falado. — A linha ficou muda. — Mãe?

Maria ligou de volta várias vezes, mas ninguém atendeu. A gravidade da perda provocava dor física, náusea, e ela teve que correr para o quarto. Bateu a porta como se quisesse quebrá-la. Ela nem mesmo tinha uma fotografia da mãe. Maria caiu na cama e fechou os olhos, lembrando-se da despedida e de como havia apressado o abraço de Hazel; Richard estava chegando para levá-la à estação, e ainda nem havia terminado de arrumar o cabelo. *Volto em uma semana, mamãe.*

Havia um certo alívio em meio à tristeza. No fundo, sabia que era verdade: ser negro era como ser um palhaço dentro de uma caixa. Às vezes a tampa era aberta e era possível brilhar, mas em algum momento acabava-se dentro da caixa de novo, na escuridão de limitações, até alguém ter a ideia de abrir a caixa outra vez.

Ninguém falava sobre essas coisas. Refletir causava uma dor incapacitante que provocava sua morte ou a de alguém querido; a vibração dessa dor logo abaixo da superfície era a subcorrente que levava milhares de negros para longe do sul, para longe de casa. Tendo ou não consciência, foi isso que fez Maria pensar em ir para Los Angeles pela primeira vez.

Lillian a acordou algum tempo depois.

— Eu nem me despedi direito — falou Maria, levantando a cabeça do travesseiro.

— Você pode mandar cartas. Temos um posto do correio na rua Três. Minha mãe escreve para mim algumas vezes por ano.

Maria enfiou a cabeça nas cobertas. Doía demais admitir que a mãe não queria saber dela.

— Quero falar com ela, vê-la.

— Ninguém pode ter tudo que quer na vida, Kitty. Quanto antes aceitar isso, melhor.

A vida inteira de Maria havia sido uma série de coisas não negociáveis.

— Não me chame assim. Meu nome é Maria.

Lillian sentou-se na beirada da cama.

— Elas planejaram tudo isso. Sua mãe economizou quase tudo o que ganhou para mandar nós duas para cá. Ela me mandou dinheiro até que eu conseguisse um emprego.

Agora Maria entendia: a cada domingo em Charlotte, enquanto as meninas se divertiam, as mães tramavam o futuro das duas.

Como as preces atendidas pela aparência branca da filha, o encontro com Catherine e Lillian tinha sido um presente de Deus para Hazel. Desde o dia em que Maria nasceu, Hazel arrumou-a e vestiu-a para que se passasse por branca, mas ela tinha apreensões sobre mandá-la sozinha para o outro lado. Hazel tinha visto Catherine e Lillian anteriormente e agarrado a oportunidade para que as crianças se conhecessem naquele dia na Ivey's.

Toda a vida de Maria tinha sido uma preparação para isso, um ensaio de figurino. As viagens a Charlotte eram para que a menina adquirisse desenvoltura no mundo branco e, depois que Hazel conheceu Catherine, para que as garotas estabelecessem um vínculo tão forte quanto o entre irmãs. As mães fizeram um pacto de mandar as filhas juntas para o mundo, e elas seriam o apoio uma da outra quando tivessem que enfrentar a dor de perder a única filha.

— Minha mãe agora mora em Winston, com a sua. — No dia em que Maria partiu para Los Angeles, Catherine chegou de Asheville.

— Quando você se mudou para cá? — perguntou Maria.

— Há três anos.

— Mas por que Los Angeles? Conhece alguém aqui?

— Não, mas era o mais longe que eu poderia estar da minha família. O clima é uma vantagem extra.

Maria questionava a necessidade de cruzar essa linha — que era diferente de se passar por branca, o que permitia à pessoa atravessar nos dois sentidos a linha divisória entre as cores quando fosse possível e necessário.

— Aqui não tem Jim Crow. Podemos ser nós mesmas e ter uma vida boa, uma vida melhor.

— Nem tão melhor assim. Como mulheres, a única proteção que temos é o casamento. E um homem negro, seja ele zelador ou carregador... — Maria tentou protestar, mas Lillian continuou falando como se soubesse o que ela ia dizer: — ... *médico*, advogado ou líder, aqui, no norte ou no sul, não pode oferecer muito a você ou a mim. — Maria percebeu que Lillian compartilhava do cinismo de Richard. — Mas você pode ir embora, se quiser. Não vou contar para ninguém.

Maria agora entendia que voltar para o sul partiria o coração da mãe.

— Eu não tenho para onde ir.

Lillian inclinou a cabeça de lado, como se avaliasse sua sinceridade.

— Você não pode vir aqui e estragar tudo para mim.

— Nunca.

— Então vem.

Na sala de estar, Lillian removeu uma pilha de livros do assento de uma das poltronas de veludo verde e a arrastou para perto do sofá.

Depois de acender um cigarro, começou uma palestra sobre o que chamava de Sete Regras:

Discrição é fundamental.

— Não divulgue informação desnecessária sobre sua vida atual ou passada. Quanto mais revelar, mais à vontade as pessoas se sentem para perguntar.

Nunca comente ou se envolva em conversas sobre raça ou política.

— Não é muito feminino ter opiniões demais. As pessoas dirão algumas coisas difíceis de digerir; é melhor se condicionar para não sentir nada.

Ignore negros.

— A cidade é tão segregada, que você pode passar meses sem nem sequer ver um negro.

Ela falou "negro" com uma dose de desgosto, como se não fosse uma pessoa de cor, como se nunca tivesse sido de cor. Era evidente que ela preferia a separação de raças por razões que iam além da segurança. Caso Maria ainda não tivesse certeza, Lillian deixou bem claro: ela não deveria ir à área dos negros na cidade por nenhum motivo, nem interagir com serviçais negros ou outros que encontrasse na rua.

Nunca engravide.

— As características pulam gerações... não há como saber que aparência o bebê terá. Até o mais leve traço de pele marrom ou cabelo crespo não poderá ser explicado.

— Como é possível cumprir os deveres de esposa e evitar uma gravidez?

Lillian deu risada.

— Deveres de esposa? Você é completamente antiquada. — Ela explicou o que era um diafragma. — Não é garantido o tempo todo, mas ajuda.

— E se...?

— Existem coisas que podem ser feitas.

Maria reagiu com desagrado. Tinha ouvido falar em coisas que as parteiras faziam, além de trazer bebês ao mundo. Nunca teve estômago para dor ou secreções corporais — nem as dela mesma. Havia desmaiado quando começou a menstruar.

— Você passava o tempo todo falando em ter filhos. Quer mesmo desistir disso? — perguntou Maria.

Lillian cutucou o canto da unha do polegar.

— Quem poderia garantir que meus filhos seriam maravilhosos? Se fossem horríveis, eu me arrependeria de ter permanecido negra só para ser mãe. — Então voltou a recitar suas regras.

Case-se bem. Dinheiro é a melhor proteção.

— Para ser pobre, eu poderia ter continuado negra.

Evidentemente, a preocupação de Lillian com o casamento não havia mudado. Mas, quando elas eram crianças, suas histórias sempre começavam ou terminavam com Lillian se apaixonando. Maria achava triste essa mudança de romantismo para segurança.

Morra branca.

— Quando você fala com alguém a seu respeito, também está falando sobre mim. Eu pretendo morrer branca, o que significa que você tem que fazer a mesma coisa.

Fique longe de outras pessoas que estão se passando por brancas.

— Tem um grupo que anda junto. Isso não é seguro.

— E nós?

Lillian se dirigiu ao bar, uma prateleira construída na parede ao lado da porta. Ela se serviu de uma dose generosa de gim.

— Isso é diferente. Ter família faz as pessoas desconfiarem menos de você, bisbilhotarem menos. Essas outras garotas pedem para serem notadas e, se uma delas é descoberta, todas se tornam suspeitas.

Maria achou essa ideia ridícula. Aquilo dava muito crédito aos brancos.

— Eles nunca desconfiariam de que somos tão ardilosas. Além do mais, sem evidências, ninguém poderia provar nada.

Lillian apontou um dedo para ela.

— Evidências não importam. Fique longe deles. Se acontecer alguma coisa com você, acontece comigo também. Agora estamos juntas. Ah, e o mais importante: de agora em diante, nunca me chame de Lillian — disse Lillian... *Emma*. — Nem mesmo quando estivermos sozinhas. Caso contrário, vai acabar deixando escapar em público. E seu nome é Kitty, Kitty Lane Karr. — Ela bateu no queixo com o dedo indicador. — Sério, prefere Lane? Lanie? Lana, talvez?

— Gosto de Kitty. — Maria achava que o nome soava como o de uma estrela de cinema.

— Então é Kitty. A partir de agora, Maria está morta. Esqueça que ela um dia existiu. Apague a lembrança de tudo que Maria viveu, ou ela vai voltar para engolir você... eu te garanto. Falando nisso, você precisa escrever para o rapaz. Tem que impedir que ele venha até aqui procurar você.

Ela foi invadida pelo medo. Qualquer que fosse a explicação dada, Richard só seria capaz de ouvir que ele não era suficiente. Com o mundo repetindo isso o tempo todo, Maria não queria ser mais uma a reforçar a mensagem.

Emma pegou um álbum de fotos da prateleira embutida entre a lareira e a porta da frente. Deixou o álbum no colo de Kitty. As beiradas eram meio amassadas e ele cheirava a mofo, como se tivesse ficado guardado em um porão úmido. As páginas estavam lotadas de fotos amareladas e curvadas.

— Você precisa estudar isso aí. Está cheio de fotos de pessoas que podemos chamar de parentes.

Ela abriu o álbum no colo de Kitty e apontou para a foto de um jovem casal.

— Nossos pais, Jack e Grace Karr, morreram em um acidente de automóvel em Boston. É de lá que nós somos. Eu tinha oito anos e você, cinco. Aconteceu no verão. Nunca seja muito específica.

Na página seguinte havia uma idosa em uma cadeira de rodas.

— A tia rica do nosso pai, Carrie, nos adotou. Ela ficou doente há dois anos, quando você estava no terceiro ano do colégio. Eu já havia me mudado para Los Angeles, e você ficou para cuidar dela.

— Era dela que Judy estava falando — lembrou Kitty.

— Isso, ela morreu no mês passado, e você veio morar comigo. Precisa ser capaz de recitar essa história até dormindo. Se não acreditar nela, ninguém vai acreditar.

— Você inventou tudo isso?

— Tudo, menos os nomes. Karr é meu sobrenome.

— E os nomes, o meu e o seu?

— Você acreditaria se eu dissesse que os inventei?

— Não.

— São das minhas irmãs.

— Tem foto delas?

— Não. — Emma bateu a cinza do cigarro no cinzeiro de latão em forma de cavalo, sobre uma pilha de livros que ela usava como mesa. — Não se ofereça para mostrar o álbum, mas, se for preciso, está aqui.

— Já teve que mostrar para alguém?

— Uma vez.

— Quem essas pessoas são de verdade?

— Parentes dos brancos para quem sua mãe e a minha trabalharam.

— Elas roubaram as fotos?

— Ao longo do tempo, aqui e ali.

Kitty virou as páginas, curiosa para ver se havia algum Lakes no álbum. Não os teria reconhecido, mas, se as fotos foram roubadas, como Emma dizia, todas as contribuições de Hazel saíram da casa dos Lakes.

No fim, ela encontrou as fotos das duas, tiradas na Ivey's. Emma apontou para uma fotografia de Natal.

— Eu me lembro desse dia.

Emma tinha dezesseis anos e Kitty, treze, e foi a última vez que elas aceitaram usar roupas iguais. Agora Kitty entendia que as mães haviam insistido nas roupas para que as duas parecessem irmãs.

— Por que parou de ir a Charlotte? — perguntou Kitty.

— Nós tivemos que nos mudar. Passei por muita coisa naquela época. Desculpa se não fui uma amiga melhor.

— Senti sua falta, só isso.

— Também senti sua falta. Senti muito, no meio de tudo aquilo.

— Por que vocês tiveram que se mudar?

— Até que demorou muito para acontecer. Eu cresci em uma casa com minha mãe, meu pai, a esposa dele e seus oito filhos. Nove, comigo. Era uma casa grande, e minha mãe e eu morávamos no sótão, porque nem sempre era adequado que eu estivesse por perto.

Emma falava sobre seu passado com facilidade, coisa que Kitty jamais teria esperado de Lillian. Era como se a nova identidade tivesse apagado parte da vergonha que ela costumava carregar.

— Eu ganhava roupas e brinquedos novos quando meus irmãos também ganhavam, mas não podia ir à escola deles, dormir em um quarto da casa ou comer à mesa do jantar. Eu o chamava de pai, mas nunca na frente dos outros.

Emma deu uma longa tragada no cigarro e viu a nuvem de fumaça sair de sua boca, refletindo:

— Eu entendia que havia regras que precisávamos acatar para manter intacto o arranjo da nossa família. Então me tornei uma ameaça às intenções de casamento das minhas irmãs, e nós tivemos que sair de lá.

— O baile de debutantes.

— Isso. Deixar que eu participasse era uma coisa, mas, quando o namorado da minha irmã se interessou por mim, surgiram rumores sobre eu ser negra. Isso deu à esposa do meu pai a desculpa de que precisava para se livrar de nós. Ela esperou por esse dia durante toda a minha vida.

— O que seu pai disse?

— A verdade é que ele não conseguia mais sustentar todos nós e estava com vergonha demais para contar. A loja de roupas estava tendo prejuízo. Já fazia algum tempo. Com quatro meninas ainda solteiras, ele ficou com medo. Minha mãe e eu nos mudamos para a área negra da cidade. Ninguém falava com a gente. Nós mudamos de casa algumas vezes, até que não consegui mais suportar e vim para cá.

— Sinto muito. — Kitty se sentira indesejada e sozinha algumas vezes na infância, mas a casa onde morava havia sido um lugar seguro.

Emma esvaziou o copo e se levantou para pegar outra dose.

— Não sinta. Aquilo me preparou para tudo isso.

Kitty temia que sua educação não fosse suficiente. Havia sido enganada, induzida a partir; não quisera isso. Emma sempre teve uma insatisfação que ela não tinha.

— E o seu pai? — perguntou Emma.

— Eu não sei quem ele é. — A mentira saiu antes que ela pudesse pensar melhor. Emma já sabia a verdade. — Minha mãe nunca falou sobre ele.

— Por que traríamos as coisas ruins conosco?

Quando Emma não revelou que sabia a verdade, Kitty compreendeu que Hazel devia sentir a mesma vergonha que ela. Depois de tantos anos, era de imaginar que a mãe teria compartilhado com Catherine a história de seu passado e a identidade do pai de Maria, ainda mais se elas já estavam planejando unir as duas meninas.

— Por que você adotou os nomes da sua família? Você disse para deixarmos tudo no passado.

— Escolhi nomes aos quais eu sempre responderia. — Ela pegou uma vassoura no armário perto da porta da frente. — Falei para Ida, minha supervisora, que você começa a trabalhar no estúdio na segunda-feira.

Criadas atendiam telefones, pensou Kitty. Ela não queria nada disso.

— Obrigada, mas vou analisar as faculdades por aqui.

Emma parou de varrer e olhou para Kitty.

— Você não pode... O histórico escolar tem seu nome verdadeiro. Eu arrumei esse emprego para você. Vai precisar aceitá-lo, ou vai parecer indelicado. Você pode se demitir, se quiser, depois que tiver se estabelecido.

— Bem, que outras vagas eles têm?

— Algumas garotas fazem cabelo e maquiagem. Algumas trabalham nos figurinos, um dos restaurantes no prédio contrata garçonetes, e também tem as secretárias que...

— Estou interessada em um cargo de secretária.

Emma pôs as mãos na cintura.

— Não é sempre que aparecem vagas no Telescope. Judy e Daphne têm formação superior e estão lá há muito mais tempo que você. Tentar ser contratada para uma dessas vagas vai deixar todas elas furiosas, e é melhor não chamarmos muita atenção. Além do mais, nós não estamos tentando progredir na carreira. O objetivo é arranjar um bom casamento e não precisar trabalhar. — Ela cantarolou a última parte como se fosse um trecho de musical, depois continuou varrendo.

— A gente não tem que se fazer notar para arrumar um marido?

Emma deixou o cabo da vassoura bater contra a parede.

— Os homens vão atrás de você, quer queira, quer não. Você só precisa se esforçar para ser interessante.

Kitty riu.

— O que tem de desinteressante em mim?

— Por enquanto nada, desde que você siga as regras.

CAPÍTULO 15
Elise

NOITE DE DOMINGO, 29 DE OUTUBRO DE 2017

— Kitty era minha melhor amiga desde que eu tinha doze anos.

Elise encontrava-se na entrada da gigantesca lareira que ocupava uma parede inteira na sala de estar de Kitty, evitando fazer contato visual com a plateia. Ela achou difícil continuar. Elise era uma oradora habilidosa e natural, mas tentar fazer o discurso fúnebre de Kitty diante de pessoas que não conhecia pessoalmente, com um holofote e uma câmera apontados para ela, fazia suas mãos e axilas suarem. Nesse momento, lamentou a troca recente para um desodorante natural.

Os desconhecidos na lista de convidados de Kitty ocupavam a parte da frente, arranjados em fileiras como crianças na escola. Tratava-se de presidentes das instituições de caridade que Kitty apoiava, os quais se apresentaram contando histórias sobre como ela havia mudado a vida deles e como mandava cartões natalinos todos os anos.

Elise acabou encurralada em um canto com Lyndsey Mack, que recém-assumira em caráter oficial as operações dos abrigos para mulheres e crianças que Kitty havia fundado. Agora ela estava na primeira fileira, com os pais. A mãe dela, Laurie, foi operadora e líder representativa dos abrigos durante décadas. Diagnosticada, recentemente, com Alzheimer, ela estava em uma cadeira de rodas esta noite, mas apenas para facilitar o controle. A doença a transformara em uma borboleta social que, de modo contínuo, via todo mundo pela primeira vez.

Os amigos famosos dos pais dela se mantinham junto da parede como espectadores, contribuindo para o clima sóbrio com ternos pretos muito elegantes e redes cobrindo o rosto. Nenhum deles fazia parte da lista de Kitty. Sarah disse que precisava deles como uma barreira para os desconhecidos, mas Elise sabia que, para evitar a emoção verdadeira, a mãe preferia simular luto diante de uma plateia. Giovanni tinha confessado que alguns dos confidentes mais próximos de seus pais estavam, como todo mundo, surpresos com a descoberta de que Kitty morava na casa vizinha à deles.

As amigas de Kitty se reuniam com as respectivas famílias à direita de Elise, como se esperassem nos bastidores de um palco a vez de falar. Algo que parecia pouco provável. O luto tinha deixado estoicas as Garotas Douradas.

Elas costumavam visitar Kitty em ocasiões especiais — mais quando a vovó Nellie estava viva. Elise tentava entreouvir as conversas, mas todas falavam muito baixo por trás de portas fechadas, e era como se o cômodo estivesse vazio.

Maude Taft segurava a filha, Millicent, pela seda verde do ombro da blusa. Depois de ter perdido o marido um ano antes, e agora Kitty, ela estava consciente demais da própria mortalidade e, ao chegar, avisou Elise que não falaria.

Maude foi uma respeitada colunista de fofocas do *Los Angeles Times* durante quarenta anos, até sua neta, que também se chamava Millicent, converter a marca em uma entidade na internet. Naquele momento, ela estava sentada ao lado de Giovanni, olhando para Elise. As duas haviam se conhecido no ensino fundamental e se conectaram com a ajuda de um frasco de Wildroot. A loção capilar cremosa que Giovanni usava para alisar o cabelo e mantê-lo preso em um rabo de cavalo foi milagrosa no cabelo de Millicent, que era loiro e crespo-cacheado. Desde então, Millicent dizia que Giovanni a tinha ajudado a recuperar a confiança.

Quando Elise chegou, Millicent perguntou onde Aaron estava e pediu uma entrevista.

Consegue descobrir como a notícia sobre nossa herança vazou? Elise a pressionara. *Essa é a história, não é? Como nossos assuntos particulares foram parar nos jornais? E como somos pressionadas para comentar sobre um assunto que, para começo de conversa, nem é da conta de ninguém?*

Giovanni aparecera do nada para afastar Elise.

Atrás delas estava Lucy Schmitt, com um vestido longo, cor-de-rosa e com contas que parecia um pacote de granulado colorido. O marido, grisalho e barbudo, usava um smoking preto. Eles sempre eram o casal branco exagerado, mas sofisticado; gostavam de ouvir soul e tinham ingressos para a temporada dos Lakers desde que as vendas começavam. Lucy assinara a maquiagem e o figurino de quase todas as produções relevantes do Telescope. Ela e o marido, um senador aposentado, tinham noventa anos e continuavam inteirões; ela havia visitado Kitty algumas vezes nos últimos anos, sempre usando um serviço de automóveis.

Lucy levantou o polegar para Elise, incentivando-a a continuar falando. Ela havia chegado primeiro e levado Elise pelo corredor até onde as fotos de Kitty foram postas em pequenos cavaletes.

— Ponha uma etiqueta de vendido, ou alguma coisa assim, nesta aqui. — Lucy apontou para uma foto emoldurada dela, Kitty e o restante das Garotas Douradas em vestidos de noite da década de 1950.

— Esta foi a primeira vez que sua Kitty saiu conosco. Não via essa foto há anos.

Nos dias de juventude, Lucy poderia ter sido dublê de Ashley Olsen, mas Kitty, sempre a mais bonita, se destacava em uma extremidade da foto. Uma coxa esguia se projetava pela fenda do vestido longo. Mesmo no retrato em preto e branco, Elise podia dizer que ele cintilava.

— Você se lembra de para onde estavam indo?

Lucy piscou para ela e a cutucou de leve com o braço.

— Ah, para algum lugar, sabe como é. — Kitty e as amigas nunca perdiam uma oportunidade de lembrar a todos o quanto haviam sido *especiais*.

Elise entrou na brincadeira.

— Vocês eram lindas! — Ela apontou para a mulher no meio, cujo cabelo comprido envolvia os ombros como um xale. — Ela me lembra a Cher. — Seu cabelo na fotografia era preto feito tinta, ainda mais escuro que o carro diante do qual estavam.

Lucy pareceu surpresa com a fala de Elise.

— Cora Rivers? Durante um tempo, ela foi o que havia de mais importante no Telescope... antes de sua Kitty chegar, é claro.

Agora que Lucy comentava, Elise se lembrou de Kitty ter falado sobre Cora no passado. Ela e Lucy estavam entre as primeiras pessoas que Kitty conheceu no Telescope.

— Ela morreu, não é?

— Cora não morreu.

— Acho que nunca a conheci.

— Não sei dizer se a conheceu. — Lucy tinha uma expressão distante quando tocou o rosto da mulher ao lado de Kitty no retrato, estudando seu cabelo curto e os braços levantados. — Esta é Nina. Acho que não temos outra foto dela. — Lucy olhou para as duas fotos seguintes na fila. — Ela se afogou. Tinha só vinte e quatro anos.

Elise levantou as mãos.

— Poupe-me dos detalhes.

— Reconhecer a morte nos ajuda a celebrar a vida, criança. Kitty teve uma vida exemplar, e ela chegou ao fim porque sua missão foi cumprida.

Elise só conseguia aceitar metade dessa ideia.

— Sei que sente falta dela, meu bem, mas ela estará sempre com você.

Billie Long chegou em seguida, conduzindo a família. Ela havia combinado o horário de chegada com Lucy para poderem dar os primeiros lances do leilão. A cantora tinha quatro filhos e o triplo de sucessos em primeiro lugar nas paradas. Ela e o marido, um juiz aposentado, moravam no alto de um penhasco em Malibu. Tinham três filhas e um filho, todos advogados, que se sentaram a poucos passos dela, juntos de uma janela.

A maioria das Garotas Douradas não tinha visto Kitty em anos, mas isso não tornava menor a perda de todas.

— Kitty costumava nos receber a cada três meses, sem falta — contou Billie. Ela sempre mantinha os olhos arregalados, como se tivesse visto um fantasma.

— E por que parou?

— Você sabe como é a vida.

Lucy havia colado adesivos de "vendido" em outras dez fotografias, antes de ela e Billie se afastarem para ir cumprimentar outras pessoas que Elise não reconhecia. Elise encontrou Rebecca mexendo nas bugigangas de Kitty sobre uma mesa no corredor.

— Você se lembra disso? — Com um sorriso nostálgico, ela apontou para um pequeno espelho compacto de latão. Elas trocaram um olhar e riram, lembrando como Rebecca tinha roubado o espelho do banheiro de Kitty na quinta série, o qual acabou sendo confiscado porque ela o abria a cada dez minutos para passar seu brilho labial Dr. Pepper.

— Ela ia querer que você ficasse com ele. — Elise tocou a rosa que decorava a tampa. Àquela altura, o esmalte havia descascado, e restava apenas a impressão no metal.

Rebecca tirou uma foto do número da peça para dar um lance.

Se as coisas tivessem acontecido como Kitty queria, Elise não teria precisado falar; a cerimônia já teria sido encerrada. Seriam apenas trinta pessoas (incluindo os St. John) das onze da manhã até as duas da tarde, com salmão defumado, *bagels*, bolo e um brinde com champanhe à "boa vida". Mas Sarah mudara o horário para seis da tarde e o cardápio para sushi, o que significava que ninguém iria embora antes da meia-noite. Kitty havia planejado cada detalhe da cerimônia fúnebre que queria ter, mas, mesmo assim, Sarah sentiu a necessidade de fazer alterações.

Elise havia protestado; à noite, seria difícil ver os objetos do leilão. Portanto, Sarah contratou uma equipe de iluminação e um cinegrafista... além de um DJ. Elise estava se esforçando muito para dar à mãe o benefício da dúvida, mas a maneira como ela ignorava os últimos desejos de Kitty parecia rancorosa. Pior, Elise não gostava de sua cumplicidade forçada, de agora ter que compartilhar suas lembranças particulares sobre uma pessoa privada diante de pessoas que nem conheceram Kitty pessoalmente.

Mas não foi por isso que ela manteve a frase-gatilho no discurso. Acima de tudo, sentia que a excluir seria uma deslealdade com Kitty.

— Kitty era uma amiga para mim e, agora que ela partiu, percebo que perdi o que tive de mais próximo de uma mãe.

Elise viu pelo canto do olho esquerdo a contração na bochecha da mãe, sempre o primeiro indicador de uma explosão se formando. Sarah havia se colocado ao seu lado antes de, aos tropeços, ela dizer as primeiras palavras, como se o discurso fosse dela também, e se retirou com o mesmo comprometimento disruptivo. Alison foi atrás dela, deixando a própria mãe, a sra. Pew, cujos olhos continuavam cravados no chão como se ela não suportasse olhar para as coisas de Kitty. Embora ela fosse inocente, Elise tentava imaginar como a senhora se sentia, sendo a herdeira da maior empresa de tabaco do mundo, no funeral de alguém que havia morrido de câncer depois de passar anos fumando. Elise sabia que essas coisas incomodavam Rebecca, que, assim como a avó, nunca havia fumado. Nada.

Elise olhou em volta, à procura de alguém para ocupar seu lugar, evitando as irmãs e Rebecca, que defenderiam Sarah para manter a paz.

A voz da salvação veio de algum lugar além da plateia. O dr. David King, namorado de Kitty, abandonou sua cadeira do outro lado do salão, onde as joias de Kitty tinham sido partilhadas até o início do leilão. Um senhor em boa forma física, o sr. King tinha uma pele marrom-clara que havia preservado boa parte da elasticidade, e com exceção da cabeça inteiramente branca, embora ainda tivesse cabelo e barba abundantes, ele poderia se passar por um homem de sessenta anos.

Elise se afastou da lareira e foi examinar o livro de convidados na mesa da entrada. O evento era parte cerimônia fúnebre, parte leilão, e todos podiam falar, se quisessem, mas, considerando os longos trechos registrados no livro, todos preferiam escrever. Ela não entendia o propósito daquilo. Para quem eram as mensagens, exatamente?

Ao ouvir alguém atrás dela pedir para assinar o livro, Elise se afastou.

— Claro.

Seu estômago deu uma cambalhota quando ela viu que era Jasper Franklin, o fotógrafo que havia solicitado para sua capa da *Vogue*.

— O que você está fazendo aqui?

— Oi para você também.

Ao ouvir a resposta, ela conteve um sorriso que era uma mistura de advertência e flerte. Elise se aproximou para abraçá-lo, e ele beijou seu rosto perto da orelha. Jasper cheirava a colônia e hortelã, e era o tipo de homem que qualquer pessoa capaz de enxergar diria que era bonito. Intrigada primeiro por seu talento, depois pelo currículo no Google, Elise se sentira atraída pelo fotógrafo negro de trinta e poucos anos antes mesmos de eles se conhecerem.

Considerado o responsável pela ressurreição dos livros de mesas de centro como uma forma de arte, Jasper produziu fotografias premiadas e era contratado para criar material de publicidade exibido em anúncios e nas laterais de edifícios. Suas revelações retratando vida universitária, primeiro amor, dores do crescimento, masculinidade negra e abuso de substâncias eram vendidas por valores que excediam os cinco dígitos por peça.

Elise ouvira falar dele um ano antes, mas só foram apresentados oficialmente no último mês de março, em Nova York, no restaurante da cobertura do prédio de apartamentos dos pais dela. Ele comemorava o sucesso de sua exposição atual, cujos ingressos estavam esgotados; Elise tentava fugir do drama do post que havia viralizado. Eles dividiram uma garrafa de vinho e até fizeram uma caminhada às quatro da manhã, embaixo de neve. Elise teria permitido o beijo, se ele não a tivesse ofendido.

Ela falou depressa, lembrando-se do que era estranho a respeito do momento.

— A *Vogue* mandou você aqui?

— Eu vim por razões pessoais.

Elise parecia estar em dúvida.

— E nenhuma delas tem a ver comigo?

— Você é um extra. — Ele sorriu de um jeito malicioso que sugeria que não daria explicações.

— Como assim?

— Seis graus de separação.

Ela fez uma careta.

— Exatamente seis?

— Não gosta do mistério?

— Não. — Ela balançou a cabeça em negativa.

— Estou aqui por meu avô. Ele não teria perdido isso, mas morreu há dois anos.

— Ah, ele foi convidado?

— Acho que Kitty não sabia que ele morreu.

— Quem é seu avô?

— Ele era fotógrafo do *Los Angeles Times* — contou Jasper.

— Então foi por causa dele que começou a fotografar.

Jasper fez que sim.

— Ele me deu a minha primeira câmera. E me ensinou tudo que sabia.

— Ele era negro?

Jasper riu, como se estivesse acostumado à pergunta.

— Sim. Um pioneiro.

— Como ele começou na fotografia?

— Ele teve um mentor.

— Quem?

— Acho que você vai ter que ler meu próximo livro. — Jasper piscou.

— Ah! Que bom para você; conseguiu resolver o problema. — Na noite em que se conheceram, ele enfrentava um bloqueio criativo.

— Caiu tudo no meu colo.

— Aposto que sua família está orgulhosa.

Ele levou os dedos ao queixo.

— Eles me apoiam, mas se preocupam com como o livro vai ser recebido.

— Por quê? Tenho a sensação de que vai ser engrandecedor.

— Ele envolve uma boa parte dos negócios da nossa família. Meu avô tem uma história extraordinária.

— Aposto que sim. Manda um exemplar para mim.

— O que acha de uma prévia? — brincou. — Podemos jantar na minha casa na quinta-feira, quando você chegar.

— Vou chegar tarde.

— Mesmo assim, devia ir. — Ele a encarou, provocando pensamentos que Elise não devia ter em uma homenagem póstuma.

Ela abriu a porta da frente, precisava de um pouco de ar.

Jasper a seguiu.

— Esta é a casa de Kitty?

Os dois sentaram-se em um banco logo depois da primeira entrada da selva.

— É, sim — confirmou Elise.

— É linda. — Ele fez um gesto mostrando o entorno.

— Sim, muitas lembranças.

— Sinto muito por sua perda.

— Obrigada... mas acho que eu não devia ter sido tão franca.

— Foi honesto.

Elise mudou de assunto.

— Então, quem mais seu avô fotografou? Tenho certeza de que ele deve ter tido modelos e eventos mais interessantes para cobrir, além de Kitty.

Jasper arqueou uma sobrancelha.

— Para ele, não havia ninguém mais interessante que Kitty. Meu avô guardou cada foto que fez dela.

— Está tentando me contar que seu avô e Kitty tiveram um caso?

— Não, eles nem mesmo se conheciam naquele tempo.

— Estou confusa.

— A época. Ele era negro; ela, branca... A menos que ela se apresentasse, ele não teria se aproximado.

— Mas você não disse que Kitty o convidou para vir?

— Eles se conheceram anos mais tarde.

Elise pensou na lista de convidados.

— Como é o nome dele? — Elise ouviu a movimentação de mais convidados chegando e, por entre as árvores, olhou para o quintal, se perguntando se Aaron já havia aparecido. — Vai dar algum lance no leilão?

— Sim, uma das fotos do meu avô faz parte dos objetos leiloados.

— Qual?

— Kitty está na piscina, olhando para alguma coisa não capturada pela câmera.

Elise sabia qual era a fotografia. Tinha sido tirada na antiga casa de Kitty e Nathan, em Hollywood Hills.

— Espero que compre mais que uma foto. É uma noite beneficente.

— Já disse, estou aqui por razões pessoais. Aquela foto completa a coleção de meu avô.

— Da qual você precisa para o livro.

— Exatamente.

— Bem, minhas irmãs e eu somos herdeiras dos bens de Kitty, você vai precisar pedir autorização para publicar qualquer foto dela.

— Não é bem assim. Mas reconheço que te devo a cortesia de uma prévia e, por isso, gostaria de preparar um jantar para você na quinta-feira.

— Eu mereço mais do que uma cortesia — retrucou Elise. — E aquela foto de Kitty... como seu avô a tirou? Era um momento de privacidade na casa dela.

— Já disse, ele foi o paparazzo original.

— Ele a seguia?

— Você vai me fazer falar sobre isso agora, não vai?

— Não, esse é o seu estilo. — Ele fingiu estar ofendido com a referência à despedida azeda que tiveram sete meses antes. A necessidade de fazê-lo lembrar-se disso era prova de que havia sentido sua falta, embora mal o conhecesse.

— Lamento quanto a tudo aquilo. Para alguém que tinha acabado de te conhecer, fui extremamente grosseiro.

— E errado. As pessoas agora certamente pensam que sou negra.

Jasper havia contestado sua postagem, insinuando que ela não sabia nada sobre a vivência de ser negra.

— Eu não disse que as pessoas não pensam que você é *negra*, disse que ninguém se importava com sua cor. Você está acima da questão racial.

— E você *continua* errado, é o que estou dizendo.

O que a deixava mais furiosa era que ela nunca teve a chance de começar do zero, filtrar a história. Gostava de Jasper, mas odiava como suas suposições a colocavam na posição de ter que provar que não era o que as pessoas diziam que era. Essa era uma desvantagem.

— Reconheço isso. E peço desculpas.

Ele também se desculpara naquela noite, por isso ela não acreditou muito na sinceridade do pedido. E ficou brava ao lembrar. *Você foi tratada como princesa durante toda a vida; quando foi que de fato experienciou o racismo?*

— Ainda acha que as pessoas trocariam seus problemas pelos meus?

Jasper inclinou a cabeça de lado.

— Ah, não. Não depois das notícias sobre Kitty.

— Tudo bem. Desculpas aceitas, então.

Os convidados começaram a se dirigir de volta à casa. Ela se levantou, interpretando o sinal.

— Você veio à cidade só para isso?

— Meu voo parte às oito da manhã.

— Fique para a nossa festa de Halloween — sugeriu Elise.

Ele segurou a porta para Elise entrar. Giovanni estava no saguão, orientando os convidados de volta para a sala de estar. Ela esperou Elise e Jasper se aproximarem.

— A mamãe está pronta.

Elise assentiu.

— Já estou indo.

Giovanni esperou pela apresentação, girando as cerejas extras de seu *old-fashioned* com um palito.

— Jasper Franklin, meu fotógrafo na *Vogue*. Jasper, esta é minha irmã do meio, Giovanni.

Todos se encolheram ao som de uma campainha.

— A mamãe querida nos chama — brincou Elise, antes de encostar o rosto no de Jasper. — Vejo você mais tarde. — Ela e Giovanni se afastaram juntas para ocuparem seus lugares na frente da sala.

— Você convidou uma pessoa. — Giovanni a chamava de hipócrita por se queixar dos vícios da mãe.

— Eu não convidei ninguém.

— Que mundo pequeno.

— Minúsculo.

— Precisa de mim para distrair o Aaron?

— Ele chegou? — Elise dispensou a irmã com um aceno. — Quê? Gio, Jasper não veio por minha causa.

Elas se colocaram na posição para as fotos antes de o pai pedir a atenção da sala para explicar o processo de leilão.

Elise não havia contado a ninguém sobre a noite em que ela e Jasper se conheceram, mas pensava nela todos os dias desde então. O tempo que passou com ele a transformara. Era uma atração intensa, bem-vinda, que a deixava sem fala toda vez que eles se encaravam.

Agora ela sinalizava perigo.

Queria acreditar que ele estava ali naquela noite, em parte, para mostrar a ela que também andava pensando no momento tratado de modo indevido. Mas alguma coisa na presença dele a incomodava. Era como um iceberg inevitável, não uma tábua de salvação.

Jasper odiava Los Angeles, e suas queixas iam além dos motivos comuns, como trânsito, poluição e superficialidades. Ele odiava a essência do lugar: o zoneamento campo-cidade, a ausência das quatro estações, a obsessão com a saúde e os horários basicamente noturnos. Jasper não teria feito essa viagem apenas por uma foto antiga tirada pelo avô, considerando que, provavelmente, ele havia produzido centenas de milhares. A tal foto era fundamental, Elise sabia, embora não conseguisse se lembrar do lugar em que ela tinha sido pendurada na casa de Kitty. Para descobrir o verdadeiro motivo da presença dele ali, teria que atravessar a linha em todas as frentes, mais cedo do que planejava.

Ela termia dar esse passo: abrir a caixa de Pandora escondida no porta-malas de seu carro poderia destruir qualquer possibilidade de um final feliz para eles. Ela e Jasper seriam uma infeliz casualidade de toda a confusão, um relacionamento que terminaria antes de começar. Elise queria que ele fosse, de fato, desconectado de Kitty em todos os aspectos importantes, mas sabia que não era bem assim, ainda mais depois de ele ter dado um lance de quase nove mil dólares pela foto do perfil de Kitty na piscina de sua antiga casa, em Hollywood Hills, e partido — sem a foto — durante o lance seguinte. Sem saber se ele aceitara ou não o convite para a festa, Elise fingiu receber uma ligação e saiu, torcendo para alcançá-lo antes de ele entrar na van Sprinter.

Suas perguntas eram urgentes, mas ela não podia abordá-lo. A popularidade de Jasper havia aumentado imensamente no último ano e, embora Andy pudesse fazer o encontro acontecer, era provável que os paparazzi também seguissem os passos de Jasper.

Quando chegou ao limite da propriedade de Kitty, não havia ninguém à vista... exceto Aaron, que saiu do meio das sombras das árvores como se estivesse se escondendo.

— Está chegando só agora? — perguntou ela.

— Acabei de sair do set. — Ele coçou a barba. — Quem era aquele?

— Meu fotógrafo na *Vogue*.

— Você deu acesso à revista?

— Ele foi convidado pessoalmente.

— Por você?

De canto de olho, Elise olhou para ele.

— O que é isso, ciúme?

— Você praticamente estava correndo atrás dele.

— Ele não levou a peça que arrematou no leilão.

— E daí?

— E daí... que pode ser uma tentativa de extorsão. — Esse era seu medo, mas só o confessou a Aaron porque sabia que ele não a levaria a sério.

Como esperava, ele acenou com a mão, chamando-a para entrar.

— Vem, preciso de uma bebida.

Aaron estendeu a mão, e ela a segurou para tranquilizar todos os presentes, sabendo que a ausência dele ao seu lado havia sido notada e interpretada. Sarah, que estava com um grupo de amigos do outro lado da sala, reagiu aliviada ao vê-lo, como se o paradeiro de Aaron também fizesse parte de sua lista de perguntas mais repetidas naquela noite. Giovanni andou em linha com uma bebida para ele, mas Noele e o pai delas só acenaram, entretidos em uma conversa.

A mão com que ele segurava a dela estava flácida, não oferecia segurança, mas a exibição surtiu o efeito de sempre. As pessoas se aproximavam para cumprimentá-lo, e a ignoravam até o momento em que queriam uma foto. Aaron era muito gentil e lembrava pequenas informações pessoais, com as quais Elise não poderia se importar menos. Ele sempre tinha uma história pronta para qualquer pergunta que fizessem; Elise o ouvia inventar uma história para Maude e Lucy para ilustrar como Kitty era adorável.

Ele mentia com muita facilidade. Kitty nunca foi sua versão adorável com ele. E Aaron sabia disso.

Kitty nunca gostara de Aaron. *Ele não vai aceitar vir em segundo lugar*. Elise a ignorara, porque, naquela época, Aaron era o cara mais meigo com quem já havia namorado: andava de mãos dadas, mandava flores, planejava encontros. De repente, ela tinha a companhia perfeita para comparecer a eventos, alguém que gostava de comandar a conversa. Ela elevava a posição dele, e ele a tornava mais acessível, mais pé no chão. Tarde demais, Elise descobriu que os dois só brilhavam em público.

Queria que ele parasse de fingir e admitisse que não foi só o rebuliço da mídia em cima dela que havia mudado as coisas entre eles. Mesmo nas raras noites em que ficavam em casa juntos, Elise dormia na cama e ele, no sofá. Normalmente, ele preferia uma suíte de hotel perto do estúdio Manhattan Beach, cansado demais para ir para casa no carro com seu motorista. Depois de muitas noites assim, Andy contou a ela sobre Maya.

Só Andy tinha conhecimento de que Elise sabia. Ele a levou de carro para ver com os próprios olhos naquela primeira vez, e todas as vezes depois disso. Muita gente evitaria saber como o parceiro se relacionava com outra pessoa, mas Elise não conseguia fechar os olhos. Aaron era incapaz de manter as mãos longe de Maya, ou de ficar mais que alguns poucos dias sem vê-la. Elise sentia ciúme (não de Maya, mas certamente do amor entre eles). Bem, talvez dela também, um pouco. Havia memes sobre a bunda da atriz, e seu corpo valorizava qualquer roupa. Elise não tinha nada contra ela; só se sentia ofendida por ser preterida, como se inteligência e pedigree não significassem nada. Aaron fazia por Maya coisas que nunca fazia por ela. Elise tinha representado um colírio para os olhos na tela de milhões de dólares, agora competia com a versão da vida real, que era mais sexy, mais confiante (mas que não podia dar a ele nada do que Elise já dera).

Vê-los fazia com que ela sentisse falta de ser amada. De amar alguém. Mas cancelar um casamento, quando essa era a única notícia leve em seu entorno, era desnecessário e só chamaria mais atenção.

Além disso, Elise não o perderia para ela diante dos olhos do mundo inteiro. Eles funcionavam bem juntos, e Aaron era um ator tão bom que, quando as luzes e as câmeras eram ligadas, ele a fazia sentir até mesmo como se tivessem química. Era nessas ocasiões que pensava que poderia se casar com ele e ser feliz de verdade.

Isso foi antes da morte de Kitty. Elise não precisava de um parceiro que fosse uma celebridade se não se importava mais com a instituição. Quando chegasse a hora certa, Aaron seria a distração perfeita, e ela tinha as fotos para garantir que fosse assim.

CAPÍTULO 16
Kitty

JUNHO, 1955

O salário semanal de uma telefonista era três vezes maior do que Hazel fazia trabalhando sessenta horas por semana. Kitty estava perplexa com o que ganhava atendendo telefonemas, mas logo se arrependeu por não ter perguntado a Ida sobre as vagas de secretária durante a entrevista.

Ida tinha ombros largos e usava o cabelo dividido e enrolado para cima na altura da nuca. A mulher tinha sido telefonista e mostrou a Kitty alguns atalhos do painel. O que Ida não contou foi como o serviço a faria sentir-se desorientada.

A sala dos telefones era de concreto, azulejos, aço e plástico rígido. Era fria, com luzes fluorescentes e sem nenhuma janela. Quatro fileiras de cinco estações telefônicas ocupavam a maior parte do espaço. As telefonistas faziam o possível para dar um toque pessoal ao espaço e decoravam suas estações; a de Emma tinha um buquê de flores amarelas falsas, um tubo dourado de batom e uma foto do mar.

Daphne levou Kitty duas fileiras atrás dela, na quarta fila.

— Fique ao meu lado. — Sua estação era decorada com cavalos.

— Você morava em uma fazenda?

— Meu Deus, não, Meredith e eu competíamos.

Kitty não sabia o que isso significava, e ficou aliviada quando os telefones começaram a tocar, porque não queria ouvir mais nada sobre a saudade que Daphne sentia de um cavalo. Ela falava dele como se fosse um animal de estimação. Kitty nunca teve um animal de estimação; a maioria das famílias que conhecia era pobre demais para alimentar um animal que não pudesse ajudá-las a ganhar dinheiro.

— Telescope Studios, como posso direcionar sua chamada? Um momento, por favor.

De novo e de novo e de novo. Cada vez que Kitty pensava que teria um intervalo, seu telefone voltava a tocar. Depois de uma hora, a língua foi ficando lenta, e a garganta implorava por água.

Emma ficava olhando para ela e sorrindo. Incapaz de dizer se ela demonstrava solidariedade ou se divertia com suas dificuldades, Kitty fingiu não notar e trabalhou ainda mais. Sua única recompensa eram mais ligações para transferir.

Elas almoçavam em turnos de trinta minutos. Kitty comeu um sanduíche de salada de ovos e uma maçã em quinze minutos, preferindo aproveitar o resto do tempo em silêncio.

Depois do trabalho, todas foram a pé ao Mitch's, onde mais uma vez surgiu o assunto de Kitty namorar.

— A gente devia levá-la para dançar — sugeriu Judy.

— De jeito nenhum. — Emma olhou para Judy.

— Emma tem razão, eles a devorariam — opinou Daphne.

Kitty ficou pensando em quem seriam "eles".

— Não é isso... Eu não quero minha irmãzinha me seguindo por aí.

Todas à mesa se entreolharam, surpresas com a honestidade diante da presença de Kitty.

— De qualquer maneira, eu não sou uma boa dançarina — disse Kitty.

— Nem eu. Só vou lá para ouvir música — confessou Meredith.

— Eu fico de olho nela, Emma.

— Já falei que não.

A mesa se calou, acatando a palavra de sua rainha.

Depois de um momento, Meredith perguntou:

— Então, como foi seu primeiro dia, Kitty?

Kitty hesitou, sentindo-se incomodada por ter odiado tanto.

Lendo a expressão em seu rosto, todas assentiram.

— Por isso a gente diz que nós *precisamos* tirar alguma coisa disso.

— Tive outro encontro com Sam. — Quando Judy começou a relatar os detalhes, Kitty olhou em volta à procura da garçonete. Seus olhos passaram por uma mulher negra sentada em um canto, perto da porta. Kitty a observou por um momento, se perguntando quem seria, antes de seus olhares se encontrarem e a mulher sorrir. Kitty olhou para a frente.

— Quantos anos você tem, Kitty? — perguntou Meredith.

— Quase dezoito.

— Nós temos vinte e três, e eu nunca me apaixonei. Daphne, sim.

— Partiu meu coração — contou Daphne.

Sem saber como medir os sentimentos em comparação à maturidade da experiência das telefonistas do estúdio, ela disse às colegas que amava Richard.

— Se amasse, você teria ficado — respondeu Emma, jogando a ponta do cigarro no cinzeiro.

— Isso não é verdade.

— Não? Então volte.

Kitty sabia que Emma estava representando o personagem, mas algo em como ela disse isso não caiu bem.

— Você sente saudade dele? — perguntou Daphne, interpretando errado a emoção que passou pelo rosto de Kitty.

— Ainda penso nele, às vezes.

— Você não fala mais com ele?

— A gente troca cartas. — A verdade era mais fácil que a mentira. — De vez em quando.

Kitty não vira mal nenhum em enviar para Richard a carta que já havia escrito. Disse a si mesma que não voltaria a escrever, mas então ele respondera depressa, cheio de confissões. Assumir os negócios do pai não fora uma escolha: um professor do colégio dos brancos o tinha reprovado para impedi-lo de se inscrever no programa de pré-medicina na Central. Ele estava muito infeliz trabalhando com o pai, e a única coisa que tinha para ansiar era seu retorno. Kitty não teve coragem de dizer a ele que não voltaria.

As meninas riram.

— Kitty tem um namoradinho.

— Não, não, não — protestou Kitty. — Nós somos só amigos.

Mais tarde, quando estavam indo embora, Kitty viu que a mulher negra no canto estava acompanhada por um homem branco. Surpresa por todas saírem sem nem sequer olhar na direção deles, Kitty encarou aquele casal. A mulher sustentou seu olhar, dessa vez como se perguntasse: *Eu te conheço?* Kitty se apressou para conseguir alcançar as outras. Elas andaram vários quarteirões e, quando ninguém comentou sobre a negra que havia estado no mesmo espaço que elas, Kitty se apaixonou por Los Angeles.

— Pensei que você tivesse terminado tudo com Richard. — Emma ligou o carro e desligou o rádio estridente.

— E eu terminei.

— Então por que disse a elas que vocês ainda trocam cartas?

— Achei mais romântico. Eu queria ter algo para compartilhar.

— Bem, parabéns. Agora elas vão perguntar sobre ele, e esse assunto não vai ter fim. Não sei quantas vezes vou ter que repetir que não se deve misturar a verdade com uma mentira.

— Você nunca disse isso.

Kitty não sabia se Emma estava enciumada por causa do interesse das outras nela, ou porque sabia que era mentira que ela ainda escrevia para Richard.

— Você nunca ouviu as histórias sobre o que acontece com pessoas que se passam por brancas?

— Eu sei quais são os riscos.

— Então, por que continua fazendo coisas idiotas? — perguntou Emma.

As duas seguiram para casa em silêncio e não voltaram a se falar pelo resto da noite. Emma fez palavras-cruzadas, e Kitty foi ler no quarto. Na manhã seguinte, Emma acordou cedo e cantarolava com o rádio. Agia como se nada houvesse acontecido, e até dividiu com Kitty seu *donut* favorito, recheado de chocolate, quando foram à cantina.

<hr>

Kitty rapidamente se cansou das outras telefonistas. No fim da segunda semana, fugia na hora do almoço para caminhar sozinha pelo complexo. Emma tinha prometido levá-la para conhecer o estúdio, mas elas estavam sempre atrasadas, e Emma nunca se dispunha a perder o café da manhã.

— Não tem muito o que ver, de qualquer maneira.

Toda a produção cinematográfica estava em hiato, e só dois programas de televisão continuavam sendo filmados.

Kitty não se importava; estava curiosa para ver como os sets eram diferentes de suas projeções. Ela seguiu as placas indicativas fixadas no alto dos prédios escuros do complexo até as salas à prova de som. A entrada para o palco C era a única porta aberta.

Kitty entrou no edifício escuro e se viu em um labirinto de cortinas pretas de veludo grosso, que desciam do teto, cujo estilo se assemelhava ao de um depósito. Ao ouvir vozes, ela seguiu o caminho até ficar às costas de um grupo de cerca de quinze homens. Espiando por entre os corpos, Kitty viu duas mulheres vestidas com calça e camisa de botões, executando uma cena sobre quem faria o jantar de Ação de Graças em um palco que representava uma sala de jantar. O grupo masculino explodiu em gargalhadas quando as duas começaram a discutir. Ela ficou impressionada. Nenhuma das mulheres vestia espartilho ou vestido de babados, mas ainda assim prendiam a atenção dos homens com uma discussão corriqueira entre donas de casa. Normalmente, mulheres eram as figurantes voluptuosas ou as namoradas juvenis, nunca o centro de uma cena.

Depois de outros cinco minutos, as atrizes pediram um intervalo. Kitty recuou e começou a correr assim que saiu da área da cena, sem saber quanto tempo havia que estava ali.

Ninguém notou sua volta. Estavam todas reunidas em torno da estação de Lois, entreouvindo uma conversa.

— Se não retomarmos as filmagens até dezembro, não vai haver nenhuma possibilidade de sermos considerados para o Oscar — dizia uma voz feminina. — E eu não tenho nenhuma outra carta na manga.

— Ele não vai tomar nenhuma decisão antes de setembro — respondeu uma voz masculina.

— Você precisa falar com ele.

— Cora, todos nós temos um investimento nisso. Ele não vai ouvir.

— O homem parecia cansado.

— Nós precisamos fazê-lo ouvir.

No caminho até o Mitch's, Emma explicou que a mulher naquela chamada era Cora Rivers, a maior atriz do estúdio.

— Ela também é amante de Abner Tate. Estrelou os últimos quatro filmes do estúdio. Ela estava em conversa com Charles Mints, o diretor de seu último filme, *The Misfits*. Abner o escreveu para ela. Todo mundo diz que o roteiro é o delírio de um maluco; isso, associado ao orçamento altíssimo, comprova que Abner perdeu o juízo.

Nathan não começaria oficialmente por mais dois outros meses, mas havia suspendido toda a produção até poder avaliar cada projeto individualmente. As pessoas não estavam nada satisfeitas com as decisões dele até então.

— As filmagens de *The Misfits* já tinham começado quando Nathan interrompeu tudo.

Elas se acomodaram à mesma mesa de sempre no Mitch's, e a mesma garçonete perguntou se todo mundo ia querer o de sempre. Kitty foi a única que pediu comida junto com a vodca e soda.

— A gente sabia sobre Nathan assumindo os estúdios semanas antes do anúncio — contou Emma. Fosse uma questão de contratação, demissão ou um hábito condenável, as telefonistas conheciam todos os segredos da companhia. Emma aprofundou seus conhecimentos com os jornais diários sobre a indústria e previu demissões. — As secretárias serão as primeiras. Elas são tão velhas que não vão conseguir acompanhar.

— E nós as substituiremos — disse Judy, batendo com a mão aberta na de Emma.

— Pensei que você não se importasse com o seu progresso profissional — comentou Kitty.

Emma piscou para ela.

— Eu me importo se isso significa me casar com o novo dono do Telescope.

— Você o conhece? — Kitty ficou chocada por ter perdido esse detalhe.

— Ela nunca nem o viu pessoalmente — disse Daphne.

— Ela é obcecada — contou Meredith.

— Sou obcecada pelo que a chegada dele vai significar para nós. Ele é muito esperto — disse Emma.

Meredith revirou os olhos.

— E rico, e alto e...

— E, sim, muito bonito — concordou Emma. — E daí? — Todo mundo riu, e ela fingiu estar magoada. — Acho que tenho a mesma chance de conhecê-lo que todo mundo que trabalha no estúdio. De qualquer maneira, em pouco tempo, todas vocês vão me agradecer. — Emma levantou o copo, propondo um brinde. — Novos empregos no outono!

Kitty brindou, lamentando não ter tido mais tempo com Lillian antes de conhecer Emma, que, ela descobriu, tinha algumas coisas muito feias em seu jeito de ser. Emma havia acusado Kitty de ser ingrata por querer um emprego de secretária quando, na verdade, ela estava sendo egoísta.

No Quatro de Julho, elas acordaram cedo, embalaram o almoço e fizeram a viagem de quase uma hora de carro pela Pacific Coast Highway até a praia de Malibu. Kitty se surpreendeu ao ver que só havia brancos na areia.

— Pensei que aqui não houvesse segregação.

— Eles mentiram — respondeu Emma, que gesticulou pedindo ajuda com a manta. — Não é o que manda a lei, mas ninguém esconde o que sente. Nas piscinas, nas praias... com exceção da faixa em Santa Mônica... os negros não são bem-vindos.

— E ainda assim eles nadam em xixi de peixe — retrucou Kitty.

Emma enfiou um guarda-sol na areia e girou o cabo para empurrá-lo.

— E crianças brancas fazem xixi em piscinas assim como as negras, mas são aceitas em todos os lugares.

Kitty correu para a água. O barulho das ondas quebrando na areia soava como o pandeiro de sua mãe. Não conseguia escapar da saudade. Em casa, logo todos estariam a caminho da igreja. Havia sempre um bazar de bolos, e todos se sentavam em seus cobertores para comer até começar a queima de fogos, que eram acesos no campo de futebol americano do colégio dos brancos, mas podiam ser vistos dos telhados de Cottonwood.

O oceano estava bastante gelado, por isso ela parou com água na altura dos tornozelos, apreciando a sensação de movimento criada pelo recuo. Kitty olhava para o mar aberto, pensando se era diferente do Atlântico turvo, cujo fundo a mãe dizia ser um cemitério cheio de ossos africanos.

Ao ouvir Emma chamá-la, ela correu areia acima. Estava exposta ao sol havia muito tempo. Kitty se jogou na toalha sob o guarda-sol, de onde Emma se recusava a sair.

— Escurecer primeiro e avermelhar depois deixa muito na cara — lembrou Emma.

Além das sete regras, ela mantinha uma lista de outras coisas que poderiam revelar negritude: preferir comidas apimentadas, não saber o nome dos restaurantes mais populares da cidade, usar brilhantina no cabelo e se interessar pelas condições dos negros. Especialmente a última.

Por isso, Emma mantinha suas edições da revista *Jet* escondidas sob os livros em sua prateleira. Um dia, Kitty a desmascarou quando ela tentou escondê-las na frente do jornal da manhã.

Isso não é arriscado?

Pessoas brancas leem a Jet. *É assim que sabem o que está acontecendo conosco.*

Então por que você as mantém escondidas? Ninguém vem aqui.

Eu as escondo de você.

Não precisa fingir que não sente falta.

Eu gosto de me manter informada, Kitty. Não é a mesma coisa que nostalgia.

Os jornais nacionais diminuíam o tamanho da brutalidade, enquanto a mídia negra destacava a tensão racial que ficava pior em todo o país. Isso fazia Kitty se preocupar com a mãe. O problema era notório no sul e, embora não houvesse fotos de negros pendurados em árvores em LA, a prosperidade econômica, o benefício da dúvida e a simples decência não eram coisas com as quais os negros podiam contar em lugar nenhum dos Estados Unidos.

Emma garantiu que elas seriam avisadas, se alguma coisa acontecesse com as mães, mas Kitty não estava convencida.

— E se não tiver ninguém por perto que nos conheça, ou que saiba como nos encontrar?

— Eu vou estar por perto, e nós vamos saber.

Emma ligou o rádio que havia levado, tentando distrair Kitty da inveja da liberdade de todos sob o sol. Ela se levantou para balançar os quadris no ritmo da música.

— Vem dançar comigo.

— Não, obrigada.

Emma sorriu para um homem que corria na direção delas depois de um jogo de futebol.

Ele assobiou.

— Belos movimentos!

Emma caiu ao lado de Kitty.

— Tudo vai ser mais fácil quando você se acomodar na vida com um homem — disse.

— É isso o que você diz para si mesma?

— É a verdade.

— Não estou interessada em namorar agora.

Kitty estava na defensiva; como poderia se apaixonar? Nunca havia um momento em que não estivesse atenta, olhando para o chão para ter certeza de que não ia tropeçar. Contos de fadas nunca falavam sobre meninas de cor.

— As garotas se ofereceram para te apresentar a alguém, e você deveria deixá-las. Recusar beira a grosseria.

— E se o homem perceber que sou negra?

Emma sentou-se ereta.

— É esse o seu problema?

Kitty havia contido Richard cada vez que a boca dele ultrapassou sua gola, quase incapaz de resistir ao impulso de explorar a sensação que pulsava na parte inferior de seu ventre quando os lábios dele passeavam por seu pescoço.

— Sério?

— Sim. Eu não queria engravidar.

— Tem outras coisas para fazer sem acabar grávida.

— Como o quê?

E se o corpo dela fosse diferente do que deveria ser o de uma mulher branca? Apesar das diferenças evidentes no tom de pele, ela e a mãe tinham mamilos marrons.

— Você parece branca, e isso é tudo o que importa. Só descuido e insegurança podem te delatar. Você ainda sente alguma coisa por aquele rapaz no sul?

— Não.

— Ainda escreve cartas para ele?

— Não.

Outra mentira. Andou escrevendo cartas para Richard o verão todo. Pior, dera a ele o endereço da casa delas para esconder de Emma o intercâmbio, que controlava a caixa postal no posto do correio. Quanto mais escrevia para Richard, mais culpada se sentia. Ela sabia que não ia voltar, e escrever para ele era como um elo confortável que a mantinha atada a Maria. Richard a pressionava em todas as cartas para saber a data de seu retorno, para que pudessem se casar antes do começo do semestre. Na última carta, ele tinha feito a pergunta em letras maiúsculas e sublinhado. Kitty carregava a resposta na bolsa havia uma semana, incapaz de enviá-la:

EU NUNCA VOU VOLTAR. NÃO POSSO ME CASAR COM VOCÊ. DESCULPE. POR FAVOR, NUNCA MAIS ME PROCURE.

— Por que, então? — insistiu Emma. — Você ainda quer ser atriz?

— Eu nunca disse que queria atuar. — Kitty não pensava nisso desde que saiu de Winston, mas ainda fugia na hora do almoço algumas vezes por semana para ir assistir aos ensaios.

Emma franziu a testa.

— Nem precisava dizer. Você costumava recitar as falas dos filmes no cinema e me forçava a trocar histórias com você.

— Pensei que você gostasse!

— Não tanto quanto você, e a ideia foi sua.

— Por que você trabalha em um estúdio de cinema, se odeia tanto tudo isso? — perguntou Kitty.

— Aconteceu desse jeito, só isso.

— Mas você adorava ir ao cinema.

— Eu ia porque você queria ir.

Não era essa a lembrança que Kitty guardava.

— Para quem você contava suas histórias depois que deixamos de nos ver? — quis saber Emma.

— Eu as escrevia, as contava para mim mesma.

— Você vai se arrepender de ter ficado com a cabeça nas nuvens quando eu me casar e for embora.

— Você nem mesmo está saindo com alguém. — Desde que Kitty chegou, Emma havia passado todos os fins de semana e todas as horas da noite bebendo sozinha.

Emma jogou uma uva no rosto dela.

— Mas logo estarei.

Quando esfriou, elas se enrolaram nas mantas, vendo as outras pessoas tomando sol e brincando com os filhos nas ondas. Kitty sentiu novamente a tristeza quando uma garotinha gritou, fugindo das ondas, e se jogou nos braços da mãe.

No caminho de volta para casa, Emma apontou a praia dos negros em Santa Mônica.

— O nome é Inkwell. Apropriado, não? Poço de tinta.

Cada centímetro da faixa de quarenta metros de areia era coberto por um cobertor ou corpo amarronzado. Em Malibu, elas haviam desfrutado de uma distância de muitos metros dos outros frequentadores.

— Venho cedo para evitar o trânsito. Havia outra praia mais ao sul chamada Manhattan Beach, mas eles a tomaram. Agora todo mundo vem para cá.

Emma batucava no volante, ansiosa pela mudança da luz no semáforo.

O ar do oceano trazia para a rua o cheiro de churrasco. Mulheres conversavam em grupos, enquanto as crianças brincavam perto delas. A pele delas cintilava ao sol. Em volta dessas mulheres, os homens arranjavam guarda-sóis e cobertores na areia. Havia música de vários rádios, e meninos jogavam bola.

— Você não sente falta disso?

— Do quê?

— Disso. — Kitty apontou para a praia. — Deles.

Atravessar a linha definitivamente era mais fácil quando ela nunca tinha que ver ninguém de sua raça. Então podia fingir que eles não existiam, que ela não estava perdendo nada. Quando pensou nisso, Kitty se deu conta de que não tivera contato com nenhuma outra pessoa negra desde a estação de trem. Os bairros eram segregados e bastante afastados, e os empregos pagos por hora e mal remunerados, que teriam sido dos negros (por um salário menor no sul, é claro), ficavam com as crescentes populações de imigrantes irlandeses e italianos. O mundo de Kitty se tornara branco, exceto por um outro indivíduo de passagem.

— Não. — A luz ficou verde, e Emma pisou no acelerador. — Não havia nada a respeito de ser negra que era bom para mim.

Teria sido fácil deduzir que Emma sentia vergonha de sua raça, mas Kitty sabia que eram as circunstâncias de ser negro que haviam causado o estrago. Todos os dias, para se acalmar, Emma fumava um cigarro atrás do outro, até seu inegociável drinque das seis da tarde. Cigarro e gim, como o tabaco que Hazel guardava atrás do lábio, eram suas chupetas. E um bom casamento era uma obsessão, porque ela acreditava que, quando se tornasse esposa de algum homem rico, não seria mais a filha ilegítima de seu pai.

Kitty não tinha o mesmo ódio de Emma pelo passado. Sentia saudade dele. No fundo, sabia que a mãe jamais escreveria de volta, mas imaginá-la lendo as cartas que mandava lhe reconfortava. Escrevia toda semana; duas vezes, em algumas delas. E a cada semana, Emma saía do posto do correio de mãos vazias.

Para se sentir próxima da mãe, Kitty cozinhava, lembrando-se de como ela se movia pela cozinha pequena da casa delas. Mais tarde naquela semana, depois de fritar frango para o jantar, Emma entrou gritando e batendo as janelas que Kitty tinha aberto para deixar a fumaça sair.

— Dá para sentir o cheiro do outro lado da rua. A vizinhança inteira vai saber que Kitty Karr frita frango. — Ela pôs as mãos na cintura, esperando um pedido de desculpas.

Kitty ignorou sua preocupação.

— E daí?

— Quantas mulheres brancas você conhece que fritam frango?

Kitty deu risada.

— Todas que têm uma empregada, sem exceção.

Emma soltou o ar com força, como se pudesse se livrar da irritação.

— Você não entende.

— Eu digo que nossa empregada me ensinou, se isso te faz sentir melhor.

— Não acho que as pessoas vão desconfiar de nós só porque você sabe fritar frango, Kitty. Acho que as pessoas vão começar a aparecer, se convidando para entrar, xeretando sobre quem somos, querendo nos conhecer.

— O cheiro é bom, é isso o que está dizendo? — Kitty cutucou um peito de frango com a ponta de uma faca, que chiou na panela de ferro fundido.

— Estou falando sério.

— Você está sendo ridícula — disse Kitty.

Emma levantou as mãos.

— Não me culpe quando toda a vizinhança começar a tocar a campainha da nossa casa.

— Tá bem. Quando eu sentir vontade, vou simplesmente comprar frango frito.

Em negativa, Emma balançou um dedo para ela.

— Fique longe do lado negro da cidade, Kitty.

— É esse o problema? — perguntou Kitty.

Ela, honestamente, nem considerara isso. O influxo de negros dos estados do sul a preocupava um pouquinho. E se alguém a reconhecesse? Mais gente a conhecia do que ela conhecia essas pessoas. Às vezes, passava por outros negros na rua e fazia contato visual por acidente, como acontecera com a mulher no Mitch's, esquecendo-se de que não devia olhar para eles. O engraçado era que, como aquela mulher, eles não desviavam o olhar como *deviam* fazer. Kitty era sempre a primeira a interromper o contato visual, e depois caminhava por vários quarteirões pensando se sabiam que ela era uma deles.

— Você parece nostálgica. É perigoso.

— Porque estou fritando frango?

Emma a tocou no ombro.

— Sei que está com saudade de casa. Mas você tem que superar isso. Ou daqui a pouco vai começar a fazer coisas e ir a lugares que deveria evitar. Sentir falta de coisas que não fazem bem nenhum a você lembrar.

Kitty afastou a mão dela. Sempre sentiria saudade de casa, mas não era só por isso que estava fritando frango. Emma não cozinhava muito e, quando tentava, a refeição inteira saía de uma lata ou de uma caixa. Kitty estava mais acostumada com hortaliças e grãos, e seu estômago havia começado a se revoltar.

Emma abriu a geladeira.

— Não vai comer?

Emma riu com deboche, como se tivesse ouvido a coisa mais absurda.

— É claro que vou. Só preciso de um molho apimentado.

Naquela noite, elas jantaram frango crocante e apimentado, e Kitty bebeu todos os gins-tônicas que Emma serviu. Emma pôs um disco de

Ray Charles na vitrola e aumentou o som, dançando e rodopiando pela sala, entorpecida em álcool. Emma realmente sabia dançar; estava quase em transe enquanto deslizava e balançava o corpo no ritmo da canção.

— Posso ir dançar com todas vocês na próxima vez?

— Nunca. — Emma estava séria, mas ainda se divertia. Ela tirou Kitty da cadeira e a segurou pela cintura. — Mas vou te ensinar a dançar. — Kitty começou a rir quando Emma a girou como um pião. Não demorou muito para o gim começar a fazer ondas no estômago, e as duas passaram a noite no chão do banheiro.

— É por isso que você não pode ir dançar com a gente — explicou Emma.

— Foi o exagero dos rodopios.

— O que você acha que acontece nos salões de baile? As pessoas quase voam de um lado para o outro.

Kitty não conseguia imaginar a cena.

— É bonito de ver, isso é certo.

Kitty queria que ela parasse de falar sobre aquilo, se não pretendia convidá-la.

No domingo, Emma se apoderou das sobras e fez um sanduíche com o que restou de peito de frango. Ela o pegou na praia e o encheu de mostarda e molho de pimenta, fazendo Kitty correr atrás dela por uma mordida.

Naqueles dias, no início, às vezes Kitty esquecia que não era branca de verdade. Sentia-se mais calma, invencível até. As pessoas a viam e a reconheciam de um jeito que não acontecia quando ela era negra. Beleza havia sido um peso no mundo negro, mas, no branco, era um bem valioso. A beleza a fazia popular. Não era mais dividida, mas uma pessoa completamente diferente. Em pouco tempo, esqueceria quem era Maria Madalena e renunciaria às preferências dela. Ser branca sempre foi uma ferramenta, e tornou-se uma escada que ela jurou continuar subindo quando, em um dia no início de setembro, Emma deu a ela a última edição da *Jet*. Nas páginas internas havia a foto do corpo inchado e mutilado de um menino de cor chamado Emmett Till, e isso a fez vomitar o mingau de aveia na pia da cozinha.

A notícia se espalhou rapidamente durante o café da manhã, todos falavam sobre as fotos macabras presas ao quadro de avisos. Bandejas de comida intocada foram esvaziadas no lixo.

— Ele devia ter sido mais esperto.

— Ele era de Chicago. O Mississippi é como um país completamente diferente.

— Nem *eu* saberia como me comportar lá.

Daphne foi a última da mesa a ter coragem de olhar a foto. Tinha ouvido um motorista de táxi falar sobre o assassinato alguns dias antes.

Kitty esperou a mesa esvaziar, e só então perguntou:

— Foi você quem pôs as fotos no quadro de avisos?

Emma cavou a toranja com uma colher de sopa.

— Emmett Till é notícia nacional, Kitty. Aquilo devia estar no jornal deles.

Durante semanas depois disso, Kitty acordava e encontrava Emma aos pés de sua cama.

CAPÍTULO 17
Kitty

SETEMBRO, 1955

Como Emma havia previsto, a primeira decisão de Nathan ao assumir o comando dos negócios foi uma série de demissões. Executivos foram transferidos e, em sua segunda semana no estúdio, metade das secretárias havia sido dispensada. As telefonistas esperavam um anúncio sobre as entrevistas, mas tudo o que aconteceu foi um memorando que incentivava todo mundo a assumir um papel mais ativo no processo criativo, comparecendo a gravações e escolhas de elenco, lendo roteiros e repassando opiniões.

Nathan vislumbrava o novo Telescope como uma incubadora de ideias e queria a participação de todos, inclusive do estafe. Ele retomou a produção de todos os cinco programas de televisão do estúdio, mas manteve os filmes sob avaliação.

Kitty passava os dias de trabalho esperando uma oportunidade de ir aos palcos. Ninguém, nem mesmo Emma, comentava seus sumiços, por isso, das sombras, ela continuou se ausentando e assistindo a todos os tipos de ensaio, observando e assimilando tudo como se o processo fosse o próprio filme. Nunca ficava entediada, por mais que tivessem que repetir uma cena muitas vezes.

Quando soube que Cora Rivers gravaria uma participação especial na série policial *Windfall*, Kitty desistiu de ir ao Mitch's em uma noite de sexta-feira, curiosa para ver a estrela do cinema em carne e osso.

Naquele fim de tarde, Emma foi a primeira a sair da sala dos telefones; as outras a seguiram como patinhos.

— Você sabe que não é paga para ficar depois do horário.

Kitty empurrou da estação sua cadeira.

— Eu não me incomodo.

Ela precisava de uma distração maior que o Mitch's. Ainda sentia o impacto da notícia daquele dia, sobre a absolvição dos assassinos de Emmett Till. Nada fez o júri de homens brancos mudar de ideia, e eles levaram menos de uma hora para decidir.

— Eu não trabalho de graça nem mesmo por um segundo. — Emma bufou e conduziu a fila porta afora.

As outras deviam concordar com ela, ou não estavam interessadas, porque Kitty era a única funcionária no local designado ao lado do palco. Ela observava o assistente de direção, um homem baixinho e careca chamado Johnny Wish, fazer ajustes de última hora no posicionamento de câmera, quando um rastro de fumaça invadiu seu nariz. Uma mulher pequenina e loira estava parada perto demais às costas dela. A proximidade fez Kitty recuar e tropeçar nas cordas enroladas na lateral do palco.

A mulher a segurou pela cintura e impediu a queda.

— Desculpe. Não queria assustar você. — E levou a mão ao peito. — Lucy Schmitt.

Ela puxou a ponta da orelha, enfeitada por um brinco de diamante. O par combinava com a camisa impecável de colarinho branco e botões, e era o centro das atenções com o cabelo curto, na altura das orelhas, preso para trás. Ela não usava maquiagem, nem batom, e tinha uma pele perfeita.

— Kitty Karr.

Ainda perto demais, Lucy levou o cigarro à boca e falou pelo outro canto:

— Quer um? — Ela tossiu um pouco, tentando soltar a fumaça e falar ao mesmo tempo.

Kitty hesitou.

— Eu não quero perder nada.

— Confie em mim, ainda vai demorar meia hora até começar. Eu faço a maquiagem para a série.

— É mesmo? — Kitty se arrependeu da reação, mas estava surpresa por conhecer uma mulher que trabalhava no set e fazia outra coisa que não fosse atuar.

Lucy não parecia ofendida.

— Vamos fumar lá fora.

Kitty a seguiu por entre as cortinas e por uma porta lateral que levava à viela entre os palcos A e B. Kitty estremeceu, lamentando ter deixado o casaco na sala dos telefones. Odiava como fazia frio à noite em Los Angeles; mesmo em julho, era preciso vestir um suéter depois do pôr do sol. Em Winston, ninguém vestia um casaco antes do fim de setembro.

— O que você faz aqui? — Lucy se apoiou na parede de tijolos.

— Sou telefonista.

— Isso não é horrível? — Lucy levantou a cabeça em um ângulo de noventa graus e soprou a fumaça para o alto. Mais tarde, Kitty aprenderia que Lucy adorava olhar para as estrelas, porque elas a faziam lembrar-se de manter o pensamento em Deus.

Pega desprevenida, Kitty confessou:

— Eu odeio.

— Mas pelo menos você está no complexo. — Ela deu a Kitty um Lakes original.

— E o salário é bom — acrescentou Kitty.

Lucy bateu a cinza do cigarro.

— Muitas coisas pagam bem, e não é por isso que você vai querer fazê-las. Você vai sobreviver à sala dos telefones. É onde todos começam.

— Você também?

— Não. Eu vim com Cora. Cora Rivers. — Lucy parou, esperando um sinal de reconhecimento, depois disse: — A atriz?

Kitty soltou a fumaça mais depressa para responder:

— Sei.

— Cora tinha uma audição, eu fiz o cabelo e a maquiagem dela, e ta-dá!

Enquanto Cora ia de estúdio em estúdio em papéis de figurante e corista, Lucy construía a carreira dela nos bastidores. Ela era responsável por dar vida a alguns dos mais icônicos personagens do estúdio; era uma instituição tão importante no Telescope quanto qualquer um dos homens.

— Você sempre quis trabalhar no cinema? — perguntou Kitty.

Lucy tocou o topo da cabeça, desfazendo a risca central do cabelo.

— Sim, mas como cabeleireira.

— Há quanto tempo trabalha aqui?

— Dez anos... desde que eu tinha a sua idade.

— Quantos anos acha que tenho? — Kitty queria calcular a idade de Lucy.

— Mal tem vinte.

— Fiz dezoito no último dia dezenove — respondeu Kitty.

— Bem, feliz aniversário.

— Obrigada.

Kitty não havia contado a ninguém sobre o aniversário, porque coincidira com o primeiro dia do julgamento do assassinato de Emmett Till. Foi mais fácil passar o dia sem muita comoção. Além do mais, não havia bolo, nem tradição. Ela queria saber se a avó tinha sido avisada para não fazer um bolo este ano.

— Por que você não está fazendo os cabelos por aqui?

Lucy tocou o broche de rubi e ouro do tamanho de um ovo na lapela de sua camisa. Distraída com o brilho dos brincos sob a iluminação do palco, Kitty não o havia notado antes.

— Já passou por alguma coisa ruim e, de repente, começou a odiar algo que antes amava? — perguntou Lucy.

Kitty mexeu em um dos brincos, pensando em Cottonwood.

— Já.

— Foi assim comigo. Quando era cabeleireira, o que me deixava feliz era ajudar as pessoas a se sentirem em sua melhor versão, e ser maquiadora supre essa necessidade. Posso fazer qualquer um parecer qualquer coisa. O que você quer ser? — Lucy tentou adivinhar, se balançando sobre os calcanhares em seus sapatos de camurça marrom de salto médio. — Atriz? — E sorriu como se soubesse que estava certa. — É claro, você seria perfeita.

Kitty estava começando a pensar que atuar era seu destino, considerando como as pessoas sempre a incentivavam.

— Parece quase impossível.

O departamento de elenco era o que mais trabalhava; metade dos telefonemas diários para o estúdio tratava de audições que resultavam em longas filas de gente esperançosa ultrapassando os portões da área dos estúdios. Emma e as outras telefonistas se gabavam de serem opções melhores, porque trabalhavam antes de se casar e escolhiam ressaltar outras qualidades além da aparência. O interesse de Kitty pela atuação a isolaria, apesar das igualmente comedidas buscas das outras garotas por um marido.

— Se ficar na fila da audição, sim; trabalhando aqui, não. — Lucy se balançou de novo sobre os calcanhares.

— Não sei quanto tempo vou aguentar atendendo telefones.

— Não vai ser por muito tempo, se continuar vindo aos palcos. Vai conhecer diretores e diretores de elenco.

— Há quanto tempo está trabalhando em *Windfall*?

— Um mês. Estávamos no meio da filmagem de *The Misfits* quando tudo foi colocado em hiato.

— Pelo menos as produções de TV foram retomadas.

Isso não significava nada para Lucy.

— O Telescope é um estúdio de cinema, e não estamos fazendo filmes. *The Misfits* tinha a faca e o queijo para ganhar o Oscar. Quanto mais tempo as produções ficarem paradas, pior vai ser para o moral. E Nathan Tate não precisa se preocupar com fonte de renda. Isso é elitismo.

— Acha que vai haver mais demissões?

— O estúdio pode fechar se nosso novo chefe não for cuidadoso. — Lucy jogou o cigarro no chão e abriu a porta do estúdio. — Vamos?

Cora provocava gargalhadas como uma dona de casa atrapalhada que escondia um cadáver no porão. A todo instante, Lucy cochichava para

Kitty como Cora era talentosa. Kitty nunca se interessou muito por humor corporal exagerado; havia testemunhado muita humilhação para achar graça em autodepreciação.

O cabelo preto e os olhos azuis de Cora davam a ela uma aparência de Branca de Neve. Por alguma razão, Kitty a imaginara loira.

Depois da gravação, Cora encontrou Lucy ao lado do palco.

— Como me saí?

Ela era muito mais alta que Lucy (e Kitty), mas demonstrava uma deferência infantil pela maquiadora.

— Ótima, como sempre. — Lucy olhou para Kitty. — Você gostou, não gostou?

— Muitíssimo.

Cora olhou para ela, mas não teve nenhuma reação.

— Essa é Kitty Karr — disse Lucy. — Ela é a única funcionária que veio esta noite.

— Imagine só. — Cora apertou a mão de Kitty, mas não se apresentou.

Kitty teve a sensação de que ela esperava que já a conhecesse.

— É um prazer conhecê-la.

Cora soltou a mão dela e falou com Lucy por cima do ombro.

— Estarei pronta em um minuto.

— Encontro você no carro. — Lucy olhou para Kitty como se pedisse desculpas. — Ela está sob muita pressão agora.

— Por causa de *The Misfits*?

— Ela anda fazendo participações especiais para continuar atuando — Lucy sussurrou. — Mas é drama, se quer saber minha opinião. Ela nem precisa trabalhar de verdade.

— Por causa do marido? — Kitty fingiu não saber sobre Abner.

— Do pai. Ela mora em uma casa enorme nas colinas acima da Sunset. Dinheiro antigo. — Sua expressão sugeria ganhos duvidosos. Kitty esperava que ela elaborasse, mas Lucy encerrou o assunto. — Foi bom te conhecer. Venha sempre que quiser. Estamos aqui ensaiando a semana inteira.

Quando Kitty estava saindo, Johnny a deteve.

— Preencha isto e traga de volta.

— O que é isso?

— Queremos a sua opinião sobre a apresentação. Obrigado por ter vindo.

— Por que eu?

— Você não é funcionária?

— Sou.

— Então, estamos solicitando sua opinião. Obrigado por vir.

Enquanto caminhava para casa, Kitty viu Lucy sair do estacionamento dirigindo um Mercedes de cor escura. As janelas estavam abertas, e ela viu Cora no banco do passageiro, usando um casaco de pelo preto. Ouviu as vozes delas, mas não conseguiu distinguir as palavras em meio à música, uma melodia que não saberia nomear. Kitty se perguntou para onde elas iam. Era a primeira vez em muito tempo que desejava ter sido incluída.

❧

Na manhã seguinte, Kitty devolveu sua avaliação na caixa de correspondência do lado de fora do barracão C, conforme instruía o formulário. Naquela noite, aceitando o convite de Lucy de modo literal, ela a encontrou nos bastidores, preparando produtos para maquiagem. Como Emma, Lucy estava ansiosa para transformá-la.

— Se quer que as pessoas te levem a sério, precisa parecer uma mulher, não uma menina.

— Você fala como minha irmã.

— E ela está certa. — Lucy entregou um batom a Kitty. — Põe um pouco de cor nos lábios.

— Você não usa maquiagem.

— Uso, sim. — Lucy se aproximou do espelho, examinando-se. — As luzes de palco são péssimas para a pele, por isso tento não cobrir o rosto com base quando estou trabalhando.

— Você não precisa disso.

— Não uso por necessidade. Uso porque a maquiagem me ajuda a mostrar minha melhor versão. Quanto melhor sua aparência, melhor você se sente, melhor atua.

Lucy ensinou Kitty a contornar os lábios, curvar os cílios e combinar base e blush, e lhe forneceu maquiagem para o dia e a noite.

— Não saia de casa sem o mínimo.

— Aonde você vai hoje?

— A um evento beneficente — explicou Lucy, se examinando novamente no espelho.

— Seu marido não se importa por você trabalhar?

— Não, ele é um liberal, graças a Deus. O que mais eu faria?

Depois de ouvir isso, Kitty passou a gostar mais dela. Havia descoberto que algumas mulheres brancas se sentiam "insatisfeitas" com a expectativa de ficar em casa e criar filhos. Na cabeça de Kitty, esse era um castigo com o qual mulheres negras só podiam sonhar.

— Você não tem filhos?

— Não. Isso não é para mim.

Kitty não entendia. Bebês não eram *para* pessoas, eles aconteciam *com* pessoas.

— Eu me apaixonei pelo estúdio, descobri que não poderia desistir dele.

— Como você faz para evitar a gravidez? — Kitty cobriu a boca, percebendo o quanto tinha sido invasiva. — Desculpe.

Lucy sorriu.

— Não tem problema. Controlando as datas. — Ela olhou para Kitty pelo espelho. — Nunca esteve com um homem?

Kitty balançou a cabeça em negativa, constrangida com a pergunta.

Alguém bateu à porta, e Johnny, o diretor assistente, entrou antes de ser autorizado. Estava agitado e gesticulava muito. A camisa subia a todo instante, exibindo a barriga pálida e peluda.

— Temos que filmar o ensaio agora. Preciso de retoques em todo mundo.

Lucy deixou sobre a bancada o pincel de sombra que estava usando.

— Ele se tornou um tremendo pé no saco. Deu para agir como se precisasse nos ressuscitar dos mortos.

— Por favor, depressa — insistiu Johnny, já saindo da sala. — Estamos atrasados, e a última coisa de que precisamos é estourar o orçamento.

Lucy revirou os olhos para Kitty.

— É ele quem eleva os custos. — E trancou a porta assim que elas saíram. — Poderia só vir aqui e assistir ao ensaio, mas o cinegrafista tem que ficar até tarde filmando, e essa verba sai do orçamento.

— Ele quem?

— Nathan.

— Onde ele está?

— Em algum lugar por aqui. — Lucy deu uma risadinha, depois mudou a expressão e o tom de voz, que se tornaram mais suaves. — Eu não devia ser tão desdenhosa. Ele tem muito a oferecer. É muito analítico. O problema é que Nathan leva uma eternidade para tomar uma decisão.

Kitty percebeu que, de tantos anos no estúdio, Lucy conhecia toda a família Tate muito bem.

Depois do ensaio, Kitty recebeu outro formulário de avaliação. Ela o devolveu no dia seguinte, em seu horário de almoço e, naquela noite, o diretor, Charles Mints, que também dirigia *The Misfits*, a abordou.

— Recebemos seus comentários. — Ele tocou a barba clara. — O que acha desse episódio?

— É muito triste, ainda mais agora.

Ele olhou para Johnny e suspirou, aliviado.

— É exatamente o que eu sinto.

Era entendido que Kitty se referia à morte de James Dean, o ator de grande sucesso que havia acabado de falecer em um acidente de carro. Hollywood e seus fãs estavam em choque. Não era o momento para traçar paralelos na televisão diurna.

Charles tirou um roteiro do bolso de trás da calça.

— Este é o episódio da semana que vem. Vou esperar sua opinião.

Ela devolveu as anotações no dia seguinte, e Lucy entregou a Kitty mais um episódio, depois outro, e logo ela havia opinado a respeito da temporada inteira de *Windfall*. Charles gostava de seu olhar "externo" e de sua capacidade de levar profundidade à produção, em grande parte, cômica.

O Mitch's passou a ser uma bem-vinda opção secundária. Kitty voltou a escrever, à espera de Emma voltar para casa à noite. Irritada com o desinteresse de Kitty em sua rotina, Emma começou a chegar cada vez mais tarde, em uma aparente competição para provar quem tinha a vida mais interessante. Era como se quisesse despertar em Kitty uma inveja suficiente para fazê-la perguntar onde havia estado. O que Kitty não sabia era que as outras garotas também se tornaram frequentadoras irregulares do Mitch's, trocando as noites entre amigas por encontros. Emma era a única que não tinha mais nada para fazer.

Em uma noite de sexta-feira, Emma entrou em casa embriagada, trançando as pernas e anunciando o noivado de Judy. Sam havia feito o pedido de casamento ao som de uma orquestra em uma das salas à prova de som.

— Todos foram convidados para a comemoração na segunda-feira, com bolo e champanhe. — Emma se jogou na poltrona na frente do sofá. — Não consigo arrumar ninguém para sair comigo. Judy demorou três meses para ficar noiva. *Três meses.* — Ela se inclinou para a frente para reforçar o argumento. — Quando conheci Judy, ela ainda usava o cabelo preso em dois rabos de cavalo. Eu mudei o cabelo dela, a preparei para as pesagens... fiz dieta com ela durante meses... e agora é *ela* quem vai se casar. Ela nem é inteligente.

— Ela tem formação superior.

— Só porque os pais puderam pagar.

Cansada de ouvir os insultos, Kitty perguntou por que Emma era amiga de Judy.

— Como posso ser amiga de verdade de alguém além de você? — respondeu Emma.

— Essa é uma vida solitária, Emma.

— Bem, não se pode ter tudo. — Ela esticou as pernas e apoiou os pés no sofá. — Ela me convidou para ser madrinha. — O casamento seria realizado em maio, em Londres; a família materna do noivo de

Judy era britânica e tinha laços com a realeza. — A família dele mora em um castelo. Judy me mostrou as fotos.

— Talvez você acabe conhecendo alguém. Algum nobre.

Emma parou de preparar um drinque e olhou para Kitty.

— Aconteceu com Judy, pode acontecer com você.

— Ela é branca — resmungou Emma.

— Você também é.

CAPÍTULO 18
Kitty

OUTUBRO, 1955

Um mês depois de Kitty se tornar presença regular no set de *Windfall*, o escritório de Nathan emitiu outro memorando, anunciando que a janela de entrevistas para o cargo de secretária tinha sido fechada. As telefonistas ficaram furiosas... nenhuma delas nem sequer sabia que as entrevistas haviam começado.

— Viu? — Emma mal pôde esperar para provocar Kitty. — Você tem ido às gravações e ficado até tarde por nada.

Kitty procurou Lucy para pedir explicações.

— Consegui uma entrevista para você, é para o cargo de assistente de Nathan.

— Isso é diferente de ser secretária?

— É melhor.

— Mas o memorando informava que as entrevistas estavam encerradas.

— Porque ele já encontrou o que estava procurando.

— Como?

Lucy balançou um cigarro no ar, o sinal de que deveriam ir conversar lá fora. Conforme caminhavam em direção à porta, ela disse:

— Ele pediu para as pessoas aparecerem, e você apareceu. Eles ficaram impressionados com seus comentários. Parece que você tem uma boa chance.

— O que ser assistente tem a ver com atuação?

— Acesso. A maioria das pessoas nunca chega a ter a chance de ao menos vê-lo.

Kitty queria aceitar a oferta, mas estava com medo.

— Minha irmã mataria por esse emprego.

Lucy revirou os olhos.

— Emma?

— Você a conhece?

Lucy assentiu.

— É claro que sim. Ela nunca falou sobre mim?

— Não.

— Estou surpresa. Fui eu quem arrumou um emprego para ela aqui.

— Como telefonista?

— Só depois de ela ter saído da equipe de seleção de elenco, que foi o primeiro emprego que arrumei para ela.

— Ela foi demitida?

Lucy não hesitou em contar tudo assim que ficaram sozinhas do lado de fora.

— Logo que Emma chegou à cidade, nós a apresentamos...

— "Nós" quem? — perguntou Kitty.

Lucy sempre mencionava outras pessoas, mas nunca as identificava: *Eles* iam jantar. *Nós* fomos convidadas para uma peça. Kitty às vezes tinha a sensação de que Lucy queria que ela perguntasse quem eram essas pessoas, mas ela nunca perguntou, deduzindo que se tratava do marido dela ou de Cora. Só perguntou agora por saber que tinha esse direito.

— Meus amigos e eu. Agora Emma não quer saber de nenhum de nós, embora a tenhamos apresentado ao chefe de seleção de elenco na Fox. Lincoln Harrison ficou caidinho. Emma é muito esperta, você sabe, e, como ela não queria ser atriz, era uma parceria perfeita. Lincoln estava acostumado a namorar mulheres em busca de uma porta de entrada para os palcos. Ele a levava para viajar, a tratava como uma rainha, e um dia a pediu em casamento. Pouco tempo depois disso,

Emma conheceu um ator. Um lindo ator *negro*. — Lucy cobriu a boca ao se referir à raça do rapaz. — Lincoln descobriu e tentou arruinar a vida dela.

— Ela o traiu?

Lucy levantou as duas mãos.

— Que importância tem? Foi o que todo mundo disse.

Isso, percebeu Kitty, explicava muita coisa.

— Ah, então ela também não te contou nada disso. — Lucy balançou a cabeça como se para dizer que era uma vergonha.

Se soubesse, Kitty teria tido mais paciência com Emma, mas não se surpreendia com a existência do segredo. Ela mesma dissera: ninguém quer falar sobre as coisas ruins. Talvez Emma tivesse considerado a chegada de Kitty como um recomeço.

— Ela teve sorte por não ser vetada por todas as companhias. Eu cobrei favores para conseguir o emprego de telefonista para ela. A decisão é sua, mas ser assistente de Nathan é sua chance.

— Ela vai ficar muito brava.

— Ela vai superar. Emma não quer o emprego; ela quer o homem. E vai chegar a essa conclusão sozinha quando perceber o quanto você tem que trabalhar.

Lucy, sem dúvida, tinha uma visão precisa de Emma.

— Além do mais, talvez ela nem faça o tipo dele. Quer mesmo abrir mão de sua oportunidade por causa dela? A entrevista está marcada para amanhã — avisou Lucy. — Vai ser uma grosseria, se não comparecer.

Kitty assentiu.

— Estarei lá.

— Boa menina.

— Como você conheceu Emma?

— Em um evento de gala. Foi como ver um rato no canto da sala, decidindo quando correr para pegar o queijo.

— Queijo?

— É só maneira de falar.

— Eu sei. Mas quem era o queijo?

— Naquela noite, era *ela*. Mas isso não tem importância. Achei que ela era fofa, Não tenho nada contra Emma; ela só é…

— Conturbada. — Kitty se sentiu aliviada por poder dizer isso, sabendo que Lucy entenderia.

— Uma pessoa tem que ser doida para fazer o que nós fizemos. E continuar fazendo. Encenar branquitude exige um tipo de coragem ensandecida que a maioria das pessoas não tem.

Kitty não havia sequer suspeitado.

— *Nós?* — Ela estudou o rosto de Lucy à luz das estrelas e da única lâmpada sobre a porta do barracão C. — Normalmente consigo perceber…

— É o loiro. — Lucy dividiu o cabelo para mostrar a raiz escura crescendo no couro cabeludo claro. Explicou que era *Creole*, de Baton Rouge. — Mistura de negra e francês. Um pouco de português. — Os bisavós de Lucy eram um quarto negros dos dois lados. A mistura deles com outros negros, em uma escala de bege a amarelo, produziu gerações de descendentes com oito variações de características brancas e negras. — Mas todos se consideram de cor. Descendem de sangue escravizado, independentemente de parecerem brancos ou não.

Era assim que Kitty se sentia. Qualquer sentimento de superioridade parecia ser desrespeitoso com a mãe.

— Por que não me contou? — sussurrou Kitty, ouvindo passos na passagem entre os barracões.

— Eu não estava escondendo de você. Pensei que soubesse, que Emma havia contado.

— Ela nunca falou de você. Não sabe que somos amigas.

— E isso é intencional?

— Seu nome nunca foi citado. Ela nunca quer saber o que faço no set.

— E não tem interesse em aprender. — Lucy acenou de um jeito desdenhoso. — Mais um motivo para não termos nos tornado melhores amigas. Trabalhar aqui é minha vida, não me envergonho de dizer isso.

Kitty temia que seu relacionamento com Emma também tivesse começado a ir ladeira abaixo.

— Nós costumávamos ser muito unidas. — Será mesmo? Kitty não sabia nada sobre Emma, não de verdade. Nunca soube. E Emma não a conhecia. Kitty não podia dever nada a uma desconhecida.

— As pessoas mudam. É a vida. Mas ser quem somos muda você de um jeito que não se pode imaginar. Viver como duas almas dentro de um corpo não é só exaustivo, mas também modifica a mente. — Lucy acendeu o segundo cigarro. — Mas ela te ama.

— Como você sabe?

— Ela estava sempre fazendo planos para quando Kitty chegasse.

Se a única lealdade entre elas fosse consequência das mães que nunca mais veriam, pensou Kitty, ela estava encrencada.

— Ela me disse que eu poderia ir para casa, se quisesse.

— Vocês são da Carolina do Norte, não é?

— Sim, morávamos a duas ou três horas de distância de ônibus. — Lucy parecia confusa. — Não somos irmãs de verdade, mas nos conhecemos desde que éramos crianças.

— Ah. Emma mal pôde esperar para me contar que o pai dela era dono da Holden's. Eu estava me perguntando por que você ainda não tinha falado nada.

— *Holden's?* — Quando Emma contou que o pai era dono de uma loja, Kitty não poderia ter imaginado que fosse *a* luxuosa loja de departamentos. A loja teve problemas financeiros anos atrás, mas se recuperou. Agora ela entendia como Emma ganhara a sua casa de presente.

— Não fica brava com ela. — Lucy olhou para as estrelas. — Às vezes é mais fácil contar segredos para uma desconhecida. Algumas pessoas nunca contam sua história para ninguém. Acho que assim é mais seguro. Por isso nunca insisto. Quanto menos as pessoas souberem, menos terão para usar.

Kitty não estava preocupada com isso. Ser parente dos Lakes nunca a beneficiou, portanto não poderia beneficiar mais ninguém.

— Eu estou a milhares de quilômetros de casa, de qualquer pessoa que me conhece. Emma é a única família que tenho agora.

— E sua mãe?

— Ela me mandou para cá... não quer que eu volte.

— Que mãe incrível. Isso deve ser uma aflição para ela.

— Para *ela*? — Kitty se engasgou com um soluço inesperado. — Eu a odeio por isso.

Tinha dito isso para a mãe em sua última carta. Sua versão cruel havia aparecido como naquele dia em Charlotte, pressionando a mãe por uma resposta. Até agora, nada.

Lucy a abraçou.

— Outras pessoas nos desprezam por fingirmos ser o que não somos, mas não sabem o que tivemos que passar, o que isso faz com a gente.

Lucy não perguntou sobre o pai dela, e Kitty se sentiu grata por isso. Não achava que seria capaz de mentir.

— Somos bem poucos; temos que nos manter unidos. Então vamos arrumar esse emprego para você.

Lucy a preparou para a entrevista, explicando que, primeiro e acima de tudo, Nathan precisava que Kitty pensasse que ele era brilhante.

— Eu me sinto mal por ele, para ser sincera... Filho de um cineasta famoso, sem nenhuma imaginação.

— Isso é preconceito?

— Antes fosse. — Lucy explicou: — Nenhum filme produzido por ele sob pseudônimo foi aceito para exibição. Alguém na escola onde ele estudava vazou suas tentativas para a imprensa, e Abner teve que pagar para ele ser aceito e ter boas críticas que citassem sua capacidade para crescer, tudo isso para salvar sua reputação.

<hr />

Na tarde seguinte, quando Kitty chegou, a porta de Nathan estava aberta.

— Obrigado por vir, srta. Karr.

Ele puxou uma das cadeiras em frente à mesa para ela. A vista do céu pelas janelas era serena, muito diferente da confusão de papéis, embalagens de chocolate e ferramentas de escrita em cima da mesa. Ele havia exigido o escritório do pai, localizado no fim de um longo corredor de azulejos no único edifício de dois andares no complexo.

Pregos abandonados se projetavam de espaços vazios nas paredes, onde antes houvera obras de arte.

— Vou começar a decorar quando puser essa empresa para andar novamente — disse, notando seu olhar interessado. — Quer beber alguma coisa?

— Não, obrigada.

Ele pegou um copo do peitoril da janela e despejou ali o equivalente a dois dedos de um líquido marrom. Depois se sentou em sua cadeira e acendeu um cigarro. Seus lábios eram cheios, tanto o de cima como o de baixo; ele era tão bonito quanto diziam. Nathan ofereceu o maço para ela. Kitty aceitou um cigarro, pois precisava fazer alguma coisa com as mãos.

— De onde veio, srta. Karr?

Ela se esforçou para se concentrar.

— Boston.

— Fiz faculdade em Nova York, mas nunca fui a Boston — falou, como se isso fosse algo absurdo.

— Certamente o senhor estava ocupado com os estudos.

— Estava. Todo mundo frequentava as festas e corria atrás das garotas; eu produzia filmes. — Ele abriu uma janela. — Lucy Schmitt me deu seus comentários sobre *Windfall*. Disse que você seria perfeita para o que estou tentando instaurar aqui. — Ele esvaziou o copo com um gole só e começou a andar pela sala. — Tem ido aos palcos quase todas as noites, não?

— Sim, depois do expediente como telefonista.

— Seus dias são longos.

— Eu gosto.

— O que desperta seu interesse no cinema?

— Tudo. Cresci indo ao cinema e escrevendo histórias.

— Seus pais eram da indústria do entretenimento?

— Não, mas íamos muito ao cinema. Minha irmã e eu inventávamos nossas próprias histórias.

— Então você escreve? — Estava surpreso.

— Sim.

— O que leu da nossa lista? — Ele apontou uma pilha alta de roteiros em cima da mesa.

— Toda essa temporada de *Windfall, Last Loop, Around Town* e *Misty Rain.*

— O que pensa sobre o material que viu até agora?

Ele a encarava como se estivesse ansioso para ouvi-la, o que a deixou nervosa e a fez despejar a verdade.

— Previsível.

Ele gemeu como se soubesse que era verdade.

— Mas é disso que os espectadores gostam. — Kitty tentou amenizar a crítica. — As pessoas vão ao cinema para fugir, para entender o mundo.

Ele contornou a cadeira e a mesa enquanto recitava a própria teoria.

— Nossas histórias parecem estagnadas. Meu pai era um grande homem, mas o Telescope está ficando para trás. Temos que crescer, ou os outros vão nos atropelar. As pessoas vão se debater e espernear o tempo todo, mas vai ser melhor, no longo prazo. Tem muito mais coisas que todos podem fazer, inclusive as secretárias, que é onde você entra. Já foi o tempo quando podíamos pagar o salário de secretárias que só atendiam telefones.

— Temos telefonistas para isso — concordou Kitty.

Ele tocou o ombro dela enquanto passava, começando a quinta volta.

— Exatamente. Secretárias precisam participar das operações diárias do estúdio. Elas precisam ser pau para toda obra, capazes de atuar em qualquer frente em que o estúdio precise delas, seja lendo roteiros, anotando ditados ou comparecendo ao set. Um nível mais elevado de habilidade. Essa é a razão para a mudança. *Todo mundo* tem alguma coisa com que contribuir. E precisamos de novas vozes. Novos roteiristas.

Nathan falou durante mais vinte minutos sobre como as demissões, em especial a das secretárias mais velhas, haviam causado uma comoção na imprensa. Cada artigo atribuía o ímpeto de Nathan por sonhos grandiosos à sua experiência limitada.

— Eles deveriam falar sobre *The Misfits*... que me informaram, antes de eu começar, ser uma produção muito aguardada, mas cheguei aqui e descobri que o roteiro é uma porcaria. Precisamos fazê-los dar valor à nossa arte novamente, Kitty. Quero que este estúdio seja o primeiro a vir à cabeça das pessoas quando pensarem em cinema.

O otimismo dele a empolgou. Kitty nunca havia conhecido ninguém mais positivo em relação ao futuro.

— Estou pronta para isso.

Ele estendeu a mão para apertar a dela sobre a mesa, mas parou antes de concluir o movimento.

— Preciso de um braço direito. Alguém que me acompanhe às reuniões, aos testes de elenco e às filmagens. Que me mantenha organizado e informado sobre novos materiais. Você tem que ser meus olhos e ouvidos. Vou jogar nas suas mãos tudo que puder segurar.

— Certo.

— Está contratada. — Ele apertou a mão dela, e o calor se espalhou pelo corpo de Kitty. — Charles e Lucy acreditam muito no seu potencial.

— Obrigada, senhor.

— Por favor, me chame de Nathan.

— Kitty, então.

Ela fechou a porta da sala com um sorriso que ia de orelha a orelha. Tentou escondê-lo antes de passar pela recepcionista, mas o sorriso cresceu até ela mostrar os dentes ao acenar para a mulher de mais idade em despedida.

Emma impediu a entrada de Kitty na casa delas.

— Como soube sobre as entrevistas?

— Não houve entrevistas. Eu fui convidada para uma.

Emma a deixou entrar e bateu a porta.

— Então você conheceu Lucy Schmitt.

— Semanas atrás.

— Eu falei para ficar longe deles.

— Você nunca me disse quem eles eram. Eu a conheci no set de *Windfall*.

— Se não sabia que Lucy era um deles, por que não me contou sobre as entrevistas?

— Porque me disseram para não contar. Aquela história de ir ao set e se envolver mais no processo criativo foi um teste para todo mundo.

Emma ignorou o comentário e pôs as mãos na cintura.

— O que Lucy falou sobre mim?

— Você não foi mencionada. — Kitty estava curiosa para ouvir a versão de Emma sem nenhuma influência.

— Não acha estranho ela não ter contado que nos conhecíamos?

— A gente conversa sobre cinema.

— Mas ela disse que é de cor, não disse?

— Só foi me contar ontem.

Emma riu, antes de tomar mais um gole de sua bebida.

— Ela é inacreditável. Você não sabe em que se meteu.

— Então me fala — desafiou-a. — Tudo que fazemos afeta a outra, lembra?

— Isso aconteceu antes de você chegar aqui.

— Então por que está tão brava por sermos amigas?

— Há um ano, eu era noiva de Lincoln Harrison... o chefe de elenco da Fox. Lucy e Cora ficaram enciumadas e decidiram arruinar minha vida.

— Cora Rivers?

— Sim, ela também se passa por branca. — Emma riu da surpresa de Kitty. — *Isso* Lucy não te contou, porque quer conquistar sua amizade antes. Depois ela vai te apresentar a Cora, que vai te apresentar a um homem para as duas poderem se aproximar dele e usar vocês dois.

— Acha que foi por isso que consegui a entrevista com Nathan?

— Tenho certeza. Elas enfiaram ideias na cabeça de Lincoln sobre mim e um ator negro, Jamie Harris, que Lucy disse ser primo dela. Ela queria que eu o ajudasse a se aproximar de Lincoln. Eu o estava ajudando a se preparar para a audição, por isso passávamos muito tempo juntos. Ele era divertido e gostava dos mesmos livros que eu. Então, Lincoln rompeu o noivado e não falou mais comigo. Simples assim.

— Havia alguma coisa entre você e o ator?

Emma reagiu como se a pergunta a devastasse.

— Eu não teria posto em risco a vida de Lincoln por ninguém. Eu ainda o amo.

Mais tarde, Lincoln admitira que não gostava de como Emma recebia as piadas do homem negro. Mesmo sabendo que o relacionamento entre eles era inocente, Lincoln não conseguia superar o fato inevitável que acompanharia sua idade avançada: o interesse sexual da esposa mais jovem por homens mais jovens. Ele comprou o quadruplex para Emma em Orange Drive para se desculpar por sua imaturidade. Mas nunca quis reatar o noivado.

— Então não foi seu pai que comprou o imóvel? Lucy me contou que ele é dono da Holden's.

— Não vejo meu pai desde que tinha dezesseis anos. Ele não sabe se estou viva ou morta, e duvido que se importe. — Esse foi um dos poucos momentos de rara honestidade que Kitty jamais havia testemunhado vindo de Emma. Quando a tristeza passava a ser esmagadora, como às vezes acontecia, Emma se tornava real, como se a dor removesse seu disfarce. — Não te contei nada porque não queria falar sobre Lucy e Cora.

— Por isso você nunca me levou para conhecer os estúdios.

— Sim, mas ela te encontrou mesmo assim. Eu esperava que, com as produções suspensas, ela fosse estar fora do complexo.

Kitty estava feliz por ter sido encontrada. Ela e Lucy tinham coisas em comum que não estavam relacionadas a serem negras — coisas que eram muito mais importantes do que ser negra, e que ela não tinha em comum com Emma.

— Ela está trabalhando com a equipe de televisão.

— Tome cuidado.

— Ela conseguiu um emprego para mim.

— Ela conseguiu um para mim também, e mais tarde precisou de um favor. Um dia, ela também vai precisar de um favor seu. Ela e Cora estão procurando encrenca, atravessando a linha da cor desse jeito, indo e voltando.

— Aposto que, se elas a tivessem ajudado a conhecer Nathan, você não se importaria.

— Talvez, mas agora tenho você para isso.

CAPÍTULO 19
Kitty

Em seu primeiro dia na semana seguinte, Kitty chegou à suíte executiva e encontrou uma torre de roteiros em cima de sua mesa.

— Primeiro precisamos avaliar tudo que temos — disse Nathan, entrando atrás dela no escritório.

Kitty seria a porteira que determinaria o que chegaria à mesa de Nathan para ser avaliado. Não conseguia acreditar na própria sorte, encontrar um emprego em que sua principal tarefa era ler.

— Quando terminar, peça para alguém trazer a próxima remessa do depósito — instruiu ele.

Quando Kitty fez o pedido, foi informada de que Abner havia decretado que tudo no porão era impróprio para produção.

— Nós é que vamos decidir isso — disse Nathan. — Quero criar meu próprio legado.

— Isso pode levar anos. — Kitty repetiu o que tinha ouvido de Lucy. — As pessoas vão abandonar o estúdio se não tivermos lucro.

Nathan não se preocupou.

— Eu já espero por isso. Eles não confiam em mim. Meu pai nunca escondeu seus sentimentos a meu respeito.

Kitty sentiu uma onda de compaixão por ele.

Nathan trabalhava muito. Ficava eufórico com ideias desde o momento em que chegava ao escritório, como se tivesse passado a noite toda acordado, pensando e fazendo listas. Começava e terminava o dia atrás da mesa de Kitty, que era grata por ele não a chamar até seu escritório a todo instante. Ela ainda estava aprendendo a andar com os sapatos de salto alto. Nathan ficou chocado com a rapidez com que Kitty lia e, embora a avaliação de roteiros fosse uma tarefa árdua, ela apreciava seus elogios por avançar rapidamente. Ele lia os roteiros de que ela gostava e ia à sala dela todas as manhãs, antes de entrar no próprio escritório, para discuti-los. Ler e falar sobre histórias fazia Kitty se lembrar das noites com a mãe, e logo passou a se sentir à vontade no complexo, na companhia dele. Richard era inteligente — mais do que ela para as questões práticas —, mas Nathan tinha o dom da conversa. Tinha grandes ideias, e ela se descobriu bebendo cada palavra que ele dizia, fosse sobre mitologia grega ou caubóis.

No fim de quase todos os dias, ele se oferecia para servir um drinque e, todas as noites, ela recusava a oferta, seguindo o conselho de Lucy. *É muito cedo para ser tão casual.* Kitty não sabia como ser casual com Nathan — escondia bem, mas ele a deixava nervosa. Estava sempre tentando impressioná-lo, atrair para si aquele mesmo olhar com que ele lia e amava um dos roteiros que ela havia recomendado.

Depois de apenas duas semanas, seu santuário foi destruído quando Emma decidiu que tinha passado da hora de conhecer Nathan Tate. Ela invadiu o escritório de Kitty depois do expediente, calçando sapatos de salto muito alto, como se estivesse a caminho de uma festa. Kitty e Nathan levantaram o olhar do roteiro que revisavam.

Kitty percebeu a decepção no rosto de Emma quando viu que o escritório dela era grande o bastante para acomodar vários assentos. Assim que entrou, ela caminhou diretamente para Nathan no sofá.

— Sr. Tate, é um grande prazer conhecê-lo. Sou Emma, irmã de Kitty.

Nathan se levantou para cumprimentá-la.

— Olá. — E olhou para Kitty. — Não sabia que você tinha uma irmã.

Emma não quebrou o contato visual com Nathan.

— Sou telefonista aqui. Vim buscar minha irmãzinha. — Ela bateu de leve na cabeça de Kitty. — Pronta, dondoca?

Nathan olhou para Kitty.

— Desculpe por fazê-la ficar até tarde.

— Nós estamos indo jantar — disse Emma. — Mal a tenho visto desde que começou nesse cargo.

— Ela é muito dedicada.

— Vocês dois são. Quer vir conosco? Já jantou?

Nathan começou a recitar sua desculpa.

— Não, não. Ainda tenho muito trabalho para fazer. Mas foi um prazer conhecer você, Emma.

Emma tocou seu braço quando ele passou por ela.

— Tudo tem corrido muito bem desde sua chegada.

Nathan se curvou como um graveto ao ouvir o elogio.

— Ora, muito obrigado.

— Vai haver mais entrevistas para secretária?

— Para você, sim.

Emma sorriu. Kitty sabia que ele só disse aquilo por ela ser sua irmã, mas Emma tinha corações nos olhos, como se Nathan houvesse mudado de ideia sobre o jantar.

— Passe aqui amanhã — disse ele. — Procure a Laura.

Ela agarrou a mão dele.

— Muito obrigada.

Lá fora, ela piscou para Kitty e entrou no carro, que estava estacionado na rua. Kitty correu para abrir a porta do passageiro quando ouviu o ronco do motor.

Emma se inclinou e abaixou o pino da trava da porta.

— Tenho planos.

— Ótimo, mas me deixe em casa.

Emma riu baixinho. Sua voz se tornou abafada, mas Kitty ouviu o comentário.

— Com seu comportamento, acho que não.

— *Meu* comportamento? — Kitty respirou fundo. Não olhou para o lado, mas sabia que estavam sendo observadas, porque muitas das janelas do escritório se voltavam para aquele lado. — Emma, é menos de um minuto de carro.

Emma acenou enquanto saía com o carro.

— Não me espere acordada!

Kitty viu o carro de Emma desaparecer além da esquina, temendo que essa fosse só uma prévia de sua essência podre.

Emma substituiu a recepcionista do primeiro andar. No primeiro dia de trabalho, Nathan deu a ela um roteiro para ler, algo que fizera com todas as novas contratações.

Interpretando o gesto como uma abertura, Emma o parou na manhã seguinte, no saguão de entrada, e deu a ele um cesto de muffins, o qual Nathan levou para a sala de Kitty.

— Gosto mais de chocolate — explicou.

Kitty deu uma olhada embaixo do tecido vermelho. Os muffins de mirtilo estavam organizados em formato de coração.

— Vou deixá-los na sala do café.

Kitty experimentou um e pegou outro para mais tarde, reconhecendo os muffins da Canter's, a lanchonete perto de onde elas moravam. No dia seguinte, Emma deu a ele uma torta de maçã (de novo, da Canter's); dois dias mais tarde, um copo de café; depois uma cópia do livro mais recente de William Faulkner, com um bilhete entre as páginas sugerindo que saíssem para beber e discutir a obra em breve.

Nathan entregava tudo para Kitty. Essa cadeia de custódia se manteve até Emma ficar aborrecida por Nathan não ter reconhecido, muito menos retribuído, suas investidas.

As fofocas começaram a circular, e Kitty soube delas diretamente por meio de Emma.

Ela quer ser atriz.

Mas ela ao menos tem talento?

Ele viu algo de que gosta.

Deve ser bom ter a atenção dele.

Essa é a única coisa de que Kitty nunca vai desistir... atenção. Antes que ela perceba, vai estar velha demais para se casar e velha demais para atuar.

As lágrimas brotaram antes que Kitty pudesse voltar para sua sala.

Como se pudesse sentir que havia algo errado, Nathan apareceu à porta.

— Quer beber alguma coisa?

Ela enxugou os olhos.

— Definitivamente não neste momento. — Já deprimida, Kitty não sabia o que poderia dizer com a língua solta.

— Um cigarro? — Ele entrou e fechou a porta. Acendeu dois e passou um para ela. — Quer conversar a respeito?

— É só minha irmã. Você é filho único, não entenderia.

— Talvez não, mas reconheço ciúme a um quilômetro de distância.

Kitty sorriu ao ter seus sentimentos reconhecidos.

— Ela queria esse emprego.

<hr>

Dias mais tarde, Emma foi transferida para a mesa de um produtor no extremo oposto do edifício. Emma se vangloriou, chamando a mudança de promoção, um ponto de vista que Kitty endossava publicamente. A verdade, porém, era que Kitty não queria brigar. Falar mal dela com os colegas — pessoas brancas — era traiçoeiro. Depois de aceitar que nunca poderia confiar em Emma, pois ela nunca lhe desejaria bem, Kitty havia providenciado a transferência da irmã, resultado de uma sugestão casual que tinha feito a Nathan naquela tarde. Ele estava incomodado com a atenção de sua irmã e, embora Kitty não soubesse ainda, lisonjeado com seu cuidado.

CAPÍTULO 20
Kitty

FIM DE OUTUBRO, 1955

Lucy morava atrás de um portão de ferro em Beverly Hills. Alguns famosos moravam ali perto, mas ela nunca dizia quem. A casa de dois andares, feita de tijolos vermelhos, tinha dez degraus que levavam à porta da frente e a duas grandes colunas brancas no estilo fazenda. Lucy não apenas entrou em uma família de políticos por meio do casamento; ela também entrou em uma família rica.

Lucy abriu a porta.

— A avó do meu marido deixou essa casa para ele — disse, lendo a expressão de Kitty. — E ela era a mais pobre dos membros da família.

O que Kitty pensava ser a porta da frente se abria para um pátio coberto de trepadeiras e videiras de flores cor-de-rosa e roxas. Lucy gesticulou, a convidando a tirar os sapatos.

— Assim as criadas não precisam limpar o chão com tanta frequência.

Cinco ou seis pares já estavam cobertos por uma camada de flores que tinha caído das trepadeiras.

Lucy girou a maçaneta de bronze, que dava para um corredor estreito.

— Laurie, a srta. Karr chegou! — E, para Kitty, disse: — Espero que esteja com fome.

Ela seguiu Lucy até uma sala de jantar, onde dois pratos de frango assado, cenouras, vagens e biscoitos esperavam à mesa de oito lugares.

A comida tinha um aroma melhor que a de Kitty, mas não tão bom quanto a de sua mãe.

— Surpresa! Não é muito, mas você devia se parabenizar por conseguir aquele emprego.

— Eu que devia agradecer a você — respondeu Kitty.

— Só fiz a apresentação. Você é o motivo pelo qual vai manter a posição. — Lucy sentou-se à ponta da mesa, e Kitty se sentou à sua direita, de costas para as janelas da sala.

Uma mulher negra de pele avermelhada entrou com taças de vinho.

— Coma conosco. — Lucy apontou para a cadeira na frente de Kitty.

A criada não respondeu, mas olhou para Kitty, depois de volta para Lucy.

— Está tudo bem — respondeu Lucy à pergunta silenciosa. — Kitty, esta é Laurie, minha irmã.

— Ah. — Kitty se sentiu abalada. O tom de pele delas era bem diferente, mas quem as estudasse com atenção veria que eram muito parecidas (com exceção do nariz de Lucy, que era mais largo). — Olá, Laurie.

Ao perceber seu desconforto, as irmãs riram. A pinta de Laurie, um círculo perfeito cor de cacau embaixo do olho direito, se movia quando ela contraía o rosto.

— Se minha irmã tem que trabalhar para alguém, que seja para mim, certo? — disse Lucy.

— Seu marido sabe?

— Não. Deus, não.

Laurie saiu da sala e voltou com um prato. Sentou-se ao lado de Kitty.

— E você é irmã de Emma Karr, certo?

— Não de sangue, mas sim. Por favor, não me odeie por isso.

— Ela é engraçada. — Laurie olhou para Lucy.

— Eu falei.

— São só vocês duas? — perguntou Kitty.

— Sim. Laurie é onze meses mais velha. Nós fazíamos tudo juntas, até não ser mais possível, é claro. Ela sempre cuidou de mim... Eu fui uma criança gorda, de rosto vermelho e oleoso. Ou seja, era um alvo o tempo todo.

Kitty não conseguia imaginar nada disso. Mesmo de calça comprida e camisa de botões, Lucy parecia magérrima. As coxas tinham a mesma circunferência em todo seu comprimento, e os braços eram como gravetos; Kitty imaginava que sua barriga mostrava o desenho das costelas.

Ela bebeu um gole maior de vinho, receosa de fazer a pergunta que tinha em mente.

— Você tem outras criadas?

— Só mais uma.

— Minha mãe é uma criada — contou Kitty.

— Nosso pai era zelador — revelou Lucy. E a encarou. — O fato de eu ter criadas te incomoda?

— Eu nunca terei uma.

— Mas te incomoda? — insistiu Lucy.

— Isso me faz pensar nela. Fico melhor quando não penso no passado.

— Não ficamos todas? — Laurie empurrou a cadeira para trás. — Preciso falar com Maude.

Lucy acenou.

— Até amanhã.

Laurie acenou para Kitty ao sair.

— Foi um prazer te conhecer.

Ela saiu antes que Kitty pudesse responder.

— Ela está sempre com pressa. — Lucy girou o garfo em uma das mãos como uma baqueta e continuou comendo.

— Como é ter sua irmã trabalhando para você?

— Como estar o tempo todo atuando em uma peça, mas preciso cuidar dela. Assim posso garantir que ela receba um bom salário e não sofra nenhum abuso. Eu a protejo; Deus me deu essa oportunidade.

— Então você vai levar a verdade para o túmulo?

— Vou.

— Sua outra criada sabe que você está se passando por branca?

— Não. É arriscado demais.

— Nunca se sente mal por mentir?

Lucy respondia a todas as perguntas com boa vontade.

— Não. Minhas emoções são reais. Amo meu marido. E que importância tem, na verdade, se minto sobre ser de cor? Quem estou prejudicando? Regras estúpidas existem para serem quebradas.

Kitty concordou.

— Eu não sinto nada, na maior parte do tempo.

— Isso se dá porque você teve permissão.

— O que você disse ao seu marido sobre sua família? Ele não quis conhecê-los?

— Não depois de eu ter contado que minha mãe está morta, e meu pai... quem sabe? A essa altura, provavelmente morreu de tanto beber. Ele só presumiu que eram todos brancos.

— E se ele descobrir?

— Não vai.

— Mas *e se*?

Lucy deu de ombros.

— Digo a mim mesma que ele é comprometido demais para se importar. Tenho sido uma boa esposa, então, a menos que seja racista, o que sei que não é, depois de seis anos de observação atenta, ele vai superar. Talvez até entenda. — Lucy cortou um pedaço de frango, comentando sobre o quanto era suculento.

Era bom, Kitty decidiu quando enfim comeu o primeiro pedaço. O molho tinha sabor de laranja, com o toque certo de doçura.

— Você e Nathan estão se dando bem? — perguntou Lucy.

— Muito bem. Ele é incrível. — Kitty sentiu que corava.

— Sabe que ele gosta de você, não?

— Nós trabalhamos muito bem juntos.

— É só uma questão de tempo antes de ele beijar sua boca.

— Ele tem mesmo lábios bonitos.

— Aaaah, olha para você, Kitty Karr. Apaixonada pelo nosso chefe.

— Eu mal o conheço.

— Quando ele vai dar sinal verde para *The Misfits*?

— Ele quer dar prioridade a outros projetos.

— Mas nós filmamos durante um mês! O set está pronto, temos figurinos e cenas prontas.

— Ele disse que o roteiro é ruim.

— Pode ser reescrito. Diz para ele que Cora vai se demitir se ele não retomar a produção.

— Não vai parecer mais real se *ela* mesma disser?

— Ela não quer se demitir de verdade. Você é nossa maior chance de convencê-lo a mudar de ideia. Você mesma disse... ele pede sua opinião a respeito de tudo.

Consciente da manipulação de Lucy, Kitty aceitou o desafio mesmo assim, considerando que poderia aproximá-la ainda mais de Nathan.

— Por que não me contou sobre Cora?

— O quê?

— Que ela é negra. — Kitty baixou a voz.

— Não cabe a mim contar.

— Ela apresenta mulheres a homens?

— Sim, mas não por dinheiro, se é o que está insinuando. Nunca por dinheiro.

— Por quê, então?

— Porque é inteligente. Se você tivesse um pai rico, ele a teria prometido a alguém adequado. Cora faz a mesma coisa. Temos que cuidar umas das outras. Para ser pobre, todas nós poderíamos ter continuado vivendo como negras.

Ao ouvir mais um eco da filosofia de Emma, Kitty compreendeu que ela havia passado mais tempo com Lucy e seus amigos do que admitira. Mas essa era a primeira vez que Kitty refletia a respeito da ideia. A proximidade recente com a riqueza e o poder de Nathan lhe permitiam imaginar como seria se tivesse acesso a alguma parte disso.

— Talvez eu te apresente, algum dia.

— A quem?

— Aos meus amigos — disse Lucy.

Kitty não sabia o que dizer.

— Ela não quer que se relacione com a gente, não é?

— Ela me disse para ter cuidado.

— Isso é o que todo mundo espera, mas não é viver. Você se sente insegura comigo?

— Não.

— Então deveria conhecê-los, tomar as próprias decisões. Você não escolheu esta vida para depois viver a de outra pessoa.

— Na verdade, nem ao menos a escolhi.

— Mas ainda está aqui, não está? Essa é uma escolha.

CAPÍTULO 21
Kitty

— Chega. Quero Cora fora da folha de pagamento. — Nathan deixou uma camada de rosbife do sanduíche em um guardanapo extra. — Eu esperava que, atrasando a produção por tempo suficiente, ela se demitiria, e todo mundo simplesmente acabaria se esquecendo daquela porcaria de filme. O roteiro é uma merda. E ela também, pelo que fez com minha família.

— Mas ela é nossa maior estrela, e nossa única chance de indicação. — Kitty percebia que tinha sido envolvida em uma situação impossível, sem saber, até então, como Nathan se sentia em relação ao envolvimento do pai com Cora. — A mídia espera por isso. Nós não podemos atrair publicidade ruim.

— Não estou nem aí para isso.

— Todo mundo está pronto para continuar. Podemos reescrever o roteiro. — Kitty usou cada ângulo que Lucy lhe havia fornecido.

— Quero ela fora daqui.

— Por quê? — Kitty se fez de boba. — Pensei que todos os filmes dela tivessem sido um sucesso.

— Não é segredo. Ela é amante do meu pai... ou foi. Ultimamente, ele não tem muita utilidade para ninguém. Primeiro perdeu a lucidez, e agora o corpo é acometido por alguma doença que os médicos não conseguem diagnosticar. — Ele serviu bebida em dois copos e continuou falando: — Meu pai sempre teve um fraco por atrizes, mas Cora o amarrou direitinho. Ela surgiu do nada. Ele comprou para ela uma casa maior que a nossa, enquanto berrava com minha mãe por gastar demais. É claro, agora que está doente, é minha mãe quem está ao lado dele.

— Como soube sobre a casa?

— Ele me levou lá algumas vezes. Tudo o que Cora quer é o dinheiro dele. Ela não gosta dele. Durante um momento de lucidez, ele pediu para vê-la... o velho maluco a ama mesmo... e ela se recusou a ir, para nos punir por tentarmos desligá-la das finanças dele. Ela pediu pra falar com ele só para avisar que não ia e deixá-lo à beira de um ataque, acho. Tivemos que chamar o médico para sedá-lo.

— Há quanto tempo Cora está na vida dele?

— Ela diz que há quinze anos, mas é difícil ter certeza. Eles foram discretos.

— Isso é muito tempo.

— Ele é casado com minha mãe há quarenta. — Nathan passou as duas mãos no cabelo. Essa era sempre a primeira indicação de seu estresse. — Sei que não deveria cancelar a produção por motivos pessoais, mas...

Ela ameaçou tocá-lo no braço, mas se deteve.

— Entendo o que sente, mas Cora tem um contrato.

— E é por isso que a decisão tem que partir dela.

— Acho que deveríamos falar sobre esse contrato depois da filmagem.

— Aí teríamos que encontrar um redator disposto a retocar a "obra-prima de Abner Tate". Alguém em quem também possamos confiar que não vai falar sobre o original.

— Por que não você? — sugeriu Kitty. — Assim, se vazar, ainda vai ser bom para os jornais.

— Ninguém deveria saber que ele está doente.

— Talvez seja hora de saberem. Isso não é motivo de vergonha.

Nathan pareceu considerar o ponto de vista.

— Escuta, não estou com pressa. O estúdio consegue sobreviver das séries de televisão até o ano que vem.

— Acho que você não tem todo esse tempo.

— Por que não? Estão ameaçando um motim?

Foi exatamente isso o que aconteceu. Ninguém no complexo, exceto pelo pessoal administrativo, era pago a menos que estivesse trabalhando em algum projeto. Mais um mês de indecisão levou a uma petição pela destituição de Nathan, forçando-o a permitir a retomada, no primeiro trimestre de 1956, de *The Misfits* e dois outros filmes que haviam sido interrompidos. Essa foi a primeira e a última vez que Nathan deixou de ouvir um conselho de Kitty.

As semanas passaram voando, e eles não estavam mais perto de encontrar material novo para entrar em filmagem em questão de meses. Quando encontrou rascunhos incompletos sobre uma jovem divorciada chamada Daisy Lawson, Kitty foi ao escritório de Nathan.

— Ela é a eterna otimista, sempre procurando o amor e se metendo em encrenca.

— É uma perspectiva nova. — Ele se reclinou na cadeira e pôs os pés sobre a mesa.

— Não acho que donas de casa queiram ver programas sobre famílias — opinou Kitty. — São elas que ficam em casa todos os dias. Não tem nada de interessante nisso. — Kitty preferia filmes românticos e musicais. Séries sobre famílias despertavam lembranças acerca de tudo de que sentia falta, das pessoas que nunca chegou a conhecer e que agora ocupavam seu lugar por direito.

— Concordo. Hoje em dia, mais mulheres querem ter carreiras e uma vida fora de casa. É para a televisão?

— Não precisa ser, são cinco roteiros curtos. Podem ser desenvolvidos para se tornar um filme.

— Vamos tentar. Consegue produzir algum material em uma semana?

— Ah… você quer que eu escreva?

— Faça o que fez com *Windfall*, mas com cenas.

Kitty sabia o que fazer, só estava surpresa por ele lhe pedir. Certo de que a lia corretamente, ele disse:

— Não se preocupe, nós vamos trabalhar nisso juntos antes de mais alguém ver o material. — Ele se levantou da cadeira e foi pegar uma bebida. — Você quer ter filhos?

— Que pergunta estranha.

Ele se desculpou.

— Estávamos falando sobre a personagem, Daisy, e isso me fez pensar. Se vai escrever, precisa pensar nessas coisas, certo? Você precisa ter uma conexão com o material.

— Você quer?

Emma a tinha instruído a adiar a resposta a essa pergunta o máximo possível. Alguns homens se sentiam repelidos pela aversão à maternidade e, para uma menor quantidade, isso poderia funcionar como um desafio. *Você não quer que eles tentem te engravidar.*

— No momento, meu bebê é o estúdio. Não quero trabalhar aqui quando tiver filhos... sei como é isso.

— Minha mãe também não era muito presente. Ela trabalhava à noite.

— Fazendo o quê?

Kitty precisou fazer um esforço para explicar enquanto se sentavam em lados opotos da mesa.

— Lendo. Ensinando leitura.

— À noite?

Sua mente se acelerou em busca de uma explicação plausível.

— Os alunos dela eram operários de fábrica.

— Imigrantes?

— Sim.

— Um gesto nobre. Seu pai não se importava?

Ela balançou a cabeça em negativa.

— Ele queria que minha mãe ajudasse as pessoas.

— Meu pai era caridoso com todo mundo, menos comigo. Era como se este lugar fosse o filho dele. — Seu rosto congelou como se ele vislumbrasse alguma coisa. — Minha família é complicada. Com a doença do meu pai, estou descobrindo o quanto.

— Sinto muito.

— Obrigado. Nunca foi segredo que ele preferia que outra pessoa assumisse os negócios, mas minha mãe o proibiu.

Nathan explicou que o dinheiro da família da mãe dele ajudou a abrir o estúdio e o manteve em pé durante os últimos dois anos em que Abner ficou obcecado por *The Misfits*, em detrimento das produções comuns que traziam o principal sustento. Talvez Nathan fosse mais adequado para ser engenheiro ou matemático, mas a mãe pressionara o marido para incentivar as habilidades criativas do filho. Ela fez questão, apesar de Abner afirmar que o filho não tinha nenhum talento para o cinema, exceto pela "habilidade de achar uma mulher bonita".

Nathan passou a visitar o estúdio todos os dias depois das aulas, mas nunca foi incentivado a fazer comentários no set, muito menos pegar uma câmera ou escrever um roteiro. Era um amante do cinema, mas não conhecia nada acerca da mecânica da trama. De acordo com o pai, ele nem sequer era capaz de contar uma história boa sobre a própria vida.

— Talvez eu pudesse ser redator ou diretor, se tivesse sido incentivado.

— Não é tarde demais. Você é dono do estúdio — lembrou Kitty.

Ela não conseguia ver como alguém, especialmente o pai dele, podia pensar em Nathan de um jeito tão negativo.

Nathan fez que não com a cabeça.

— Estou velho demais para correr atrás de sonhos da infância. Posso ser igualmente brilhante como chefe da operação, manejando os cordões e ressuscitando o Telescope. Hoje em dia, é isso o que me estimula: levar minha família de volta à glória.

— Isso os deixará cheios de orgulho.

Ele riu, mas sua resposta não tinha humor.

— Duvido que ao menos notem. — E pegou o maço de cigarros em cima da mesa. — Droga, estou aqui falando, falando... você deve pensar que sou um chorão.

— Não, quero ouvir tudo sobre você. — Ela desviou o olhar do dele, constrangida com a declaração. — Melhor eu voltar à leitura. — Kitty se levantou.

Nathan ofereceu dois cigarros a ela.

— Por me ouvir.

Ela os recusou com um aceno de mão.

— Só fumo de verdade na sua companhia. — E saiu da sala para voltar ao seu escritório, tonta de emoção.

Kitty nunca havia conhecido outra pessoa com quem gostasse tanto de conversar. Era um estímulo quase exaustivo. Todas as manhãs, dizia a si mesma que ia visitar Lucy no set de *Windfall*, mas, em vez disso, todas as noites ia para casa, preferindo um banho. Era lá que se entregava aos pensamentos sobre Nathan, pensamentos que se tornaram escandalosos demais até para serem escritos. O fato de ele ser branco complicava seus sentimentos, por isso tentava suprimi-los, temendo para onde poderiam levá-la. Mas alguma coisa a atraía para ele, ou de volta para ele. Era como se não tivesse escolha. Às vezes, quando conversavam, ela tinha a sensação de que o conhecia a vida toda, como se já tivessem tido aquela mesma conversa antes.

Todas essas coisas faziam de Nathan a pessoa mais interessante que já conhecera. A adoração que ele demonstrava era viciante e, embora não tivesse planos de agir a partir desses sentimentos, ela enfim havia enviado a carta de adeus para Richard.

Não abria mais as cartas que ele mandava, pois sabia o que continham. Não havia nada que ele pudesse dizer para fazê-la mudar de ideia. Richard e a antiga vida em Winston agora pareciam muito distantes. Até mesmo a mãe era como um fantasma, uma lembrança que ela se esforçava para conjurar todas as noites com papel e caneta. Escrever para Hazel tinha se tornado seu diário. Ela escrevia sem poupar detalhes, sabendo que jamais haveria um pensamento ou acontecimento digno de uma resposta.

CAPÍTULO 22
Kitty

NOVEMBRO, 1955

Ao sair do complexo, Lucy virou à esquerda, em vez de seguir para a direita, para a casa dela.

— Aonde vamos? — Ela havia convidado Kitty para jantar e comemorar a notícia da produção. Kitty deduzira que Laurie faria a comida.

— Casa Blair.

— O que é isso?

— Quero que conheça meus amigos.

— Não sei... — Manter o relacionamento com Lucy era uma coisa, mas conhecer os amigos dela era outra. — Emma disse que não é seguro.

— Você se sente em risco comigo?

— Não.

— Então confie em mim. Poxa vida, nunca conheci ninguém mais relutante em fazer amigos.

Kitty não teve coragem de dizer a ela que havia passado anos sem ter nenhuma amizade.

Elas seguiram para o leste, em direção ao centro, depois viraram à esquerda em uma rua com casas de tijolos e entradas amplas em Hancock Park. Lucy parou na entrada de uma casa cinza com um gramado frontal coberto de roseiras. Ela levou um dedo à boca para silenciar Kitty antes de descerem do carro e adentrarem no quintal, onde havia uma grande área de estacionamento e um velho galpão. As duas casas vizinhas tinham muitas janelas voltadas para a propriedade.

Entraram por uma cozinha longa e estreita, pequena demais para o tamanho da casa, com um assoalho xadrez cinza e branco que combinava com o exterior da construção. O ambiente era quente, como se o forno estivesse ligado, e o ar cheirava a canela. No centro da cozinha havia uma bancada com prateleiras abertas na base, onde havia muitos potes de vidro cheios de doces, o que fazia o lugar parecer uma doceria. Dezenas de taças de champanhe ocupavam a superfície da bancada, junto com garfos e pratos de sobremesa enfeitados por guirlandas de pequenas rosas nas beiradas, parecidos com os que Lucy tinha em casa. Havia jazz ao fundo: Miles Davis. Lucy acenou, convidando-a a segui-la por um corredor escuro cujo papel de parede tinha estampas de videiras de rosas, e elas se dirigiram à frente da casa.

Paradas na sala da frente, sob um lustre simples de bronze e cristal, havia duas dezenas de mulheres negras com tons de pele que iam do quase branco ao preto retinto, além de diferentes texturas de cabelo e traços. O grupo representava o espectro completo de cores da raça negra, estadunidenses formadas por graus variados de sangue africano e europeu.

A sala ficou em silêncio. Alguém desligou a vitrola no canto. Ficou evidente que as esperavam.

Cora surgiu do interior do grupo como uma flor desabrochando. Embora se vestisse com simplicidade no vestido preto e comum e usasse o cabelo preso, ela brilhava com alegria autêntica. Cora passou um braço em torno da cintura de Kitty (um gesto íntimo que era incômodo para Kitty), que se lembrou da frieza de quando foram apresentadas.

— Que bom que pôde vir. Seja bem-vinda. — Ela se deixou levar para mais perto do grupo. — Pessoal, esta é Kitty Karr, assistente de Nathan Tate no Telescope e irmã mais nova de Emma Karr.

Murmúrios seguiram a notícia. Kitty não conseguiu discernir as palavras exatas, mas presumia que algumas ali tivessem queixas de Emma.

— Ela chegou em junho — acrescentou Cora.

— Eu a conheci na casa da Lucy — contou Laurie, irmã de Lucy, que descia a escada à esquerda da sala de estar onde estavam. Seus cabelos longos e volumosos sugeriam que ela havia escovado os cachos. Laurie acenou para Kitty. — Bom te ver de novo.

Os sussurros cessaram. Era como se Laurie houvesse validado a presença de Kitty.

— Vamos conversar com Kitty — disse Cora a Laurie. — Comece sem nós.

Quando seguiu Lucy de volta à cozinha, Kitty ouviu Laurie pedir "o registro".

— Que lugar é este?

— Uma hospedaria para mulheres que passam por brancas — respondeu Lucy. — Facilita a transição. Ajuda a arrumar um emprego e começar a nova vida.

— E é onde nos reunimos — acrescentou Cora. — É fácil as pessoas acreditarem que as mais escuras entre nós trabalham aqui, o que torna o arranjo seguro. Este lugar está na rede há anos.

— Rede?

— De mulheres negras. Nós pertencemos a uma resistência secreta que se espalha pelos Estados Unidos.

Kitty arregalou os olhos. Era algo muito diferente do que Emma pensava que faziam, mas mais perigoso, talvez.

— Não existem registros de sua criação, por razões óbvias, mas coisas semelhantes a esta rede começaram durante a escravidão, quando a regra de uma gota classificava qualquer pessoa com uma gota de sangue negro como negra e, portanto, escravizada. Assim, os filhos de sinhô, por mais que parecessem brancos, se tornaram propriedade — explicou Cora. — Com mais e mais escravizados filhos de seus proprietários, a raça negra passou a abarcar todo o espectro de cores, como as mulheres aqui. Entre os que fugiam estavam alguns dos mais claros, que escapavam pelas frestas sem serem notados, levando com eles os mais escuros. Mulheres e homens que se passavam por brancos ajudavam os fugitivos, depois soldados da União, por meio do contrabando de bilhetes, bens e armas para o norte. Eles se tornaram abolicionistas, professores, políticos, médicos, advogados. Influenciaram eleições e ajudaram famílias cujo provedor havia sido preso ou linchado. As mulheres que se passavam por brancas se casavam com brancos estimados e homens de cor livres e se tornavam educadoras, davam abrigo. Foi por meio desse trabalho que mulheres que se passavam por brancas fizeram alianças com outras mulheres de cor que não tinham passabilidade. A rede cresceu à medida que mais mulheres de cor deixaram o sul. E aqui estamos nós.

Kitty se apoiou na bancada da cozinha, olhando para Lucy e Cora e ouvindo as explicações que davam.

Assim como as esposas brancas dos senhores de escravos — que mais tarde se tornaram membros e simpatizantes da kkk e disputaram cargos públicos; fundaram empresas; tornaram-se advogados, juízes e donos de imóveis; e alistaram-se em diversas patentes das forças militares e da lei — não conseguiam (ou não queriam) impedir seus parceiros de cometer crimes indizíveis e ações mesquinhas, as mulheres que se passavam por brancas influenciavam os homens em sua vida a praticar o bem.

Kitty entendeu que era sob esse espírito que a Casa Blair funcionava: para defender os direitos das mulheres negras, cujos fardos eram dobrados, sendo elas negras e mulheres. Suas necessidades eram com frequência encobertas ou ignoradas por todo mundo, inclusive pelos parceiros, que eram empobrecidos, deprimidos e muitas vezes dependentes no nível mental, espiritual e econômico. A virulência contra os homens negros era premente e, como sua capacidade de sustentar a família como chefe da casa era inibida, eram as mulheres negras que tinham que tomar as rédeas e absorver o impacto dos golpes que enfrentavam.

Para solicitar e direcionar doações para causas que apoiavam o progresso da raça negra, a Casa Blair se tornara um orfanato, uma fundação para crianças cegas, uma entidade beneficente voltada para animais e um acampamento de verão para crianças desfavorecidas. Os ricos na órbita da Casa precisavam de deduções de impostos, por isso nunca se recusavam a doar e faziam poucas perguntas.

O benefício da dúvida era um dos muitos privilégios da branquitude.

— Seremos vinte e quatro, contando com você. Doze se passando por brancas; doze, não.

— Como vocês fazem alianças? Laurie é sua irmã, você pode confiar nela... mas e as outras?

— Os semelhantes se atraem. Temos sorte, de algum jeito.

— Como quando encontramos você.

— Vocês não me encontraram. Emma contou que eu viria. Vocês sabiam quem eu era.

— Nós não fomos te procurar — disse Cora. — Você apareceu naquela noite, quando eu estava filmando, e Lucy decidiu fazer amizade.

— Você era a única que ia ao set. Eu não sabia quem você era até se apresentar — esclareceu Lucy.

— Como vocês duas ficaram sabendo disso?

— Minha mãe criou Laurie e eu do mesmo jeito — respondeu Lucy —, porque temos aparências muito diferentes. Nossa mãe podia se passar por branca, mas só fez isso para nos alimentar. Ela trabalhava em um emprego no centro da cidade. Meu pai era muito escuro. Teria sido melhor se ele pudesse se passar por branco. Ele sentia ciúme dela, e as surras acabaram custando a vida da minha mãe. Eu fiz o penteado dela para o velório, assisti ao enterro e nunca mais olhei para trás.

— Sinto muito — falou Kitty.

Os pais haviam criado problemas para todo mundo que ela conhecia.

— Ele achava que ser branco era melhor e se casou com ela querendo melhorar sua situação. Quando não deu certo, ele começou a bater nela e em Laurie, que ele odiava pelas mesmas razões que se odiava.

Lucy abriu uma garrafa de champanhe e começou a encher as taças sobre a bancada. Ficou evidente que não revelaria mais nada.

— Lucy e Laurie me recrutaram — disse Cora.

— Laurie é nossa presidente — revelou Lucy, e bebeu um gole de champanhe.

Cora recusou a bebida. Lucy não a ofereceu a Kitty.

— Nós três construímos isso juntas. E com Billie e Nina.

— Como?

— Discrição.

— Charme feminino.

— Astúcia.

— Não, estou perguntando o que vocês *fazem*. Que trabalho?

— Inclusão do negro na indústria cinematográfica — disse Cora. Isso explicava sua dedicação a Abner, um homem décadas mais velho que ela, durante tantos anos. — Ele estava começando a aceitar a possibilidade de contratar um ator negro. Na maioria das vezes, eles só não querem ser os primeiros. É difícil entregar o envelope da mudança. Há muito dinheiro a ser feito em Hollywood, se eles simplesmente nos deixarem entrar.

— Primeiro precisamos de filmes e personagens melhores. — Kitty odiava o dialeto exagerado atribuído aos personagens negros.

— Eles querem que fiquemos exatamente onde estamos. Sabe o que aconteceu com Dorothy Dandridge depois de sua indicação por *Carmen Jones*? — Cora não esperou a resposta de Kitty. — Eles pediram para ela fazer uma criada. Ela desempenhou em três frentes: atuando, cantando e dançando. E aí eles queriam que ela fizesse um papelzinho como criada.

— Há dinheiro a ser feito fora da atuação — interferiu Lucy —, como figurinista, cabeleireira, diretora, roteirista. Essa é uma área que a maioria de nós nem sabe que existe.

— Esse é o único jeito de termos uma participação de verdade. — Cora cobriu a mão de Kitty. — Ajude-nos a fazer do Telescope o maior estúdio cinematográfico que existe — continuou. — Com Nathan ouvindo o que você tem a dizer, podemos fazer filmes sobre as coisas de que precisamos falar.

— O plano sempre foi me colocar para trabalhar com Nathan? Tive a impressão de que ele decidiu me contratar antes da entrevista.

— Não vou negar… sua aparência chamou atenção, mas você merece aquele emprego — declarou Lucy. — Ele deu a todo mundo a chance de aparecer. Você apareceu.

— Abner era um artesão meticuloso — contou Cora. — Não tenho certeza de que Nathan tem o toque mágico. Ele vai precisar de ajuda.

Kitty conhecia essa retórica, por isso o defendeu:

— Ele vai conseguir, só precisa de tempo.

— Tempo é o que não temos — retrucou Cora, impaciente.

— Cora quer ganhar o Oscar — explicou Lucy.

— *The Misfits* era uma vitória garantida, mas, com Abner doente, não sei se podemos garantir o mesmo interesse.

— Qual é o sentido, se ninguém sabe que você é de cor? — perguntou Kitty.

— Um dia ela vai se revelar de um jeito dramático — disse Lucy.

— Imagine a cara deles quando souberem a verdade. — Cora riu ao fechar a gola da blusa. — Às vezes, pensar nisso é suficiente para me fazer enfrentar o dia inteiro.

Lucy balançou a cabeça de um lado para outro, olhando para Kitty.

— Ela é sinistra, não dê muita atenção. Isso não tem a ver com vingança, nem com ser mais esperto que ninguém, tem a ver com ajudar a consertar as coisas. Por isso se passar por branco não é motivo de vergonha. As pessoas fazem isso desde o início dos tempos para sobreviver, e não são só os negros. Alguns judeus fingiam ser gentios durante a guerra, se conseguiam. Trata-se de sobrevivência. — Lucy fez uma pausa. — Desde que não esteja fingindo por achar que ser branco é melhor.

— Eu nunca quis fingir que era branca, para começo de conversa. Eu tinha um noivo, uma vida planejada — contou Kitty.

— Ótimo, porque *esse* tipo dá à nossa *gente* uma fama ruim. Alguns se passam por brancos tentando ter mais amor-próprio. Não é o nosso caso. E às vezes é difícil dizer qual dos dois a pessoa é. A gente chegou à conclusão de que tipo você é e queremos que se junte a nós.

— Estou dentro.

A resposta chegou mais depressa do que esperavam. Cora ficou séria.

— Pode ser perigoso.

— Eu entendo.

— Se for pega, ou acontecer alguma coisa, não vamos poder ajudar. Isso poria todas nós em perigo.

— Eu entendo.

— Você vai estar sob observação constante, e é mais comum as coisas não serem favoráveis para nós do que o contrário — acrescentou Lucy.

— Querem que eu diga não? — perguntou Kitty.

— Quero ser clara. Isso é para sempre. Você não tem como desconhecer o que aprendeu hoje. Em todos os lugares aonde for, vai se perguntar quem é quem. — Ela arqueou uma sobrancelha ao dizer isso.

Cora tocou de leve a mão de Kitty para desviar sua atenção de Lucy.

— Nós tivemos mais decepções que triunfos. O julgamento do caso Emmett Till foi devastador. Tínhamos dois jurados no grupo analisado, mas nenhum deles foi escolhido para o júri.

— Tivemos sorte por ter havido um julgamento — lembrou Lucy. — Quando temos uma vitória, não há sentimento melhor. No ano passado, fiz Jack doar a renda da venda da casa dos pais dele no Maine para a Associação Nacional para o Progresso de Pessoas de Cor.[2] Demorei quatro anos, mas consegui.

— Um dia, uma de nós vai ocupar uma posição na qual possa realmente mudar as coisas — falou Cora.

— Pelo que sei, mulheres brancas não têm esse tipo de poder — argumentou Kitty.

— Elas têm... por meio do controle sobre o homem branco certo.

— Então vocês usam o casamento como ferramenta. Por isso aproximam casais.

— Sim.

Kitty olhou para Lucy.

— Minha irmã sabe sobre tudo isso?

— Ahh, Emma. — Cora balançou a cabeça em negativa.

— Não. Decidimos que ela não era adequada — respondeu Lucy.

---

2 Também conhecida pela sigla NAACP, derivada do inglês National Association for the Advancement of Colored People.(N.E.)

— Estávamos procurando uma sexta em nossa unidade, mas...

— Uma o quê?

— Nós operamos em grupos de seis. Doze se passam por brancas, contando com você agora, e doze, não. Uma unidade é formada por seis.

— Por que eu?

— Você se sente culpada por conseguir se passar por branca. Emma não quer olhar para trás.

Mais uma avaliação precisa. Emma era tão transparente assim?

— É por isso que vocês sabotaram o noivado dela?

Lucy suspirou.

— Sim. Emma não sabia o que fazer com Lincoln e, como diretor de elenco, ele era importante demais para corrermos o risco de perdê-lo.

— Mas como ela teria feito dele uma ferramenta?

— Casando-se com ele pela capacidade de doar, por exemplo. Conseguindo uma audição para Jamie. Qualquer coisa, menos o que ela fez. Quero dizer, poxa vida... não imaginei que teria que explicar tudo para ela. O homem estava de quatro, e ela estragou tudo.

— Não foi pessoal. — Cora tentou amenizar as palavras de Lucy. — Nosso trabalho sempre vem em primeiro lugar. Sabíamos que não podíamos confiar nela para fazer nada sério.

— Ela tem as próprias prioridades. — Kitty também considerava Emma um risco.

— E você... bem, nem todo mundo poderia chegar a essa posição no Telescope tão depressa — explicou Lucy.

Com Abner aposentado, agora era Kitty, não Cora, quem estava mais próxima da pessoa que poderia, de fato, permitir o progresso dos seus planos.

— Lucy diz que você tem influência sobre ele. Que Nathan conversa com você sobre roteiros, equipes.

— Sim. — Kitty ficou um pouco desapontada ao saber que suas conversas com Lucy não tinham sido privadas e, ao mesmo tempo, feliz por não ter revelado mais. Quem poderia saber como elas pretendiam lucrar com isso?

— Bem, continue fazendo seja lá o que tem feito — decidiu Cora. — Nathan não tem o mesmo ego do pai, e acredito que podemos fazer mais.

<hr />

Cadeiras dobráveis foram arranjadas em volta da sala de estar. Kitty passou pelo centro na ponta dos pés, atrás de Cora e Lucy, para se sentar na escada. Ela espiava por entre as barras do corrimão, ouvindo Laurie no pódio, centralizado à porta de acabamento de cedro.

— Eles estão planejando um boicote aos ônibus municipais em Montgomery, no Alabama. Antes do fim do ano. — Lá os negros iriam a pé para o trabalho, pois se negavam a pagar o mesmo valor que os brancos pela passagem só para enfrentarem humilhação e confinamento no fundo do ônibus.

— Aqueles brancos vão ter uma bela surpresa.

— As esposas vão simplesmente demitir as criadas. Como elas vão comer?

— Elas terão o mesmo problema com todas as empregadas da cidade.

— Conseguem imaginar aquelas mulheres lavando a própria louça?

A sala explodiu em gargalhadas.

— Cuidando dos próprios filhos?

— Recolhendo a bagunça dos maridos!

Cora falou mais alto que elas:

— Quanto mais tempo isso durar, mais vergonhoso vai parecer, e mais perigoso vai ficar. Elas vão ficar desesperadas quando perceberem que vão perder. Não vai ser engraçado.

— As pessoas terão que andar no sol, na chuva, sob granizo e neve — disse Laurie. — Temos que apoiar esse esforço pelo tempo que durar.

— E as pessoas que não podem andar muito? Vai haver carona?

— Precisamos angariar dinheiro para o combustível e para comprar carros. — Laurie olhou para a mulher de tom de pele bege sentada à direita do pódio, que ela chamou de Nina. — Portanto, doações maiores agora.

Nina McCullough era a melhor angariadora de fundos da Casa Blair, e uma das mulheres mais bonitas ali. Casada com um hoteleiro, tinha alguém para atender a cada um de seus caprichos. Ela se sentava ao lado de Maude Reade, que olhava o jornal de modo minucioso.

— A morte daquele pobre garoto pode ter feito mais pela causa que qualquer outra coisa poderia.

— Eles vão fazer uma entrevista — disse Addie Banks, secretária da Casa Blair.

Ela estava sentada ligeiramente atrás do círculo, perto da janela, fazendo anotações. Sua pele brilhava à luz natural como se ela tivesse acabado de passar hidratante. O cabelo estava preso em tranças embutidas que acentuavam o formato oblíquo dos olhos e a testa alta.

— Por que agora?

— Para se gabarem de como saíram ilesos depois de praticar um homicídio.

— Os repórteres deviam ter pressionado mais por uma confissão. — Uma mulher chamada Liberty Stills brandiu o jornal que dividia com Maude. Liberty era mais alta que todas na sala, e seus pés tinham quase o dobro do tamanho dos de todas, notou Kitty quando ela cruzou os tornozelos.

— A absolvição abriu os olhos das pessoas.

— Os olhos das pessoas *brancas* — disse, com voz doce, uma mulher que usava uma peruca perfeitamente penteada. Cora a identificou como Harriet Stafford.

Kitty estava cética. Pessoas brancas existiam na periferia da dor negra, sem nunca terem que senti-la no coração, nos ossos. Ela se surpreendeu ao dizer:

— Todos no Telescope pensavam que haveria uma condenação, mas nunca disseram nada sobre a absolvição. Tudo ficou completamente esquecido quando James Dean morreu.

— Ela é rápida — cochichou Cora para Lucy, sentada alguns degraus acima dela e Kitty.

— Eu falei. — Kitty ouviu Lucy responder.

— Se já não estiverem abertos, não sei o que mais posso fazer — disse a mulher pequenina ao lado de Harriet. Seu batom cor de tangerina dava uma tonalidade amarelada à pele clara.

— Essa é Billie. Ela está conosco — apontou Cora.

Lucy silenciou todas as mulheres quando a irmã dela ocupou o púlpito.

— Mencionem os levantes, os motins; falem sobre os protestos e os cães. Os assassinos. Falem sobre as notícias. Mantenham isso vivo na cabeça das pessoas — instruiu Laurie. — Na fila do supermercado, durante o jantar — ela olhou para a escada —, no estúdio, não deixem as pessoas simplesmente existirem em seus mundos. Despertem a consciência das pessoas.

— Isso não seria indelicado... ou, pior, não poderia despertar suspeitas? — perguntou Kitty.

— Você não precisa ter uma opinião forte para colocá-la na cabeça de outra pessoa — respondeu Laurie, que caminhou até o centro da sala para olhar nos olhos de Kitty. — Você não pode ter medo.

— Eu tenho. — Edna, uma ruiva de cabelos lisos, estava sentada ao lado de Addie, perto da janela. — Meu marido anda nervoso com minhas conversas em ambientes sociais. Eu me tornei malquista com algumas esposas. — A mulher de pele marrom médio diante dela segurou sua mão. — Quero me separar dele — anunciou.

— E o que vamos fazer sem o pouco de proteção que ele proporciona? — Essa mulher tinha o rosto redondo da cor de uma noz preta. A sala se dividiu em resposta à pergunta feita.

— O que Wilma quer dizer é que você não pode — disse Laurie. — Ele é um oficial de polícia, é valioso demais.

— Mas estamos começando a nos tornar indesejados, de qualquer maneira — completou Edna.

— Acho que você vai ter que se esforçar mais para provar que é uma delas — comentou Wilma.

— Estou infeliz!

Wilma debochou dela.

— Pobre princesinha! Quem não está?

— Na verdade, eu estou bem satisfeita — disse Lilly Brown, levando uma das mãos ao peito. Ela ficava no limite do teste do saco de papel marrom e usava maquiagem demais. Kitty viu Harriet ouvir o comentário e bater o joelho no da mulher ao lado, que sufocou uma risadinha.

— Isso é porque tudo o que você faz é socializar com outros negros esnobes — Wilma sibilou.

— Ela não está errada — concordou Liberty em voz baixa.

— Wilma, você pode ir quando quiser — disse Lilly.

— Eles só teriam que olhar para a cor preta da minha...

Cora se levantou.

— Ei! Chega.

Houve resmungos, mas todo mundo se calou.

— Edna, sua separação pode causar problemas para todo mundo — disse Laurie. — Wilma não está errada. Você vai ter que se esforçar mais.

Os avisos de Emma invadiram a cabeça de Kitty, enquanto a sala toda compilava sugestões para Edna resolver seus problemas. Todas concordavam. Edna teria que demonstrar algum tipo de crueldade, ou endossá-la.

O que Lucy e Cora estavam fazendo era, na verdade, pior do que Emma poderia ter imaginado.

Depois dos anúncios, Bertha Mills, a mais velha do grupo e esposa de um pregador, levantou-se para liderá-las em oração. Ela usava um longo vestido floral que a cobria por inteiro, com exceção das mãos, dos pés e do rosto. O cabelo grisalho era alisado, mas crespo na raiz, como se ela andasse suando.

Depois de dois minutos inteiros, os olhos de Kitty, que nunca estiveram fechados, encontraram os de Laurie do outro lado do círculo. Laurie arregalou os dela em sinal de irritação, antes de tocar a mão de Bertha, sinalizando que era hora de encerrar.

— Sobremesas na cozinha — avisou Bertha, com voz rouca.

Terminar com um toque doce era simbólico, disse Lucy, cujo objetivo era lembrar que elas deviam sentir gratidão umas pelas outras, pela Casa Blair e pela oportunidade de ajudar sua gente. Essas eram bênçãos que tantos outros não recebiam.

Com champanhe e bolo de café, Kitty sentou-se sozinha em uma cadeira no canto. As outras ocupavam a sala em grupos semelhantes que nem sempre podiam ser identificados por aspectos físicos. Todas pareciam muito mundanas; Kitty imaginou que todas tinham carreiras, filhos e maridos. Não sabia se pertencia ali. Lucy a encarava com insistência para induzi-la a circular e interagir, mas Kitty a ignorava, fingindo estar interessada apenas na enorme fatia de bolo de café. Começava a sentir que poderia ser ejetada do círculo com a mesma rapidez com que havia sido incluída.

As mulheres costumavam se dispersar, uma ou duas de cada vez, depois de duas horas; naquele dia, a primeira a sair foi Billie.

— Desejem-me sorte, eu tenho uma audição.

Wilma recomeçou:

— Não entendo toda essa coisa com atuação. — Suas mãos e braços eram marcados por cicatrizes de queimaduras. — Qualquer uma de nós poderia ganhar um Oscar pelos papéis que desempenhamos todos os dias.

— Wilma, já falamos sobre isso — lembrou Lucy, com um tom de aviso. — Tem a ver com acesso, e com as imagens que as pessoas veem de nós no mundo todo.

Wilma deu um passo na direção de Lucy, como se quisesse arrumar briga.

— Mas as imagens não são nossas... são imagens delas próprias que elas não sabem se tratar da gente. — Outras começaram a perceber a troca.

Lucy não se moveu.

— E você não sente satisfação com isso?

— Não faz diferença a menos que as pessoas saibam, Lucynha-Nervosinha.

Lucy apontou para ela.

— Não me chame assim.

— É brincadeira. Só para rimar.

Lucy ficou vermelha.

— Se tem algum problema com nossas iniciativas, leve a questão à votação.

— Não, eu entendo. Estamos em LA.

— Exatamente.

Wilma foi a próxima a sair, causando uma enxurrada de saídas entre as mais pigmentadas. Ninguém era rude ou demonstrava pressa, mas sair naquele momento era como tomar um lado. Quando restaram só aqueles vinte graus acima e abaixo da linha divisória de cor, Kitty se lembrou da tensão que havia definido sua vida. Não tinha saído de Cottonwood e vindo até Los Angeles para brigar com seus semelhantes.

Quando Nina saiu pelos fundos, Lucy chamou Kitty para a porta da frente, onde ela e outra mulher vestiam seus casacos.

— Kitty, essa é Mamie. Ela administra uma boate, um mercado e um brechó na região de cor da cidade.

Kitty ficou confusa. A mulher era tão clara quanto ela. Mamie pareceu perceber sua confusão.

— Só me passo por branca de vez em quando.

— Os pais de Jack vão fazer a festa de Natal na casa deles em Washington este ano — disse Lucy a Mamie, antes de se virar para Kitty e explicar: — Jack está pensando em concorrer nas eleições. Tem senadores dos dois lados da família, o que significa que ele está praticamente dentro.

Os sogros de Lucy fariam um evento beneficente antes do Natal para explorar o futuro político do filho, ela disse às mulheres, e Lucy precisava de roupas novas.

— Você sairia do Telescope? — perguntou Kitty.

Lucy envolveu a cabeça com a echarpe preta e examinou o resultado no espelho do corredor.

— Sim, se ser esposa de senador fosse mais benéfico.

— Cora vai? — Mamie formou um "O" com os lábios para passar o batom cor-de-rosa.

Lucy abriu a porta para Mamie.

— Ela não perderia isso.

— Que bom para ela. — Mamie balançou as sobrancelhas, antes de abrir a porta da frente e se afastar pela calçada larga e pavimentada.

Lucy fechou a porta e olhou para Kitty.

— Não preciso explicar por que é importante namorar no setor político, não é?

Kitty balançou a cabeça em negativa, e Lucy enganchou o braço no dela.

— Vamos fazer compras. A família dele tem que me ver como um instrumento político, talvez até uma futura primeira-dama. — Ela piscou.

Do carro, Kitty teve uma vista melhor da casa. Heras e roseiras subiam pelas paredes, realçando as dez janelas de persianas fechadas.

— Não é suspeito manter a casa toda fechada desse jeito?

— Nem sempre é assim. E normalmente, desde que seja discreta, as pessoas nessa vizinhança cuidam só da própria vida. — Hancock Park era um bairro exclusivo e rico de Los Angeles. — A casa foi uma doação para nós.

— Por quem?

— Foi uma doação anônima.

Para Kitty, os gramados exuberantes e as grossas colunas gregas davam a impressão de que a casa tinha sido recortada de um bairro branco de Winston.

— É linda, não é? — comentou Lucy, percebendo a admiração de Kitty. — Laurie e eu crescemos em uma casa de um quarto.

Lucy agora morava em uma casa muito maior, mas Kitty a admirava por não ter esquecido as origens.

— Minha mãe e eu dormíamos na mesma cama — contou Kitty.

Lucy começou a sair da propriedade, mas pisou no freio quando um Buick preto saiu de repente da vaga junto ao meio-fio. O homem negro ao volante acenou em desculpa, distraído pelos beijos de sua passageira. Ele fez o retorno no meio da rua, e Kitty viu Nina aninhada sob seu braço quando os automóveis se cruzaram, indo em sentidos opostos.

— Aquela era Nina?

Lucy entregou um cigarro para Kitty acender.

— Se alguém ou alguma coisa deixou sua irmã pouco à vontade entre nós, essa pessoa foi Nina. Mas isso só aconteceu porque Emma não entendia. — Lucy batucava no volante enquanto dirigia. — O amor é uma raridade para mulheres como nós. Então, se o encontrar, agarre-o. Mas saiba que, às vezes, primeiro somos amantes... em alguns casos para sempre... e que normalmente somos a segunda ou até mesmo a terceira esposa.

— Isso é pecado.

Kitty não era religiosa, mas acreditava no básico; consumação só depois do casamento estava sendo o mais fácil. Depois de ver o que a mãe havia passado para criá-la, ser mãe solteira não era um caminho que pretendesse percorrer. Mentir, roubar e matar — a maioria das pessoas, quando eram absolutamente honestas, podiam ver motivo para os três.

— Para nós, é um paraíso. Como amante, você tem todo o afeto de um homem, sem as expectativas. Nunca precisa se preocupar com ele querendo um filho. Você come nos melhores restaurantes, ganha joias e roupas finas. É bem-cuidada, mas nem sempre se torna uma esposa.

— Foi assim que conheceu Jack?

— Não. Eu tive sorte. Comigo aconteceu igualzinho a como nos filmes. Duas vezes. As pessoas dizem que o amor não existe de verdade, mas não poderiam escrever sobre ele se não existisse. Perder o amor é um tormento. Por isso entendo Nina.

— Seu primeiro amor foi um negro?

Lucy levantou os dedos.

— E o segundo, e o terceiro. Você já se apaixonou?

— Não tenho certeza. — Apesar da tristeza por como as coisas terminaram com Richard, seus sentimentos por ele não eram suficientes para voltar ao que poderia ter sido. Mas Kitty se preocupava com ele e esperava que o rapaz não a odiasse. Pensar nessa possibilidade a magoava mais do que perder o que haviam chamado de amor.

— E Nathan? — Lucy a fitou, curiosa, quando pararam no semáforo.

— Não tenho certeza.

Lucy ajustou o retrovisor.

— Case-se um dia, mas só se for o homem certo. Não se pode casar e desprezar seu marido dos pés à cabeça. Porque aí é só trabalho e nenhuma recompensa. Segurança é importante. Mas os homens vão estar lá, confie em mim… especialmente para você.

— Talvez todas devamos nos casar para não morrermos sozinhas — falou Kitty, pensando na mãe, que provavelmente teria esse destino.

Um nó se formou em sua garganta. Hazel nunca falou sobre ter interesses românticos. Por vontade própria, ela ficava de vela para Lefred e Adelaide, mas tinha trinta e cinco anos, e Kitty ficava triste quando pensava que esse poderia ser o fim da história da mãe.

— Casamento não oferece essa garantia. A única segurança é financeira. E é tão fácil se apaixonar por um homem rico quanto por um pobre. — De novo, Lucy falava como Emma. — Casamento é algo bom, mas também envolve muita responsabilidade. — Ela revirou os olhos. — Mais para as mulheres, no caso. Porém… — Lucy baixou a voz. Kitty havia notado que todas cochichavam ao falar sobre a Casa Blair. Logo ela adotaria a mesma prática, capaz de conduzir uma conversa completa com um tom quase inaudível. —… aquele com quem você viu Nina é Thomas. O primeiro marido dela também era negro. Era o amor da vida dela; por isso ela oscila sobre a linha da cor desse jeito. Eles se conheceram na infância. Ele era cozinheiro e foi contratado por um hotel do centro da cidade. Prometeram promovê-lo, mas, em vez disso, roubaram todas as receitas dele e o demitiram. Ele começou a beber, passava semanas desaparecido. Para encerrar o casamento, ela se passou por branca, esperando que ele nunca a encontrasse. Dois anos depois, Nina conheceu Titan.

— É uma coincidência ela ter se casado com um hoteleiro? — perguntou Kitty.

— Nada do que fazemos é coincidência. — Lucy pisou fundo no acelerador, passando em alta velocidade por um semáforo verde antes que a luz ficasse vermelha.

A Holden's, que ficava descendo a rua da Casa Blair, em Beverly Hills, tinha três andares, com janelas e batentes das portas com detalhes de ouro. Quando elas pararam junto da calçada, dois homens de smoking preto e gravata borboleta vermelha se aproximaram dos dois lados do carro. Kitty ameaçou abrir a porta, mas Lucy a impediu.

— Deixe-os abrirem.

— Boa noite, senhora. — O homem, que estava ficando careca, olhava para o chão.

— Obrigada, senhor.

Ele a encarou, surpreso com a resposta.

Lucy contornou o carro, segurou o braço dela e brincou:

— Por que não dá um beijo no rosto dele também?

Kitty a silenciou.

— Eu estava sendo educada.

— Não se agradece às pessoas por fazerem o trabalho delas, Kitty.

A porta dupla e dourada da loja foi aberta como se estivesse flutuando, graças a outra dupla de homens negros. Dessa vez, Lucy cumprimentou os dois.

— Sr. Banks. Sr. Stills. — Nenhum dos dois respondeu ou estranhou o cumprimento. Continuaram inexpressivos, treinados para não demonstrar nada. — São os maridos de Addie e Liberty — revelou Lucy quando elas continuaram em direção ao departamento feminino. — O marido de Liberty está escrevendo uma peça, e o sr. Banks se ofereceu para deixá-lo o acompanhar e aprender sobre seu trabalho.

— O marido de Liberty é escritor?

— Um escritor prolífico. Ele escreve discursos para o movimento.

— Você não conhecia os homens que estavam perto do carro?

— Não. A menos que eu diga que sim, nós não os conhecemos, e você deve se comportar normalmente. Não seja agradável demais. — Ela olhou as roupas em uma arara. — Emma tem conta aqui?

— Não, porque a irmã dela tem — respondeu Kitty.

— Que importância tem isso?

— Emma adotou o nome da irmã. Nós duas usamos os nomes das irmãs dela.

Lucy não gostou de saber disso, mas, ao perceber que a vendedora se aproximava, levou ao corpo magérrimo um vestido verde-esmeralda.

— Este seria perfeito para o Natal. Meus sogros fazem uma grande festa todos os anos, com o corte de um pinheiro, canções natalinas, um zoológico de animais rurais e fogos de artifício. A mais pura essência do Natal.

— É bonito. Esse é mesmo o seu tamanho? — A vendedora sorria como se conhecesse Lucy, que a encarou. A mulher gaguejou um pouco, antes de acrescentar: — Sra. Schmitt?

Então, Lucy respondeu com um pouco de antipatia:

— É, mas preciso de um no tamanho dela também. — Lucy apontou para o vestido amarelo de Kitty. Emprestado de Emma, era um pouco grande. — Estamos comprando para ela, que precisa de uma roupa que seja sua marca registrada.

A vendedora pegou uma fita métrica e mediu primeiro os quadris, depois o busto de Kitty. Então se afastou apressada, como se as instruções de Lucy fossem bem claras.

— O jeito como você se veste é uma mensagem para o mundo. Está prestes a ter uma vida inteiramente nova, e é hora de *dizer* — Lucy balançou os ombros — *alguma coisa*. Você vai com a gente a todos os lugares e vai precisar se vestir bem.

— Para onde?

— Para bailes, festas, eventos beneficentes, jantares em residências e clubes, ópera, peças... para todos os cantos — disse Lucy, analisando as opções da arara de vestidos.

— Mas Nathan conta comigo no escritório até a noite.

— Nós raramente saímos antes das nove. — Lucy entregou a ela um vestido vermelho de baile com uma saia rodada e ampla. — É preciso apresentar sempre sua melhor versão. Ninguém vai se deixar convencer por alguém que não parece pertencer ao ambiente.

A vendedora voltou com os braços cheios de roupas. Lucy escolheu umas quinze opções para Kitty experimentar: peças individuais e coordenadas em tons neutros e cores vivas, e mais vestidos de noite.

No provador, Kitty admirou-se com uma roupa depois da outra, sentindo-se mais parecida com a versão de "Kitty" que havia imaginado. Cada saia, vestido e jaqueta eram dos melhores tecidos e pareciam certos nela.

— Não posso pagar por nada disso. — Kitty tocou a saia vermelha. — Só aqui tem duas semanas do meu salário. — Tinha aberto uma conta-poupança com o dinheiro que a mãe lhe dera, mas não queria mexer nele.

Lucy levou tudo ao caixa.

— O Telescope tem uma conta para figurinos.

As compras as deixaram com pouco espaço disponível no carro. Lucy tentou espremer babados e rendas de vários vestidos atrás dos bancos.

— Acho que me empolguei.

Quando ela conseguia encaixar uma peça, outra escapava. As duas gargalharam da situação ridícula até ficarem vermelhas e ofegantes, a alegria agora dolorosa. Kitty foi para casa fumando um cigarro e sentindo que a vida não poderia ficar melhor do que era naquele momento.

Mas ficou.

Quando chegou em casa, ela encontrou Emma de bom humor. Todas as luzes estavam acesas, Little Richard cantava na vitrola e ela estava cozinhando. Quando Kitty tentou passar despercebida pela cozinha, Emma se virou empunhando a colher de metal como se fosse uma arma.

— O que é tudo isso? — Ela apontou para as sacolas que Kitty carregava. Uma gota de molho de tomate escorreu da colher para o chão.

— Roupas do figurino. — Kitty se certificara de esconder o nome Holden's antes de entrar.

— É muita coisa.

Kitty acenou com a cabeça para o fogão.

— Bondade sua cozinhar.

Emma fez um biquinho.

— Não é para você, na verdade. É para o jantar de amanhã à noite. Você vai ser minha cobaia.

— E para quem é?

— Rick.

— Quem? — Kitty ficou eufórica ao ouvir a irmã pronunciar um nome masculino que não fosse o de Nathan. — Espera, vou pendurar essas coisas. Já volto.

Rick Denman, Kitty ficou sabendo, era um amigo do noivo de Judy. Era executivo de uma indústria, e fazia um mês que eles estavam saindo quase todas as noites.

— Por que não me contou?

— Porque eu sempre falo cedo demais, e as coisas nunca dão certo. — Ela agarrou as mãos de Kitty. — Mas acho que ele vai me pedir em casamento. — Rick a tinha convidado para passar o Natal na casa da família dele, em Minnesota.

— Isso é maravilhoso!

— Não sei se devo ir. Ele tem quatro irmãs. A esposa dele morreu há cinco anos, mas era amiga de todas elas. — Emma temia não ser capaz de conquistar tanta gente. Os pais de Lincoln eram vivos, mas mal eram coerentes, um estado que ela preferia; não saberiam se ele tivesse se casado, tido um filho ou, francamente, morrido. Essas circunstâncias familiares eram mais seguras. — Você sabe como as mulheres podem ser enxeridas.

— Vá. — O pedido seria a maior chance de felicidade para Emma antes do casamento de Judy, fundamental para a paz de espírito de Kitty.

— Acha mesmo?

— Sim. Você está aqui cozinhando para ele, e não cozinha nem para si própria.

Emma soltou a colher contra a lateral da panela.

— Estou forçando a barra?

— Não. Você gosta dele. — Kitty achava isso uma graça.

— Nunca estive mais feliz.

Lembrando-se das palavras de Lucy sobre seu dever de irmã, Kitty vestiu um avental.

— Melhor fazer uma sobremesa para ele também.

CAPÍTULO 23
Kitty

NOVEMBRO, 1955

— Ela canta aqui duas vezes por mês — falou Lucy sobre Billie, que, duas noites depois, estava no palco do Reed's Nightclub.

Ela era acompanhada por uma banda negra, mas, com exceção dos músicos e garçons, todos, inclusive aqueles na pista de dança, eram brancos. Kitty reconheceu o saxofonista, era o homem que estava com Nina no carro.

O grupo de Kitty, incluindo Mamie — que havia decidido se passar por branca naquela noite para avaliar os músicos —, estava em uma mesa no fundo.

— Alguns são cubanos — comentou Cora, referindo-se aos dançarinos. — É quase sempre impossível perceber a diferença, até eles falarem. — Ela apontou para uma mesa perto do palco, na qual estava o marido de Billie. Aos trinta e cinco anos de idade, ele já era juiz. — Ele é o maior fã de Billie. Vai a todos os shows. Um encanto… mas também foi assim que ela teve três filhos.

— Pensei que ter filhos não fosse uma boa ideia — comentou Kitty.

— Billie teve sorte. Tanto o pai quanto a mãe dela têm origem metade branca, e até agora deu tudo certo, o que é raro, você sabe. As três crianças são brancas como a neve. Ela nunca vai contar a elas — revelou Cora.

— Nunca?

— É uma escolha pessoal.

— Cantar é o trabalho dela?

— É só um hobby. Ela trabalha pela construção de mais bibliotecas pela cidade.

— Como? — Kitty se lembrava de ter ido à biblioteca em Charlotte algumas vezes para ouvir histórias. Gostava de ir lá, até descobrir que não poderia pegar um livro emprestado porque não podia usar seu verdadeiro nome no cartão da biblioteca.

— Está desviando a paixão do marido pela advocacia para longe dos animais e a direcionando ao povo de cor um pouco mais adiante na rua.

— Ele não ficou desconfiado?

— Se não fosse uma boa pessoa, talvez ficasse.

— Mas ele é — disse Nina. — Falou sem parar sobre o julgamento do caso de Emmett Till para quem quisesse ouvir... queria que aqueles garotos fossem condenados.

Kitty foi apresentada quando Billie se aproximou da mesa com o marido, depois de seu set de blues.

— Kitty está trabalhando no Telescope.

Durante a conversa, ela soube que ele e Nathan tinham frequentado a mesma universidade.

— Mande lembranças minhas a ele. O filho da mãe sem dúvida teve sorte.

— Vocês todos tiveram... — murmurou Cora quando ele se despediu de Billie com um beijo.

Ela se sentou na cadeira ao lado de Lucy.

— Amanhã cedo ele começa um julgamento.

Maude apagou o cigarro.

— Podemos ir? Estou com fome. — Ela olhou para baixo, para o prato de ensopado de galinha intocado.

Kitty não se lembrava de ter ouvido palavras mais encantadoras. Seu frango assado estava malpassado, e o bolo de limão que pediu depois também estava cru.

— Ah, desculpe, esqueci de avisar. — Billie olhou para todas à mesa. — Trouxeram uma nova equipe de cozinha. Houve queixas sobre a quantidade de negros na folha de pagamento.

Maude estalou os dedos sobre a cabeça. Uma garçonete loira e muito jovem se aproximou.

— O frango hoje estava decepcionante.

— Isso aqui também. — Cora empurrou o prato de rocambole de carne para o centro da mesa. Nina fez a mesma coisa com a salada Cobb, assim como Mamie.

— Pode chamar o gerente?

Billie lançou um olhar de empatia para a menina, que parecia prestes a chorar.

— Vou chamar alguém para ajudar.

A ajuda eram Liberty e Lilly.

— Acho que todo mundo ouviu — disse Liberty, estendendo a mão lentamente para o primeiro prato descartado. Seus lábios quase não se moviam. — Deixaram que eles preparassem tudo para o fim de semana, e os demitiram hoje de manhã.

Kitty continuava comendo as beiradas do bolo, desviando-se das partes cruas.

— Diga para telefonarem para Jimmy no hotel; vamos contratá-los — anunciou Nina.

— Muito bem — respondeu Liberty.

— Ainda quer falar com o gerente? — perguntou Lilly.

— Vários telefonemas durante a próxima semana, mais ou menos, seriam melhores — disse Lucy.

Liberty baixou a voz para falar com Kitty.

— Kitty, me dá seu prato.

Kitty suspirou e soltou o garfo. Tinha a impressão de que ninguém comia em Los Angeles.

Quando a fatia de bolo passou, Nina apagou o cigarro nela.

— Também estou pronta para ir.

— Tudo bem, encontro vocês daqui a pouco — falou Liberty.

Ela e Lilly lideravam a fila enquanto as que passavam por brancas falaram mais alto que a música sobre como estavam decepcionadas com a refeição.

À porta, Nina e Mamie decidiram pegar um táxi.

— Tomem cuidado — disse Cora, enquanto as outras entravam no Rolls-Royce dirigido pelo antigo motorista dos Tate, Percy Mitchell, que também era amigo da Casa Blair.

Quase uma hora mais tarde, elas chegaram a uma casa velha, mas imponente, com uma varanda e cestos de flores lilases pendurados nas janelas.

— E agora, onde estamos? — perguntou Kitty.

— No Mamie's Place. Aqui todos são amigos.

Alguma coisa deliciosa que Kitty não conseguiu identificar invadiu seu olfato, enquanto o ritmo da música que transbordava da casa pulsava ao longo de seu corpo. A porta foi aberta, e uma onda de calor atingiu seu rosto quando todas entraram, se espremendo nos espaços restritos entre corpos dançantes em direção à porta dos fundos e ao quintal, onde havia mesas postas.

Kitty respirou fundo e deu uma tragada no cigarro oferecido por Maude. Ela e Kitty tinham se aproximado mais cedo, depois de descobrirem que eram as mais claras em suas famílias. A árvore genealógica de Maude era desconhecida além dos bisavós, mas nenhum deles era branco.

— Meu pai é branco — disse Kitty, sentindo-se incomodada com o modo como Maude tinha dito aquilo.

— Você é diretamente mulata? — perguntou Maude, parecendo surpresa.

— Isso significa metade e metade?

— Mais ou menos, sim... Quem consegue acompanhar com precisão?

Um grupo conhecido acenou para chamá-las. Nina já estava lá e havia trocado o vestido por calça comprida e camisa de botões.

— Nina, você falou... — começou Cora.

— Por favor. Hoje, não — Laurie a interrompeu, e deu uma tragada no cigarro. Ela empurrou o cabelo para trás, mas ele voltou ao mesmo lugar, ainda volumoso e despenteado. — Estou de bom humor, e... — Ela acenou na direção da casa. — ... Charles está aqui.

O namorado de Laurie, com quem ela estava havia muito tempo, não sabia nada sobre o envolvimento dela com a Casa Blair, atípico para as mulheres ali presentes que não se passavam por brancas. Muitos maridos ajudavam na missão, ou eram envolvidos com esforços próprios, mas Charles achava que os negros deviam parar de insistir em forçar a inclusão. Ele queria sair do país e colocar um ponto-final nessa história.

— Diga às pessoas que nossos hotéis estão contratando — falou Nina. — Esse é o objetivo.

— Já confirmou isso? — perguntou Laurie.

— Não se preocupe.

— Vou pôr a informação no boletim. — Sammie, apelido de Samantha, batucava na mesa com os dedos pintados de ameixa. Havia se casado recentemente com um oficial da Associação Nacional para o Progresso de Pessoas de Cor. Tinha um rosto fino, perfeito para o halo de cabelo castanho curto e crespo.

— Ela é datilógrafa na organização — disse Edna, que estava sentada ao lado de Sammie, para Kitty, do outro lado da mesa.

— Basicamente, sirvo café e arquivo os memorandos depois da ação. — Sammie deu de ombros. — Mas pelo menos estou na sala.

— E é uma sala importante na qual estar — disse Laurie.

— Vocês duas são irmãs? — Kitty apontou para Sammie e Edna. Havia cinco tons de diferença entre a cor de pele das duas, e os traços não eram parecidos, mas isso não significava nada.

— Primas — respondeu Edna.

— Ele poderia não querer que você trabalhasse — apontou Lilly.

Ser capaz de sustentar a esposa e três filhos era o maior motivo de orgulho do marido dela. Lilly, que sempre quis ter um filho só, vivia sobrecarregada com três. Mais tarde, Kitty saberia por Harriet, que lecionava para algumas crianças da Casa Blair aos fins de semana, que Lilly sempre se atrasava algumas horas para ir buscar os filhos. Harriet era professora-assistente em uma pré-escola para brancos. O aspecto exclusivamente branco era uma expectativa, mas não a regra, que Harriet trabalhava para desmantelar.

— Seu marido é médico, vocês vivem mais do que bem — disse Sammie.

— Também temos muitas responsabilidades. A mãe dele acabou de se mudar para nossa casa.

— Se William fosse o único trabalhando, talvez não tivéssemos o que comer — contou Sammie.

Houve uma risada contida, reconhecendo a diferença de remuneração não só entre homens brancos e negros, mas os desafios econômicos do ativismo. Como a NAACP, a Casa Blair angariava dinheiro para os outros, mas não era uma renda regular. Os que tinham acesso a fundos dispensáveis, como Nina, subsidiavam as necessidades dos membros da Casa Blair relegados a uma classe inferior. Isso não tinha a ver apenas com cor; as mulheres que se casavam com homens brancos sem muita escolaridade, como Edna, também enfrentavam dificuldades. Mais tarde, naquela noite, Kitty veria Edna no ponto de ônibus, enquanto Sammie ia embora dirigindo o Buick do marido.

— É por isso que planejo ser rica. Não se pode depender de homem nenhum. — Wilma lecionava química no colégio e, nas horas vagas, misturava poções para cabelo na cozinha de casa. No último verão, ela havia sofrido queimaduras de segundo grau enquanto testava fórmulas de fortalecimento capilar.

— Nem todo mundo tem a sorte de estudar tanto quanto você estudou — respondeu Lucy.

Wilma a ignorou e falou para a mesa:

— Quem tem cabelo como o nosso não consegue tomar um banho quente sem as pontas encresparem.

— E daí? — Laurie ajeitou o próprio cabelo.

— E daí nada. Eu vou ficar rica. — Wilma não fazia tratamentos químicos no cabelo, mas usava perucas, porque não queria ter que se preocupar com penteados cinco dias por semana.

— Se vocês todas pararem de cobrir e alisar o cabelo, talvez ele cresça — comentou Laurie.

Ninguém queria ouvir isso.

— Nem todo mundo quer andar por aí todo descabelado e pronto — disse Lucy. Ela não se referia apenas ao cabelo de Laurie, mas a toda sua aparência; ela era bonita, mas não fazia nenhum esforço para acentuar nada. Kitty olhava para ela e se lembrava de Hazel.

Mamie apareceu.

— Wilma, pode usar o banheiro do fundo — disse, como se tivesse escutado a conversa.

— Viram? — reagiu Wilma. — Eu tenho uma clientela.

— É uma festa, e vocês vão fazer alisamento? — perguntou Laurie.

— E eu sou a primeira — disse Mamie, passando as mãos no cabelo curto. Algumas reagiram, surpresas. — Que foi? Muitas negras de pele clara como eu têm cabelo que enrola como mola à primeira gota de suor.

Ela e Lilly seguiram Wilma, as duas primeiras em uma fila que crescia rapidamente. Mais tarde Kitty descobriria que elas e outras eram membros de alguns clubes sociais da elite negra que Laurie e Liberty amaldiçoavam abertamente por fragmentarem a raça.

Liberty chegou, então, quando a mesa esvaziava. Maude se moveu para que Liberty pudesse ficar entre ela e Lucy. Ela lembrava uma Olívia Palito negra.

— Liberty escreve uma coluna nacional — contou Lucy para Kitty.

— Ah, você e seu marido são escritores?

— Nós fomos à Holden's — explicou Lucy.

— Sim. Minha coluna é publicada em alguns jornais negros — esclareceu Liberty.

— Ela também está escrevendo um livro. — Maude parecia orgulhosa. Ao ouvir isso, Liberty sorriu.

— Sobre tudo isso?

— Ainda não sei o que é.

— Liberty é seu nome verdadeiro? — Parecia o nome de uma escritora.

— É, sim... Minha mãe tinha um senso de humor cruel. — Ela explicou que seu nome fora escolhido em homenagem à bisavó, que morreu como escravizada no Tennessee. — Ela viveu até os cento e três anos. E era alta e grande como eu. — Ela abriu as mãos para mostrar que eram grandes. Perto dela, Kitty tinha mãos de bebê.

— Estou ajudando Liberty a descobrir a história de sua família — disse Maude.

— Como?

— Tenho acesso aos registros. — Maude era secretária no *Los Angeles Times*.

— Gostaria de ajudar — disse Kitty, percebendo um ligeiro interesse na própria árvore familiar.

Lucy balançou a cabeça em negativa.

— O estúdio vai te manter mais do que ocupada.

As mulheres na Casa Blair representavam todas as classes sociais, o que permitia acesso à informação de cima para baixo. Por ser uma rede orquestrada de maneira tão singular, inclusões só aconteciam se havia necessidade de preencher espaços. Kitty tivera sorte.

Entre as que estavam se passando por brancas, algumas foram associadas a homens bem-sucedidos, com enorme riqueza de muitas gerações, e ocupavam posições a partir das quais podiam influenciar alguns dos homens mais poderosos do país, que tinham acabado de se tornar seus maridos, noivos e namorados. Independentemente da posição, todas tinham opiniões formadas, eram ardilosas e bem versadas. Reuniam-se todas as semanas para trocar informações, se organizar e confraternizar.

Kitty teria que memorizar cada mentira, e logo seria capaz de identificá-las pelas histórias que contavam sobre suas vidas passadas: pais mortos, adoção, nortistas ricos, gente pobre do Meio Oeste. De um jeito ou de outro, todas fugiram. Não se davam bem com a família, tinham sonhos grandiosos ou enfrentaram em casa uma violência que as levou a partir. Diziam o que fosse necessário para provocar compaixão suficiente para fazer do passado um assunto indelicado.

— Por quê? — perguntou Kitty na cozinha da Casa Blair na noite do sábado seguinte, querendo aprender mais.

— Todas temos que ter as mesmas informações sobre todo mundo. Assim é mais seguro — respondeu Cora.

— Especialmente porque temos tantas alianças em toda a linha de cor — acrescentou Laurie, cortando cebolas para a sopa.

— Diferentes níveis de acesso. Tratamentos diferentes por parte dos homens. Há lugares aos quais posso ir, coisas que posso dizer, que Laurie não pode. E, da mesma maneira, há lugares aos quais ela pode ir, e eu, não. A pele de Laurie a torna invisível. Se eu interrompesse o uísque e os charutos do meu marido, a sala se silenciaria e assim permaneceria, e eu não conseguiria ouvir nada. Por outro lado, Laurie tem acesso livre. Elas ouvem tudo quando estão em serviço. Ah... você sabe. — Lucy olhou para Kitty, depois explicou para a sala: — A mãe de Kitty é criada.

O constrangimento de Kitty foi amenizado pela explicação de Lucy sobre o poder de tal função. Mas, pela lógica de Lucy, eram os serviçais negros nos clubes de homens brancos que tinham o melhor acesso.

— Ou os zeladores.

— Você ficaria surpresa com o que as pessoas jogam fora — comentou Cora. — Todo escritório, até o Salão Oval — ela piscou —, precisa de alguém para tirar o lixo.

Portanto, as mulheres serviçais na Casa Blair, assim como em Cottonwood, sabiam tudo sobre os brancos de Los Angeles. Elas passavam informações para todas as outras para garantir vantagem e planejamento. A palavra delas era a última, um direcionamento que vinha de Laurie (só elas podiam abortar um plano no meio da execução, se fosse necessário).

No segundo lugar da lista vinham as escritoras, Liberty e Maude, e depois as que tinham acesso a políticos e figuras importantes. As que se passavam por brancas se concentravam em angariar dinheiro e falar sobre as coisas que importavam.

Algumas, como Kitty, tinham objetivos a longo prazo.

— Wilma logo vai começar a produzir sua linha de produtos para cabelo, e nós vamos apoiá-la.

— Ela pode contratar químicos de cor — opinou Kitty, compreendendo a proposta.

— Bem, sim, mas para comandar uma empresa, Wilma vai precisar de mais do que cientistas. Ela é insuportável, mas tem potencial para, um dia, gerar milhares de empregos para gente de cor.

— É para isso que vai parte do dinheiro das doações?

— Para ela, mas também para Addie e Olivia, que estão abrindo um serviço de criadas.

— Ajudamos Mamie e o marido dela... Eles querem abrir um lugar novo.

— Quanto a Casa Blair consegue angariar? — Quando Cora disse que isso era uma rede, não estava exagerando, Kitty percebeu.

— Tudo em seu devido tempo — respondeu Lucy, e consultou o relógio de ouro em seu pulso. — Temos que nos arrumar. Ah, eu esqueci... tem um pequeno problema. Kitty me contou que Emma usou os nomes verdadeiros das irmãs dela para as duas.

Laurie entendeu a gravidade da declaração, mas balançou a cabeça.

— A família Karr não me traz nada à cabeça.

— Eles são donos da Holden's — explicou Kitty.

Laurie olhou para Cora.

— Ninguém me contou isso.

Cora deu a resposta mais simples:

— Acho que vamos ter que garantir que a coincidência pese sobre eles.

— Como assim?

— Quando as pessoas conhecerem a outra Kitty Karr, elas vão pensar em você, não o contrário.

Lucy falou mais alto:

— Bem, enquanto isso, toquei no assunto para dizer que vamos ter que verificar as listas de convidados com um pouco mais de atenção.

— Deixarei avisados — disse Laurie.

⁂

Elas chegaram na casa do banqueiro para quem Addie trabalhava, para celebrar o noivado da filha dele. A maioria dos presentes naquela noite haviam sido convidados só para coquetéis e canapés, contou Lucy a Kitty. Elas foram incluídas em um grupo menor, convidado para o jantar porque Cora, por meio de Abner, conhecia a noiva desde que esta era uma menininha. O corredor da mansão tinha duas escadas que levavam a um pátio aberto. Liberty, Bertha e Lilly estavam servindo naquela noite. O banqueiro também havia comprado dezenas de pãezinhos de Bertha e seus bolos de rum. Ela se movia lentamente com uma bandeja de folhados de queijo, como se sentisse dor nos pés.

Addie as encontrou no espaço aberto de tijolos vermelhos com uma bandeja de taças de champanhe.

— Posso levá-las a seus lugares? — Ela olhava através do grupo, para ninguém em particular.

Todas a seguiram, cumprimentando algumas pessoas pelo caminho. Graças aos maridos, Lucy, Billie e Nina eram figuras conhecidas da sociedade. Maude era a beldade inteligente e mais nova, e, como estrela do cinema, Cora era adorada. Kitty foi facilmente aceita como parte dos convidados.

Addie passou a andar mais depressa em um corredor onde havia portas fechadas.

Uma porta dupla foi aberta para revelar um salão de banquete e uma longa mesa de madeira. Kitty encontrou seu assento entre Lucy e um fabricante de carros chamado Henry Polk, um homem jovial que sempre usava uma gravata xadrez. Sabendo que o boicote aos ônibus em Montgomery aumentaria a necessidade de carros, Kitty observou as mulheres em ação.

— Como vai o ramo dos carros, Henry? — perguntou Lucy. Depois comeu um pedaço do filé.

Ele gemeu.

— Um pouco estagnado, para dizer a verdade.

— É mesmo? — Lucy parecia muito inocente.

A esposa dele se juntou à conversa.

— Eu disse a Henry que ele precisa fazer alguma coisa.

— As pessoas têm mais dinheiro que nunca para gastar.

— Os negros adoram seus carros, Henry. — Cora, que ouvia tudo, fez uma piada.

— Parte do meu problema — respondeu ele.

— Por que se importa com a cor de um cliente? É mais dinheiro para você, só isso — disse Billie enquanto acendia um cigarro.

Henry tossiu e pegou o uísque que tinha trazido do coquetel.

— Volume. Tem mais brancos que gente de cor que podem pagar por um carro.

A futura noiva se manifestou:

— Hoje em dia, as pessoas de cor parecem ter mais dinheiro que nós...

Os homens protestaram contra o exagero.

— Eles nunca terão o que os brancos têm — disse Cora. — Mas o argumento de Jane é bom. Eles têm mais dinheiro do que nunca para gastar, estão se formando em escolas secundárias e trabalhando no comércio.

— Mesmo assim, ser o primeiro escolhido pelos negros não é um anúncio de "alta classe" — resmungou Henry.

— Ser um patrocinador da kkk também não — disse Cora.

Henry ficou vermelho como um tomate quando todos à mesa começaram a rir.

— Não é a Klan.

— Poderia muito bem ser — falou um homem de cabelos escuros e olhos azuis, com um sotaque espanhol. Se ele não tivesse falado, Kitty teria deduzido que era branco. Sentado ao lado do anfitrião, ele mexia na gravata estampada amarela e alaranjada. — Ninguém se encaixa mais no grupo do que homens como você.

Um homem mais velho, de bigode grisalho, se inclinou na direção da conversa.

— Se você aprendesse inglês, poderíamos levar em conta sua opinião.

— Mas vão me aceitar no grupo agora porque sou rico o bastante. — Ele apontou um dedo. — Mais rico que você.

Outro homem de cabelo branco se manifestou:

— O dinheiro fala mais alto, *señor*.

— Então por que os negros não podem participar? — disse Maude. — Se eles têm dinheiro, têm interesses alinhados aos seus.

Kitty ouviu alguns homens rindo baixinho, e uma mulher branca com uma presilha de pássaro na cabeça se manifestou:

— O verdadeiro fato sempre foi classe. Você não quer se juntar à Klan por causa dos... — ela baixou a voz — ... caipiras.

— Ei! Está falando da minha família! — Essa piada fez todo mundo rir.

— A sra. Abraham não está errada. Negros bem-educados têm mais em comum com vocês do que os irlandeses — opinou Cora.

— Não há nada que eu tenha em comum com um... — gritou um homem.

— Kellen! — disse Billie. Mais tarde, Kitty saberia que ele era cunhado dela.

— Tem gente aqui que parece incapaz de controlar o próprio temperamento. — A esposa de Kellen tocou a própria testa.

— E em uma festa de noivado, para piorar. Que grosseria! — disse Nina.

— Concordo — manifestou-se o anfitrião. Ele acenou para sua equipe de serviço perfilada junto da parede. — Talvez um pedido de desculpas?

— Por favor — disse Lucy. — Não quero que cuspam na minha comida esta noite.

O homem a encarou, e ela sustentou seu olhar até a esposa tocar no braço dele. Kitty tinha certeza de que ele sairia furioso quando se levantou, mas, em vez disso, o homem se curvou sem nenhum entusiasmo para as pessoas atrás dele.

— Peço desculpas.

Kitty sentiu a satisfação pálida da fila.

De volta à Casa Blair, elas riram da cena, enquanto Laurie registrava as doações coletadas por todas naquela semana.

— Assim que o boicote começar — contou Cora a Kitty —, vamos sugerir a ele que doe alguns carros à causa... Isso poderia resultar na fidelização de uma clientela negra mais tarde.

— Se ele não concordar, vamos começar a nos opor a boicotes entre brancos e pessoas de cor, e ele vai ser forçado a aceitar — disse Maude. Ela e Liberty disseminariam a informação.

Laurie juntou-se ao círculo com um caderno de capa de couro e uma caneta.

— E depois podemos aceitar discretamente a doação dele — disse Lucy.

— Não vamos querer que os malucos descubram e queimem os carros.

— As pessoas não são totalmente más. Às vezes, elas só precisam de um empurrãozinho para fazer a coisa certa.

— Mas ele não faria isso por ser a coisa certa — comentou Kitty. — Faria para preservar os próprios lucros.

— As pessoas colocam a alma em seus negócios — disse Lucy.

Dentro da Casa Blair, elas se fortaleciam mutuamente. Além das obrigações com o grupo, reuniam-se para celebrar e apreciar a companhia umas das outras. Se Kitty tivesse tempo, havia sempre alguma coisa acontecendo por lá. Mas ela não tinha.

Com Emma ocupada com o novo amor, Kitty saía com seu grupo quatro ou cinco noites por semana. Trabalhava o dia todo e depois ia para casa fazer uma boquinha, antes de os motoristas de Nina ou Cora chegarem com o carro. Elas eram convidadas para todos os eventos importantes (jantares e festas em residências e boates elegantes, teatro, estreias de filmes, Disneylândia). Kitty nunca precisava gastar o próprio dinheiro e nunca sabia quem pagava a conta. À medida que comida, bebida, cigarros, transporte e todos os eventos aconteciam sem sua contribuição, ela entendeu que as coisas eram assim mesmo. Vestidas para serem notadas, essas mulheres usavam todos os eventos como uma oportunidade para pedir dinheiro, influenciar opiniões e reunir informações do grupo exclusivo dos brancos, famílias ricas capazes de moldar os Estados Unidos de acordo com seus interesses.

Se os homens não tinham pessoalmente uma mãozinha nos mecanismos do governo, aconselhavam ou exerciam influência sobre quem tinha. Seus sobrenomes eram os da realeza estadunidense, titãs em todas as áreas. Eram dignatários, especialistas em petróleo, manufaturadores, banqueiros, engenheiros e inovadores; rostos famosos, músicos, escritores, atores. Muitos eram desconhecidos, mas todos eram influentes e cada um era de origem rica ou self-made, como Nina gostava de chamar quem construía a própria riqueza.

— Seja qual for o *significado* disso para quem já é branco — argumentava Cora cada vez que ela classificava um branco dessa maneira. Kitty entendia o ressentimento.

— Alguns nasceram ricos; outros alcançaram a riqueza por conta própria.

— Qual é a dificuldade de ganhar dinheiro, quando o mundo se curva aos seus caprichos? — Cora, todo mundo dizia, ultimamente andava demonstrando uma amargura incomum, embora as coisas tivessem voltado a avançar em volta dela. Ela namorava um cavalheiro respeitado sobre quem se recusava a dar informações, e Lucy também mantinha a boca fechada.

— Diz a atriz — brincou Maude.

— Nem se compara — contestou Cora.

— Tudo é relativo, todo mundo tem sua cruz para carregar — disse Kitty, sabendo como a situação de Cora era, na verdade, precária.

De um ponto de vista mais afastado, sem todos os olhos voltados para ela, Kitty havia aprendido como a rede funcionava. Alguém da Casa Blair ou um amigo da casa estava sempre trabalhando em qualquer lugar aonde fossem. A presença dessas pessoas fazia com que ela, embora incapaz de atuar, se sentisse segura, caso alguma coisa acontecesse.

Em vez disso, ela entreouvia conversas entre os homens que falavam mais alto que as mulheres, e ao mesmo tempo que elas, sobre notícias, política, rumores que chegavam do sul, livros, religião e artes. Eram pensadores, e como a Casa Blair — embora por motivos diferentes —, eles queriam um fim para as políticas segregacionistas que prejudicavam seus lucros. Esses homens eram os que podiam ser influenciados, se não por questões de consciência, então por dólares e centavos. E eram suas mulheres que estavam prontas para doar a todas as causas — não por boa vontade, mas porque a caridade estava associada a posição social e deduções de impostos.

Em um evento para angariar fundos para um hospital, Kitty enfim decidiu dizer alguma coisa. Estava sentada com Edna e Mamie, que se passava outra vez naquela noite para solicitar fundos para seus negócios, dois empresários bem-vestidos e Nina, que tinha ido sozinha.

— Podemos abrir portas, mas quanta igualdade podemos garantir, já que todos temos habilidades diferentes?

— Eu diria obstáculos — falou Kitty. — Obstáculos que têm impedido habilidades.

— Sim, deve ser difícil estar em um lugar onde não se é desejado.

— Não entendo por que eles querem isso. — Os dois empresários altos pareciam bacanas, no início. Kitty pensou que fossem irmãos, até um deles beber um gole do drinque do outro.

— Eles querem melhorar de vida.

— Então deviam trabalhar mais.

— O que você acha que estão fazendo? — retrucou Kitty.

— Honestamente? É muita reclamação e pouca ação.

— E o que *vocês* estão fazendo?

Ele acendeu um Lakes.

— Não sei se igualdade faz sentido.

Kitty afastou a cadeira da mesa. Estava furiosa com como ele não acreditava em direitos iguais para negros, mas precisava esconder o relacionamento com seu parceiro "de negócios". A arrogância disso... como se ninguém soubesse. Ela se dirigiu ao bar, andando mais depressa ao ver o cabelo vermelho de Edna na fila.

— Estou tão brava que poderia cuspir! — sussurrou.

A mulher, que não era Edna, virou-se na direção de Kitty com uma expressão compreensiva.

— É sua primeira vez com essas pessoas?

— Ah! Desculpe, pensei que fosse outra pessoa.

— Não se desculpe. — Ela pediu um *gimlet*, uma mistura de gim, suco de limão e xarope, e olhou para Kitty. — O que vai querer?

— Vou experimentar esse *gimlet*. — Kitty tocou o ombro da mulher. — Obrigada. — Elas pareciam ter mais ou menos a mesma idade.

— Não tem de quê. Meu nome é Claire.

— Kitty.

— Vou precisar de dois ou três para enfrentar a noite. O que aconteceu com você?

Kitty foi honesta, mas não sabia como poderia explicar se ela insistisse.

— Só ignorância.

— Bem-vinda aos Estados Unidos, meu bem. — Ela riu como se quisesse mostrar que Kitty também devia rir. — Fico sempre muito entediada nesses eventos.

Não era o mesmo sentimento de Kitty, mas chegava perto. Elas foram se sentar do outro lado das portas do salão. Podiam ouvir a música.

— A festa começou.

Elas viram quando a porta foi aberta e um homem magro e descalço apareceu segurando duas garrafas de champanhe.

— Lá vem meu festeiro — disse Claire.

Ele se abaixou para beijá-la.

— Estava te procurando.

— Esta é Kitty...

O homem beijou a mão de Kitty.

— Karr — acrescentou ela.

— Amo você. Vou voltar lá para dentro.

Claire balançou a cabeça.

— Nunca vamos embora antes da limpeza. — O marido dela, Winston, era fotógrafo. Ela tinha dado o pontapé na carreira dele nesse ambiente, com as pessoas que conhecia desde antes de se casar. — Estive em uma infinidade de eventos como este durante toda a minha vida. Já estamos conversando sobre roupinhas de bebê e chinelos.

Essas sugestões de riqueza costumavam causar desconforto em Kitty, mas agora despertavam seu interesse. *Quanta riqueza?*

— Vocês fazem parte do comitê de captação de recursos com Nina McCullough?

— Sim, somos doadores.

— Ah, você é uma filantropa.

— Gostaria de pensar que sim. Nunca tenho a sensação de estar fazendo o suficiente.

— Eu sei... — Kitty tentou uma investida: — Eu trabalho para um orfanato, queria poder adotar todos eles.

Claire sorriu e se levantou da cadeira.

— Bem, aproveite a noite.

— Você também... — Kitty a viu se afastar, sem saber o que havia estragado o clima.

Sem disposição para dançar, ela saiu para fumar um cigarro, e lá fora viu Nina entrando em um carro com outro homem de cor. Kitty não conseguiu ver quem era.

Liberty também a viu. Depois de ver Kitty conversando com Claire durante tanto tempo, ela a havia seguido. Evitaram fazer contato visual, cautelosas com tantos desconhecidos, mas Kitty ouviu seu sussurro quando abriu aporta:

— Não fale nada.

Kitty não precisava do lembrete. Já conhecia o padrão. Sempre que o marido dela viajava (o que era frequente), Nina chegava nos eventos de táxi, em vez de usar seu carro com motorista. Agora entendia que o objetivo disso era evitar que a criadagem doméstica pudesse acompanhar suas idas e vindas. Essas eram as noites que ela passava com um de seus homens negros — o saxofonista não fora o único. Nas semanas seguintes, Nina desapareceria com um bartender, ou um recepcionista, ou um dos poucos convidados de cor presentes no local, às vezes deixando as outras voltarem para casa sozinhas. Uma noite no Mamie's Place, ela desapareceu com o dr. Mills, e por pouco não encontrou a esposa dele na saída.

Todo mundo fingia não ver. A vida pessoal de cada uma era privada, e por boas razões. *Se algum dia formos pegas, as histórias que vamos contar sobre as outras precisam ser as mesmas,* Lucy tinha dito. *É melhor ser rotulada de "amante de negro" do que descobrirem que somos negras.*

❧

Kitty foi repreendida por seu comportamento no banquete.

— Você estava lá para conversar e descobrir o que eles podem ter a nos oferecer.

—Temos contas para pagar… é preciso ter dinheiro para administrar um negócio, mesmo que o negócio seja ajudar pessoas.

Temendo repercussões, Kitty tentava fazer o que mandavam, mas era difícil. No fundo, não queria a ajuda daquelas pessoas. Era sempre a mesma coisa, e era cansativo.

Os tumultos e os boicotes são prova… o problema dos negros no país se tornou uma dor de cabeça.

Eles se consideravam liberais e chamavam o comportamento dos brancos sulistas de "desprezível", "chocante" e "difícil de engolir". Discutiam com os poucos preconceituosos que apareciam de tempos em tempos, porém, mais de uma vez, até elas faziam piadas sobre negros, quando ficavam vermelhos e atordoados de tanta bebida.

Os outros sempre confrontavam o mau comportamento com uma autoridade branda, falando com homens como se fossem crianças. *Falar desse jeito perto de mulheres… o que é isso!*

O mais perturbador era que o mau comportamento era só por diversão. Não significava que eles apoiavam o descaso descarado do governo com a "situação do negro". Muitos deles até tinham doado para a NAACP. *Só quero esse negócio resolvido, para podermos todos seguir em frente.*

— Doe para a campanha de alguém que deseja mudanças — disse Lucy na festa de celebração da aposentadoria de um juiz. — Como Jack. — Ela apontou para ele no outro cômodo.

— Um político não basta, sra. Schmitt.

— Não sei qual é o grande problema... eles só teriam que socializar em público. Os negros sempre vão viver juntos, porque não podem pagar o preço dos nossos bairros.

— Mesmo que possam, não são bem-vindos. Pessoas de cor quiseram se mudar para o nosso bairro, então levantamos o dinheiro e compramos a casa nós mesmos.

Kitty duvidava de sua capacidade de ser educada, por isso ficou quieta, caso raro em que um conselho de Emma falou mais alto. As gargalhadas se prolongaram, o que a mandou para casa, onde fumou um cigarro atrás do outro — seu vício, companheiro do gim de Emma.

Seu único consolo era saber que, às vezes, os garçons cuspiam nas bebidas que esses homens consumiam, homens que nunca diziam um obrigado ou olhavam nos olhos deles. Quando os drinques estavam contaminados, a bandeja era carregada com a mão esquerda, de modo que os que conheciam a prática esperassem a rodada seguinte. Sendo branca, Kitty via como era fácil ignorar os negros, mesmo quando estavam bem na sua frente. A sociedade exigia a invisibilidade deles e, como tal, os garçons podiam muito bem ser o ar. Por isso essas mudanças sutis de comportamento nunca eram notadas.

Alguns brancos se sentiam boas pessoas, e pagavam bons salários aos motoristas, criadas e babás negros para provar a própria bondade.

— Salário alto! Nas festividades, eles escolhem que carne preferem, presunto, uma carne assada, peru. Ora, eu compro frango ou pé de porco para eles, se quiserem! — As esposas embrulhavam brinquedos que os filhos abandonaram no ano anterior e entregavam aos empregados, para que dessem aos próprios filhos.

Essas tentativas frias de bondade eram oferecidas com petulância, desafiando alguém a ser ingrato. Em momentos assim, Kitty pensava nos Lakes, no quanto ela e a mãe recebiam pouco e no tanto que mereciam. Os Lakes mantinham os mesmos empregados durante anos, mas sem aumento — só regalias, como os homens com que Kitty estava agora se gabavam de oferecer.

Poucos desses homens eram brilhantes, mas eram todos egocêntricos, planejando a próxima montanha a ser escalada, sem se darem conta do luxo que era ser branco e homem. Kitty pensou se o pai dela era como esses homens. Alguns eram juízes e advogados, como ele. E ricos, como ele. Provavelmente, conheciam seu pai ou seu avô, alguns até pessoalmente, talvez. O mundo todo fumava Lakes.

Ela disse a si mesma que guardar seu segredo lhe dava poder (sobre todo mundo), mas, na verdade, Kitty não tinha escolha. Desde aquele dia em Charlotte, quando assumiu o nome da meia-irmã, ela nunca soube quando ou se alguém conhecia sua família melhor que ela. Pior que isso, podia estar na mesma sala com o pai ou outros Lakes, sem jamais saber. A ameaça contra Emma era pior, porque ela poderia ser reconhecida.

A verdade sobre Kitty a tornaria mais valiosa na Casa Blair. Mas ela era covarde demais para desenterrar suas raízes, mais ainda para colher os benefícios de sua linhagem. O rosto do bisavô estava gravado em sua memória, pois o vira estampado na lata de tabaco da mãe, mas o pai ela nunca vira. Evitava olhar para ele mesmo quando sabia que estava nos jornais. Mesmo àquela altura.

Quem ela procurava nesses lugares, mas nunca via, era Nathan. Na maioria das noites, deixava-o no estúdio, trabalhando, mas ainda o desejava em todos os lugares.

— Esses homens são associados do pai dele — explicou Lucy. Nathan ainda não havia feito por merecer um convite para o clube.

Nina apontava os homens disponíveis para Kitty, que descobriu que preferia Nathan a todos eles. Na teoria, eles tinham pouco em comum, mas a experiência que tinham com o descaso era muito significativa: eram ignorados, excluídos, esquecidos. Não era assim que Abner queria que fosse, mas a natureza logo imporia sua vontade e cavaria túneis em sua memória, apagando Nathan por completo. Hazel, por outro lado, havia excluído Kitty com tanta eficiência de sua vida, que às vezes ela se perguntava se alguma vez tinha sido vista.

CAPÍTULO 24
Kitty

FIM DE DEZEMBRO, 1955

Antes de o estúdio fechar para as festividades de fim de ano, Nathan deu o roteiro de *The Misfits*, reescrito por ele, para Kitty ler. Com isso e o trabalho pelo telefone quando o boicote aos ônibus começou em Montgomery, ela ficou distraída o suficiente do Natal, embora a data fosse imposta a cada objeto inanimado na cidade. Postes de luz, bancos e troncos de árvore foram embrulhados em fios prateados, árvores de Natal eram exibidas em cada vitrine de loja e havia luzinhas em todas as árvores.

Kitty se pegava olhando feio para as famílias felizes nos restaurantes e fazendo compras. Emma não quis montar uma árvore — ficaria com a família de Rick até depois do Ano-Novo — e assim, o espírito de Natal ignorou a residência das Karr.

Kitty nunca experienciou nada diferente, na verdade. Hazel odiava o Natal. Na casa delas, nunca houve uma árvore, Papai Noel ou mesmo Jesus, embora ela tivesse fé. Ela trabalhava na véspera e no dia de Natal, e elas iam às compras em Charlotte no dia seguinte, quando começavam as liquidações. Kitty se ressentia disso, mas, naquele momento, daria qualquer coisa para fazer nada com a mãe no Natal.

— Muitos doadores se sentindo culpados nessa época — disse Billie.

O complexo onde elas moravam estava encaixotando doações para Montgomery. Dias já haviam sido ocupados na Casa Blair pelo trabalho de escrever cartas, fazer coletivas de imprensa e visitar vizinhanças brancas para conseguir doações.

Lucy cortou um pedaço de fita adesiva.

— Ouvi dizer que Nathan vai passar o feriado na cidade. Isso devia te deixar animada. — Notando a melancolia de Kitty, Lucy passou a chamá-la de Scrooge.

— Não tive notícias dele.

— Deve estar trabalhando. — Lucy piscou. — Estou começando a pensar que vocês dois podem ter nascido um para o outro.

— Talvez — disse Kitty. Para seu horror e espanto, Kitty sentia falta de Nathan desde que o estúdio tinha sido fechado para as festividades de fim de ano.

— Até que enfim! Ela reconhece! — Lucy começou a comemorar e bateu em seu ombro. — Não faça nada que eu não faria.

— Não tem a menor possibilidade. — Kitty ficou vermelha, lembrando-se da confissão de Lucy sobre ter feito sexo com o marido algumas vezes no complexo de estúdios.

<hr />

Depois que as últimas caixas foram enviadas, Kitty foi ao estúdio alguns dias seguidos, à procura de Nathan. Atraída pelos palcos, como sempre, ela começou a reescrever o roteiro recitando as falas de cada personagem em voz alta em um dos cenários. Representar os diferentes papéis tornou-se sua liberdade do confinamento das outras versões que havia criado de si mesma. Gostava desses destinos pré-determinados.

Viver em uma terra de fantasia era um jeito de esquecer que era dia de Natal, até um homem desejar que o dela fosse feliz enquanto subia a rua de sua casa. Kitty quase gritou, mas reconheceu alguma coisa familiar na voz dele.

— Maria, sou eu. — Richard abriu os braços, esperando um abraço, mas foi empurrado para a varanda, para trás das trepadeiras densas.

— Alguém te viu?

— Não.

— Tem certeza? — Kitty fechou a porta da frente com mais força do que pretendia. — Há quanto tempo estava esperando?

— Uma hora, acho.

Quando ele acendeu uma luminária de mesa, ela correu para fechar as cortinas.

— O que você está fazendo aqui?

Richard parecia magoado.

— É Natal. E senti saudade de você. — A camisa branca de colarinho e a calça marrom estavam empoeiradas e amarrotadas, como se ele tivesse vindo a pé de seu destino, qualquer que fosse.

— Não recebeu minha carta? Eu não vou voltar.

— E não precisa. Eu me mudei para cá. E queria te dizer... preciso me desculpar por ter mentido sobre não entrar na Central.

— Não precisa. Entendo por que fez isso.

— Eu não podia contar, não quando você tinha todos aqueles sonhos sobre se mudar, e eu cursar medicina. Não podia mais ficar em Winston, ainda mais depois de receber sua última carta. — Ele segurou a mão dela e a puxou para sentar-se no sofá ao seu lado. Ela resistiu. — Levei um tempo para resolver tudo antes de partir, mas aqui estou.

Kitty sentiu o medo como uma pedra no estômago.

— Você realmente se mudou para cá?

— Aluguei um quarto. Agora posso arrumar um emprego e me matricular na escola. Maria, vou ser médico. Logo vou poder cuidar de você como prometi.

— Não tem a ver com isso, Richard.

— Para mim, tem. Não posso te perder. — A voz de Richard tremeu quando ele puxou a mão dela novamente para que se sentasse.

Ela se soltou com um movimento brusco.

— Richard, não vou voltar.

Ele gesticulou com os braços.

— Eu disse que me mudei para cá.

— Não... não vou voltar a ser de cor. Meu nome agora é Kitty. Kitty Lane Karr. Tenho um emprego, uma vida. Estou feliz.

— Mas você disse que se casaria comigo.

Havia sido um sofrimento mandar a carta com seus pesares; não conseguia olhar para ele agora.

— Tem outra pessoa?

— Não. — Kitty viu que ele não acreditava. Mas era verdade, embora o desejo por Nathan fosse maior que qualquer coisa que tivesse sentido por Richard.

— O que tem de tão maravilhoso em ser branca?

— Sou assistente do maior estúdio de cinema do mundo.

Ele sorriu com desdém.

— Você quer dizer secretária.

— Sou assistente do presidente do estúdio.

— É um jeito chique de falar "secretária". Não é preciso um diploma de faculdade para isso.

— Mesmo assim, ganho mais do que sendo uma professora negra.

— Quando eu for médico, você vai ver. Posso te fazer feliz. — Mas Kitty sabia que não. A realidade podre era que Kitty podia cuidar melhor de si mesma sendo uma mulher branca do que Richard sendo um marido negro.

Ele se levantou para beijá-la. Permitir teria sido a decisão bondosa, mas ela virou a cabeça.

— Não vou me casar com você. E não quero te ver nunca mais.

A rejeição o tornou cruel.

— Você partiu o coração da sua mãe fugindo daquele jeito.

O instinto a impelia a se defender. *Minha mãe que partiu meu coração.* Queria contar que Hazel a mandara para onde estava agora, mas sabia que a mãe não queria que toda Cottonwood tivesse conhecimento de seus assuntos. Como com tudo que compunha sua vida àquela altura, quanto menos gente conhecesse os detalhes, melhor.

— Agora vá, por favor — disse. Os olhos dele começaram a ficar turvos, perderam o resto da luminosidade, e ela deu o empurrão final: — Por favor, Richard... me deixa sozinha.

O orgulho o empurrou porta afora.

Kitty o observou de trás das cortinas. Ele não caminhava com as costas eretas, como alguns meses antes. Mantinha as mãos grandes nos bolsos, a cabeça baixa. Talvez sempre tivesse sido assim, e ela não notara, porque não tinha ninguém com quem compará-lo. E pensar que, em outra vida, ele já seria seu marido.

Nos anos seguintes, ela pensaria em Richard e afastaria a lembrança assim que esta surgisse. Partir o coração dele seria seu único arrependimento; o dela doía cada vez que ele aparecia em sua cabeça. Décadas se passariam antes que a dor desaparecesse, antes que se convencesse de que eram jovens demais para se casarem, e não teria dado certo, de qualquer maneira. E a última mentira: se passar por branca não tivera nada a ver com isso.

※

A aliança de Emma capturava a luz do sol que entrava pela janela da sala de estar; projetava uma luminosidade azulada na parede cada vez que ela mexia a mão.

Deitada na cama de Kitty, ela contava em detalhes como Rick a pedira em casamento na véspera de Ano-Novo.

— Saímos para soltar os fogos de artifício. Ele se ajoelhou e me pediu em casamento. — Com toda a família dele lá, Emma finalmente teve a aceitação que tanto queria. — Vamos nos casar em algumas semanas. — Ela precisava se casar antes do casamento de Judy para poder tirar o passaporte com o nome de casada, Emma Denman, e não com o nome verdadeiro de sua irmã.

Sempre havia alguma coisa a se considerar. Kitty era grata por Emma, que a lembrava dessas coisas. O nome dos Lakes carregava um peso semelhante.

— Escreveu para sua mãe? — perguntou Kitty.

Emma fechou o rosto.

— Por que tinha que falar disso?

— Não acha que ela gostaria de saber? — Kitty esperava que o casamento de Emma trouxesse notícias de sua própria mãe.

— Por quê? Ela não pode vir, e a última coisa de que preciso é você me lembrando. — Emma saiu e bateu a porta de Kitty, e depois, um segundo mais tarde, a dela.

Apesar de todos os sermões que Emma fazia sobre se desapegar do passado, era ela quem não conseguia superá-lo. Estava enfrentando o remorso... coisa que ninguém era capaz de resolver, especialmente quando ela mesma negava sua existência.

※

Kitty iniciou seu próprio compromisso com Nathan depois de ele ler sua versão de *The Misfits*. Ela havia combinado personagens, excluído cenas inteiras e mudado o fim. Ele ficou ofendido; talvez uma frase de seu rascunho tenha escapado intacta.

— Você só precisava ler o roteiro.

Era inútil mentir.

— Você pode fazer melhor.

Ele virou uma página.

— Como consegue fazer isso?

— Eu penso em imagens.

— Você ao menos leu a versão do meu pai?

— Não. — Era mentira. A versão de Abner era um amontoado de resmungos de um homem com a memória fraca, mas o esqueleto estava ali. Nathan havia fervido os ossos até derreter o tutano, e agora eles estavam limpos e acinzentados.

— Deveria ler alguns roteiros antigos dele, meu pai costumava ser bom.

Você também deveria.

Ele pôs a mão sobre o roteiro.

— Vou mostrar isso para Charles. Ouvir a opinião dele.

Quando ela voltou a ver o roteiro, a folha de rosto anunciava Nathan Tate como seu autor. Durante uma semana, ele continuou se esquecendo de dar uma cópia a ela ou de lhe informar os horários de ensaios. Por fim, Kitty conseguiu a agenda de ensaios com Lucy e apareceu no set. Quando o roteiro caiu em suas mãos, ela ficou paralisada como um animal surpreendido por um humano enquanto falava. Ele a evitou no set e foi embora mais cedo. Na manhã seguinte, havia sobre a mesa dela um cheque de valor exorbitante. Isso lhe deu alguma satisfação, mas ela não podia ignorar a realidade da primeira inclinação de Nathan. Depois de uma reunião na Casa Blair, ela puxou Lucy e Cora de canto.

— Você tem sorte por ele ter pagado. — Cora olhou para Lucy, surpresa com a ingenuidade de Kitty. — Devia perdoá-lo.

— Ele não ia me pagar. Estava certo de que eu jamais descobriria. Não sei se consigo trabalhar para alguém assim.

— Seu nome nunca vai estar no roteiro, Kitty — disse Laurie. Kitty se virou. Laurie sempre aparecia do nada, como se estivesse ouvindo atrás de cada esquina, e tinha sempre aquele ar onipresente de quem sabe tudo. — Não vão deixar que você seja a sucessora criativa do Telescope... não declaradamente, pelo menos. — Kitty havia esquecido que a branquitude não a salvava dos planos, desejos e necessidades de sua contraparte masculina, que era muito maior que ela.

— E se ele aceitar minha demissão?

Cora e Laurie falaram ao mesmo tempo:

— Ele não vai aceitar.

— Kitty, ele *precisa* de você. — Lucy tocou seu braço. — Ele aceitou os créditos por seu roteiro, e agora vai ter que produzir outro do mesmo calibre. Ele vai implorar para você ficar e, quanto mais implorar, mais grato vai ficar quando você o perdoar.

— Mas estou com raiva, não acredito que ele fez isso. — Kitty ofereceu o prato para pegar uma fatia de torta de merengue de limão.

Lucy deu de ombros.

— Retaliação.

Cora explicou o que ela queria dizer.

— Se você se casar com ele, tudo isso vai acabar por beneficiá-la, no final.

Kitty depositou o cheque e guardou o original do roteiro no cofre de um depósito de segurança. Na manhã seguinte, entregou a carta de demissão a Nathan. Ele estava à beira das lágrimas quando a recebeu.

— Eu sabia que aquilo era errado, e meu jeito de pedir desculpas foi fazer o que eu devia ter feito desde o início.

— Me pagar?

— Sim. Não foi o suficiente?

— Não conheço os valores de mercado para trabalho roubado.

Ele não se desculpou por isso.

— O roteiro do meu pai não poderia ter sido reescrito por "Kitty Karr"...

— Mas foi.

— Você mesma disse que seria bom para o estúdio, se eu escrevesse alguma coisa.

— Mas você não escreveu.

— Escrevi, e você jogou tudo no lixo.

Porque era terrível.

— De qualquer maneira, nenhuma versão teria passado pelo conselho de aprovação com seu nome, ou o nome de qualquer mulher.

— Entendo. — Kitty começou a caminhar para a porta da sala dele.

— Espera... não pode me culpar por isso. As coisas simplesmente são assim.

— Você é dono do estúdio. Quem mais devo culpar? — Ela segurou a maçaneta.

— Kitty, eu não tomo as decisões sozinho. — Ele empurrou a porta por cima da cabeça dela. — O que posso fazer? O que você quer?

— Nada, Nathan. Pensei que você fosse diferente, e agora vejo que é tão ganancioso e injusto quanto o resto do mundo.

Ele passou por ela para bloquear a saída.

— Escute, não posso te perder.

— Há outras mulheres inteligentes no complexo. Todas querem esse emprego.

— E eu quero você. — Era como se ele não estivesse mais falando sobre o emprego. Parecia desesperado para convencê-la a ficar. — Kitty, por favor, me perdoa. Tenho que provar muita coisa aqui, e seu roteiro era tão bom, e parecia tão fácil... até eu ver como a tinha magoado.

Não era uma absolvição de sua falha de caráter, mas Kitty acreditava que ele estava arrependido — queria que estivesse, pelo menos.

— Eu fico, mas só se continuar me pagando pelos roteiros. Mais que meu salário semanal.

Ele estendeu a mão para selar o acordo.

— E quero escrever sob meu próprio pseudônimo.

— Não podemos mais ser uma equipe?

Kitty odiou o tom choroso na voz dele. Não era suficiente ser presidente do estúdio, sem nenhuma experiência... agora ele também queria os créditos de roteirista e redator? Ela se amaldiçoou por ter feito essa sugestão.

— As pessoas agora esperam mais um trabalho meu.

Confirmar a hipótese de Lucy encheu Kitty de confiança, e ela forçou a barra para fazê-lo mudar de ideia.

— Diga a elas que foi um gesto único, uma homenagem ao seu pai, e que seu foco está no nível executivo. Ninguém vai questionar.

Ele choramingou de novo.

— Eu prometi um.

— Foi um erro, considerando que não sabe escrever.

Por uma fração de segundo, ele deixou o queixo cair, chocado com o insulto, antes de recompor-se com um suspiro profundo.

— Vejo que ainda está brava comigo.

— Não, mas mentir não vai te ajudar em nada. Você pode aprender, no entanto. Eu nunca fiz aulas.

— E eu vou aprender... mas, antes, você me ajuda a escrever só mais uma história?

Kitty estendeu a mão de novo, aceitando o pedido.

— E um orçamento de despesas mensais.

Nathan sorriu.

— Para quê, exatamente?

Kitty não retribuiu o sorriso.

— Tenho conhecido muita gente. Seria bom poder receber essas pessoas e ver que ideias elas têm para o Telescope.

— Onde anda conhecendo essas pessoas?

— Lucy Schmitt tem me levado para conhecer a cidade. — Kitty evitou uma resposta direta.

— Entendo. — Ele se aproximou da janela. — Tome cuidado lá fora, srta. Karr. — Notando a formalidade no tratamento, ela tentou entender se ele estava contrariado. — Todo mundo vai querer compartilhar suas ideias brilhantes com você.

— Pode confiar na minha medida de qualidade.

Ele a estudou por um momento.

— É bom saber.

Seu olhar fez Kitty respirar mais depressa e sentir um pulsar conhecido no coração… e depois embaixo da saia.

— Fica, beba alguma coisa comigo — disse ele.

— Hoje, não. — Kitty queria ficar, mas se despediu com um aceno, apreciando a breve redistribuição de poder.

A arrecadação de fundos para o embelezamento da cidade foi o primeiro evento do novo ano organizado por Nina. O coquetel e o leilão de obras de arte estavam bem animados quando elas chegaram. Fumaça de cigarro pairava como uma nuvem de chuva sobre a cabeça de todos. A sala não tinha janelas, era o tipo de ambiente em que ou você se juntava ao hábito de fumar ou corria o risco de se sufocar. Kitty decidiu entrar na onda e contornou o perímetro da sala para ir ao bar. Na frente dela na fila havia uma mulher que ela reconheceu, Claire. Ela segurava o nariz com a ponta dos dedos indicador e médio para bloquear a fumaça. Kitty passou na frente dela para apagar o cigarro em um cinzeiro.

— Hora do *gimlet* de novo?

— Ah, olá! — Ela estava animada, talvez bêbada.

— Está se divertindo?

— Hoje tenho companhia melhor. — Claire apontou para a pista de dança cercada de pessoas. — Trouxe alguns clientes.

— Pensei que fosse doadora.

— Isso não é o que eu *faço*. Sou conselheira, oriento a carreira de modelos.

— Como uma empresária?

Claire assentiu, surpresa por Kitty saber.

— O que você faz?

— Sou assistente do dono do Telescope. — Soava impressionante. Os olhos de Claire se iluminaram.

— Que maravilha. — De repente, ela se tornou a pessoa mais falante que Kitty já tinha visto. Tinha perguntas e mais perguntas sobre o trabalho, sobre suas obrigações e sobre trabalhar com Nathan… Kitty nem conseguia terminar de responder antes de ela ter algo mais para dizer. Kitty arregalou os olhos para Lucy, pedindo socorro.

— A conversa deve estar muito interessante… nenhuma das duas tocou na bebida. — Lucy se aproximou do bar.

Claire a seguiu, se apresentando. O ciclo se repetiu quando ela soube que Lucy também trabalhava no Telescope.

— Está interessada em trabalhar no estúdio? — Lucy finalmente conseguiu perguntar.

— Não exatamente… — Claire parou ao ver alguém atrás delas. — Com licença, meu marido está me chamando. — Ela sorriu pesarosa e deu um abraço em cada uma.

— Graças a Deus — murmurou Lucy.

De novo, Kitty a viu se afastar. Ela mal conseguia dar passos com o vestido longo e bege, porque as pernas ficavam contidas pela vestimenta.

— Ela é negra? — perguntou Lucy.

Kitty não soube dizer.

— Acho que não.

— Tome cuidado com ela.

— Por quê? — Kitty perguntou, intrigada.

— O que sabe sobre ela?

Kitty recitou os fatos como se estivesse em uma reunião.

— É doadora. Orienta e empresaria modelos. O marido é fotógrafo. Dinheiro antigo, provavelmente. Por quê?

— Ela nos encheu de perguntas para não ter que falar sobre si mesma.

Talvez Lucy estivesse certa, mas Kitty não se importava. A conversa foi como um adiamento do trabalho.

Logo de cara, ficou claro como o dólar negro era essencial para a viabilidade financeira continuada da empresa de ônibus em Montgomery. Muitos empregados já haviam perdido o emprego; os ônibus usavam menos combustível, precisavam de menos manutenção e ficavam parados. Enquanto isso, de algum jeito, os negros ainda iam trabalhar — de cabeça erguida, às vezes caminhando mais de dez quilômetros por dia. Essa constatação causou pânico e um aumento nas ameaças de morte e na violência contra os negros em todo o sul.

— Muitos deles nem usam a porcaria do ônibus!

— A branquitude dessas pessoas as cega, as emburrece — disse Kitty, repetindo as palavras da mãe.

A Casa Blair canalizava recursos para a proteção deles — o jovem dr. King seguia sendo um defensor da não violência, mesmo depois de sua casa ter sido bombardeada —, mas todos esperavam uma chacina.

Eles estavam divididos na crença de que as coisas algum dia mudariam. A única coisa boa foi que o boicote se tornou notícia nacional, e muitos brancos que elas encontravam passaram a doar abertamente.

— Por que não pedimos dinheiro dos negros? — perguntou Kitty. Andava pensando nisso havia muito tempo, mas antes se sentia nova demais ali para questionar as coisas.

— Doamos trabalho.

— Estou falando dos outros, os que não fazem parte da casa.

Isso causou agitação.

— Eles não têm dinheiro para dar!

— Nós deveríamos solicitar uma ajuda mensal para eles, uma pensão.

— O governo tem feito isso pelos brancos — falou Liberty.

— Talvez façam por nós — sugeriu Kitty.

O cômodo riu pela primeira vez em semanas.

CAPÍTULO 25
Kitty

PRIMAVERA, 1956

A necessidade de Emma de um noivado breve coincidiu com o medo de Rick de outro casamento formal, portanto eles se casaram no tribunal em abril, com Kitty como única testemunha. Não foi fácil para Kitty perder Emma para o casamento. Havia sido um tema tão debatido, que nunca pensara em como seria para ela quando finalmente acontecesse. As noites em que Emma dormia na casa de Rick tinham sido como férias breves, mas, quando Emma finalmente se mudou para a casa do marido em Pasadena, Kitty começou a pensar diferente sobre as próprias perspectivas de casamento.

Tinha a Casa Blair, mas ela nunca morara sozinha até então e sentia falta da companhia ocasional de Emma. Pensando que poderiam ter um relacionamento melhor, agora que Emma se casara como queria, Kitty telefonou algumas vezes. Era sempre a criada que atendia e dizia que a patroa não estava disponível, e Emma nunca ligou de volta.

Kitty acalmava a solidão com trabalho. A promessa de aprovação de mais duas produções de longa-metragem mantinha Nathan e Kitty trabalhando até tarde da noite. Foi em uma dessas ocasiões que ouviu Nathan gritando no escritório. Kitty foi ouvir pela fresta da porta encostada.

— Quero Cora Rivers longe de cada uma das contas bancárias dele! Como você pôde não me alertar sobre isso? Dei a ela um tempo razoável.

Não foi à toa que ela aceitou minha oferta com tanta generosidade... achava que nunca descobriríamos!

Aparentemente, Cora estava processando a família Tate por pensão alimentícia enquanto sangrava todas as contas de Abner. Além dos objetivos da Casa Blair, Kitty descobriu que Cora agora precisava do pagamento pelo trabalho de atriz para sobreviver; a família Tate tinha vendido a casa dela em Sunset (a que Lucy dizia ter sido comprada pelo pai da atriz). Ninguém na Casa Blair sabia, porque Cora estava usando os recursos de Abner para manter as aparências. Ela pensou no Rolls-Royce e em Percy.

Sabendo que tinha o dever de ajudar, Kitty entrou na sala. Ao vê-la, Nathan acenou para que saísse e apontou para o telefone.

Kitty entrou assim mesmo, e ele finalmente bateu o telefone.

— Vamos ter que adiar a filmagem. Precisamos de outra protagonista para o papel de Cora em *The Misfits*.

Kitty começou a entrar em pânico.

— Nathan! Não podemos! Começamos a filmar em uma semana.

— Cora está roubando dinheiro do meu pai. Quero ela fora daqui. Imediatamente.

— Roubando? Como assim?

— Tirando dinheiro das contas dele para pagar as próprias contas. Só descobri porque o pagamento da estadia dela de um mês no Beverly Hills Hotel não passou.

Kitty suavizou seu tom normal e disse:

— De que outra maneira ela poderia viver? Não faz um filme há anos. Não era seu pai que cuidava dela? Que a ajudava financeiramente?

— Já fizemos o suficiente por ela financeiramente. Ela pode arrumar outro emprego.

— Ela já tem um. É a estrela do seu filme.

— Eu quero ela na rua.

— Pelo menos pague o valor do contrato dela.

Nathan a encarou como se ela tivesse sugerido que ele pagasse do próprio bolso.

— Acho que ela já teve mais do que merece. Talvez eu mova uma ação contra ela.

— Você está zangado com seu pai, não com Cora.

— Bom, eu não posso fazer nada contra ele. O homem nem notaria.

— Então você quer divulgar todos os detalhes da vida pessoal do seu pai? O que sua mãe diria?

Nathan começou a traçar os planos.

— Vamos começar a escolha do elenco esta semana. Não temos que sair muito do cronograma. — E apontou para ela como se tivesse acabado de ter a melhor das ideias. — Por que não substitui Cora nos ensaios?

— Não, não, não...

— Só até encontrarmos alguém.

Era tentador. Kitty gostava de atuar no set nos intervalos, mas não sabia se tinha algum talento real.

— Só tenta. Sempre vamos poder contratar outra pessoa.

— Nós *vamos* contratar outra pessoa.

— Tudo bem, mas, por enquanto, você conhece as falas, as motivações... precisamos começar os ensaios.

— Eu aceitaria...

— Mas?

— Você vai ser acusado de trocar Cora por alguém mais jovem. Isso não vai ser bom para mim. Já tenho problemas suficientes como sua assistente.

— O que sugere?

— Pague o valor do contrato e deixe-a morar em uma das casas que pertencem ao estúdio.

— E continuo sustentando Cora?

— Por um tempo, pelo menos. — Kitty tinha a sensação de que Cora não precisaria disso por muito tempo. Não tinha muitos detalhes sobre a viagem dela e Lucy a Washington D.C., mas, quando voltaram, Cora estava usando um conjunto de bracelete e colar de diamantes.

Nathan inflou as bochechas.

— Tudo bem, se Cora aceitar dizer que se demitiu.

— Onde ela está agora? — perguntou Kitty.

— Fazendo as malas na suíte do hotel.

— Mande um carro ir buscá-la. Vou abrir um dos chalés.

A casa — modesta, com três dormitórios e dois banheiros — ficava duas ruas abaixo da de Kitty.

— Obrigada pelo que fez. E por sua discrição — disse Cora enquanto servia o chá.

— Não foi nada.

— Logo vou dizer a elas — afirmou Cora, referindo-se às outras na Casa Blair. — Durante muito tempo, Abner negou que estava perdendo a memória, e eu também. Ele tinha uma mente brilhante, e às vezes ficava agitado e esquecia as coisas, mesmo no início, quando nos conhecemos. E tinha pouco mais de trinta anos, naquela época. Agora ele é inútil, e eu estou desempregada e sem um lar. Pensei que pelo menos a casa onde morei durante vinte anos fosse minha, e eu poderia vendê-la.

No fim, Abner havia sido negligente, não garantira nada para ela na circunstância de sua morte, depois de prometer muitas e muitas vezes a ela que o faria. Embora o Beverly Hills Hotel fosse luxuoso, mudar-se para lá obrigou Cora a se desfazer ou vender a maioria de seus pertences.

— Ele foi o primeiro homem com quem estive. Conheci Abner uma semana depois de chegar à cidade. Eu tinha dezessete anos e, sabe, foi como ter um pai rico. — Era o máximo que Cora se aproximaria de fazer uma confissão sobre seu passado. — Eu diria para você ser cuidadosa, mas está em uma posição melhor no Telescope do que eu jamais estive. Abner era controlador; você tem influência criativa. A vida diz que é sua vez.

Cora aceitou se demitir e concordou com Kitty no papel como sua substituta.

Kitty encontrava consolo no palco quando estava sozinha, mas confessou a preocupação sobre não ser capaz de atuar sob comando.

— Você é perfeita... escreveu o roteiro.

Kitty admitiu sua hesitação.

Cora não quis lhe dar ouvidos.

— Você tem que tentar.

— O que você vai fazer?

— Ainda não sei.

— Sinto muito por tudo isso.

— Não sinta. Eu tropecei na carreira de atriz. Participava de audições de coristas para ser dançarina. Então conheci Abner, e o resto é história.

Ela veio a anunciar a morte do pai dias depois, na Casa Blair, dizendo que teve que se mudar porque a madrasta, sabendo que ela era negra, havia vendido a casa para prejudicá-la. Ninguém questionou a viabilidade da história. Kitty guardaria o segredo de Cora, inclusive de Lucy, pois entendia a vergonha de não ser compreendida.

<hr />

Nathan chamou Kitty depois de assistir às fitas da primeira semana de ensaios de *The Misfits*.

— Fique com o papel. Charles diz que você nasceu para isso.

— Ele mal falou comigo no set.

— Você não precisou de muita direção. — Ele apontou para a pequena televisão. — Veja por si mesma. Seu desempenho ajudou todo mundo em cena.

Kitty havia notado isso. Na terceira repetição, eles pararam de consultar o roteiro.

— É sorte de principiante.

— Por favor. É destino — insistiu Nathan.

— Tive uma semana de ensaios.

Nathan bateu com a ponta do dedo no próprio nariz.

— Você vai ficar bem. Tem o meu apoio... o apoio de todo mundo.

Estava decidido. Nathan segurou o rosto de Kitty entre as mãos.

— Você, minha querida, vai ganhar muito dinheiro para nós. — E beijou sua testa. — Quero dizer a todo mundo como você é brilhante, mas acho que vou deixar seu talento e sua beleza falarem por si só agora. Não quero ninguém tentando te roubar.

Apelidada de "a princesa do Telescope", Kitty Karr precisava de uma história de origem. Nathan criou uma história maior que o disfarce inventado por Kitty, mas, ironicamente, um pouco mais próxima da realidade: ele a declarou herdeira de uma fortuna do algodão que havia fugido da vida sulista privilegiada para se tornar estrela em Los Angeles.

CAPÍTULO 26
Kitty

VERÃO, 1956

Algum tempo depois do Quatro de Julho, uma série de preocupações circulou pela cidade, pedindo uma reunião urgente na Casa Blair. Eram duas da manhã quando todas chegaram.

Nina estava desaparecida. Duas noites antes, ela e Maude tinham ido ao píer de Santa Mônica tomar sorvete, e lá um homem negro, que afirmava ser marido de Nina, a arrastou pelo píer e desapareceu com ela.

— Ela ficou apavorada, e eu a empurrei. — Maude começou a soluçar, e Lucy a abraçou.

Ninguém chamou a polícia porque a branquitude de Nina desapareceu no momento em que o homem negro a chamou de esposa. Ela foi esquecida assim que desapareceu, graças a Maude, que distraiu as pessoas com suas lágrimas provocadas pela traição da amiga.

Só algumas se mostravam chocadas por uma coisa assim acontecer com Nina.

— Isso não é culpa dela — disse Lucy, ainda consolando Maude. — Aquele homem *era* marido de Nina. Um dia, quando decidiu se passar por branca, Nina disse que ia ao mercado e simplesmente não voltou mais. Ele nunca vai superá-la.

— A pergunta é: como ele a encontrou? — quis saber Cora. Quando chegou, ela parecia zangada, não triste.

— LA é grande, mas pequena. Em especial entre as pessoas de cor.

— Em especial quando as pessoas falam... — A voz de Liberty vacilou, o que provocou perguntas, naturalmente.

— Alguém contou para ele onde poderia encontrar Nina?

Liberty continuou com a insinuação:

— Que contou para alguém, que contou para alguém.

Olhares foram trocados, processando a quebra de lealdade e segurança.

— Onde ele está agora?

— Foi embora.

— Ela vai voltar.

Maude chorou de novo.

— Faz dois dias!

Laurie balançou a cabeça com tristeza.

— Nós falamos para Nina se mudar, mas ela já estava apaixonada por Titan e se recusou. — Laurie começou a andar pela sala. — Precisamos de uma nova história. Cora e Billie, vocês estavam em um barco no píer. Digam que Nina estava... com um homem qualquer. O barco atracou, e vocês deduziram que ela já havia desembarcado. Deixem que pensem que ela se afogou.

Todas concordaram.

— Vai dizer à polícia que ela estava tendo um caso? — perguntou Kitty.

Laurie olhou para Edna como se para instruí-la.

— É necessário. Não importa o que aconteceu de verdade; só importa em que as pessoas acreditam. Descobrir o que realmente aconteceu com Nina pode levá-las a descobrir sobre nós. — Qualquer história era melhor, desde que terminasse com Nina ainda sendo branca.

— E o marido dela?

— Isso vai constrangê-lo, diminuir a possibilidade de ele insistir em uma investigação — disse Cora, explicando a fragilidade do ego masculino.

Laurie apontou para cima.

— O sol está nascendo. Vão para casa.

Dias mais tarde, Nina foi encontrada enrolada em uma rede de pesca perto do píer. Cora e Billie foram citadas no jornal, como planejado. Maude foi completamente apagada da noite. A palavra de duas mulheres brancas proeminentes apagou da mente das pessoas que estavam no píer naquela noite a lembrança do negro furioso; ele se tornou o homem branco sem nome que o marido de Nina desconfiava ser o amante dela. Pouco depois disso, conforme o previsto, a morte de Nina foi considerada acidental e o caso foi encerrado. Não houve funeral, e o marido dela se casou de novo um ano mais tarde.

A morte de Nina obrigou Kitty a novamente encarar a realidade do perigo que poderia enfrentar. As mulheres se reuniram na Casa Blair para reabastecer o tanque emocional que compartilhavam. Essa foi uma daquelas vezes em que a dor delas não foi categorizada pelo tom de pele. Todas percebiam o quanto eram vulneráveis, o quanto poderiam se tornar insignificantes. Como a beleza levava à tragédia, às vezes. Algumas invejavam a vida glamourosa de Nina, mas agora se sentiam mal por terem sentido inveja. A necessidade de possuí-la, de tê-la, a ganância masculina que a havia matado.

Depois de um tempo, descobriram quem havia sido a responsável pelo vazamento; ficou comprovado que Wilma conhecia o ex-marido de Nina, e ela foi removida do grupo. Kitty usava o trabalho como desculpa para se dissociar. Como as mortes de Joshua Hunt e Emmett Till, o assassinato de Nina a assombrava. Ela buscava refúgio com Nathan, cuja natureza tranquila a acalmava. Sentia-se mais segura com ele, confinada entre as paredes do complexo de estúdios e páginas de história, em meio a coisas que podia controlar.

Kitty adormeceu assistindo à mais recente edição de *The Misfits* em uma das salas de projeção. Haviam sido dez ou mais sessões como aquela, pois Nathan insistia em ver cada corte antes e depois das anotações de todos. Era trabalho de Kitty estar lá sempre. Depois de amar o resultado *cinco* cortes atrás, ela dormiu cinco minutos depois do começo da exibição.

Quando acordou, assustada com seu sonho ou com o silêncio, Nathan sorria para ela.

— Você parece um bebê quando dorme.

Ela escondeu o rosto.

— Por que você estava me observando?

— É o que mais espero todos os dias.

Kitty sentou-se ereta e apertou as laterais da cadeira, enquanto ele se aproximava e se inclinava para beijá-la. Ela fechou os olhos involuntariamente enquanto as bocas deles se moviam, sincronizadas como se as línguas tivessem um idioma próprio, secreto. Não queria parar de beijá-lo nunca, e teria lutado contra isso, se fosse obrigada. Nathan expunha a necessidade de Kitty de contato, de tocar e encontrar no outro uma morada emocional. Naquela primeira vez, teve a sensação de que era perigoso. Afastou-se ofegante, em pânico, mas ele a puxou de volta, e ela se rendeu, devorada pelo que parecia ser natural. Nathan se abaixou diante de Kitty, desabotoando a camisa dela com uma das mãos e, com a outra, sua saia. Ele demonstrava uma urgência por seu corpo, e ela imitava seus movimentos, dominada pelo mesmo sentimento. Kitty hesitava acerca de se devia ou não impedi-lo cada vez que mãos ou boca iam a algum lugar novo, mas depois aceitava, colando o corpo ao dele.

Eles se tornaram um casal sem que houvesse uma conversa formal, embora houvesse razões válidas para terminar o romance antes mesmo de começar. Kitty não confiava em sua capacidade de guardar seus segredos dele, e Nathan se sentia constrangido por ter se apaixonado por sua ingenuidade. Desejá-la era típico... mas a atração entre eles surgira de suas conversas, de imaginações que pareciam ter nascido do mesmo lugar. Durante nove meses, tinham trabalhado lado a lado, sabendo que o compromisso com o estúdio era mais importante que seus sentimentos. Agora o amor entre eles alimentava a criatividade dos dois, unindo trabalho e relacionamento em uma coisa só.

Quando não estavam no estúdio, eles fugiam para praias remotas ou para a casa dele nas colinas. Na maioria das noites, ficavam juntos na casa dele ou na dela, em Orange Drive, dependendo um do outro para dormir. Ele a pediu em casamento em poucos meses, e, de modo eloquente, ela preferiu esperar, embora não recusasse o pedido, lembrando sempre que o foco principal de ambos estava no estúdio.

CAPÍTULO 27
Kitty

OUTUBRO, 1956

A estreia de *The Misfits* foi maior do que todos esperavam. A multidão de repórteres e fotógrafos fez Kitty se sentir como se estivesse plainando fora do corpo, em um espaço que era ao mesmo tempo barulhento e silencioso, claro e escuro.

Todo mundo gritava, mas ela conseguia ouvir cada voz com nitidez, como se as reverberações fossem transmitidas por funis individuais para dentro de seus ouvidos.

Quando chegou a hora de entrar no cinema, Nathan a deteve, segurando-a pelo cotovelo com a ponta dos dedos.

— Dá azar assistir ao seu filme na estreia. — E pôs o paletó de seu smoking sobre os ombros dela.

— Isso é invenção sua. Está com medo de que eles não gostem.

— É sério, dá azar. Não se preocupe. Seu rosto lindo vai ficar famoso no mundo inteiro. Você vai ver.

Depois de um ano trabalhando juntos, e meses como um casal, Nathan era a única pessoa capaz de acalmá-la, a única pessoa por quem ela queria ser acalmada. O relacionamento era uma troca de afago de egos, o cintilar reluzente, um brilho dourado que era o reflexo do outro. O tempo havia parado na primeira vez em que suas bocas se tocaram, e todas as vezes desde então.

Um flash de luz arruinou esse momento no presente.

Kitty abriu os olhos a tempo de ver um fotógrafo solitário se esconder nas sombras do toldo do cinema, a menos de cinco metros deles.

Nathan gritou para a escuridão:

— Credencial, por favor! Onde você trabalha?

Um menino negro de pele alaranjada, magro e com uns dezesseis anos, no máximo, adentrou na parte iluminada.

— Qual é seu nome, filho?

— Michael Walker, senhor.

— Michael, sabe quem eu sou?

— Não, senhor.

Nathan apontou para Kitty.

— Sabe quem é ela?

— Srta. Kitty Karr. Não consegui chegar perto o bastante para tirar uma foto mais cedo.

— Por não ter credencial?

O menino sorriu.

— Sim. Estou trabalhando para criar um portfólio. Peço desculpas, senhor. Só estava tentando capturar o momento.

— E se eu lhe der uma foto exclusiva com a srta. Karr aqui?

O menino olhou para baixo, para a câmera pendurada no pescoço.

— Já tenho uma aqui.

A ousadia do garoto teria enfurecido um homem menor, mas Kitty percebeu que Nathan estava impressionado com a demonstração de confiança.

— Essa foto pode dificultar muito algumas coisas — comentou Nathan em voz baixa.

— O senhor é casado?

Nathan riu alto.

— Não, mas ela vai ser uma grande estrela. Ninguém vai pensar que a mereço.

— Porque o senhor é chefe dela?

— Então sabe quem eu sou. — Nathan olhou para Kitty. — Garoto esperto. — Ele pegou a carteira. — Eu compro seu filme.

— Essas eram as últimas fotos do rolo.

Nathan abaixou o queixo para encarar o menino nos olhos, julgando sua sinceridade.

— Vá ao estúdio na semana que vem. — E ele deu ao garoto algum dinheiro. — Vai ganhar mais quando levar as fotos. Coma alguma coisa e vá para casa. Não tem aula amanhã?

O garoto não respondeu, estava ocupado contando as notas. Eram cerca de cinquenta dólares.

— Vá me procurar na semana que vem — repetiu Nathan. — Lembre-se, vai ganhar mais... e uma tarefa.

Sorrindo, o menino foi apertar a mão dele.

— Obrigado, senhor.

Nathan entregou a ele um cartão de apresentação.

— Começo da semana que vem. E nem uma palavra sobre isso com ninguém... entendeu? Ou o acordo vai ser cancelado.

O garoto acenou e se afastou, animado.

— Isso foi muito generoso — comentou Kitty, segurando o braço de Nathan enquanto caminhavam em direção à limusine.

— As pessoas só querem uma chance. Estou disposto a ajudar todo mundo que tenha ousadia suficiente para ir atrás do que quer. Ele está na rua à noite, amanhã tem aula, e está tirando fotos com uma câmera velha que comprou em uma loja de penhores... é evidente que ele se interessa por fotografia. Vamos ver se ele é bom.

— Eu amo você.

Ele a puxou pela cintura.

— Meu bem, te amo desde a primeira vez que te vi.

Na manhã seguinte, Kitty acordou na cama de Nathan e leu as críticas que solidificariam seu status de estrela. Os críticos elogiavam seu raro equilíbrio de talento cômico e dramático, e, por meses a fio depois da estreia, os fãs formaram filas na calçada do estúdio à espera de uma chance de ver Kitty Karr. Sua imagem estava estampada por toda a cidade e nos jornais do país inteiro; ela imaginava que a mãe havia recortado uma foto. Fotógrafos a seguiam toda vez que ela saía do complexo. O consolo pela perda de privacidade era que agora tinha tudo do melhor de graça: comida, roupas, bolsas, objetos de arte e tratamentos de beleza.

Os cartazes do filme com seu rosto ainda enfeitavam LA no segundo Natal de Kitty na cidade. Depois de alguns dias de satisfação por ver o próprio rosto maior que o do Papai Noel, ela foi removida. A cidade estava pronta para o próximo acontecimento.

CAPÍTULO 28
Kitty

INVERNO, 1956

A criada de Emma telefonou uma semana antes do Natal para convidar Kitty para um fim de semana. Kitty aceitou sem hesitar, embora as duas não se falassem desde a primavera. Ela tinha enviado um convite para a estreia, mas, quando Emma não telefonou para dizer se poderia ir ou não, nem mandou flores para se desculpar pela ausência, ou uma mensagem de felicitações, Kitty desconfiou que seu silêncio, assim como a demissão do emprego, era uma tentativa de cortar laços. Ou ela sentia a mesma inveja que consumia todos no estúdio — exceto por Lucy —, que nem falavam mais com ela.

O convite foi como um ramo de oliveira. Talvez Emma estivesse se adaptando ao casamento. Kitty também esteve ocupada, e decidiu perdoar Emma, dizendo a si mesma que também não havia tentado fazer contato.

A casa de Emma em Pasadena tinha um quintal grande e uma passarela de tijolos vermelhos que levava à porta da frente, onde havia uma grande cabeça de leão de bronze. Uma criada negra e idosa abriu a porta.

— Bom dia, srta. Karr.

Kitty pegou sua bolsa antes que a mulher tivesse tempo para isso.

— Bom dia. Eu mesma levo a bagagem, se me mostrar onde fica o quarto.

A casa era antiga, mas parecia um palácio. Os assoalhos de madeira estalavam a cada passo, mas reluziam, assim como fazia cada superfície de madeira encerada, inclusive o encosto das cadeiras da sala de jantar. Papel de parede floral, inclusive no teto, fazia com que os cômodos parecessem pequenos, mas bonitos, com buquês de flores frescas decorando a maioria das superfícies.

A criada tinha que pôr os dois pés no degrau antes de avançar para o seguinte. Kitty se perguntou como ela conseguia cuidar das tarefas domésticas.

— É só você?

— Na maior parte do tempo.

— Onde está o sr. Denman este fim de semana?

— Vai passá-lo fora da cidade. — Ela não disse mais nada, e continuou experimentando a maçaneta das portas no corredor. A quinta porta se abriu, revelando uma seleção de tulipas amarelas.

A criada transportou um vaso de rosas amarelas de cima da cômoda para a mesa de cabeceira em frente à janela.

— Eu as trouxe do jardim.

— Muito bonitas, obrigada.

— Está com fome?

— Sim, senhora — disse Kitty.

— Abigail, srta. Kitty.

Kitty não se sentiu à vontade para dizer à mulher mais velha que não a chamasse de "senhorita".

— Vou avisar a sra. Denman que já chegou — disse Abigail.

Pela janela, Kitty viu Emma lendo sobre uma espreguiçadeira ao lado da piscina ampla, mas rasa.

— Não é necessário — respondeu Kitty, vendo Emma pegar o copo ao lado da cadeira e beber um gole generoso. — Me juntarei a ela em breve.

※

Ao ouvir a porta da cozinha ranger antes da batida, Emma gritou por cima de um ombro pedindo outra bebida.

— Sou eu — disse Kitty.

O rosto de Kitty estava corado e liso.

— O que está fazendo aqui?

— Você me convidou para vir passar o fim de semana.

Ela pareceu confusa por um segundo, depois disse:

— Acho que Rick pensou que uma companhia me faria bem. Ele vai ficar fora até segunda-feira.

Kitty apontou a revista *Jet* nas mãos dela.

— São da Abigail — protestou Emma. — Ela as deixa espalhadas pela casa. Até Rick dá uma olhadinha nelas de vez em quando.

Emma pegou a cigarreira de prata na grama, revelando uma imagem alarmante das costas magras. Ela nunca teve muito apetite, mas seu corpo agora dava a impressão de que Emma havia eliminado os sólidos.

— Como tem passado? — perguntou Kitty.

Emma acendeu o cigarro pendurado entre os lábios.

— Entediada. — Parecia irritada por ter que dizer, como se Kitty devesse saber.

Ela mudou de assunto, falando sobre como era cativa dos perigos de tentar transformar a casa em um lar. Queria que a reforma fosse mais rápida, reclamando do quanto precisava fazer para que a mansão de Rick em Pasadena parecesse ser metade dela também.

— Aquele papel de parede floral horroroso, os móveis velhos... tudo foi decorado pela falecida esposa dele. Odeio viver dentro da fantasia dela.

— O papel de parede é mesmo opressor — reconheceu Kitty, sem muita paciência para o mau humor dela.

Emma tinha tudo que queria, inclusive uma criada residente que não a julgava e servia seus drinques. Ela parecia comprometida com a própria desgraça.

Emma podia estar verdadeiramente incomodada pela presença da ex-esposa do marido, mas seu tom de voz, carregado de pretensão, fez Kitty revirar os olhos com irritação e humor. Qualquer um que conhecesse Emma, mesmo que na superfície, saberia que seu principal objetivo na vida era ser a esposa de alguém. Mas, para manter o ritmo, Kitty ofereceu a piedade que ela buscava.

— Ah, coitadinha.

— Eles foram casados por cinco anos, apenas. Ela está *morta* e, mesmo assim, sua presença é como uma mancha. — Emma jogou o gelo do copo no cimento e gritou novamente na direção da casa: — Abigail! Outra bebida, por favor!

— Que tal comer?

— Abigail! — berrou Emma ainda mais alto.

Ao ouvir o rangido da porta da cozinha, Kitty se virou e viu Abigail se aproximando com dificuldade. Ela tentava andar depressa, mas os sapatos saíam dos pés.

— Desculpe, senhora, o rádio estava ligado. O que deseja?

Emma a encarou por cima dos óculos escuros.

— Você convidou Kitty para vir?

— Sim, senhora. A pedido do sr. Denman.

— Por que não me contou?

— Pensei que ele tivesse contado, senhora.

Emma revirou os olhos para mostrar que achava que ela estava mentindo.

— Pode trazer sanduíches de presunto, ovos recheados e dois drinques… vodca com limonada? Temos algum pronto?

— Sim, senhora.

— Pode por favor trazer duas águas também, Abigail? — pediu Kitty.

Assim que Abigail se afastou, Kitty repreendeu Emma.

— Ela é velha demais para ficar indo e voltando para te servir.

Emma suspirou antes de explicar.

— Abigail cuida de Rick desde que ele era um menininho. Ela mora aqui, e ele paga um bom salário para ela. Pagou a faculdade dos dois filhos dela.

— Influência sua?

— Não, ele fez tudo isso antes de me conhecer. Os filhos dela são adultos. Ele é uma boa pessoa, Kitty, e a ama.

— Eu nunca disse que Rick era mau.

— Considerando o grupo do qual se aproximou, não achei que ele fosse bom o bastante. — Emma soprou fumaça em seu rosto ao oferecer a cigarreira. — Lucy e Cora tiveram muita interferência em sua carreira de atriz, tenho certeza.

— Não, ela caiu no meu colo. Tudo isso. Foi impossível recusar.

— As críticas são boas. Parabéns.

— Obrigada.

— Agora todo mundo quer saber quem é Kitty Karr. Seu rosto está em todos os lugares.

— Às vezes, nem eu consigo acreditar.

— Bem, não quero que as pessoas me conheçam. Não quero ser fotografada ou entrevistada. Ninguém deve saber que você tem uma irmã.

— Por isso não foi à estreia?

— Eu tenho uma família que adoraria me reconhecer em algum jornal e acabar com a minha vida.

Kitty se deu conta de que havia andado muito autocentrada, para se esquecer disso.

— Mas podia ter telefonado, pelo menos.

— Desculpa.

— Você não pode me excluir da sua vida. Como eu saberia, se acontecesse alguma coisa com minha mãe?

Emma gemeu.

— Isso teria alguma importância, a essa altura?

— É claro que teria!

— Você não voltaria.

— Voltaria, sim!

— Não voltaria, não, mentirosa! — sussurrou Emma, ouvindo a porta da cozinha outra vez. — Você nunca poderia voltar àquele lugar miserável sem sentir falta daqui.

Emma pegou seu prato e, depois de dar duas mordidas no sanduíche de presunto, o abandonou e acendeu outro cigarro.

— Não vai terminar de comer? — perguntou Kitty. — Essas pimentas estão uma delícia.

— Eu nem estava com fome de verdade, para começo de conversa.

Ao ver Emma esvaziar o segundo copo de vodca com limonada em uma hora, Kitty começou a pensar que havia sido convocada.

— Por que não volta para o estúdio?

— Rick disse que não estaria fazendo seu papel de homem, se eu aceitasse que outras pessoas pagassem por meu tempo. O engraçado é que eu ficaria perfeitamente feliz com duas ou três crianças para cuidar. Mas isso não vai acontecer nunca, então o que me resta?

— Que tal a faculdade?

Emma parecia impaciente.

— Não tenho histórico como Emma Karr.

— É verdade. Vem trabalhar conosco, então.

— Kitty, acabei de dizer...

— Não, trabalho de caridade. Ele não pode dizer não a isso.

Kitty não tinha permissão para contar a Emma sobre a Casa Blair, mas contou naquele momento, de um jeito bem resumido, omitindo os principais detalhes e sem mencionar o nome do lugar. Achava que Emma poderia ser receptiva, considerando como estava infeliz.

Mas estava errada. Emma ficou horrorizada.

— É *isso* o que você tem feito? E eu achando que atuar era insanidade. Você é mais louca do que eu pensava!

— Sou como qualquer outra mulher branca tentando fazer algum bem.

— Mulheres brancas têm as próprias lutas; a nossa batalha não as afeta. — Emma apontou para a casa. — O que ela teve na vida me permite ficar aqui sentada reclamando da minha.

— Por isso eu faço o que faço.

— Você está brincando com fogo.

— Não estou protestando, escrevendo ou fazendo discursos! Só convenço as pessoas a doarem, e estou fazendo o que posso para influenciar Nathan no estúdio. A coisa mais fácil seria convencer Rick a doar.

— Não posso prejudicar meu casamento.

— Isso não aconteceria.

— Eu estaria pedindo para ele assinar um cheque para a NAACP!

— Ele não te dá uma mesada? Doe parte dela. — Kitty percebeu que estava dando informações demais.

Emma cruzou os braços.

— Posso ser honesta sem você ficar aborrecida?

Kitty esperou, sabendo que a pergunta era só um aviso, porque a conversa provocaria, sim, aborrecimento.

— Não entendo como pôde colocar em risco sua vida inteira... e a minha... por pessoas que nem sequer conhece.

— Eu conheço minha mãe. Não posso ficar parada e não fazer nada quando pessoas estão morrendo, Emma.

Lágrimas inundaram os olhos de Emma.

— Mas que porcaria — disse ela enquanto as enxugava. — Eu mal consigo sair da cama de manhã, e aí chega você, fazendo com que eu me sinta pior.

— Fazer alguma coisa para ajudar faz com que eu me sinta melhor.

Emma riu.

— Vocês todos pensam que as coisas vão melhorar de um jeito mágico depois que garantirmos a aprovação de algumas leis. Talvez alguns de nós se mudem para bairros como este e dirijam carros caros, e vamos trocar tapinhas nas costas, ignorando o fato de que... de maneira geral... ainda estamos bem atrás, e sempre estaremos. — Emma estreitou os olhos. — Quero igualdade tanto quanto você, mas não estou disposta a arriscar o conforto pelo qual *eu* trabalhei por pessoas que nunca fizeram nada por mim. E você é idiota por querer continuar com isso.

— Nós temos uma obrigação. As coisas não vão melhorar para nenhum de nós enquanto não melhorarem para todos nós.

— Já melhoraram para mim. Eu cresci trancada no sótão, e agora sou dona de uma casa que tem o dobro do tamanho daquela onde morei na infância.

— Você ficava *trancada* no sótão? Você nunca me contou.

— Ninguém quer falar sobre as coisas ruins, Kitty. Não tem nada que eu faria para pôr em risco o que construí e, se você continuar nesse caminho, não vai ser mais que uma lembrança para mim. — Emma recolheu a bebida e os cigarros e jogou a revista no colo de Kitty. — Vou tirar um cochilo.

✦

Na hora do jantar, Emma ainda estava no quarto. A porta estava trancada, e batidas foram recebidas por silêncio. Kitty estava decidida a ir para casa, até Abigail se oferecer para alimentá-la.

— Tem pão de milho, feijão-manteiga e quiabo prontos... Também posso fritar um pouco de peixe. Não vai demorar mais do que um segundo.

— Sim, por favor. — Kitty a seguiu até a cozinha como uma criança obediente.

Ao vê-la temperar o bagre com sal e pimenta, Kitty se lembrou de como Hazel salgava apenas o ovo batido. Todos os outros temperos eram misturados à farinha. *Peixe já é salgado, basta uma pitadinha.* Com toda certeza, o peixe frito de Abigail ficaria um pouco salgado.

— Emma me contou que você trabalha para o sr. Denman há muitos anos — comentou Kitty.

— Sim, senhora.

— Por favor, é Kitty.

Abigail olhou para ela.

— A sra. Denman prefere manter as formalidades.

— Ela está dormindo.

Abigail sorriu.

— Que bom que veio. Ela fica sozinha.

— Ela não ficou muito feliz em me ver. Tem alguma ideia do motivo para eu estar aqui?

— Já disse, ela fica sozinha... muito sozinha.

— Ela e Rick estão passando por problemas?

— Srta. Kitty, eu cozinho e limpo. Só isso.

Kitty não insistiu, convencida de que foi ela, e não Rick, quem a convidou para o fim de semana. E sabia que Abigail ainda não estava preparada para confiar nela.

<hr />

Abigail já estava preparando o café da manhã quando Kitty acordou, na manhã seguinte. Ao meio-dia, quando Emma ainda não havia saído do quarto, Kitty perguntou por ela.

— Ela fica acordada até tarde. — Abigail começou a tirar os pratos da mesa, fugindo da conversa.

— E também não se alimenta direito. — Kitty apontou para as fileiras de temperos e sabores que enfeitavam as prateleiras como *souvenirs*. — Sei que você sente falta de cozinhar.

Abigail tirou uma chave de uma gaveta ao lado do fogão e destrancou uma das portas da cozinha, que Kitty imaginava ser outra despensa. Havia uma escada atrás da porta.

— Ela me disse para não levar a senhorita aqui em cima — avisou Abigail.

— Eu fico com a culpa.

Ela acenou para Kitty segui-la. Quando abriu a porta no alto da escada, Kitty sentiu o cheiro de ar estagnado, azedo. As cortinas estavam fechadas, mas, na escuridão, viu Emma deitada de lado na cama, o rosto voltado para baixo e roncando. Roupas, pratos, maquiagem e livros cobriam o chão e os móveis.

— Ela passa a noite toda acordada, bebendo e andando de um lado para o outro. Eu a levanto do chão bêbada. Ela dormiu no chão do banheiro na noite passada. Eu a encontrei nua, apagada. Tinha tirado a roupa e enchido a banheira. Eu a cobri com uma toalha e a deixei lá. — Abigail sussurrou: — Na última vez que tentei ajudá-la a ir para a cama, ela tentou bater em mim.

Kitty riu da expressão de Abigail. Emma era capaz de deixar uma pessoa nervosa.

— Rick sabe disso?

— Não. Ela não bebe tanto quando ele está aqui, mas ainda passa a noite acordada, andando. Às vezes ele desce, e os dois brigam. Ele dorme no terceiro andar; já faz um tempo. Antes ele a adorava... queria sempre levá-la em suas viagens. Agora mal fala duas palavras com ela durante as refeições. Mesmo assim, eles se sentam à mesa, em silêncio.

— Ele está saindo com outra pessoa?

Abigail começou a gaguejar.

— Srta. Kitty, por favor...

— Você me chamou. É melhor contar tudo o que preciso saber. Sei que você sabe o que está acontecendo.

— Não posso...

Kitty tocou o ombro de Abigail.

— Pode confiar em mim. — Sentia que estava diante de uma emergência; qualquer coisa poderia ter escapado em um dos porres de Emma.

Um olhar de reconhecimento surgiu nos olhos de Abigail e, em uma fração de segundo, Kitty soube que Emma as havia delatado.

— Meu Deus.

Kitty não confirmou, mas também não corrigiu ou esclareceu a percepção da mulher.

— Tenho que a proteger. Você entende isso, não é?

Abigail olhou para Emma, cujos braços pendiam da cama como se ela não tivesse mais vida.

— Não quero arrumar problema.

— Nós estamos em suas mãos.

As comportas se abriram.

— Vi presentes guardados na mala dele, presentes que ele não dá a ela.

— Eles brigam por causa disso?

— Ela finge que não sabe, mas eles brigam por causa da bebida.

— Mas você disse que ele não sabia sobre a bebida.

— Ele não sabe da gravidade.

Para se distrair da preocupação crescente, Kitty começou a arrumar o quarto. Abigail foi recolhendo copos, pratos e outros utensílios que cobriam o chão. Lado a lado, elas limparam, forjando uma aliança contra o que estava tentando destruir Emma, fosse o que fosse. Tomando cuidado para não derrubar os copos ou fazer barulho desnecessário, elas se moviam lentamente, trabalhando em quadrantes pelo quarto. Mas era um cuidado inútil, Kitty decidiu por fim. Uma banda poderia ter marchado pela casa, e Emma não teria se mexido.

Passava das quatro da tarde quando ela deu sinal de vida. Atordoada e esfregando os olhos, apoiou-se sobre os cotovelos.

— Você não devia estar aqui. — Ela deixou a cabeça cair sobre o travesseiro, como se não aguentasse sustentá-la.

— Você é uma bêbada.

Emma saiu da cama e foi para o banheiro, parando a cada três passos como se fosse vomitar. Quando ela chegou ao vaso sanitário, Kitty estava à porta.

— Será que posso ter um pouco de privacidade? — perguntou Emma, tentando fechar a porta com um pé.

Kitty a abriu com violência.

— Rick descobriu sobre você? Ele desconfia de alguma coisa?

— Não!

— Tem certeza? Quem sabe o que você pode ter deixado escapar enquanto estava bêbada?

— Ele não sabe! — Emma apoiou a cabeça entre as mãos. — Ele quer um filho. Antes de viajar, Rick me disse que, se eu não concordar com pelo menos um filho, ele vai se divorciar de mim.

— E o diafragma?

— Foi o que começou tudo isso. Ele o encontrou e jogou fora. Meu médico é um dos parceiros dele de uísque e charuto, não pode me dar outro sem que ele fique sabendo. Enquanto isso, Rick está orientando Abigail para me engordar para eu poder engravidar, e eu simplesmente me recuso a comer e invento motivos para não dividirmos uma cama.

— Mas você não está grávida?

Ela deu descarga e abriu a torneira da pia.

— Não, mas tenho que dar um jeito nisso para *não* ficar grávida. Não posso me recusar para sempre a dormir com meu marido. — Ela olhou para Kitty. — Você tem que descobrir aonde eu devo ir. Não posso ser vista ou ouvida perguntando sobre essas coisas.

Ela se sentou no chão e começou a chorar, uivando de um jeito que fez Kitty querer tampar os ouvidos. A emoção mexeu tanto com Emma, que ela começou a vomitar e regurgitar a seco. Por fim, ela se arrastou para longe do vaso sanitário e foi se deitar sobre o tapete da banheira. Kitty sentou-se no chão e pôs a cabeça dela sobre o colo.

— Alguma vez você imaginou como seria sua vida, se não se passasse por branca?

Essa era a última pergunta que Kitty esperava ouvir de Emma.

— Não penso mais nisso.

— É claro que não. Criou uma vida para você. Tudo o que eu fiz foi parar na vida de outra pessoa.

— Mas você tem tudo que queria.

— Nada que seja meu. Sou um acessório, como um móvel. Tudo é dele.

— Rick ama você. — Kitty percebia isso no modo como ele se esforçava para dar tudo que Emma pedia.

— Ele é maravilhoso... é, sim. Mas não é o suficiente. Eu não sabia o quanto queria um bebê, até ele querer. — Seus olhos se encheram de lágrimas. — Talvez houvesse um bebê destinado a mim... Quem recusa um presente de Deus desse jeito? — Kitty percebeu que a aflição a fazia questionar tudo. — Fico acordada à noite sonhando com bebês. A bebida me faz dormir. — Ela riu, uma risada triste e curta. — Estive tão ocupada dirigindo sua vida, que não dirigi a minha. Você lutou por tudo o que queria, e olha onde está agora. Talvez eu também devesse ter lutado um pouco mais. — Ela escondeu o rosto nas mãos. — Não posso mais fingir. Sou infeliz nessa vida supostamente encantada.

※

Lucy se ofereceu para levar Emma até o homem que cuidava dessas coisas, em um lugar que ficava a duas horas de Los Angeles. Rick estava viajando de novo, e Emma ficaria com Kitty em Orange Drive até se recuperar. Kitty sentia que podia confiar em Abigail para cuidar dela, mas Emma insistiu que a criada era leal a Rick.

Emma voltou com cólicas intensas. Lucy e Kitty tiveram que unir forças para levá-la para dentro da casa.

Lençóis ensanguentados, um colchão manchado e horas sentada no chão do banheiro, enquanto Emma acalmava as cólicas em um banho quente, eram momentos que Kitty não esqueceria tão cedo. Se nunca se casasse, pensou, nunca se veria obrigada a remover o próprio útero.

Rick ficou arrasado quando soube sobre o "aborto natural" de Emma. Ela estava fraca demais para sair de Orange Drive, e os lençóis manchados de sangue serviram de prova. Kitty ficou sentada no sofá da sala enquanto ele andava de um lado para outro e Emma dormia.

— Não sei o que fazer. — Ele tentava afrouxar a gravata, tinha vindo direto do trabalho.

— Atividade faria bem a ela.

— Eu tento sair com ela, mas tenho estado muito ocupado com o trabalho.

— Ela está entediada, por isso começou a preparar drinques.

Rick estava disposto a qualquer coisa para fazê-la feliz.

— O que acha de uma viagem à Europa, ou a Boston? Ela pode gostar de visitar seu lar. — Ele não disse, mas Kitty sabia que ele esperava conseguir dar um jeito nela, pois assim poderiam tentar uma nova gravidez.

— Não. Boston, não. E se ela voltasse a trabalhar?

Ele franziu a testa.

— Ela ganhava tão pouco... não sei se vale a pena ter que comprar outro carro para ela ir até lá.

Kitty se lembrou de como o salário de telefonista lhe havia parecido alto, na época.

— Prefiro que ela tenha um hobby — sugeriu Rick.

— Piano?

— Mas aí eu teria que comprar um. — Ele mordeu o lábio.

Kitty tentou entender por que isso seria um problema. Eles tinham espaço de sobra.

— E... levaria um tempo para ela tocar bem.

Emma o chamou, e Rick correu para atendê-la. Eles foram embora pouco depois, com Emma enrolada em um cobertor e nos braços dele, como se fosse um bebê.

Antes que percebesse, Emma se viu no comitê de embelezamento do bairro, visitando uma idosa em uma clínica e fazendo trabalho voluntário na biblioteca três vezes por semana. Ela telefonava toda semana com apatia fingida — queria que Kitty soubesse como tinha sorte, como era bem-cuidada. Estava tentando transformar o afeto do marido em mais uma competição entre ela e Kitty, que se sentia sinceramente feliz de verdade por ela, sabendo que Emma precisava dele e daquele sentimento de superioridade para validar sua vida.

A biblioteca foi a única coisa que permaneceu. Ela foi contratada em regime de meio período para arrumar as estantes. Mesmo assim, ao testemunhar um aumento considerável na autoestima de Emma, Kitty a recrutou formalmente para a Casa Blair. Dessa vez, Emma começou a doar dinheiro que tirava do próprio salário e a advogar pela diversidade nas contratações do sistema de bibliotecas públicas. Ela começou um grupo de leitura para ensinar habilidades literárias para mulheres de cor.

Emma nunca abriu mão do gim, mas a bebida se tornou menos uma muleta e voltou a ser mais uma chupeta. Rick estava feliz por ter a esposa de volta, e Kitty sentia-se orgulhosa por ela ter se tornado uma cidadã mais produtiva. Ninguém criava problemas com ela por causa de um ou dois drinques noturnos.

CAPÍTULO 29
Kitty

JANEIRO, 1960

A fama de Kitty era uma conquista pessoal, mas não havia contribuído muito para a Casa Blair. Havia vinte projetos em pré-produção no Telescope, e nenhum deles tinha um ator de cor. O segundo filme de Kitty, como todos do Telescope, contava com um elenco branco inteiramente estadunidense ponderando sobre a existência em um enredo idílico, reciclado. A bilheteria foi boa. Nathan não tinha motivo para fazer mudanças.

Ninguém sabia até que ponto tinha ido a reescrita e interferência de Kitty nos roteiros. Ela havia modificado centenas de projetos no Telescope, embora a maioria jamais fosse ver a luz do dia. Alguns foram ao ar, infundidos em seu humor contagioso, mas os dois roteiros de longa-metragem que conquistaram o respeito de Nathan eram inteiramente dela. Mesmo assim, seu trabalho não era nada sem o nome dele.

Para a Casa Blair, ela se tornara um aborrecimento indisponível na maior parte do tempo. Era preciso fazer arranjos especiais e planejar tudo com dias de antecedência para que ela visitasse Hancock Park... ou fizesse qualquer coisa. O único benefício era um poço mais largo de onde extrair doações.

Firmemente cimentada como uma força por si só, Kitty havia expandido seu círculo. Ela e sua unidade frequentavam as casas e os espetáculos de muralistas, fotógrafos, cantores, musicistas, escritores e designers que não conseguiam parar de falar sobre política, protestos e violência. Havia sempre uma caixa de doação circulando para alguma coisa (junto com um baseado), enquanto ouviam música, bebiam e discutiam a vida até o sol nascer. Nesses espaços cheios de cores, Kitty se sentia livre, capaz de escapar de sua estreita visão de preto e branco. O sentimento a inspirava.

De início, ela se apaixonou pela jovem tribo arco-íris.

— Qualquer invasão à qualidade de vida de uma pessoa é errada. — Tim construía cenários. A família dele era de Los Angeles antes de a cidade se tornar o que era; ele era metade indígena Tongva, e todos os seus argumentos se desenvolviam em torno da religião.

Jim Crow entrava no espectro; no entanto, ele dizia, os problemas dos negros pareciam estar muito distantes de Hollywood.

— Não é verdade. As boates mal aceitam mulheres morenas, imagine negros. — Marie era cubana. Ela e outras três estavam gravando um álbum e brigando com a gravadora para que fizessem uma versão em língua espanhola.

— Dançar em uma boate está longe de ser o marco do progresso de uma raça.

— Minha esposa quis dizer que a rotina delas é afetada... as merdas comuns que fazemos todos os dias. — Bradley era fotógrafo e tinha aparecido algumas vezes com uma jovem modelo, antes de Marie e seu grupo aparecerem.

— As pessoas só querem viver em paz.

— Isso seria uma utopia. — Elaine era de uma família de professores, pertencente à Ivy League na costa oeste.

— Sim, vocês estadunidenses são muito cínicos. — Leon era um diretor italiano mais velho que fumava charutos em ambientes fechados, não importando onde estivesse. Ele reclamava sobre a imigração e como tinha sido difícil a mãe idosa se mudar para a Califórnia.

Uma noite, estavam em uma leitura de livro na casa de Manuel, que era muralista e irmão mais velho de Julián, o romancista espanhol que Kitty queria recrutar como redator no Telescope. Kitty estava conversando com ele a respeito disso, quando três artistas de cor entraram. Ela não os reconheceu. O olhar de Maude lhe dizia que não eram amigos da Casa Blair.

A sala borbulhava com champanhe e questões. Os artistas ficaram aliviados por serem aceitos, e os outros ficaram aliviados por merecerem sua confiança.

Kitty esperou a conversa sobre política começar. Logo as ocupações na Carolina do Norte começariam, para dar início ao processo de dessegregação nos restaurantes de todo o sul. O grupo não falava sobre outra coisa havia semanas.

Kitty havia até mesmo admitido um pouquinho de suas raízes sulistas. *Fui aceita na faculdade lá.* Richard e seus outros colegas de turma passaram rapidamente por sua cabeça.

Que bom que resolveu não ir, respondera Elaine.

Foi só em particular que Emma comentou que as lojas do pai dela seriam afetadas, mais cedo ou mais tarde. A Holden's tinha um nome diferente no sul, e cada uma tinha uma lanchonete.

Depois de uma hora falando sobre elenco naquela noite, Kitty percebeu que a conversa sobre política era evitada por conta da inclusão dos convidados de cor. Os serviçais também notaram. Kitty viu que artistas e serviçais se evitavam, separados por classes.

Conhecer o funcionamento interno do espaço fez Kitty sentir saudade da Casa Blair. Embora estivesse com sua unidade, sentia-se sufocada em público. Havia sempre um redator por perto, pronto para relatar nas colunas de fofoca o que ela fazia e dizia. Com afinco, Maude combatia isso em sua coluna, recentemente publicada no *Times*, mas Kitty estava cansada de ver sua foto no jornal. Mesmo quando nem tentava, lá estava ela.

Por essa razão, tinha começado a discutir as questões dos negros, assim como os outros criadores. Eles falavam sobre o crescimento do ativismo estudantil e o movimento paralelo antiapartheid na África do Sul, em vez de abordar a segregação no sul.

— Você está morando na terra da fantasia com Nathan. — Cora sentou-se no balcão de madeira da cozinha da Casa Blair.

Sua preocupação era que Kitty estivesse se tornando preguiçosa por estar amando Nathan e se esquecesse do verdadeiro motivo para estar com ele. Não era totalmente irreal. Kitty e Nathan trabalhavam muito, mas faziam vários intervalos, às vezes para fazer amor ou clarear as ideias em Malibu, o lugar favorito de Kitty.

— Mas eu não tenho nada para pleitear.

— Como isso é possível?

— Escreva alguma coisa para a qual tenham que contratar um ator negro — sugeriu Cora.

— *Imitação da vida* pode ganhar um prêmio este ano — disse Lucy.

— Não o de melhor filme.

— Mas é a hora certa para tentar.

— Eu tenho tentado!

Lucy e Cora reviraram os olhos. Não entendiam como era difícil escrever um personagem negro importante em um roteiro do Telescope. A maioria dos enredos pareceria irreal, ou seria totalmente alterada por ter um negro em um papel que não fosse de criada ou motorista. Elas também não entendiam que Kitty tinha pouco controle, de fato.

— Quero atuar mais, mas acho que Nathan tem um problema com toda essa atenção que recebo.

— Nenhum homem quer que sua mulher seja uma *pin-up*.

Mais tarde naquela semana, Kitty insistiu para acrescentar uma cena em um filme chamado *Highway*. O protagonista, um mochileiro, pegava carona com um homem negro, e eles eram parados pela polícia e sentiam a diferença no tratamento.

— Ninguém ia acreditar que eles seriam parados duas vezes.

— Com um negro no carro, eles acreditariam. Essa é a questão da coisa.

— Honestamente, linda — Nathan, que escovava os dentes, parou para cuspir na pia, depois se virou para beijá-la —, eu quero ficar o mais distante possível da realidade.

Kitty o seguiu até o quarto deles.

— O problema dos negros é um problema nosso. Não podemos ignorar o que está acontecendo no país... em nossa cidade! A arte precisa falar sobre as realidades, *significar* alguma coisa.

— Podemos sofrer um boicote por isso.

— Sidney Poitier acabou de ser indicado para um Oscar!

— E não ganhou.

— E daí? Ele está trabalhando. Há muitos atores negros que estão trabalhando. Nenhum deles sofre boicote.

— Você não sabe quanto prejuízo esses estúdios tiveram por isso, sabe? Te garanto, se esses filmes fossem aceitos pelo público, não seria tão difícil produzir um deles. — Ele vestiu a calça do pijama e começou a procurar a camisa.

— Só é difícil por causa de pessoas como você, que não conseguem ver o futuro.

— Eu quero ganhar dinheiro, não me envolver com política. As pessoas vão ao cinema para conseguir relaxar e se divertir. É uma atividade familiar. Não quero que saiam carrancudas depois de verem meus filmes.

— Como vamos progredir como sociedade, se não falamos sobre isso?

— Não é problema seu. Você é atriz, não arrume mais responsabilidades do que as necessárias.

— Até onde sei, sempre fui mais que atriz. Especialmente para você.

Ela jogou a camisa na direção dele, uma peça que tirou do cesto de roupas da lavanderia que ele não havia guardado, um protesto silencioso contra a insistência dela em *não* contratar uma criada.

— Sim, querida, mas, se você escreve o roteiro ou não, o fato é que não tenho interesse em produzir um filme com atores negros falando sobre questões dos negros. Os sulistas são a minha melhor plateia. — Ele a beijou no rosto, afastou as cobertas e bateu no lado da cama onde ela dormia, chamando-a para se deitar. — O que aconteceu com Daisy Lawson? Escreva a personagem para você.

Kitty sentiu o coração afundar com a oferta de conciliação, pois sabia que a decisão dele já tinha sido tomada. Para ele, contar a história de uma mulher branca e divorciada era progressista.

— Ou escreva uma história de amor. Leve mais mulheres ao cinema.

— *Imitação da vida* foi um sucesso.

— Interessante, mas não é realista.

Kitty tocou os lábios como se o segredo fosse saltar de sua boca e cair no rosto dele. Sentado ali na cama com seu pijama de seda azul e cabelo penteado, ele parecia e falava como um menino, ingênuo a respeito da própria sorte.

— Além do mais — continuou —, ninguém teria que fingir ser branco em Nova York. Dizem que o Harlem é cheio de oportunidades.

Kitty foi ao banheiro enquanto ele continuou falando:

— Não se esqueça de que o nosso trabalho é fazer as pessoas se sentirem bem — gritou ele. — Não culpadas por coisas que não podem controlar.

— Mas as pessoas *podem* controlar! Esse é o xis da questão — berrou Kitty de volta.

— Controlar aquela confusão que está acontecendo no sul? Ah, não, não podem. Nem mesmo o governo sabe o que fazer.

Kitty escovou os dentes, pensando apenas em como ele chamou a degradação do negro estadunidense de "um problema", como se fosse algo que eles mesmos haviam provocado. Parada diante do espelho, entendeu pela primeira vez por que algumas mulheres na Casa Blair, como Nina, haviam atravessado a linha da cor de volta, mantendo relacionamentos emocionais, às vezes sexuais, com os homens negros que conheciam por intermédio da resistência. Kitty nunca voltou atrás, sabendo que a grama não era mais verde.

— Muito bem — disse ela, e cuspiu na pia. — Vou encontrar o papel de uma vida para mim. — Kitty podia não ter conseguido controlar Nathan como a Casa Blair queria, mas adotar o sonho de Cora de ganhar um Oscar era a segunda melhor opção.

— Faça isso, querida.

Assim, Kitty voltou a sair, não só para trabalhar na Casa Blair, mas para se divertir. Conheceu dançarinas do Telescope em uma boate. Planejando usá-las como inspiração, saiu de lá com novas amigas. Havia almoços com artistas da dublagem que também sabiam desenhar. Duas atrizes a encontraram para almoçar. Ela comeu *macaroons* e bebeu chá com um grupo de poetas de Londres. Jogou tênis com o responsável pela curadoria de um museu francês que a convidou para ir a Paris quando quisesse. Havia um indiano com quem ela não conversou, mas que, ao reconhecê-la, lhe deu um colar de ouro. Kitty era fotografada com tanta frequência sem Nathan — e mais notavelmente com esses homens de cor que eram criadores —, que as pessoas começaram a falar. Esses rumores chegaram aos ouvidos de Nathan e criaram dúvidas em sua cabeça sobre Kitty ser dele.

Ele estava sentado no escuro quando ela chegou depois de um jantar com um diretor espanhol, um homem que escrevera um filme sobre os primeiros conquistadores na América. Kitty sentou-se no colo dele para contar a respeito disso.

— Ele é um gênio, você precisa conhecê-lo. Trouxe uma cópia do roteiro para você ler.

— Fora até altas horas da noite com um homem a quem chama de "gênio". — Nathan mudou de posição, o que a fez cair na almofada ao lado dele. Nathan apoiou o fundo do copo frio e molhado na coxa nua de Kitty. — Por que não se casa comigo?

Kitty suspirou. Ele era um executivo do cinema, ela esperava que ficasse satisfeito com sua falta de interesse pelos marcos comuns.

— Você sabe que estou concentrada na minha carreira.

— Pode fazer o que quiser, depois do bebê.

— Você nunca disse que queria uma família.

Ele deu de ombros.

— E precisava? É a evolução natural das coisas. Estava esperando conhecer a mulher certa. Conheci, e em algum momento vou querer um filho. Talvez dois ou três.

— Dois ou três?

Então ele desceu a palma da mão direita sobre a perna dela. Ardeu.

— Quero um filho... ou uma filha, alguém para quem passar tudo isso.

— Não posso engravidar agora. E Daisy Lawson?

— Pode esperar.

Kitty soltou mais motivos (o medo do parto, a falta de instinto maternal), e ele desconsiderou todos.

— Vamos contratar ajuda. Tudo de que você precisar.

Perturbada por saber que suas ambições profissionais não a protegeriam do que era esperado, Kitty passou a dormir na própria casa. Também aumentou o valor dos depósitos de economias e escondeu algum dinheiro no sótão da casa em Orange Drive. Não tinha planos de ir embora, mas, se fosse necessário, poderia ficar pronta em menos de uma hora.

Lucy achava que tudo isso tinha relação com os rumores sobre suas interações com grupos miscigenados.

— Case-se com ele — aconselhou.

Percebendo a realidade sobre seu estilo de vida estar em perigo, Kitty aceitou o conselho. Eles se casaram em uma cerimônia privada no Beverly Hills Hotel, com a presença apenas da família de Nathan. Kitty mandou recortes do *Los Angeles Times* para a mãe. Maude contou que Nathan havia distribuído as fotos do casamento.

— Considere-se uma mulher de sorte por ter um homem tão orgulhoso de ser um marido.

Kitty sabia disso, mas também se sentia culpada, ainda mais depois de Nathan lhe ter dado o colar de ouro com uma esmeralda de seis quilates, favorito da mãe dele. A mulher tinha uma coleção digna de uma rainha do século XIV. Kitty tocou as orelhas, admirando como as bolas de ouro que eram de sua mãe combinavam com o brilho profundo do ouro de vinte e quatro quilates do colar. Sempre imaginara que a tonalidade escura fosse sinal de idade e talvez falta de cuidado, quando talvez fosse um indicativo de qualidade. Notando seu gesto, Nathan deu a ela uma caixinha preta.

— Pensei que outro par de brincos poderia lhe cair bem.

Ela moveu a cabeça quando ele estendeu a mão para tocar suas orelhas.

— Obrigada, mas gosto destes.

Ele apontou para a caixa.

— Não vai nem ao menos olhá-los? Combinam com o colar.

Ela balançou a cabeça em negativa.

— Mas eram da minha mãe, e eu...

Nathan se abaixou para beijar seu pescoço.

— Não se preocupe, eles não vão desaparecer. — Ele tentou tocar sua orelha de novo, e ela bateu na mão dele, que franziu a testa, ofendido. — Você usa essas bolas velhas e comuns o tempo todo.

A caracterização doeu, e ela queria poder defender o valor dos brincos. Trocá-los parecia deslealdade, mas ela o deixou substituí-los pelos novos, de pedras preciosas, como se precisasse de outro lembrete de que o passado realmente havia ficado para trás.

CAPÍTULO 30
Kitty

JANEIRO, 1964

Anos se passaram sem outras conversas sobre filhos. Depois de três filmes, quatro anos de casamento e nove anos juntos, Kitty e Nathan eram parceiros na vida e nos negócios. Seus interesses intelectuais e criativos eram a força que os sustentava e, quando um ficava entediado, era a admiração do outro que os trazia de volta.

Uma noite, quando voltavam para casa depois de assistirem à peça de um amigo, ele não conseguia tirar as mãos dela. Kitty havia sido aplaudida em pé quando a plateia descobriu que ela estava presente, e Nathan se mantivera ao seu lado, orgulhoso e radiante, admirado com todas aquelas pessoas olhando para sua esposa. Assim que entraram em casa, ele abriu o zíper nas costas do vestido de lantejoulas antes mesmo de chegarem ao andar de cima.

Sexo com ele era algo que Kitty sempre apreciava. Ela nunca lhe disse o quanto gostava disso, e nunca tomava a iniciativa, mas nunca o rejeitava… nunca. A julgar por algumas histórias que ouvia, ela deduziu que só havia conhecido um sexo que fosse muito bom. Nathan parecia estar fascinado por ela quando faziam amor, tocando-a como se essa fosse a única tarefa que importava. Ele afagava seu cabelo, segurava sua cabeça enquanto a beijava. A assertividade dele era parte da dança que faziam juntos, mas, naquela noite, depois da terceira vez tentando alcançar seu diafragma, ela teve que usar o corpo todo para resistir a ele.

— Só fica aqui comigo. — Ele prendeu os braços dela acima da cabeça, sobre a cama.

Normalmente, Nathan se importava se o sexo era bom para ela, mas naquela noite agia como se seu corpo estivesse ali apenas para satisfazê-lo. O pesadelo ficou pior quando ele se aliviou dentro dela. Naquele momento, Kitty o odiou. Ele já era dono de sua carreira, e naquela noite mostrou que acreditava ser dono dela também. Depois que acabou, ele passou por cima dela para ir para seu lado da cama e dormiu.

Kitty se limpou com um pano quente. Encheu a banheira, já dolorida entre as pernas, e ficou lá sentada até a água esfriar, sem saber o que havia acontecido.

De manhã, ele beijou sua testa, como normalmente fazia. Ela se retraiu, mas ele não pareceu notar. Naquela noite, Nathan quis sexo de novo, e sua ternura a fez questionar o que se lembrava de ter vivido. Mesmo assim, doeu. Ela tomou outro banho até a ardência passar. Kitty deu ao marido o benefício da dúvida depois de conversar com Lucy, que disse: *Às vezes eles só precisavam fazer desse jeito.*

Semanas depois, em fevereiro, a náusea a obrigou a correr para o banheiro antes do raiar do dia. Ela soube no mesmo instante que estava grávida. O médico da família confirmou com um sorriso jovial.

— Talvez dois meses, ainda está bem no começo. — Ele levou a mão direita à cabeça calva e quase se curvou, como se dissesse que ser pai era o trabalho mais importante de sua vida. Kitty vomitou em seu avental branco.

⁂

Kitty começou a fazer as malas assim que chegou em casa, sabendo que o desejo do marido de ter um filho era maior que o interesse na felicidade dela.

Ela pôs a bagagem no porta-malas do velho Mercedes azul-escuro que usava para resolver problemas na rua. Levava apenas o essencial: a bolsa de couro que a mãe havia mandado com ela, o caderno de escrita, algum dinheiro e fotografias. Tinha escolhido apenas as roupas de que

Nathan não daria falta: as roupas de baixo reservadas para sua condição mensal, as calças e camisas que ele odiava e os brincos da mãe dela.

Kitty telefonou para Nathan no escritório para avisar que havia alguma emergência com Emma.

— É provável que eu passe uma ou duas noites com ela.

Quando ele telefonasse em busca de informações, ela estaria no Kansas, quase em casa.

Kitty não percorreu nem dois quilômetros. Nunca chegou a sair da rua de casa. Abandonar o marido, desistir da carreira, a decisão era grande demais para ser tomada assim, precipitadamente, em uma tarde. Amava o marido e sua vida. E, se o bebê nascesse passável, teria jogado fora o sacrifício da mãe por nada. Além do mais, não daria à luz em menos de sete ou oito meses. Qualquer coisa poderia acontecer antes disso. Podia até mesmo perder o bebê, como Lucy dizia que havia acontecido com todos os dela. Decidindo ignorar qualquer circunstância ou desfecho que não fosse a seu favor, ela decidiu que seu disfarce era o amuleto da sorte. Kitty Karr tinha dado a ela uma realidade composta pelas fantasias de muitas pessoas. Com esse pensamento veio a ilusão de que tudo daria certo.

Depois de ver o que Emma teve que passar para se curar, convencer Kitty a submeter-se à cirurgia foi em vão. Lucy voltou com uma poção do velho médico que havia realizado o procedimento em Emma.

— Vai ser como ter uma menstruação ruim.

Kitty se negou a bebê-la. Emma tentou de novo, depois Laurie, Maude, Billie e, por fim, Cora. Kitty se recusou todas as vezes e, quando a náusea a atingiu com maior intensidade em uma manhã, ela contou para Nathan e tomou a decisão definitiva. Sua negritude foi despida com facilidade, como um casaco, mas ela não poderia se desfazer de mais um pedaço, ter outra perda, especialmente entre mãe e filho. Parte dela queria poder mandar para a mãe uma foto de seu bebê.

— Tire um tempo de folga — sugeriu Nathan. — É melhor garantirmos sua privacidade durante a gravidez.

— Acha que vou ficar tão feia assim? — Aliviada, ela brincou.

— Não, querida, mas a vida real desvia a atenção da fantasia. Você é uma estrela de cinema. O mundo não deve ver sua versão normal, e uma gravidez é o mais normal a que se pode chegar. — Sempre pensando em como aproveitar a publicidade, ele a imaginava ao seu lado em condições de filmar, segurando o bebê, quando ele anunciasse seu novo filme.

Os dias de Kitty passaram a ser ocupados pela reforma do terceiro andar, atualmente um sótão, e sua transformação em um quarto para o bebê. Os fins de semana eram dedicados a de livros de decoração. Identificar as páginas de que gostava em pilhas de revistas era o trabalho de Kitty.

Nathan mostrou um cartão com amostras de tons de tinta amarela.

— Qual?

Kitty escolheu o mais próximo de seu tom de pele.

— Cor de manteiga clara funciona bem para menino ou menina.

Nathan queria dar à criança o nome dos avós paternos: Solomon, se fosse menino, ou Sarah, se fosse menina. Profissional na arte de fingir, Kitty trabalhava para refletir sua empolgação com o aumento da família, mas, quando estava sozinha, se ressentia contra ele por estar grávida.

No quarto mês, ela começou a sentir um incômodo persistente na região inferior das costas. O médico disse que o bebê estava crescendo e pressionando um nervo, mas Kitty se convenceu de que a dor era um prenúncio do sofrimento que estava por vir. A cor do bebê a delataria, e o desconforto físico servia como um lembrete constante. Como não conseguia ficar confortável, ela não dormia por mais que algumas poucas horas. Tornou-se delirante e irritadiça, e os esforços de Nathan para cuidar dela eram recebidos com desprezo e agressões verbais. Impotente e desanimado com seu temperamento, Nathan insistia em contratar alguém para ajudar.

Kitty não suportava a ideia, em especial com as dores que sentia. Não confiava em sua capacidade de esconder os problemas em um ambiente tão restrito. Apesar dos protestos de Kitty, Nathan contratou uma parteira para morar na casa até a chegada do bebê.

Lucy disse para ela agradecer à sorte.

— Ela é sua última chance de ter uma aliada.

CAPÍTULO 31
Elise

NOITE DE DOMINGO, 29 DE OUTUBRO DE 2017

Depois do leilão, os convidados foram acompanhados até a saída levando biscoitos para casa, e o círculo mais íntimo se dirigiu à cozinha para mais bebidas.

Elise usou o momento para desaparecer na selva, atravessar a trilha de terra e passar pela cerca viva em direção à casa dos pais. Ela previa que teria horas antes de alguém ir procurá-la, especialmente porque Aaron também tinha ido embora. Estava ansioso para ir, e Elise mal pôde esperar para se despedir dele.

Os sensores de movimento acendiam as luzes no quintal a cada seis metros, à medida que ela percorria a alameda rumo ao estacionamento para dez carros. Ela puxou uma caixa de arquivo marrom de baixo da toalha de praia que sempre mantinha no porta-malas do Land Rover verde-floresta. Embora a caixa fosse pesada, ela andava depressa, mais preocupada com a possibilidade de ser vista.

Sinceramente, Elise achava as instruções que Kitty havia deixado gravadas sobre a organização de seus pertences tão ridículas quanto a mãe dela dizia que eram. Kitty havia especificado cada detalhe: para onde deveriam ir as plantas domésticas, como dobrar suas peles, a quantidade exata de naftalina a ser comprada antes do armazenamento dos suéteres. Os vestidos foram divididos em pilhas diferentes, com base em quando e onde foram usados.

Elise havia começado dois dias depois da morte de Kitty e, cinco dias mais tarde, horas antes da chegada das irmãs, havia terminado a última gravação e percebido que Kitty não tinha mencionado o baú da Louis Vuitton. Impossível que passasse batido, ele ocupava muito espaço no chão do quarto.

Elise o abriu e encontrou embaixo da roupa de cama empoeirada, organizadas em perfeita ordem, as coisas que mudaram tudo.

Uma carta manuscrita:

Querida Elise,
Escolhi você para cuidar dos meus assuntos porque sabia que seguiria minhas orientações. Sua mãe teria contratado pessoas, e suas irmãs... bem, quem sabe quando elas poderiam ter decidido cuidar disso.
A vida tem a ver com tempo. A essa altura, você sabe disso. Anos atrás, eu contei para sua mãe o que vou escrever agora. Vocês todas podem acabar me odiando, como aconteceu com ela, mas defendo minhas decisões e não me arrependo delas nem um pouco. Perdi algumas coisas, mas também ganhei muito. É assim com todo mundo, é a vida.
Sua avó Nellie implorou para eu contar tudo a vocês quando eram mais novas. Talvez ela estivesse certa, mas eu não conseguia entender que vantagem isso poderia promover. Tudo o que sabia era que não podia contar com minha filha para isso.
Levei anos para reunir coragem e contar para sua mãe e, quando o fiz, falei tudo errado, na hora errada. Ela não ouviu as partes mais importantes, as partes que poderiam ter impedido que ela me odiasse.
Elise, meu nome é Maria Madalena Ledbetter, e sou sua avó. Nasci na Carolina do Norte, filha de mãe negra, e fui para Los Angeles quando tinha dezoito anos, onde me tornei uma mulher branca chamada Kitty Lane Karr. Quando tive sua mãe, ficou claro que não poderia criá-la como filha sem prejudicar não só a vida que havia construído, mas a de outras pessoas que eu conhecia. Minha fama se tornara maior que minha identidade branca, naquele momento. Devo à sua avó Nellie minha vida

inteira por ela ter se disposto a criar sua mãe. Ela me deu o melhor de dois mundos... liberdade e família. Conhecer sua mãe, você e suas irmãs foi o maior prazer de minha vida.

Registrei em meus livros de memórias tudo que nunca tive chance de dizer para sua mãe. Depois de as ler, tudo isso vai fazer sentido.

Todo meu amor,
Kitty

Pilhas de envelopes de vinte por vinte e cinco centímetros datados de 1963 a 1969, contendo fotos de Kitty no estilo paparazzi.

Os dois cadernos Moleskine que Kitty começou a escrever no ano em que recebeu o diagnóstico de câncer.

Duas fotos apagadas e com as beiradas desgastadas, ambas da mesma mulher negra segurando dois bebês brancos diferentes. Havia nomes escritos no verso das duas: *Maria, quatro anos; Shirley Claire, dois anos.*

Um par de brincos de bolas de ouro.

Fez sentido, então, por que Kitty, uma reclusa, queria sua casa transformada em um marco histórico, seus pertences leiloados e seus documentos e fotos digitalizados. Ela sabia que seu valor aumentaria muito depois das notícias, e queria que a família fosse beneficiada. Talvez quisesse que a verdade se espalhasse com facilidade.

Vinte e quatro horas antes, a verdade na forma de uma carta era o suficiente para ponderar. Descobrir que Kitty havia mentido deliberadamente fez Elise se sentir como se tivesse conversado com uma desconhecida o tempo todo, e ela decidiu que tudo na caixa, inclusive a biografia que Kitty escrevera nos dois Moleskines, poderia continuar não lido por mais um tempinho. Elise havia jogado tudo na caixa e trancado no carro.

A confissão esclarecia as dinâmicas de sua família (a presença constante de Kitty na vida de todas, o relacionamento que tinha com Nellie, como se fossem irmãs, e a consistente distância emocional que a mãe dela mantinha de Kitty), mas expunha camadas de dor que complicavam ainda mais o presente.

Após anos de especulação e ressentimento, havia uma explicação para as limitações emocionais de Sarah, mas Elise não entendia. Ela tivera Kitty e Nellie em sua vida. Por que escolheu esconder tudo isso?

A aparição da mãe no labirinto horas mais tarde havia solidificado sua decisão de não contar a ninguém sobre Kitty por enquanto, por compreender e ver que o mundo de sua mãe também estava desabando. De algum jeito, naquele momento ela soubera que o segredo de Kitty não era apenas seu, e ficara acordada vagando entre um milhão de emoções.

A manhã trouxera a ansiedade em relação à reunião no estúdio e à chegada das irmãs, depois de uma noite inteira sem dormir.

A aparição de Jasper naquela noite em um cenário tão privado a forçara a juntar as peças.

Ela terminou de ler os Moleskines de Kitty com a luz branca como neve da manhã de outono entrando pela janela de vitrais de abelhas, embasbacada por constatar como a branquitude havia alterado a vida de duas gerações de sua família. Saber que essas origens derivavam da linhagem de um estuprador a enojava. Estupro de escravizadas africanas e seus descendentes era uma prática comum, ela sabia, uma ameaça constante pela qual os brancos estabeleciam o domínio, concretizavam fetiches e geravam mais escravizados para aumentar a própria riqueza. Era rotina, parte do sistema (algo que havia acontecido muito tempo antes com pessoas que ela nem conhecia, como em um filme). Agora, depois de conhecer Hazel pelas palavras de Kitty, ela conseguia ver o rosto angular da bisavó no próprio reflexo. Conseguia sentir sua energia e a de Kitty. E se deu conta, então, de que o que a mãe temia era a história da própria criação.

Elise ouviu os movimentos da mãe na cozinha (já preparando tudo para a festa, sem dúvida) e desceu para ajudar, ainda decidida a manter o segredo de Kitty até que ele não pudesse mais ser guardado. Jasper seria um meio de testar isso.

Mas foi o pai que ela encontrou na cozinha.

— Oi, minha linda.

— Bom dia. Cadê a mamãe?

— Dormindo. — Ele ligou o moedor de café e arregaçou as mangas do roupão. — Quer café da manhã? Julia deixou salmão defumado para hoje.

— Claro.

Ele se dirigiu ao refrigerador cantarolando, arrastando os pés ao som da melodia em sua cabeça.

— Teve uma boa noite de trabalho? — perguntou Elise.

Ele arqueou uma das sobrancelhas.

— Não esse tipo de trabalho.

— *Pai!* Que horror.

Ele riu enquanto entregava a ela uma tábua de corte e dois pães.

— Como tá o seu namorado?

Elise puxou uma faca do quadro magnético ao lado do fogão.

— Tudo bem.

Ele rasgou o pacote selado de salmão defumado e arrumou as fatias em uma travessa.

— E aí estão as outras duas. Querem café?

Giovanni, que vestia moletom, uma camiseta velha dos Ursinhos Carinhosos e calçava tênis, parou onde estava. Era evidente que ela também esperava uma agitada manhã em família.

— Cadê a mamãe?

— Ainda está dormindo — disse o pai delas.

As duas irmãs pareceram aliviadas. Noele ainda vestia o pijama, e caminhou com movimentos automáticos até o armário dos pratos, como se fosse sonâmbula.

— É a primeira vez que ela dorme a noite inteira em semanas.

Elise se perguntou como ele sabia disso. O pai estava sempre no estúdio àquela hora, e por esse motivo Elise havia sentido necessidade de observá-la, ter certeza de que a mãe sempre voltava para dentro. A noite anterior foi a única daquela semana em que ela se esqueceu de verificar.

Ao meio-dia, quando Sarah ainda não havia saído do quarto, Elise saiu discretamente da cozinha, onde o pai e as irmãs colocavam as coisas na lava-louças.

Compreendia tudo o que a mãe estava suportando, por isso se sentia culpada pelo discurso na homenagem póstuma. Quando a mãe respondeu às batidas na porta com uma voz fraca, ela se sentiu ainda pior.

— Mãe... — disse, e abriu um lado da porta dupla.

Sarah espiou por cima do edredom fofo, viu que era ela e disse para fechar a porta.

— Elise, não tenho energia para brigar.

— Eu não... Eu vim pedir desculpas pelo que disse.

Sarah se virou de lado.

— Mãe, precisamos conversar.

— Preciso descansar para hoje à noite.

Magoada, Elise recuou.

— Deus nos livre se essa festa não acontecer. — Ela fechou a porta com mais força do que era necessário, tentando provocar uma reação, mas não aconteceu nada.

CAPÍTULO 32
Kitty

VERÃO, 1964

Nellie Shore chegou à casa dos Tate sem um sorriso ou muita coisa a dizer. Sua boca e mandíbula se franziam para baixo, de cara fechada, mas havia bondade por trás dos olhos quase pretos. A pele de Nellie combinava com a profundidade de seus olhos e criava um contraste intenso com os vestidos de estampas coloridas que ela usava, e que cobriam suas extremidades até os tornozelos e pulsos. Ela era uma mulher jovem, mas se vestia como Bertha, que tinha o dobro de sua idade.

— Faltam cinco, talvez seis meses — disse Nellie ao examiná-la. As dores que sentia eram de crescimento, explicou. — Não há nada a fazer, além de esperar.

O bebê seria parecido com Nathan, um homem de um metro e oitenta de altura, vinte centímetros mais alto que a esposa.

— O bebê também está desconfortável. Vocês dois vão se ajustar novamente, em breve — garantiu Nellie a ela.

Kitty era grata pelos cuidados de Nellie, mas se ressentia de sua presença. Precisava de espaço e privacidade para traçar planos, caso o nascimento do bebê a denunciasse. Dia e noite, Nellie ficava sentada em um canto do quarto de Kitty, lendo, exceto pelas viagens que fazia à cozinha para as refeições. Kitty não podia ser grosseira. Nellie a ajudava a ir ao banheiro e preparava seus banhos na temperatura perfeita, com ervas e óleos. Essa era a única coisa que acalmava seu desconforto físico e a angústia.

O meio da noite era sempre pior. Cerca de três semanas depois da chegada de Nellie, Kitty teve um pesadelo. Começou a chorar e entrar em pânico, falando sobre como nunca quis engravidar. Nellie a silenciou.

— Vai acordar seu marido. — Nellie a levou ao banheiro e fechou a porta; a luz proporcionava a única luminosidade que tinham. — O bebê vai chegar, queira você ou não. — Ela a despiu de sua camisola suada. — É melhor se conformar com isso. Crianças sabem quando não são desejadas, e você vai ter que enfrentar um inferno para educar esse filho.

Kitty choramingou.

— Essa dor é só o começo da minha punição.

Nellie abriu a torneira da banheira. Os produtos adicionados à água tinham cheiro mentolado.

— O que a senhora tem contra esse bebê?

— Eu não deveria ser mãe.

— Não está falando sério.

Kitty a desafiou.

— Como sabe?

Nellie tirou um cachimbo do bolso do vestido e pôs sobre a pia.

— Já vi tudo isso. Não se preocupe. Vou te ajudar a superar a gestação e trazer o bebê ao mundo quando chegar a hora, sra. Tate.

— Por favor, pode me chamar de Kitty. Não somos iguais?

Nellie a encarou com uma expressão indiferente.

— Vou fazer vinte e oito anos em setembro — disse Kitty. — E você, quantos anos tem?

— Trinta e três — respondeu Nellie, esfarelando entre os dedos uma flor de maconha e abastecendo o cachimbo. Ela o acendeu, antes de entregá-lo a Kitty. — Traga.

Kitty deu algumas tragadas, antes de o cachimbo apagar. Uma sensação de leveza na cabeça e no corpo permitiu que ela relaxasse na banheira. A água cobria suas pernas e metade da barriga redonda.

— E se alguma coisa der errado?

Nellie sentou-se na tampa do vaso fechado.

— Não vai dar. Faço isso desde que era criança. Comecei aos nove anos, ajudando minha tia. Nasci com o dom, e tenho vinte e um anos de experiência. — Nellie fornecia "medicina essencial", como o velho que Emma havia visitado, e seus serviços eram reservados a quem precisasse de ajuda com as condições mais delicadas. Ela não ia trabalhar em um hospital para gente de cor porque não tinha educação formal.

— Quantos bebês trouxe ao mundo?

— Com o seu serão cinquenta e três.

O corpo de Kitty se expandiu, e o crescimento deixava na barriga e nos quadris marcas arroxeadas que ela lamentaria por anos. O desconforto deixava marcas de fúria em seu temperamento; andava mal-humorada e gritava com Nathan, que insistia em trazer seus roteiros e amostras para o quarto do bebê. Era cruel ter que se preparar para uma vida que ela nem sabia se ainda seria dela. Kitty ainda não tinha um plano.

Certa tarde, Nellie tirou as cobertas de cima das pernas dela.

— Vamos dar uma caminhada.

— Não consigo. — Ficar em pé por muito tempo causava dores nos ossos dos quadris.

— Tem uma cadeira de rodas lá embaixo.

Fazia calor lá fora. Kitty levou a mão à testa para proteger-se do sol. Nellie pôs um chapéu na cabeça dela.

— Por que não escolhe logo a decoração do quarto do bebê? — perguntou Nellie.

— Ele pediu para você falar comigo?

— Não, mas vejo como fica magoado quando você se recusa a ver aquelas fotos com ele. Seu marido tem pedido minha opinião sobre os móveis e outros detalhes.

— Pode opinar. Não me importo.

— Se não tomar cuidado, ele vai transferir todo o afeto para o bebê, e a senhora nunca mais o terá de volta.

— Está falando por experiência? — Kitty não sabia nada sobre a vida pessoal de Nellie. Ela nunca falava sobre o marido ou qualquer outra pessoa, e nunca ia para casa, nem mesmo nos fins de semana, quando poderia ir.

— Não temos filhos.

Kitty ficou surpresa, sendo ela uma parteira.

— Mas você é tão maternal! Não quis filhos?

— Nunca pensei nisso. Sabia que não podia ter filhos desde que era novinha. — Nellie explicou que nunca começou a menstruar. A tia disse que ela nasceu sem ovários.

Kitty esticou a mão para trás, por cima do ombro, para tocar a de Nellie.

— Lamento por toda essa conversa sobre eu não querer o bebê.

— Não precisa se preocupar. Sou a mais velha de uma família de dez irmãos. Nunca senti falta de filhos. Só a preveni porque vi isso muitas vezes. Ter um bebê pode complicar o casamento.

— Normalmente, você mora com a família até o bebê nascer?

— Assim é mais fácil.

Kitty se virou para olhar para Nellie.

— Para quem?

— Ha! — Nellie riu, surpresa com a franqueza de Kitty, depois resignou-se a ser honesta. — Meu marido não trabalha desde que nos mudamos para cá. Eu o deixo enfrentar suas frustrações em paz.

Kitty já tinha ouvido falar nisso. Queria perguntar se as frustrações dele tinham causado um problema de temperamento, um problema com bebida, um problema feminino, ou todos os três.

— Que tipo de trabalho ele faz?

— É agricultor, mas, a essa altura, ele vai aceitar qualquer coisa. — Suas habilidades de ofício eram fáceis de transferir, mas esses trabalhos não ficavam disponíveis para negros.

— Vieram para cá para plantar?

— É uma longa história.

— Não tenho nada para fazer, além de ouvir — lembrou Kitty.

339

O marido de Nellie era proprietário da terra deles na Georgia. Um dos poucos negros que tinham terras, ele descendia de uma longa linhagem de agricultores. Aquelas terras foram passadas por três gerações, uma herança de seu tataravô branco, Frederick Shore, para o filho mulato, que ganhou o suficiente construindo portões de ferro para comprar sua liberdade.

— O pai dele não o libertou?

— Ele era muito valioso. Os produtos que criou com ferro estão por toda a Georgia.

— Que legado.

— Muito trabalho, é isso o que é. Eles estavam atrás daquelas terras havia décadas, e finalmente puseram as mãos nelas. Chegamos aqui só com a roupa do corpo. Ficaram sabendo que pessoas estavam se reunindo em nossa fazenda e queimaram nossa casa. Se a filha de um vizinho não tivesse entreouvido aquelas pessoas planejando o incêndio, eu não estaria aqui hoje. Ficamos escondidos na parte de trás do caminhão de leite. O motorista era um amigo de infância de Clifford. Homem branco. Ele nos escondeu, arriscando sua vida e a da família. A esposa dele nos levou até o Kansas no porta-malas do carro dela, com os três filhos no banco de trás. De lá que pegamos o trem para o oeste.

— Sobre o que eram as reuniões?

— Sindicalização.

— Por isso ele não consegue arrumar um emprego aqui?

— Não. Ele nunca foi serviçal, e a maioria dos empregos disponíveis são desse tipo.

— O estúdio está sempre procurando zeladores e pessoal de limpeza e manutenção. Vou falar com Nathan.

— Clifford é orgulhoso demais.

— Espere até ele ficar com fome suficiente.

— Eu também penso assim. — Fazia cinco anos, ela contou, e a raiva do homem ainda era tão grande que ela se espantava pelo marido ainda estar respirando.

Kitty convenceu Nathan a dar um aumento para Nellie. Independentemente de o bebê de Kitty nascer negro, branco ou qualquer variação entre uma coisa e outra, teria que passar pelas mãos de Nellie. Nellie só a ajudaria, se as coisas chegassem a esse ponto, caso gostasse mesmo de Kitty (se a amasse, na verdade). Kitty sabia que não seria fácil. Quando convivia com pessoas brancas, Nellie, como todos os negros, exibia outro rosto, e Kitty entendia que ela jamais revelaria seu verdadeiro eu, a menos que ela própria fizesse isso primeiro.

Kitty quase se revelou quando Sidney Poitier enfim ganhou um Oscar. Nellie, Kitty e Nathan estavam assistindo à cerimônia juntos na sala de estar. Quando Nathan abraçou as duas, Kitty se sentiu incomodada. Ele comemorava para não ofender Nellie, ou seu entusiasmo era autêntico? Kitty não sabia ao certo. Ela mantinha os olhos fixos na televisão, mas pensou em dar uma espiada em Nellie. Queria compartilhar a alegria que explodia em seu corpo. Se fizesse isso ali, naquele momento, sabia que Nellie a ouviria, mesmo que não dissesse nada. Mas Nellie não desgrudava o olhar da TV, nem nos comerciais. Kitty compreendeu que ela também sentira a apatia velada de Nathan.

CAPÍTULO 33
Kitty

OUTONO, 1964

Kitty viu Sarah pela primeira vez em um sonho. Ela era uma menina de três ou quatro anos, com a coloração intensa de Hazel e duas tranças grossas de cabelo castanho-escuro descendo pelas costas. Sarah estava na ponta dos pés, tentando pegar um bolo no meio da mesa. Decorado com confeitos coloridos e muitas velas, o bolo parecia um daqueles feitos pela sra. Nora. Quando os dedos da criança tocaram a cobertura, Hazel apareceu à ponta da mesa.

— Quem disse que isso é seu?

Houve sugestões anteriores de Hazel nos sonhos de Kitty, mas ela nunca havia aparecido completamente. Kitty tentou tocá-la, mas o movimento a acordou.

Ela desceu e foi ao quarto de Nellie, perto da cozinha. Nathan tinha oferecido a ela um quarto no segundo andar, mais perto do de Kitty, mas as duas recusaram. Kitty queria preservar a privacidade, e Nellie queria ficar na ala dos empregados para poder fumar no quintal dos fundos, antes de dormir.

Nellie abriu a porta depressa. As mãos dela envolveram o ventre de Kitty.

— Está na hora?

— Estou bem. — Kitty abriu caminho, entrou no quarto e fechou a porta. — Tem uma coisa que você precisa saber sobre mim.

— Eu sei que você é de cor — avisou Nellie. — Você me contou durante um dos surtos que teve. Lembra-se daquela noite em que ofereci meu cachimbo? Foi exatamente por isso. Fiquei com receio de que contasse ao seu marido, então comecei a observar seus movimentos como um falcão.

— Por que não disse nada?

— Eu sabia que você teria que me contar, em algum momento. Consigo ver o pânico em seus olhos quando fala sobre o bebê. É como se não tivesse certeza de que é seu ou não.

Kitty tocou a própria barriga. Era exatamente assim que se sentia.

— Você tem adoecido de preocupação pensando que o bebê pode não ser branco. Vejo mulheres como você o tempo todo. Na maioria das vezes, elas nem sabem que são de cor.

— Ela não vai ser passável. Foi isso que vim dizer.

— Ela?

— Tive um sonho. Eu a vi. — Ao perceber a tensão de Nellie, Kitty sentiu a ansiedade crescer.

— Seus sonhos se realizam?

— Não sei, foi o primeiro que tive desse jeito. Foi muito real. Vi minha mãe e o bebê, mas ela era uma criança. Preciso de sua ajuda. Tenho que encontrar um casal para adotá-la. Eu vou pagar por tudo...

— Seu marido não vai sentir falta do dinheiro?

— Tenho minhas economias. — Kitty não gastava um centavo do próprio dinheiro havia anos. Nathan era generoso e dava a ela total acesso às suas contas desde antes do casamento. — O bebê merece ter os benefícios de ser filha de quem é, mas não quero vê-la. Ninguém pode saber que sou a mãe dela.

— O que vai dizer ao sr. Nathan?

Kitty abaixou a cabeça.

— Que ela morreu.

Nellie sentou-se na cama.

— Por que não fala a verdade? Ele parece ser razoável.

Kitty não tinha tanta certeza.

— Ele nunca vai entender que menti para ele desde o dia em que nos conhecemos. — Pensando em Emma, Lucy e nas outras, Kitty acrescentou: — Não tem a ver só comigo.

Ela começou a chorar, e Nellie segurou suas mãos para carregar parte de sua dor.

— Como mulheres negras — Nellie enfatizou o plural —, tomamos decisões difíceis. — Ela apertou as mãos de Kitty com mais força e começou a rezar em voz alta.

Kitty abaixou a cabeça, mas não conseguiu fechar os olhos. Dava graças por suas refeições e fazia preces rápidas de agradecimento quando alguma coisa a favorecia, mas nunca se demorava na reza. Queria sentir a paixão que fazia a testa de Nellie se contrair e o ritmo da fala mudar, mas fazia anos que não sabia o que dizer a Deus. Sentia vergonha de tentar àquela altura, quando precisava de ajuda. Também não sabia se adiantaria alguma coisa: embora ela e Hazel fossem à igreja, não eram as escrituras que recitavam todas as noites antes de dormir, mas sim o poema favorito delas, como se fosse uma prece.

Nellie esperava uma oportunidade para induzir o parto de Kitty e, enquanto isso, foi à Casa Blair disfarçada de agente de adoção. Maude se vestiu como uma freira branca para ir encontrá-la. Por precaução, precisavam encontrar um casal que entendesse que teriam apenas cinquenta por cento de chances de receber uma criança. Era fundamental que a identidade dos pais fosse mantida em sigilo para todos os envolvidos.

Pode-se dizer que foi sorte, ou destino: Nathan anunciou uma viagem ao deserto para verificar uma produção duas semanas antes da data prevista para o parto. Ele estaria a apenas três horas de distância.

Assim que ele partiu, Nellie fez um chá para ajudar a induzir o trabalho de parto. Elas ainda não haviam encontrado um lar para o bebê, mas essa breve ausência tornava o nascimento imperativo. O trabalho de parto durou dezenove horas. Kitty, que já havia demonstrado não ter nenhuma tolerância à dor, desenvolveu uma urticária nos braços e no peito que deixou sua pele com a aparência de carne crua. Por fim, a criança (uma menina) respirou pela primeira vez nos braços de Nellie.

A parteira a entregou a Kitty, que afastou o cobertor do corpo pequenino para examiná-la. De fato, a criança tinha a cor de cacau de Hazel, como Kitty vira em seu sonho. Os cílios eram tão longos que descansavam sobre as bochechas.

— Ela é bonita. Seu nome é Sarah.

A criança tinha um sinal circular no meio do peito, onde havia pintinhas menores e mais escuras, como se Deus o estivesse usando como paleta.

— É o nome da mãe dele, não é? — disse Nellie.

— Sim, por isso não pode ser alterado. — Kitty traçou com o dedo uma das orelhinhas da neném. — Não se preocupe. Sempre vou cuidar de você.

O bebê franziu o nariz, como se não apreciasse a interrupção de seus sonhos. Quando Kitty beijou o topo de sua cabeça, ela começou a roncar baixinho. Mas não era parecida com ninguém que ela conhecesse. Por um segundo, isso a fez sentir-se melhor em relação ao que precisava fazer.

— Pode ficar com ela? — pediu Kitty.

— Acordo você quando for hora de amamentá-la.

— Obrigada. — Kitty pôs Sarah no cesto que havia preparado. — Sei que temos conversado sobre encontrar alguém… mas eu preferiria você a qualquer pessoa.

Nellie encarava Kitty como se não entendesse o que ela dizia.

— O acordo é o mesmo. Eu a sustento e não quero vê-la. Não teremos motivo para manter contato, depois que você for embora.

Considerando o que ouvia, Nellie respondeu:

— Talvez ela nos faça bem. — Kitty entendeu que ela se referia ao estado de seu casamento.

— Ele vai ser bom para minha filha?

Nellie pareceu ofendida.

— Ele é um bom homem, Kitty.

— Mas ele quer um filho?

— Ele não sabe o que quer, mas vai ter dificuldade em ser tão infeliz quando houver uma linda garotinha sorrindo para ele.

— O que você vai dizer às pessoas?

Nellie parou para pensar.

— Que ela é filha da minha irmã, que morreu.

— Isso é verdade?

— Não, mas não somos próximas. Ela nunca virá à minha casa.

A bebê choramingou, e Nellie deu um pulo para pegá-la. Aninhou Sarah em seu pescoço. Incapaz de testemunhar a facilidade com que ela assumia o papel de mãe, Kitty pegou o copo d'água sobre a mesa de cabeceira, tentando ignorar a dor, a onda de desespero provocada por uma perda que ainda nem sequer havia acontecido.

Kitty passou os dois dias seguintes com Sarah no quarto da bebê. Nathan, que sempre pensara que seria pai de uma menina, já havia usado blocos de letras amarelas para formar o nome dela na parede.

— Ah, Nellie. — Kitty ficou com lágrimas nos olhos ao ver isso. — O segundo nome dela pode ser Hazel? É o nome da minha mãe.

— Que carinhoso. Ela ainda é viva?

— Mora na Carolina do Norte.

— Talvez um dia possamos ir até lá. Seria uma honra conhecer sua mãe.

Kitty não tinha energia nem para fingir que isso era possível. A fama a impedia de se misturar às pessoas, mesmo que tivesse coragem o suficiente para voltar.

Kitty atendia a cada choramingo e murmúrio de Sarah, a amamentava assim que dava sinais de fome e velava seu sono. Era fofo como ela torcia boca e nariz, como um porquinho. Ela finalmente abriu os olhos e, embora não tivessem herdado o halo azul-acinzentado, ela os cravou em Kitty como se tentasse gravar seu rosto na memória.

As palavras fáceis do poema que sua mãe costumava recitar também acalmavam Sarah. Feliz por ter conseguido lembrar-se dos versos, ela se sentiu como se a mãe estivesse ali. Enquanto Sarah sonhava, Kitty contava a ela todas as coisas que provavelmente nunca mais teria a chance de dizer. Levou uma noite inteira para explicar por quê.

Clifford chegou bem cedo na manhã seguinte. Kitty entregou Sarah a Nellie na primeira vez que ela estendeu os braços para a criança. Depois se isolou no quarto do bebê, deixando Nellie sair sozinha. Então trancou a porta quando Nathan voltou para casa, depois de receber o recado urgente de Nellie no hotel onde estava. Ele esmurrou a porta, implorou para que Kitty o deixasse entrar, com medo do que o luto poderia induzi-la a fazer. Ela passou os dedos por baixo da porta para confortá-lo. Deixar que ele a consolasse por seu ato seria demais.

Nathan se recusou a ouvir detalhes sobre a morte da bebê, inclusive quando Nellie telefonou para dar explicações. Não quis ver o corpo nem fazer um funeral. Cobriu os móveis do quarto da criança e trancou porta e janelas. Anos mais tarde, a casa foi vendida desse jeito.

A unidade de Kitty passou para dar as condolências em nome da Casa Blair, e controlou a conversa, comprometida, pelo que parecia, com um conjunto de temas previamente aprovados para garantir que não houvesse pausas e, consequentemente, oportunidades para a verdade. Kitty se sentiu aliviada por não ser interrogada; não queria repetir mentiras para mais ninguém. Elas podiam ter suas suspeitas, mas era mais seguro que não soubessem, como sempre.

Ela não fez planos para revê-las tão cedo, nem sugeriu nada. Sarah havia mudado a disposição de Kitty para correr riscos. Precisava estar por perto para cuidar de seu sustento. Independentemente do que havia acontecido com Kitty, todas podiam ver a mudança. Lucy a incentivou a se concentrar no casamento e voltar a atuar. Kitty nunca mais voltou à mansão, mas se tornaria uma das mais generosas doadoras da Casa Blair.

A casa dos Tate, antes cheia de conversas, ficou silenciosa. As festas de fim de ano passaram e, mesmo depois do Ano-Novo, Kitty não se sentia inspirada para escrever. Temia ter perdido o dom de criar longos contos de fadas. Ficava acordada até tarde da noite, tentando forçar palavras no papel, algo que só resultava em muitos cigarros fumados e pensamentos sobre Sarah. Quando fechava os olhos, podia ouvir os ecos de seu choro agudo. A dor lhe era sufocante e, sem Nellie, Kitty descobriu o conforto do gim, onde afogava a falta que sentia de sua bebê. Nathan não a continha, pois ele também tinha aprendido a servir doses generosas.

Kitty havia julgado mal as coisas. Não importava que Sarah não estivesse morta de verdade. A criança nunca seria sua filha e, para ela, isso era como a morte em si.

Emma telefonava todos os dias. Às vezes Kitty atendia o telefone; às vezes, não. Com Nathan com a cabeça enfiada no trabalho e seus deveres na Casa Blair inexistentes, ela sabia que qualquer coisa que alguém quisesse, poderia esperar. Então, uma noite, Nathan estava trabalhando até tarde, ou talvez tivesse adormecido no sofá de seu escritório, o que acontecia com frequência (mesmo durante o dia, quando ele começava a ler roteiros), e ela ligou para Emma. Eram 23h02. Emma só precisou ouvir a voz dela e, às 23h29, tocou sua campainha.

CAPÍTULO 34
Kitty

JANEIRO, 1965

— Como o sr. Tate está lidando com a situação? — Nellie deixou o copo d'água sobre a mesinha de café de Kitty.

— Ele tem dormido no escritório de novo. — Kitty olhou para Sarah com um sorriso. Ela respondeu com uma bolhinha de saliva, os olhos ainda fixos nos de Kitty. Era como se, depois de quatro meses, a reconhecesse. Era um bebê gorducho, com pernas e braços roliços, e covinhas nas bochechas e nas coxas. — Nada mudou na vida dele. Não consigo dormir, e ele mantém as habituais dez horas diárias de trabalho.

O intervalo dela no trabalho e a vida confinada estavam esgarçando o relacionamento. Nathan amava sua "estrela Kitty Karr". E, por sua persona de celebridade ser a camada mais afastada de seu ser que havia revelado a ele, Kitty sentia-se um fantoche. Sabia que cabia a ela dar um jeito nisso.

— Onde ele está agora?

— Ele passa a noite na casa da mãe uma vez por semana.

O pai de Nathan tinha uma enfermeira residente, mas a mãe precisava de apoio emocional. Eles eram muito próximos, e Kitty, que sempre manteve distância da família dele por razões óbvias, incentivava esse tempo de sociabilidade.

Atormentada pelos gritos-fantasmas de Sarah, Kitty havia telefonado para Nellie no meio da noite. Sussurrando ao telefone, encolhida no canto da cozinha e com a torneira de água aberta, Kitty implorara para Nellie trazer Sarah para visitá-la. Nellie ouvira o pânico na voz dela e sentira medo de que o convite fosse um descuido. Kitty garantira que sua casa era a última coisa que passava pela cabeça do marido.

— Ele passa o maior tempo possível longe de casa para me forçar a sair. Quer que eu volte ao trabalho.

— É uma boa ideia — concordou Nellie.

— Sinto falta da minha carreira, mas, se ela não faz parte da minha vida, não poderia me interessar menos por atuar de novo — explicou Kitty.

Nellie olhou de Sarah para Kitty como se quisesse pegá-la.

Kitty ajeitou Sarah para beijar seu rosto.

— Gostaria de vê-la, de vez em quando. — Ela pigarreou. — Preciso vê-la... Sei que disse que não queria isso, mas é mais difícil do que imaginei. Nada mais vai mudar, mas, por favor, me deixe ser presente de algum jeito, para vê-la crescer. — Kitty estava nervosa, esperando pela resposta, sem saber se seria capaz de aceitar um não.

— Já falei que não gostava da ideia de você não fazer parte da vida dela. — Nellie pôs a mão sobre o coração. — Não gosto da ideia de você não estar na *minha* vida. — Subitamente em paz, Nellie fechou os olhos e se aninhou no sofá.

— Você está bem? — Kitty estava tão concentrada em Sarah, que não olhou diretamente para Nellie.

— Estou exausta. Sarah me faz levantar a cada três horas, mais ou menos.

— E Clifford?

Nellie estalou os lábios.

— Está em uma fazenda, cuidando de cavalos. Praticamente não o vejo, com todos esses turnos extras.

— Precisa de mais dinheiro?

Nellie negou com uma das mãos.

— Você já está fazendo muito.

— Não se Clifford está trabalhando e deixando você sem ajuda.

Ela pensou na caminhonete velha em que ele havia deixado Nellie. Kitty tinha se preocupado com a possibilidade de o veículo deixar uma mancha de óleo no chão da entrada da casa, algo que teria que explicar.

— Ele está economizando para ir embora — contou Nellie.

— Você não consegue fazer dar certo? — Kitty queria que a filha tivesse uma chance de ter o que ela não teve, sendo a primeira delas um pai.

— Como, se ele nunca está por perto?

— Você tentou? — Kitty apontou para o corpo de Nellie, coberto por um vestido longo, como sempre. — Podia se mostrar um pouco mais. Aposto que também dorme de camisola de mangas compridas. Acertei?

— Quando faz frio, sim! — Nellie gesticulou para desdenhar do comentário, mas Kitty percebeu que ela estava constrangida com a conversa. — O problema dele não tem nada a ver comigo. — Séria, ela apoiou os cotovelos nos joelhos. — Não quero que Sarah saiba que você é mãe dela. Vamos dizer que somos amigas. Melhores amigas.

— Mas logo ela vai saber que não é assim que o mundo funciona — disse Kitty. — E ela merece saber de onde veio.

— Isso te ajudou em alguma coisa?

Kitty parou e pensou. Saber quem era o pai não a havia favorecido muito.

— Talvez quando ela for adulta o mundo terá mudado. Então vamos poder contar a ela.

Nellie fez que não com a cabeça. Essa era sua condição inegociável.

— Eu não suportaria se ela crescesse e, ao saber que você é a mãe dela, desejasse ter sido criada por você.

— Os bebês criam vínculos mais fortes com quem os cria. Eles não sabem diferenciar.

— Não sabem, é? — Nellie apontou para Sarah, que dormia no colo de Kitty. — Esse bebê não chora com você. Quando está comigo, não tenho um momento de paz. Agora me fala que ela não sabe quem é a mãe dela.

Essa foi a primeira discussão que tiveram sobre a criação de Sarah e um aperitivo do que estava por vir. Kitty concordou com os termos de Nellie, consciente de que qualquer coisa poderia acontecer entre o "então e o nunca".

Enquanto isso, o arranjo delas dava a Kitty o melhor dos dois mundos: as delícias da maternidade sem o peso diário de cuidar de filhos. Voltando a sentir-se otimista com a filha acessível, Kitty voltou ao estúdio, só para se deparar com os rumores sobre o que havia acontecido com seu bebê.

Kitty pediu respostas a Nathan.

— Pensei que ninguém soubesse sobre a gravidez.

Ele parecia mais nervoso que de costume.

— Eu também pensei.

— Então acho melhor contarmos a verdade e acabarmos logo com isso.

Os dois deixaram a notícia circular discretamente pelo estúdio, com a ajuda de Lucy. Daí, como um sussurro, a história percorreu os grupos mais próximos e acabou se tornando um fato público conhecido, mas não comentado.

Kitty explicou seu raciocínio para Nellie:

— Se alguém desconfiar de alguma coisa ou, Deus me livre, eu ser desmascarada, ninguém vai ter motivo nenhum para procurá-la.

Com a notícia circulando pelos grupos dos mais importantes, Kitty recebeu condolências e um convite para tomar chá com Claire Pew, a esposa falante do fotógrafo, que Kitty não encontrava havia anos.

CAPÍTULO 35
Kitty

FEVEREIRO, 1965

Ao entrar na alameda circular na frente da casa de Claire, Kitty ficou impressionada ao ver o Rolls-Royce azul-safira na garagem. Kitty ficou feliz, mas surpresa com o contato de Claire, e aceitou o convite por curiosidade. Seu dinheiro recente não chegava nem perto da riqueza de Claire, mas a fama as tornava iguais.

— Kitty Karr! Que alegria ver você! — Claire afastou um cacho do rosto, antes de se afastar para deixá-la entrar.

Na sala principal havia sanduíches de presunto, morangos e limonada.

— Digo o mesmo, obrigada pelo convite.

Claire entregou um prato a ela e adotou um tom mais contido.

— Como tem passado?

— Tenho meus dias.

Claire sentou-se, mexendo o chá preto que preparara com leite e um cubo de açúcar.

— Nosso filho tinha quase seis meses quando morreu.

— Sinto muito. — Kitty tirou um cigarro da bolsa.

Claire se apressou a acendê-lo.

— Eu sinto por *você*.

— Obrigada.

— O médico disse que essas coisas acontecem... não foi culpa de ninguém. Um dia, entrei no quarto de manhã, porque ele ainda não havia acordado. Ele estava frio. Deve ter morrido no meio da noite. — Claire revivia a própria dor em um esforço, Kitty suspeitava, de fazê-la falar sobre a dela, mas tudo o que conseguia era provocar tristeza. — Minha avó morreu alguns meses depois, e eu passei três meses em uma instituição psiquiátrica — contou. — Agora todos os meus amigos têm medo de mim.

Sua honestidade era chocante, mas Kitty compadeceu-se.

— Ninguém me telefona mais, mas acho que é melhor assim.

— Dor como a nossa provoca desconforto nas pessoas. Eu não tive ninguém com quem conversar sobre isso. Me deixou louca.

A capacidade de Claire em exibir as partes ruins de sua vida provocava inveja em Kitty, mas também a fez enxergar que não era a única que havia caído em tamanhas profundezas. Agora as coisas estavam melhores, porque podia ver Sarah, mas conhecia o luto de que Claire falava.

— Continuo me perguntando se havia alguma coisa que eu deveria ter feito diferente.

Claire tocou a mão de Kitty sobre a mesa.

— Não havia.

Kitty aceitou o conforto com avidez.

— Sabe, muitas mulheres seriam beneficiadas se ouvissem sua história.

— Talvez eu escreva sobre isso.

Claire meneou a cabeça.

— Você escreve?

Kitty tratou de reduzir a importância da confissão.

— Rabisco.

— Que tipo de texto?

— Altero cenas.

— Bem, devia escrever uma obra inteira. Isso abriria um novo mercado para você.

Kitty a encarou com curiosidade.

— Obrigada pelo conselho profissional.

— Eu era relações públicas da empresa de minha família — explicou Claire —, mas sempre quis trabalhar no cinema. — Ela falava depressa, como se tivesse medo de Kitty se zangar.

— Posso falar com Nathan — respondeu Kitty, entendendo por que havia sido convidada.

Claire uniu as mãos com um estalo.

— Você faria isso?

— É claro, mas... vai tentar engravidar novamente?

— Com toda certeza. Nasci para ser mãe.

— Então talvez deva esperar para começar uma nova carreira.

Claire acenou com desdém.

— Posso trabalhar durante a gravidez.

— Eu não conseguia me imaginar filmando grávida.

— Vai tentar de novo?

— Nunca. — Se engravidasse de novo, beberia qualquer poção que lhe dessem.

— Talvez mude de ideia em alguns anos. Eu pensava a mesma coisa.

Além da questão racial, Kitty não tinha certeza. Amava segurar e beijar Sarah, mas não invejava o trabalho que Nellie tinha como mãe. E isso era uma maneira delicada de colocar o que sentia.

Claire parecia se sentir capaz de fazer tudo... e talvez fosse mesmo, refletiu Kitty, mas ela mesma não tinha a pretensão de tentar.

— Não posso viver na farra com meu marido pelo restante da vida.

Kitty sorriu. Era o que ela pretendia fazer.

— Gostaria de ficar para jantar? — convidou Claire. — Winston, meu marido, vai trabalhar até tarde. Fiz lasanha.

— Você cozinha?

Claire parecia ser o tipo de mulher que cresceu com alguém fazendo o básico por ela. Kitty pegou uma faca pela primeira vez aos sete anos de idade.

— Tenho uma lista curta de especialidades.

— Espero que lasanha seja uma delas. — Kitty não sabia o que era lasanha e tinha certeza de que havia pronunciado o nome errado.

Claire bateu no ombro de Kitty com o quadril, antes de puxá-la da cadeira.

— Venha ver.

Kitty gostou do aroma na cozinha. Era complexo, e o calor do forno o intensificava.

— Sempre gostou de cozinhar? — perguntou.

— Sim, está no meu sangue. Minha avó era padeira. — Ela mexeu o molho, antes de acender a chama do fogão. — Meia hora. Vinho?

Antecipando um sim, entregou uma taça a Kitty.

Antes de beber um gole, Kitty girou a taça como Claire fazia.

Claire pegou uma assadeira de um armário alto e a deixou em cima da mesa, na frente de Kitty, junto com o azeite.

— Normalmente bebo vinho branco, porque como muito queijo e combina melhor. Isso e uvas são uma refeição padrão para mim.

— Meu estômago não gosta muito de queijo.

— Então você não comeu o queijo certo. Meus avós tinham vacas, e o queijo que eles produziam era tão fresco e cremoso que eu poderia comer quilos daquilo, se eles deixassem. — Claire abriu a geladeira. — Tem galeto com batatas da noite passada, se estiver com muita fome.

— Tudo bem, não estou com muita fome, estava apreciando mais sua companhia.

Claire orientou Kitty sobre como ajeitar as tiras de massa na assadeira.

— Você sempre quis ser atriz?

— Sim. Só admito isso agora, quando já aconteceu, mas sim.

Claire entregou a ela uma ferramenta com uma roda prateada em uma das pontas para cortar a massa que havia desenrolado entre elas.

— Precisamos de mais uma camada. Tiras largas. — Ela abriu as mãos para mostrar. — Mas… — Claire parecia estar no meio de um pensamento. — …parece ser muita pressão.

— As pessoas esperam que eu seja tudo o que ninguém mais é, e isso inclui meu marido.

— Ele é um cara do cinema, Kitty.

— Sim, mas… — Kitty não concluiu a frase. Estava falando demais.

— Assunto delicado? — Claire assentiu, compreensiva, antes de Kitty conseguir responder. — É natural, com tudo o que vocês dois passaram.

— Ou talvez eu não seja mais radiante e vibrante.

— Imagine como é para o restante de nós, que não geneticamente abençoados. — Ela cobriu as tiras de massa com molho de tomate. — Winston agora trabalha para a *Playboy*.

— E como é?

Claire organizou os pensamentos enquanto pegava um pedaço de massa molhada.

— Sei que você vive da sua aparência...

— E do talento.

— Sim, *talento*, e não quero te ofender, mas fico pensando se nós, mulheres, estamos à beira da libertação, ou só construindo uma gaiola na qual nos dispomos a viver.

— Com relação à nudez?

— Bom, sim, mas com relação a *tudo*. Nossas vidas em si.

— Acho que são as duas coisas. — Para Kitty, no entanto, a segunda opção era mais real, e Claire concordou.

— Na minha gaiola, nós temos regras. Ele sabe que não vou tolerar traição — continuou Claire. — Então, enquanto ele estiver dormindo comigo, não vou me preocupar com isso. Meu pai teve uma amante durante a maior parte do tempo em que foi casado com minha mãe, e eles dormiam em quartos separados.

— Sua mãe sabia?

Claire imitou um tapa no ar.

— Ela me deu uma bofetada uma vez, quando tentei tocar no assunto.

— Devia haver alguma coisa entre eles que a fez ficar.

— Dinheiro. O dever dela. Quem sabe? Ele é um porco. Incontáveis acusações. Você nem imagina.

— Acusações de quê?

Claire não respondeu, mas levantou as sobrancelhas, como se Kitty devesse saber.

— Minha família comprou o silêncio de algumas mulheres... as de que sabiam, pelo menos. Por isso ele nunca aprendeu a lição. E é juiz, tudo vai sendo varrido para debaixo do tapete. — Perdida em pensamentos,

Claire levantou a cabeça com uma expressão apavorada. — Por favor, não diga a ninguém que eu contei tudo isso.

— Nunca. Meu pai também não era lá uma grande pessoa. Nunca quis saber de mim e da minha mãe.

— Pode acreditar em mim, o meu faz o seu parecer um anjo. Mas eu não sabia, até ficar bem mais velha. Sou grata por isso. — Claire pôs a lasanha no forno e pegou o vinho. — Mais quinze minutos. Vamos nos sentar na sala.

Enquanto percorriam o corredor, Kitty percebeu que estava um pouco bêbada. Andando mais devagar, olhou para as fotos que enfeitavam as paredes. Uma delas chamou sua atenção, uma garotinha, provavelmente Claire, montada em um cavalo preto. Suas pernas só alcançavam a metade da barriga do cavalo, assim como seu cabelo vermelho. Havia no mínimo vinte crianças em volta do cavalo. Atrás delas via-se decorações nas árvores e uma mesa com pilhas de presentes.

Claire parou ao lado dela.

— Meu aniversário de cinco anos.

Se aquilo era a definição de festa de aniversário, Kitty nunca tivera uma.

Claire apontou para uma série de fotos de Natal. Em cada uma havia uma enorme árvore iluminada e presentes que cobriam o chão e se estendiam até o limite da foto.

— Todos os anos, o Natal era na casa da minha avó, na Carolina do Norte.

— Que parte? — Kitty estava começando a sentir que não se importava com Claire ser branca ou não, talvez elas pudessem ser amigas.

— Conhece a região?

— Algumas partes.

— A terra pertence à minha família há cinco gerações.

— Algodão?

Claire suspirou.

— Que pergunta mais nortista. Tabaco, na maior parte. É um milagre algumas propriedades ainda estarem em pé. Meus avós tinham uma casa muito bonita. Fica no alto de uma colina, recuada da rua... é difícil passar batida. Eu planejava fazer uma reforma quando minha avó morreu, mas os outros não concordaram. Não sei em que condições a casa está agora. Tem um riacho atrás dela. Nós costumávamos descer a colina para ir brincar lá. Incrível que nunca tenhamos sido mordidos por uma cobra.

— Você é corajosa. Eu não me atreveria...

— Fui criada com meus primos, não tive escolha. — Claire apontou para uma moldura de prata em formato oval alguns passos adiante. — Essa é minha avó. Bonita, não? Meu avô não a merecia.

A mulher tinha um rosto em formato de coração e sobrancelhas grossas que emolduravam os olhos amendoados. Era linda.

Kitty estudou a parede.

— Tem uma foto dele?

— Deus que me livre. — Claire demonstrava um desprezo coletivo pelos homens da família. — Não vamos estragar o clima.

Havia outra fotografia de uma festa de aniversário de Claire na parede perto da porta da frente. Dessa vez, ela estava de pé sobre uma cadeira, prestes a soprar as velas de um bolo enorme no centro da mesa.

— Você tinha festa de aniversário todos os anos?

— Meus pais nunca perdiam a chance de dar uma festa. — Claire apontou para a parede. — Mas esse não foi um aniversário de verdade. A revista *Life* entrevistou minha avó, e essa foto foi feita para eles. — A avó de Claire estava ao lado dela, vestida como se fosse a um baile. — Pensei que o bolo fosse para mim.

— Ela deixou você comer um pedaço, pelo menos?

— Todos que eu quis.

Kitty olhou com mais atenção, sem saber ao certo o que pensava ter visto. No extremo esquerdo da moldura havia metade de um rosto, metade de um corpo em pé junto da parede. Era uma metade familiar: o rosto redondo, o nariz reto, a cor de folha seca de tabaco. Era a mãe dela. Hazel. Claire fazia parte da família Lakes.

Claire era irmã de Kitty.

Kitty estudou seu rosto, de repente odiando-o, incapaz de reconhecer ao menos uma nota de familiaridade em seus traços. Ela foi treinada para notar essas coisas, mas, de alguma maneira, ignorou todas as pistas. E foi sua avó, a fundadora da BabyCakes, quem dera a entrevista para a *Life*.

— Quem é essa? — perguntou Kitty, apontando, pois precisava da confirmação.

Ela repousou as mãos contra o peito, como se o coração precisasse de conforto para receber o que estava por vir.

Claire olhou por cima de um ombro.

— A criada da minha avó. Ela cuidava de mim quando eu ia para lá todos os verões. Cuidou dos meus avós até eles morrerem. Ter perdido o enterro dela é a única coisa de que me arrependo em relação a nunca ter voltado para casa. Minha família é insana. Eu não podia voltar.

Kitty sentiu um nó no estômago.

— Funeral de quem?

— Da criada. Ela se chamava Hazel. Câncer de mama, faz uns cinco ou seis anos. Lamento não ter estado lá. Abandonei muitas coisas quando Adam morreu... Ela era muito importante para mim, fiquei arrasada.

Kitty ouvia o coração batendo nos ouvidos, o sangue circulando na cabeça, e sentia as veias pulsando, fazendo a cabeça latejar no mesmo ritmo. Ela tocou a parede para se equilibrar.

— Você está bem?

Kitty abriu a porta da frente com um movimento brusco. Claire começou a bater nas costas dela e, como sempre fazia quando estava emocionalmente abalada, Kitty vomitou na escada da varanda e nos arbustos do jardim.

— Acho que você bebeu muito vinho com o estômago vazio. — Ela tentou ajudá-la a entrar, mas Kitty a empurrou, sem conseguir pedir para que não a tocasse. — Estou me sentindo muito mal! Por favor, o que posso fazer? — Claire começou a entrar em pânico.

— Está tudo bem. Eu estou bem. — Ela começou a andar para o carro.

— Espera... sua bolsa! — Claire entrou para pegá-la.

Kitty não esperou. Entrou no Mercedes e, com uma mão suja de vômito no volante, foi direto para a casa de Emma.

CAPÍTULO 36
Kitty

Todas as luzes da casa de Emma estavam acesas. Havia uma fila de carros na entrada. Kitty entrou certa de que a porta estaria aberta. Emma se levantou da cabeceira da mesa na sala de jantar.

— Kitty! Não estávamos esperando você.

Abigail levantou a cabeça, interrompendo o ato de servir a primeira porção de vegetais.

— Eu perdi sua ligação, sra. Tate?

Kitty apontou para Emma.

— Preciso falar com você.

Emma olhou para o marido, que também se levantou.

— Kitty, está tudo certo?

— Não, não está, mas preciso falar com minha irmã a sós. Por favor. — Ela olhou para a mesa. Não reconhecia ninguém, e todos olhavam para ela como se destoasse do ambiente.

Emma se afastou pelo corredor e levou Kitty para a piscina.

— Você disse que saberíamos se alguma coisa acontecesse.

Emma não precisou perguntar a que ela se referia.

— Você não poderia ter voltado.

— Eu teria encontrado um jeito.

— E eu não podia correr esse risco — sussurrou Emma.

— Mas eu não pude me despedir! Não tive a chance de estar ao lado dela.

Emma se recusava a recuar.

— Ninguém tem a chance de se despedir!

— Não me interessa o que você e sua mãe fazem. Você devia ter me contado que a minha estava doente.

— Ela não queria que você soubesse. Não queria que você voltasse, Kitty.

Kitty sabia que Emma dizia a verdade, mas odiava admitir. Sentindo o gosto azedo do vômito ainda na língua, ela se virou para ligar a torneira da mangueira.

— Mesmo assim, você não tinha o direito de decidir por mim, porra.

— Eu estava acatando a vontade da sua mãe. — Emma recuou para não receber respingos de água no vestido verde-menta e nos sapatos de mesma cor. — Para ser sincera, quase quis te contar. Mas tive medo de que não conseguisse lidar com isso.

— *Eu?* É você quem desmorona cada vez que o passado dá as caras. — Agora Kitty queria feri-la.

— Eu não cometi erros tão graves quanto os seus.

Kitty apontou a mangueira para ela, cobrindo metade do buraco com o polegar para dirigir o jato no rosto dela.

— Kitty, para! — Emma tentava combater a água com as mãos. Abigail apareceu na janela da cozinha e sumiu em seguida. Talvez não quisesse se envolver, ou sabia que Emma merecia aquilo. Kitty apertou a saída da mangueira com mais força, até Emma gritar: — Para! Escuta. Tem mais.

Kitty removeu o polegar do cano.

— Tenho umas coisas para você. Volta amanhã de manhã.

Kitty apontou para a porta dos fundos.

— Não, agora.

— Estão no banco.

Kitty levantou a mangueira para ameaçá-la.

— Jura?

— Juro.

— Encontro você lá às nove.

O banco ficava perto da casa de Kitty, um pouco afastado de Pasadena. Emma se virou para entrar, mas parou.

— Como descobriu?

— Não é da sua conta, porra. — Encontrar Claire era uma coincidência que só deixaria Emma paranoica. — Você não ia nem me contar, ia?

— Não.

Kitty foi para casa dirigindo com lágrimas nos olhos, grata por sua mãe ter vivido o suficiente para saber que ela se tornara uma estrela, como as mulheres nos cartazes dos filmes que costumavam ver em Charlotte.

Ela estacionou na rua, um pouco abaixo de sua casa, e ficou dentro do carro por uma hora antes de entrar. Passava das dez, e Nathan certamente a receberia com um interrogatório sobre onde tinha estado. Seu rosto estava inchado, e ela não se sentia segura o bastante para garantir que não diria a verdade, caso ele perguntasse qual era o problema.

— Imagino que já tenha visto tudo isso. — Elas estavam sentadas no carro de Kitty, do lado de fora do banco.

— Sei quem você é desde que éramos duas meninas — confessou Emma. — Minha mãe me contou.

— Mesma história. Somos filhas de pais ricos cujo dinheiro jamais veremos.

— Gostei de saber que tínhamos histórias parecidas.

— Mas nunca disse nada.

— Eu tinha vergonha naquela época, como você.

O primeiro objeto era sua certidão de nascimento. A linha reservada ao nome do pai estava vazia, mas havia um "B" na linha embaixo de "raça". O documento seguinte era um bilhete datado de 10 de julho de 1937. Escrito em um cartão com o nome N. M. LAKES gravado no alto, era o registro de uma remessa de cinco mil dólares para Hazel Ledbetter.

Ali, em preto e branco, Kitty soube como toda sua vida havia sido patrocinada pela culpa.

Os outros objetos eram fotos tão antigas que faltavam linhas de cor no centro. Na primeira, Hazel segurava a mão de uma gorducha e pequenina Claire Pew. No verso estava escrito: *Shirley Claire, sete anos.*

— Essa é minha irmã. Temos o mesmo pai. — Kitty pensou se Claire sabia sobre o dinheiro.

— Você a conheceu?

Kitty balançou a cabeça em negativa.

— Minha mãe costumava cuidar dela.

Tomada por uma rara necessidade de contato físico, Emma a abraçou. Kitty não rejeitou o abraço, apesar do desgosto recente com seus anos de silêncio.

A outra foto era de Hazel segurando Kitty ainda bebê. Tirada na frente da casa delas em Winston, era a única fotografia que Kitty tinha da mãe, e a imagem em idade mais tenra dela própria. Kitty balançou a cabeça pra Emma.

— Não sei como te perdoar.

— Você precisa. Sou a única que realmente te conhece.

Kitty tentou se afastar, mas Emma não a soltou. A existência de alguém que conheceu Maria tinha pouca importância para ela naquele momento. A morte de sua mãe foi o fim de Maria... não havia lugar para ela em seu futuro.

Emma não aceitava nenhuma culpa.

— Guardar segredos não torna você fraca. Saber tudo não faz bem a ninguém.

Mas os segredos fizeram Kitty desejar escrever. Ela foi para casa imaginando, como fazia antes, como teria sido crescer naquela mansão com a porta vermelha. Eufórica para escrever a história cujo fim ainda não conhecia, ela tirava cochilos breves e não atendia o telefone. Sobrevivia de pipoca e ouvia Miles Davis.

Contente por ela estar trabalhando, Nathan não perguntou o que a esposa escrevia. Logo se arrependeria dessa falta de atenção.

Depois de meses escrevendo, Kitty enviou cópias de *Down South* para os produtores, diretores e artistas da cidade, gente cuja opinião poderia influenciar a popularidade de um projeto não vendido.

Enviado sob o pseudônimo de Hanes Austen, a narrativa começava como um conto de fadas, uma ode pitoresca ao Velho Sul escrita do ponto de vista de uma dona de casa, e se tornava um manifesto devastador e altamente crítico sobre ganância, destruição e perversão. Sabendo que Nathan rejeitaria logo de cara o conteúdo racial do roteiro se soubesse que ela o havia escrito, Kitty pretendia convencê-lo com elogios de outros profissionais ao seu trabalho.

O roteiro veio à tona em um jantar de comemoração do aniversário da esposa de um investidor do Telescope. Alguns empresários ricos presentes (todos pró-integração, como ferramenta para aumentar os lucros) ficaram surpresos por ele ter conquistado popularidade tão depressa e planejavam fazer propostas.

— *Down South* vai ser o assunto do ano... e vai ser muito comercializável, considerando o clima atual.

Harry era banqueiro e fumava charutos entre porções de comida. A Casa Blair com frequência tinha contado com seu apoio ao longo dos anos, buscando acesso a suas conexões políticas. O irmão, Jett, que estava sentado ao lado dele devorando um filé, já havia feito sua proposta. Ele dizia que, independentemente de a pessoa gostar do filme ou não, de acreditar em suas afirmações ou não, aquilo era cinema convincente, essencial. Havia boatos sobre o irmão caçula dos dois ter integrado o grupo chamado Viajantes da Liberdade.

— E tem uma personagem feminina forte, que vai agradar a todas as mulheres — disse Harry. — Kitty, já pensou em atuar no papel da protagonista?

Kitty sorriu por dentro, mas manteve a expressão séria.

— Não, ela não pensou, porque ninguém vai assistir a isso! — Nathan ergueu o copo para pedir mais uma dose de uísque. — Assim que se espalhar a notícia de que a história é deprimente, o filme vai perder popularidade. O cinema deve suspender a realidade, e não ser um noticiário de duas horas.

— Você leu o roteiro?

— Não é necessário.

— Você *precisa* ler. O autor, Hanes Austen, é muito promissor.

— Nosso estúdio esteve... está... se saindo bem com nossa marca de comédia, e não pretendo promover mudanças.

— Vocês não vão querer ser o único estúdio que não faz nada além de filmes triviais. Conversar é o que promove mudança.

— Eu não estou aqui para mudar o mundo. E sim para entreter, e afirmo: isso não vai render dinheiro nenhum.

Como esperado, Nathan cedeu à pressão depois de vários diretores no Telescope botarem as mãos no roteiro. No fim, o Telescope venceu todos os outros estúdios no leilão e ficou com o roteiro. Quando chegou a hora de todos conhecerem o brilhante escritor, Kitty confessou.

Nathan ficou horrorizado (e intrigado) com os lugares para os quais a mente dela havia ido.

— Onde aprendeu o suficiente sobre essa coisa toda para escrever sobre isso?

— Eu inventei.

— Você não escreve desse jeito para mim.

— Você teria rejeitado o material. Bom, você o *rejeitou*, até...

Ele a interrompeu para evitar o lembrete.

— O que fazemos agora?

O estúdio já andava recebendo correspondência de ódio desde o anúncio do filme, e Nathan não queria esses ataques direcionados à esposa. Por isso, disse a todos que Hanes era britânico e não conseguira o visto de entrada (insinuando que o governo procurava evitar a polêmica), o que só intensificou o interesse de todos pelo filme.

— Eles não podem limitar nossa liberdade de expressão! — acrescentou ele.

Down South tornou-se a principal prioridade do Telescope, e *Daisy Lawson* foi adiado, como Kitty queria desde o início. Satisfeita por Nathan não poder reclamar os créditos de roteiro, Kitty o fez lembrar-se de que teria que ser o diretor.

— Qualquer outro poderia esperar pelo menos uma conversa com o autor.

Kitty tinha planejado tudo isso, é claro. Criar Hanes deu poder a ela, porque ele era importante para quem tomava as decisões.

Hanes Austen teve uma carreira ilustre no Telescope. Ele nunca pisou no complexo, mas sua grosseria (ou esquisitice, dependendo de com quem se falava) era perdoada, porque havia boatos sobre ele ser descendente da famosa romancista, Jane.

CAPÍTULO 37
Kitty

INVERNO, 1966

O Telescope tinha convidado a imprensa para uma exibição de *Down South* e, no sábado seguinte, Claire estava na porta da casa dos Tate.

— Preciso falar com seu marido.

Ao perceber a atitude aflita de Claire, Kitty se sentiu aliviada por Nathan já ter saído para o estúdio naquela manhã.

— Ele não está aqui. — Kitty sabia a resposta, mas perguntou mesmo assim: — O que aconteceu?

— O filme é estranhamente próximo da história de minha família. Preciso saber quem é o autor. — Ela havia comparecido ao evento com o marido.

— Trata-se de uma colagem de famílias de fazendeiros sulistas.

— Um juiz na Virgínia com uma herança polpuda de uma família do ramo do tabaco... que outra família seria?

— A história acontece antes da Guerra Civil.

— Por que você está defendendo isso? — Claire começou a gritar: — Além do enredo, toda hora alguém acende um Lakes.

— Você está exagerando.

— Não estou. Vou processar o Telescope... falir o estúdio. Só vim até aqui primeiro por respeito a você.

— Por favor, não faça isso. — Kitty sabia que parecia desesperada. O pânico certamente a delataria.

Claire fez uma pausa, a encarou com os olhos semicerrados.

— Por acaso conhece o autor, Kitty?

— Não é sobre você.

Compreendendo tudo, Claire deu um passo para trás.

— Você me odeia, ou algo assim? Usou minha família para criar seu roteiro?

— O roteiro não é meu.

Claire não estava convencida.

— Kitty, você escreveu a verdade em forma de ficção, coisas que não serão difíceis de relacionarem a mim. Pensei que fôssemos amigas. Conversei com você sobre a morte do meu filho, sobre minha família... te contei mais do que jamais havia falado com outra pessoa... e você usa tudo isso para o próprio proveito? — Ela se dividia entre a incredulidade e a raiva. — Vou processar o estúdio para acabar com esse filme. Vocês não vão escapar dessa.

Claire saiu da varanda correndo, mas virou-se sobre os sapatos altos de couro de camelo quando ouviu Kitty chamá-la.

— Hazel Ledbetter era minha mãe. Ela foi estuprada na casa do seu avô aos dezesseis anos de idade. — O reconhecimento iluminou os olhos de Claire, e Kitty continuou: — A mansão dos Lakes fica em Winston-Salem. A porta da frente é vermelha, e as pessoas dizem que Nora Lakes pintou a porta dessa cor para o marido saber qual casa era a dele. O nome do meu pai é Theodore Tucker Lakes, seu apelido era Teddy. Ele era ruivo quando mais jovem... vermelho mesmo, como o seu cabelo. Todos os irmãos dele eram ruivos. Naquele dia, quando estive na sua casa, eu vomitei porque vi minha mãe naquela foto na parede. A foto da BabyCakes, publicada pela revista.

Claire não disse nada por um bom tempo, o suficiente para Kitty ter receio de ela ter entendido tudo errado.

— Não acredito que é mesmo você — ela disse, finalmente. Sussurrava, como se não estivessem sozinhas. — Minha avó me contou sobre você antes de morrer. Quando adoeceu, ela mandou me chamar. Fui até lá, e ela me contou o que meu pai fez com sua mãe, o que ele fez com outras mulheres. Não poder apoiar você como queria a apodreceu por dentro.

— Ela te disse isso?

Claire segurou as mãos de Kitty.

— Ela amava você.

— Ela nem sequer me conhecia. — Kitty nunca se convenceu de que a sra. Nora sabia seu nome. Os bolos de aniversário, furados por velas, sempre foram sem nome. — Ela sabia que eu me passava por branca?

— Agora sei que ela suspeitava. Ela costumava me dizer que você estava "por aí". Sua mãe não falava sobre você. Ela não confiava em minha família, e tinha razão nisso. — Claire tocou um ombro de Kitty.

Bastava substituir os detalhes, e os Estados Unidos eram repletos desses segredos de séculos de idade, sobre herdeiros supostamente "ilegítimos" de uma fortuna. Varridos para debaixo do tapete e expostos apenas por um parente cheio de privilégios e amargo, ou por sussurros no leito de morte, como no caso de Nora Lakes. Kitty conhecia Emma e outras na Casa Blair, por isso sabia o quanto essas narrativas eram comuns, quantos desses esqueletos eram enterrados.

Kitty a convidou a entrar para lhe mostrar as fotos da caixa de segurança de Emma.

— Eu te contei que passava os verões na casa dos meus avós, e me lembro de brincar com outra garotinha. Eu perguntava para sua mãe sobre aquela garotinha, se *ela* era mãe de uma menina, mas ela nunca me respondia.

Kitty não se lembrava de ter visitado a mansão dos Lakes, muito menos de ter conhecido Claire.

— Quem mais poderia ter sido?

— Eu não tinha permissão para ir à casa dos seus avós, Claire.

Claire parou para absorver essa informação.

— E, mesmo assim, sua mãe ainda foi tão boa com eles. Ela morreu antes da minha... da nossa avó. Ninguém sabia que ela estava doente, e era ela quem cuidava dos meus avós. — Claire parecia à beira das lágrimas. — Ah, eu amava sua mãe.

— Mas não o suficiente para ir ao funeral dela — repreendeu-a Kitty.

Claire balançou a cabeça em negativa.

— Ninguém falava comigo naquela época. Eu não sabia que ela estava doente, só fui saber depois de sua morte.

— Eu também não sabia.

— Quando foi a última vez que falou com ela?

— No dia em que saí de Winston. Vinte e dois de junho de 1955.

Claire ficou boquiaberta.

— Então você soube por mim.

— Ela quis que fosse assim. Não queria que eu soubesse que estava doente.

— Suponho que seja apropriado que sua irmã tenha sido a mensageira da notícia — comentou Claire.

Sem saber que ela queria uma resposta, Kitty gaguejou ao fazer a pergunta seguinte:

— Seu pai sabe?

— A respeito de tudo?

— Ou de qualquer parte.

— Para ser sincera, não sei. Não falo com ele há mais de dez anos.

Foi a vez de Kitty sussurrar:

— Ele... machucou você?

— Nunca, mas ele não demonstrava nenhum pingo de carinho por mim. Fui para a faculdade e descobri mais coisas sobre a reputação dele do que consegui digerir, e não voltamos a nos falar desde então. Não diretamente, pelo menos.

— Ele continua na Virgínia?

— Charlottesville. Ele e minha mãe têm uma casa lá.

— Não quero que eles saibam que você me encontrou.

— Não faria diferença — disse Claire. — Eles nunca admitiram que sabem sobre você. Então lance o filme. Desafie-os a se revelarem. Eles não têm os culhões.

Aparentemente, a avó delas, Nora Lakes, tivera os culhões. Ela não era nada parecida com a mulher que Kitty conhecia pelos olhos da mãe.

— Ela costumava me dar um bolo de aniversário todos os anos. Três camadas, confeitado à mão, como aquele da foto na *Life*.

Claire desviou o olhar.

— Ela nunca fez um bolo para nós.

— Era culpa.

— Verdade.

— Como ela era?

— Muito correta. Instruída e bem-educada. Cresceu em Nova York. Ela me fazia dormir contando histórias sobre a própria vida.

Kitty se imaginou dividindo uma cama com Claire, ouvindo a voz da avó.

— Você era próxima dela.

— Muito. Ela era uma contadora de histórias, como você, e manteve um diário de cada diazinho de sua vida. Tenho os volumes no meu sótão. Sinta-se bem-vinda para ler todos. Ela teve uma vida fascinante.

— A família dela também era rica?

— Não. Ela cresceu pobre, e ficou mais pobre ainda depois da morte dos pais.

— Como?

— Eles foram assassinados. O pai dela era contrabandista de bebidas. Ela estava servindo mesas com a irmã quando conheceu nosso avô. Ele dizia que ela era a "ratinha da cidade" que ele adotou.

— Que amor.

Claire notou o sarcasmo de Kitty.

— Minha avó começou sem nada... mas morreu como detentora do poder à frente de uma distinta família estadunidense. O que faltava de pedigree, ela compensava com beleza e inteligência. — Claire sorriu. — Você é parecida com ela, sem dúvida.

— Sou?

— Tem os olhos dela.

— De quem?

— Da avó Nora.

Kitty fez que não com a cabeça.

— Tenho os olhos de minha mãe.

— A avó Nora tinha olhos cinzentos, como os seus.

— Meus olhos não são cinzentos. São azul-acinzentados.

— Isso é bem específico.

— Já falei, eu tenho os olhos da minha mãe. Cresci olhando para eles.

— Pensei que sua mãe tivesse olhos escuros.

— Não.

Claire não parecia convencida, o que irritou Kitty.

— Os olhos dela não eram algo que alguém deixaria de notar! Você disse que a amava, mas não consegue lembrar como os olhos de minha mãe eram únicos. Ao menos uma vez você olhou na cara dela? Olhou para ela *de verdade*?

Claire a abraçou.

— Eu também era uma criança naquela época. Lamento por tudo que aconteceu com você, mas acabou, passou.

As personalidades cindidas de Kitty se encontraram, e a inundação de emoções que ela tentava impedir as cobriu.

— Sinto saudade da minha mãe.

Claire a amparou em meio à forte correnteza que a fez desmoronar no chão.

Por muitas razões, elas jamais se chamariam de irmãs, nem voltariam a se falar (nem mesmo depois do nascimento do segundo filho de Claire, uma menina a quem ela deu o nome Alison).

Claire telefonou algumas vezes, mas depois de Kitty desligar sem dizer nada, ela parou de tentar. Em cada momento marcante da filha, Kitty recebeu uma carta de Claire, uma mensagem em que ela dizia como seria bom para a filha conhecer a tia. Kitty nunca respondeu.

Nathan, repentinamente interessado em direitos civis quando chegou a hora de divulgar *Down South*, fez questão de envolver o estúdio em entrevistas de rádio, editoriais e palestras nas principais faculdades liberais e em algumas universidades da Ivy League. Kitty percebeu a agitação do marido enquanto ele discutia a turnê de divulgação certa noite durante o jantar, no restaurante de frutos do mar em Malibu que era o favorito dos dois.

— Está tudo bem?

Ele bebeu um gole d'água.

— Não sei como você se sentiria em relação a isso, mas acho que precisamos de uma plateia equilibrada para o filme. Brancos e negros.

— Em que está pensando, querido?

Kitty adorava como a visão de mundo de Nathan havia ampliado durante a filmagem de *Down South*. Preparando-se para a estreia como diretor, ele passou muitas horas na biblioteca lendo sobre a Guerra Civil, escravização e política. Quando, em uma daquelas noites, ele chegou em casa com um exemplar da autobiografia de Frederick Douglass, Kitty se apaixonou ainda mais por ele.

— Você... *nós*... deveríamos visitar algumas faculdades para negros.
— Ele a encarou com ar suplicante.

Kitty mergulhou um mexilhão na manteiga.

— Desde que não queira ir às Carolinas...

Nathan riu.

— Combinado.

Down South foi boicotado pelos brancos nas Carolinas, onde o Tabaco Lakes ainda era produzido. A Casa Blair tomou providências para que os negros respondessem com um boicote aos cigarros Lakes, que Kitty fumara deliberadamente no filme. Era uma satisfação peculiar compartilhada com as outras da Casa Blair, mas os sentimentos de Kitty eram bem mais sinistros.

Embora tivesse sido uma boa ideia na teoria, suas visitas a algumas proeminentes faculdades para negros (Spelman, Morehouse, Hampton, Howard) causaram na mídia protestos e matérias, profissionais e leigas, e de brancos e negros, sobre o quanto eram apropriadas. Nathan dizia que a polêmica só tornava o filme (e o Telescope) ainda mais conhecidos. Ele voltou para casa um mês depois com a prova disso: Kitty havia sido indicada ao Oscar.

Kitty e Nathan chegaram ao tapete vermelho dez minutos antes de as portas do teatro serem fechadas. Haviam planejado uma interação com a imprensa, mas Kitty se sentia nervosa desde a manhã. Nathan bateu de leve em seu joelho enquanto a limusine fez a última curva à direita.

— Quer um pouco de champanhe? Você tem uns dois minutos.

Kitty negou com a cabeça.

— Nervoso é bom. Assim, ganhando ou perdendo, você se sente grato por estar aqui.

— Tem razão. — Mas Kitty não estava nervosa, e sim triste.

Feliz por estar lá, mas triste mesmo assim. Ela o beijou rapidamente antes de o motorista abrir a porta do seu lado.

Fotógrafos correram até eles, mas Nathan abriu caminho para o único repórter a quem ele havia prometido uma entrevista.

— Kitty, que desempenho... sua indicação foi muitíssimo merecida. — Um microfone e uma câmera se aproximaram de seu rosto.

— É muito bom ouvir isso, obrigada. Nós trabalhamos muito para dar vida a essa história.

— Sem dúvida... e, pelo que vejo, veio vestida para a vitória esta noite. O que está usando?

— Um Joyce Martin costurado à mão.

Joyce Martin era uma costureira muito concorrida que também era membro da Casa Blair. Como ela já era um nome consolidado na moda, os vestidos de Joyce custavam vários milhares de dólares e eram encomendados com anos de antecedência. Ela só criava seis vestidos customizados por ano, mas nunca um deles tinha sido usado no Oscar. Se Kitty ganhasse usando um Joyce Martin, faria história duas vezes.

— Ah, puxa. E você, sr. Tate...

Nathan se colocou sob o holofote com toda satisfação, enquanto o olhar de Kitty se voltava naturalmente para a lente da câmera. O reflexo de seus olhos (naquela noite, azul-escuros) atraiu sua imaginação para um buraco escuro do outro lado da câmera, onde sua mãe estava sentada assistindo à transmissão ao vivo pela televisão. Ela estava na casa dos Lakes (Hazel nunca tivera uma televisão), vestida com as roupas de ir à igreja para a noite especial, com a sra. Nora e o sr. Lakes, levado à sala em sua cadeira de rodas. Um palpitar físico começou no meio do peito, um desejo doloroso de que a mãe ainda estivesse viva, só para a possibilidade poder existir.

Ganhar o Oscar de Melhor Atriz naquela noite foi a vingança mais doce de sua existência, uma paródia distorcida. A aclamação da indústria foi a cereja do bolo; sua doçura, amarga.

Na festa após a premiação, as mulheres da Casa Blair exultavam, transmitindo silenciosamente seu orgulho por meio do olhar. Algumas eram convidadas, outras faziam parte da equipe trabalhando. Não operavam em unidades no entorno de Kitty havia anos, mas a vitória dela era o melhor motivo para voltarem. Kitty Karr foi, na verdade, a primeira atriz de cor a ganhar um Oscar de protagonista, e ninguém jamais saberia disso.

CAPÍTULO 38
Kitty

VERÃO, 1968

A residência dos Tate vibrava. Kitty e Nathan mais uma vez viviam uma euforia criativa, e haviam começado a trabalhar em um filme sobre gêmeos que eram prodígios da matemática. Mergulhado até o pescoço na direção, Nathan estava feliz em seu nicho criativo. Estava passando o verão fazendo audições para o elenco na região central dos Estados Unidos, e Kitty trabalhava com o autor para arredondar o roteiro. Esse arranjo permitia que ela passasse bastante tempo com Sarah.

Sarah se desenvolvia muito bem na escola, no exclusivo Center for Early Education, e visitava a casa de Kitty pelo menos uma vez por semana, para nadar, ler livros e correr pelo quintal. Nellie usava esse tempo para reclamar de Clifford, que não aprovava a maneira como ela estava criando Sarah.

— Ele acha que a estou mimando, que a trato como se fosse branca. Diz que ela vai levar um tombo enorme lá na frente.

Primeiro ele ia embora, depois ela ia e, após quatro anos, eles ainda estavam juntos porque Nellie, como Kitty, queria de corpo e alma que Sarah fosse criada por pai e mãe. Kitty havia superado essas fantasias, e sentia que Sarah tinha amor suficiente sem ele.

— Por que vocês não se mudam para um dos duplex em Orange Drive?

— *Podemos?*

— Emma permitiria.

— E se os vizinhos virem que somos só eu e minha filhinha de cor morando lá?

— Podemos transformar a unidade em uma casa. Construir uma entrada privada para você entrar com o carro. As pessoas nunca vão ver vocês.

— Uau, que solução — disse Nellie.

Kitty não entendeu o sarcasmo.

— Quando as aulas começarem, ela vai ter que pegar o ônibus do outro lado da cidade, de modo que ninguém vai ver que ela mora do lado deles. E não vai poder brincar com as outras crianças da vizinhança.

— Ela tem os amigos da escola.

— Não quero ser sustentada por você — declarou Nellie. — Tenho uma carreira que pode nos sustentar. Não quero contar com você pelo resto da vida.

— Mas foi isso o que combinamos.

— Para você poder vê-la sempre que quiser. Não posso continuar trazendo a menina aqui várias vezes por semana. Isso... — Nellie abriu os braços para mostrar a ampla cozinha de Kitty — ... não é nossa vida real.

— Você está falando como Clifford.

— Ele tem razão, em parte.

— Você está sendo teimosa. A casa está paga, a escola do distrito é ótima. Isso tem a ver com ela, não com a gente.

— *Eu* estou pensando nela. *Você* está pensando em si mesma.

Kitty se levantou de repente, desesperada com sua falta de controle.

— Ela merece tudo que eu não tive. — E começou a andar pela cozinha, guardando a manteiga de amendoim, a geleia e as facas que tinham usado para fazer a refeição. — Trabalhei duro demais para permitir que ela cresça se sentindo menos digna que qualquer outra pessoa. Ela é da realeza, droga.

Depois de mais de uma década em Los Angeles, Kitty era uma das maiores atrizes de Hollywood. Não podia ir a lugar nenhum sem ser seguida por um bando de fotógrafos. Ela e Nathan tinham se mudado para uma verdadeira fortaleza, uma casa com vegetação alta, guardas e um portão. Era na ampla e primorosa cozinha dessa casa que elas estavam.

— Não — respondeu Nellie em voz baixa. — *Você* é a realeza. Sarah, não.

Kitty voltou à mesa. Mesmo com a boca aberta para falar, ela hesitou.

— Meu pai é herdeiro da Lakes Tobacco Corporation. Tenho mais dinheiro do que jamais poderia gastar, e não vou aceitar que ela pense que é inferior a qualquer outra pessoa. Ela vai ter uma vida boa, a melhor. Não me interessa o que eu... o que nós... vamos ter que fazer.

— Vamos contar a ela na hora certa — respondeu Nellie.

— Quando ela tiver idade suficiente.

— Quando for necessário.

— Nós saberemos.

— Nós decidiremos.

Elas continuaram interagindo dessa maneira, como sempre faziam (como sempre fariam) em relação a Sarah.

— Juntas — disse Nellie.

Kitty a preveniu:

— As coisas acontecem antes de estarmos prontas... na maioria das vezes, antes de sabermos que elas estão acontecendo.

Essa era a história da vida de Kitty, de qualquer maneira.

CAPÍTULO 39
Kitty

DEZEMBRO, 1968

A manhã anterior à véspera de Natal foi interrompida por batidas à porta. Kitty foi atender e viu dois homens brancos em ternos pretos baratos.

— Bom dia, sra. Tate — disse o loiro.

— Pois não? Quem são vocês? Como subiram até aqui?

Ele abriu o paletó para mostrar um distintivo do FBI. Com o coração palpitando, Kitty saiu para a varanda e fechou a porta da casa.

— Como posso ajudá-los?

Ele tirou uma pasta da maleta e a entregou ao homem mais velho, que ajeitava o bigode com os dedos indicador e polegar. Seu sorriso era o de um vendedor.

Nathan abriu a porta.

— Do que se trata isso?

— Temos algumas perguntas para o senhor e sua esposa, sr. Tate.

— Preciso de um advogado?

Os dois agentes trocaram um olhar. O mais velho respondeu:

— Acreditamos que o senhor e sua esposa podem ter sido vítimas de fraude. Conhecem Cora Rivers?

— É claro.

— Sabem que ela opera uma instituição de caridade chamada Casa Blair?

— A Cora que conheço trabalhava para mim como atriz — contou Nathan.

Kitty se preparou para as perguntas sobre a casa em Hancock Park e sobre quantas mulheres da sociedade de Los Angeles fingiam ser brancas. Sua vida inteira passou como um flash diante de seus olhos, enquanto ela se via sendo presa junto das amigas.

— Gostaríamos de conversar com vocês sobre algumas questões financeiras. Podemos entrar?

Nathan os levou à sala de estar. Kitty começou a caminhar em direção à cozinha, mas o agente loiro a deteve.

— Gostaríamos de falar com os dois, senhora.

Kitty sentou-se, tentando esconder a necessidade de segurar o braço do sofá.

— A senhora administra a maioria das contribuições de sua residência para causas de caridade, sra. Tate?

— Sim.

Ele pôs sobre a mesinha de vidro uma cópia de um cheque cancelado.

— Essa assinatura é sua?

— Sim.

Ele entregou a ela outro cheque, e mais um. Os cheques, emitidos em favor da Casa Blair e suas outras entidades forjadas, remontavam a até 1955. Havia uma trilha de papéis de treze anos comprovando seu apoio a todas as causas negras desde o boicote aos ônibus, em Montgomery, em dezembro de 1955. A integração das escolas em Little Rock, no Arkansas; as ocupações e os Viajantes da Liberdade; além do apoio regular ao Partido Democrata, Medgar e Martin, e até recursos para a organização do funeral do dr. King naquele mês de abril. Ela olhou para Nathan, que examinava a pilha de cheques cancelados, e tentou ler sua expressão.

Durante a hora seguinte, os agentes pediram respostas sobre essas doações e Cora, que eles pensavam ser (junto de outras pessoas que não identificavam, ou não conheciam) responsável pela realocação de recursos dessas células beneficentes para o movimento dos direitos civis e, mais preocupante para eles, para o Partido dos Panteras Negras.

Algumas mulheres da Casa Blair pensavam havia muito tempo que algumas daquelas doações poderiam criar problemas, mas tinham continuado, apaixonadas pela luta pela libertação dos negros. Certamente, foi a associação da Casa Blair com os Panteras (o alvo da investigação mais abrangente do Bureau) que as colocou sob vigilância e, subsequentemente, as classificou como uma ameaça nacional.

Finalmente, Nathan deu sinais de perder a paciência.

— Com licença, estou confuso. Por que mesmo vocês estão aqui? Pensei que tivessem mencionado um crime — disse.

— Sim, senhor. Essas pessoas são perigosas. Cora Rivers... por conta própria ou orientada... tem fraudado dezenas de famílias ricas há anos.

Nathan balançou a cabeça.

— Ela é ardilosa, é verdade, mas Cora não é nenhuma ameaça.

— Senhor, a sra. Rivers manteve um envolvimento extraconjugal com seu pai, não é verdade?

A expressão de Nathan se fechou.

— Como sabem disso?

— Somos do FBI, sr. Tate. Tentamos fazer nosso dever de casa. Essa informação é correta?

— Sim.

— E ela deixou seu pai depois que ele adoeceu, não foi?

— Sim, mas, para ser justo, nessa época ele não a reconhecia na maior parte do tempo, não reconhecia nenhum de nós.

— Mas ela continuou sendo sustentada por sua família.

— Cora tinha acesso às contas dele. Os dois ficaram juntos por muito tempo.

— E o senhor não acha que isso a classifica como perigosa? Alguém que esvazia as contas de um homem doente?

— Cora tinha um acordo com meu pai do qual não tínhamos conhecimento.

Kitty observou Nathan revelar detalhes do passado.

— Não consigo imaginar Cora trabalhando para pessoas como essas — prosseguiu. — Ela é casada com um senador.

— Um senador?

— Sim, ou ex-senador. Não tenho certeza. Atualmente ela mora em Chicago, eu acho.

Os agentes se entreolharam. Por fim, o mais velho falou:

— Estamos falando sobre a mesma pessoa?

— Estamos?

— Cora Rivers não é negra?

O desgosto dominou o rosto de Nathan.

— O Telescope nunca contratou uma atriz principal negra.

O agente olhou para Kitty.

— A senhora viu Cora, a atriz, recentemente?

— Não a vejo há anos.

O agente mais velho deixou um cartão sobre a mesinha de centro, como se não a tivesse ouvido.

— Se a vir, telefone primeiro para mim.

Nathan os conduziu à saída, e Kitty se preparou para a conversa tensa, mas ele passou direto pela sala, dizendo que precisava dar alguns telefonemas.

Kitty não conseguiu distinguir nada em seu tom de voz, mas naquela noite ele não foi para a cama. Por volta da meia-noite, Kitty o encontrou no escritório. Estava no escuro, sentado atrás da escrivaninha, e falou assim que ela entrou, como se a esperasse:

— Durante todos esses anos, você nunca se perguntou o que Cora estava fazendo com o dinheiro?

Kitty foi cautelosa; percebia que ele sabia alguma coisa que ela desconhecia.

— Eu achava que sabia. Confiei em Cora, quando ela disse que ajudaria mães solteiras a se estabelecerem na vida.

— Quantas famílias? — A voz dele era pastosa.

— Não sei.

— Nunca viu ninguém? Não as conheceu?

— Conheci.

— Chegou a ir àquele lugar?

— Que lugar?

— A Casa Blair! — berrou.

— Sim.

— Quando?

— Anos atrás.

— Tenho a impressão de que você teria se envolvido um pouco mais, considerando que doou quase meio milhão de dólares.

Kitty reagiu confusa ao ouvir o valor.

— O que disse?

— Olhei as contas bancárias. Foi o que fiz o dia inteiro. Telefonei para o banco e encontrei outros cheques que eles não notaram. Você emitiu uma centena de cheques ou mais para todas aquelas diferentes instituições de caridade. E sabe mais do que contou àqueles agentes. Para onde foi esse dinheiro?

Lugares demais para contar.

— Para as famílias na Casa Blair.

Meses antes, Nathan a havia advertido em relação aos gastos. A mãe dele tinha morrido e, ao organizar o inventário, ele manifestara a intenção de parar de usar cheques (disse que tinha alguma coisa a ver com impostos). Foi a primeira vez que mencionou as despesas de Kitty, e ela teve receio de que os saques mensais tivessem sido notados. A mensalidade da escola de Sarah havia aumentado, depois da matrícula no pré, e com o país fazendo motins durante todo o verão, e depois do assassinato do dr. King, ela tinha gastado mais que de costume. Kitty o estudara atentamente por dias, procurando alguma mudança de comportamento ou indicação de que ele sabia mais do que devia saber. Só quando acordou com um envelope cheio de dinheiro em cima da penteadeira, ela relaxou, percebendo que a preocupação de Nathan não era com onde ela gastava, ele só queria impedir o rastreamento das movimentações. *Avise-me antes de ficar sem.*

Sua atitude agora não era tão generosa. Ele passou o braço sobre a mesa e jogou no chão uma pilha de papéis, blocos de anotação, pastas e roteiros.

— Você está mentindo para mim! Eles sabem disso, e vão voltar com mais perguntas.

Kitty não sabia como sair da situação. Ele sabia mais, dava para perceber. Ainda furioso, Nathan puxou uma fileira de livros da estante para revelar um cofre. Dentro havia uma pilha de trinta ou mais envelopes pardos. Ele jogou alguns na direção dela.

— Cada vez que você a vê, eu também a vejo.

As mãos de Kitty tremiam quando ela abriu o primeiro envelope. Dentro havia fotos de Sarah e Nellie visitando a casa havia apenas três dias, para trocar presentes de Natal. No segundo havia fotos dela nadando com Sarah, pouco mais que um bebê de pernas roliças, na piscina da casa.

— Você me privou da escolha de ser pai. Você me tirou a chance de fazer parte da vida dela.

— Fiz isso para protegê-la.

— Eu sou seu marido. Teria protegido vocês duas. Esse é o meu dever.

— Há quanto tempo sabe?

— Há algum tempo.

Ela queria mergulhar nas lembranças que as fotos invocavam (não tinha fotografias de Sarah, por razões óbvias), mas estava aborrecida com como ele a enganou.

— Mandou alguém me seguir?

— Primeiro por medida de segurança, mas depois descobri que ela estava viva, e queria vê-la o tempo todo.

A pedido de Nathan, toda a vida dela tinha sido documentada. De início, a espionagem tinha se tornado uma prática dele para construir um caso contra Cora na questão relacionada ao dinheiro do pai. Encontrar o menino negro à porta do cinema na estreia de *The Misfits* só alimentou a situação. Nathan o contratou para seguir e fotografar estrelas do Telescope, fotos que depois vendia para a mídia a fim de aumentar a exposição de seus atores. As fotos do rapaz nunca tinham créditos, mas Nathan lhe pagava bem por isso, muito mais do que qualquer fotógrafo branco de jornal teria conseguido ganhar. Mais tarde, suas fotos foram usadas na coluna de celebridades de Maude no *Los Angeles Times*.

As fotos de Kitty vendiam bem, e logo Nathan decidiu que o rapaz devia segui-la exclusivamente. Era lucrativo, mas Nathan também sempre fora obcecado por Kitty. Para ele, era mais bonita quando não sabia que a estavam admirando.

Dispondo do luxo das lentes de Michael, ele escondeu isso dela. O que Kitty não sabia era que o cofre tinha um fundo falso onde havia mais fotos dela guardadas.

— Por que não disse nada? — perguntou Kitty. Não sabia se estava apavorada ou encantada com a capacidade de contenção do marido. Toda essa farsa só servia a ele mesmo. — Eu precisava garantir a segurança dela. Não tinha nada a ver com você, Nathan. Eu também a perdi. Ela não sabe que sou sua mãe.

— Você tomou a decisão de tirá-la de mim. De nós dois.

— Como eu poderia saber que você a aceitaria, que me aceitaria?

Ele ficou vermelho como uma beterraba.

— Porque eu *amo você*, por isso! Menti para o FBI por você. Não vou deixar isso estragar tudo que construímos. Posso resolver tudo, mas você precisa parar o que estava fazendo.

— Nathan...

Ele levantou uma das mãos.

— Você tem responsabilidades como funcionária do Telescope, como esposa e como *mãe*... nenhum desses papéis incentiva sua participação na política. Não vai gastar nem mais um centavo ajudando uma dessas cruzadas inúteis.

— Estamos falando sobre vidas humanas!

— E a *nossa* vida? Eu lhe dei tudo, fiz de você uma estrela.

— *Eu* fiz de mim uma estrela. E fiz você também, já que estamos sendo honestos.

Nathan se aproximou dela rapidamente. Kitty se retraiu. Não esperava uma agressão física, mas a raiva dele era chocante, nunca o tinha visto tão furioso.

— Eu sou dono do céu no qual você brilha, e você vai fazer o que eu disser.

— Eu ganho meu próprio dinheiro. O apoio à causa agora é mais necessário do que nunca. — Embora não tivesse a intenção de atravessar de volta a linha da cor, a realidade de poder ser empurrada de volta não era mais tão assustadora.

— Se continuar com isso, vão descobrir sobre você. Sobre Cora. Sobre *todas* vocês. E eu não vou conseguir te proteger. Eles querem acabar com o Partido dos Panteras Negras... cortar os financiamentos, prender todos os membros.

— Eles não desconfiam a meu respeito. Posso continuar apoiando a causa.

— Nossa filha deveria ser uma causa suficiente para você. Podemos ser presos, nós dois. E aí?

— Você não vai ser preso, Nathan.

— Mas você pode ser... e o que eu faria sem você? — A voz dele tremeu, ficou mais aguda no fim da frase, como se ele estivesse sufocando a emoção.

Ela tentou tocá-lo, odiando testemunhar seu sofrimento, mas Nathan recuou antes do contato.

— Vou fazer o que puder para alimentar a teoria-fantasma da Cora Rivers negra, mas você tem que me ouvir. — Ele continuava irritado. — Eles ainda não sabem sobre aqueles outros cheques, e temos que os contentar para que parem de procurar. Eles seguem o dinheiro, e você deixou rastros enormes. Se surgirem questões legais, podemos perder tudo. Temos que proteger nossa filha e a herança dela. *Tudo* está em jogo. Você precisa me ouvir. Pelo menos dessa vez.

— Vou fazer o que for melhor para a nossa família. Foi isso que sempre fiz.

— É isso que acha que fez? Não estaríamos nessa encrenca se você não tivesse mentido sobre a mais simples das coisas.

— Pessoas estão morrendo... morreram... em todo o país pela mais simples das coisas. Pelo direito de ser, de existir!

— E *eles* não são *você*!

Foi a vez de Kitty gritar:

— Eles *são* eu! Você nunca vai entender como é. Só vê um rosto bonito, sua estrela Kitty Karr, não sabe a verdade a meu respeito, de onde venho. Não sabe qual é a sensação de ter vergonha de quem é, de esconder partes de você, de sentir ódio das pessoas que dizem que te amam.

— Você me odeia?

Lágrimas inundaram os olhos dele quando ela deu de ombros. Ele era o único que sempre foi livre: um homem branco e rico que era dono de tudo, como o próprio Nathan disse. Podia ir a qualquer lugar, sem restrições.

Nathan ficou quieto por um longo instante, depois se aproximou dela, a abraçou.

— Talvez fingir que não sabia tenha sido mais fácil para mim também.

Aliviada por ele não perguntar mais nada, Kitty cedeu às súplicas do marido, que mais tarde foram reforçadas pelas informações que ela recebeu das outras na Casa Blair.

Os dois agentes bateram à porta da casa de Kitty mais ou menos na mesma hora em que outros dois chegaram à casa de Lucy. Ela e Laurie estavam fazendo um bolo de frutas.

Lucy estava no topo da lista dos investigadores, porque algumas contas da entidade beneficente estavam em seu nome. Quando ela provou que as assinaturas da conta não eram dela e que não via Cora havia anos, eles encerraram a conversa.

Ninguém na Casa Blair tinha visto Cora recentemente. Ela havia mudado de nome duas vezes desde que deixara a Casa, se casado com um senador e se mudado para a cidade de Washington (não Chicago) três anos antes de o FBI aparecer.

As assinaturas da conta e nos recibos de depósito eram de Laurie, a quem nenhum agente deu importância. Ela ouviu tudo por um tempo, uma presença invisível, e depois se retirou para prevenir todo mundo antes mesmo de os agentes irem embora.

Na semana seguinte, todas tomaram conhecimento da teoria deles.

— Maude disse que eles estão procurando uma menina negra, então… estou preocupada — disse Lucy.

Kitty não sabia o que ou quem tinha dado a eles essa ideia. Quando alguns membros dos Panteras foram mortos não muito longe de Los Angeles, Liberty, Addie, Lilly e Sammie deixaram a cidade como se fugissem de uma turba de linchadores. Dezoito horas depois, a casa em que estavam escondidas foi invadida, e todas foram indiciadas por crimes contra os Estados Unidos.

Pelo menos não atiraram nelas.

Podiam muito bem ter atirado. Elas vão pegar prisão perpétua.

Isso não é morrer.

Mas era como se fosse.

CAPÍTULO 40
Elise

NOITE DE TERÇA-FEIRA, 31 DE OUTUBRO DE 2017

Elise sentou-se no Poleiro com uma garrafa de champanhe e pequenas porções de comida da festa, tentando se preparar para a ocasião. Embora fosse possivelmente perigoso, a invencibilidade da juventude sempre levou Elise e as irmãs àquele lugar para observar as festas dos pais por muito tempo depois de terem sido mandadas para a cama.

Sarah tinha prometido pegar leve na extravagância, mas Elise não via sinais disso. O quintal da casa parecia um parque de diversões. Eram só os melhores dos cem mais próximos da família, e isso incluía lendas vivas, promotores de fenômenos culturais, ícones em ascensão e mestres discretos, donos de extrema inteligência e talento de todas as disciplinas e áreas criativas, do mundo todo. A festa épica se estenderia até o amanhecer e teria uma caçada ao tesouro de doces, um labirinto assombrado, prêmios para as melhores fantasias, um filme e um jantar completo.

Já havia uma fila no entorno da tenda principal, onde os convidados podiam afagar filhotes de leão, aves exóticas e macacos. Enormes ursos de gelatina, pirulitos e coelhinhos de chocolate foram amarrados à cerca viva do labirinto, criando uma cena que lembrava *A fantástica fábrica de chocolate*. No centro do labirinto, o banco de Sarah tinha sido substituído por um distribuidor de doces do tipo caixinha de surpresas. Você só podia ficar com o que conseguia pegar, mas o suprimento era infinito.

A roda-gigante estava bem lubrificada e girava sem problemas, feliz por estar em exposição. Sua beleza enfeitaria as redes sociais durante a noite toda, como o cenário preferido para as fotos de todo mundo.

Elise gostaria de saber se as luzes brancas dos raios da roda-gigante podiam ser vistas colina abaixo naquela noite sem nuvens, ou se misturavam-se às estrelas, aparentemente imóveis, uma joia celestial desconhecida.

— Tudo parece ótimo. — Giovanni passou pela janela, interrompendo seus pensamentos. Quando o vento começou a soprá-los em seu rosto, ela prendeu os cabelos alisados com prancha em um coque baixo.

— Sempre parece.

— Ela se empenhou. — Noele pulou o parapeito e gesticulou para Elise abrir o champanhe. Ela passou uma taça para Giovanni, que esperou ser servida.

— Parece que ela está feliz por isso.

— Estou animada com minha fantasia.

Quando era criança, Noele às vezes aparecia à mesa do café da manhã vestida de Papai Noel no meio de julho. Naquele ano, ela e Giovanni tinham combinado: Giovanni seria Neve Campbell em *Jovens bruxas*, e Noele era um pássaro preto, suas asas com envergadura de três metros. Ela mandou fazê-las com penas de corvo verdadeiras.

Noele olhou para o moletom de Elise.

— Você não está nem perto de ficar pronta.

Duas semanas antes, Elise planejara ser um leão. Seu cabelo crespo exibia a tonalidade avermelhada que um teste de ancestralidade atribuiu ao distante sangue irlandês e era um substituto perfeito para uma juba. Todos esperavam que ela vencesse o concurso de fantasias pelo quinto ano consecutivo.

Elise não respondeu à irmã quando a versão estendida e festiva da risada da mãe delas chegou a seus ouvidos. Ela estava no centro de um grupo, apontando para a própria maquiagem e explicando, imaginava Elise, quantas horas foram necessárias para criar sua fantasia de unicórnio. O chifre preso ao topo da cabeça tinha trinta centímetros de comprimento e era coberto com glitter prateado. O vestido justo e longo de lantejoulas prateadas combinava perfeitamente.

Ela estava em modo celebridade dos pés à cabeça, tocando a mão ou o braço de cada pessoa com quem falava, dando a elas um segundo de atenção intensa. Sarah tinha um jeito de fazer todo mundo se sentir a pessoa mais importante e interessante do mundo. Alguns diziam que ela encarava, mas quem a conhecia entendia que seu interesse era um elogio (a maioria das pessoas era simplesmente atravessada por seu olhar).

— A gente devia terminar de se arrumar. — Giovanni ajustou as alças do macacão preto. — Ela está caminhando em direção ao bolo. — E olhou para Elise ao insistir: — Vai estar lá embaixo quando Aaron chegar?

— Ele já chegou.

Elise não apontou o rapaz, mas Aaron havia chegado de Conde Drácula, com Maya vestida de Come-Come da Vila Sésamo. Ambos estavam perfeitamente disfarçados, mas tinham dado dicas de suas fantasias no Instagram.

— Jasper não vem? — perguntou Giovanni, com um olhar sugestivo.

— Espero que sim. Temos muito que conversar.

— Aposto que sim.

— As fotos vão ser feitas na sexta-feira.

Noele o tinha visto, mas não o conhecera de verdade.

— Ele é bonito.

— Sem dúvida — concordou Elise.

— Veio do outro lado do país para falar sobre as fotos que você nem vai fazer aqui. Ele gosta de você. E você também gosta dele.

Ela gostava, mas não sabia o que pensar sobre ele naquele momento.

— Ele veio por causa da foto de Kitty na piscina — explicou Elise —, não por minha causa. Eu fui um "benefício colateral".

— Quem o convidou? — perguntou Noele.

— O avô dele trabalhava para o Telescope.

— Que aleatório.

— É, sim. — Ela tentava manter uma expressão neutra.

— Deve ser o destino — comentou Giovanni.

— Pensei que gostasse de Aaron — disse Elise.

— *Eu* gosto, mas não sei se você gosta... — Giovanni olhou para Noele, esperando apoio.

— Para de ser teimosa e vamos para a festa.

— Estou de luto. — Elise preferia cair do Poleiro a submeter-se à enxurrada de perguntas.

— Mamãe vai ficar puta da cara. As pessoas vão comentar.

— Elas já estão comentando. E ela não se importa.

— O que vamos dizer? — perguntou Noele. — Quando as pessoas perguntarem por você?

— O povo judeu respeita a shivá por sete dias, pelo menos. Às vezes um mês.

— Nós não somos judeus.

— Não sabemos quem ou o que somos. Teoricamente.

Em qualquer conjunto aleatório de circunstâncias, a história de Kitty poderia ter se perdido para sempre. Apesar da posição da família agora, elas eram descendentes de escravizados africanos, e os registros de seus ancestrais eram difíceis de encontrar e vagos. As histórias orais tinham se perdido havia muito tempo.

— Está na cara que você precisa se divertir um pouco. — Giovanni não sabia como o conceito de "diversão" era estranho para Elise naquele momento.

A última vez que se divertiu havia sido sete meses antes, com Jasper. As irmãs a deixaram lá sozinha para se prepararem para a entrada grandiosa de que ela deveria participar.

Sarah seguiu para o segundo nível, onde um palco de fibra transparente cobria a piscina. Seu cabelo tinha algumas extensões que desciam quase até a cintura e dançavam ao vento, intensificando o traço dramático da fantasia. Sarah sempre teve cabelos longos, nunca fazia mais que aparar as pontas, porque o cabelo, como na maioria das famílias negras, era uma marca de beleza. Quando Sarah o penteava para trás, os olhos amendoados davam a ela uma aparência asiática, provocando questionamentos sobre sua etnia. *Na minha certidão de nascimento diz "negra",* respondia. O desconforto de quem perguntava, ao ouvir a resposta, sempre garantia boas risadas.

Alison estava atrás dela, vestida de domadora de leões sexy (para complementar a fantasia planejada por Elise), com meia-arrastão e unhas postiças vermelhas. James subiu ao palco atrás delas.

— Sejam todos bem-vindos!

Ele se exibia no palco em seu smoking preto, piscando e apontando para o grupo, para, Elise sabia, ninguém em particular. Não enxergava nada com o holofote voltado em sua direção, a visão declinava, o que era mais uma desculpa para fumar mais maconha. Ele era o único que podia abdicar de uma fantasia e sair ileso; qualquer outra pessoa que chegasse usando roupas comuns ou fora do tema era barrada. O smoking era um protesto privado contra o evento propriamente dito, mas, sempre leal a Sarah, publicamente ele dizia ser o dono do circo.

— Como vocês estão? Foi um ano difícil, eu sei, mas ainda estamos aqui.

Ele sempre fazia um discurso nas festas, como se as pessoas precisassem de um lembrete de quem eram os anfitriões. Como sua mãe, ele era sua versão mais agradável em sua versão celebridade.

James puxou a esposa para mais perto e começou a cantar "Parabéns a você" em seu ouvido. Sarah fechou os olhos e apoiou o rosto no dele. Para o mundo que veria as fotos mais tarde, eles pareceriam apaixonados, uma sugestão de que os problemas sobre os quais corriam rumores estavam resolvidos.

Os convidados começaram a cantar junto, e garçons carregavam um bolo de limão de três camadas com cobertura de cream cheese de limão, como o de todos os anos, até o palco. As irmãs de Elise os seguiam como em um cortejo.

Sarah soprou as velas, uma centena delas, pelo que parecia, para delírio de todos. Para evitar conversas sobre sua idade, os bolos eram sempre exorbitantemente iluminados, mas sem números.

Elise tirou uma foto e postou no Instagram com a legenda FELIZ DIA, MÃE, para documentar sua presença. Emoldurada pelas folhas das árvores, sua mãe parecia angelical com as mãos sob o queixo. O post teve mais de um milhão de likes em um minuto. Quando atualizou o feed, ela viu que Aaron havia repostado a foto como *story*. Ele ainda estava com o celular na mão, à beira da pista de dança e presumivelmente trocando mensagens com Maya, que estava no bar. Elise tinha visto quando os dois se separaram pouco antes do bolo. Ele ainda não tinha mandado uma mensagem para *ela*.

A tradicional canção de aniversário se transformou na versão de Stevie Wonder, e todo mundo começou a bater palmas e acompanhar a cantoria como se estivessem em um show. Elise examinou o grupo em busca dos verdadeiros cantores, esperando que eles assumissem o espetáculo em busca da atenção dos pares.

Billie se destacava sob o poste de luz do lado esquerdo do palco, com o rosto redondo pintado de bronze como uma moeda. Ela era o símbolo de entrada no circo. Quando Elise era criança, Billie era sempre a primeira a sentar-se ao piano, pronta para um dueto de um de seus sucessos com o cantor que o havia gravado. Sua voz também era ótima. Esta noite, Billie não aplaudia nem cantava. Seus olhos redondos estavam cravados em Sarah, que rodopiava na pista.

Elise se perguntava que segredos Kitty tinha deixado para os amigos. Estava procurando Lucy e Maude, quando a busca foi interrompida por uma mensagem de Jasper. CHEGUEI. CADÊ VOCÊ?

Ela respondeu um segundo depois: ME ENCONTRE NO PÁTIO.

Elise entrou pela janela e correu até o closet, onde colocou um vestido preto e domou os cachos em um coque. Para não ser reconhecida, pegou no quadro de avisos a máscara de penas de pavão que usara alguns anos antes.

Imaginando que ela viria da área da festa, Jasper a esperava de costas para as portas do pátio. Prince berrava nas caixas de som, e ela conseguiu se aproximar dele sem ser notada. Jasper usava uma máscara de lobisomem.

— Uma escolha mítica.

— Sua mãe é um unicórnio, então estou dentro do tema. Já você…
— Ele apontou para a máscara e o vestido simples.

— Vem. — Os dois desceram a escada, passaram pelo bar e por grupos de convidados do reino animal.

— Seu namorado... perdão, noivo... está aqui?

— Ele não é nenhuma dessas coisas.

— Mas está aqui?

— Esteve mais cedo, com a namorada dele.

— Você sabe que a *Vogue* está insistindo em vestidos de noiva para a sua capa.

Ela parou onde estava.

— Por isso fez uma viagem aérea de cinco horas, para me contar?

— Você sabe por que estou aqui. — Jasper a puxou pelo vestido quando se aproximaram do limite do quintal. — Aonde estamos indo?

Com delicadeza, ela afastou um ramo de trepadeiras para revelar a terceira abertura na cerca viva.

— Pegar sua fotografia.

Ele não a soltou nem depois de entrarem na trilha de terra da casa de Kitty, iluminada a cada três metros por uma lâmpada em uma haste.

— Sua mãe parece uma fada esta noite. Uma fada unicórnio.

Elise riu.

— Ela é a Sininho, sempre cintilando e flutuando por aí.

Jasper questionou seu sarcasmo.

— Assunto doloroso?

— Só acho que a gente não devia estar festejando.

— Entendo.

— Mas ninguém pode falar nada para minha mãe.

— Bem, ela é Sarah St. John.

Elise sorriu.

— Eu sei.

— Vocês são próximas?

— O suficiente, mas nós fomos criadas pela minha avó. — Austera e com a pele cor de chocolate, Nellie havia temperado a exuberância do ambiente com a mão pesada da criação do negro sulista. — Meus pais trabalhavam muito.

— Sua avó paterna?

— Materna. Ela nos mantinha espertas.

Nellie dava tarefas domésticas a elas, proibia os empregados da casa de fazerem qualquer coisa para elas que não fosse cozinhar. Havia a expectativa de notas máximas, e elas eram mantidas ocupadas com atividades extras, como se fosse possível pular a parte em que elas percebiam sua posição na hierarquia do mundo. Nellie criou as netas com sensatez (contos de fada não eram reais, nem Papai Noel ou a Fada do Dente).

— *Vocês podem ser privilegiadas, mas ainda são negras* — disse Elise, imitando a voz dela.

Agora Elise a considerava uma santa por ter interferido dessa maneira. Embora limitante, a rigidez era seu jeito de amar, de proteger as meninas de qualquer confusão ou pensamento mágico sobre sua classificação no mundo. Ela fez o possível para salvar a mãe delas.

— Parece até a minha avó falando — comentou Jasper, soando surpreso.

— É, Kitty era uma pausa agradável.

Nellie as havia criado com boas maneiras e sensatez, mas Kitty havia salpicado magia na vida das meninas. Ela permitia que jantassem sorvete, fazia bolos elaborados no aniversário delas, de muitas camadas, e comprava presentes demais para serem contados. Elise imitou Kitty:

— *O mundo precisa de mais menininhas negras mimadas.*

— Ela disse "negras"?

— Ela não queria dizer nada com isso, era só uma palavra que ela estava acostumada a usar.

— Acho que ela viveu um bom período da história.

— Existiu bem no centro dela. — Elise chutou uma pedra. — Até o câncer levá-la também.

— Também?

— A mãe da minha mãe morreu de câncer quando eu tinha doze anos.

Jasper fez uma pausa, antes de dizer:

— Lamento ter despertado lembranças tristes.

Ela abriu a porta da casa de Kitty, onde a fotografia repousava encostada em uma parede.

— É isso o que consigo por nove mil dólares? Um lugar no chão?

— Você deixou seus nove mil dólares aqui. — Elise o encarou. — Conta sobre a foto, Jasper.

— Nathan e Kitty. — Ele mostrou uma foto em preto e branco no celular, um casal se beijando em um estacionamento. Depois gesticulou para ela rolar a tela. — Meu avô tirou essa foto. Em troca, Nathan ofereceu a ele um emprego: fazer fotos das estrelas do Telescope que ele depois venderia aos jornais. Quando descobriu que Kitty era negra, ele teve que decidir se contava a Nathan ou não.

Jasper parou como se esperasse sua reação. Ela ignorou a pausa e continuou rolando a tela do celular. Todas as fotos tinham sido tiradas de longe, com longa exposição, como aquelas dentro dos envelopes datados que Kitty deixou, mas essas eram fotos que ela nunca tinha visto.

Uma era de Kitty grávida, sendo empurrada, por sua avó Nellie, em uma cadeira de rodas pelo bairro. As duas fotos feitas pela janela da antiga casa de Kitty a mostravam brincando com um bebê. Por fim, havia uma de Nellie com um bebê embrulhado em cobertor, saindo da casa de Kitty com um homem alto e negro. Elise o reconheceu, era o marido de sua avó Nellie, de quem ela se havia afastado. Sua mãe não o via desde que estava no segundo ano da escola.

Elise fingiu indiferença.

— O que essas fotos provam? — Eram imagens em preto e branco, por isso a verdadeira cor de Kitty era invisível, como na vida real, e o bebê estava quase inteiramente coberto. Kitty podia estar entregando o filho para uma agência de adoção.

— Isoladas, nada. Mas... — ele apontou para o chão — ... essa foto colorida é a outra metade de uma fotografia que tenho, na qual sua mãe aparece com dois ou três anos ao lado de Kitty. Foi essa fotografia que meu avô mostrou a Nathan para provar que sua mãe era filha dele. Nathan a rasgou ao meio, sem saber que meu avô tinha outra cópia. — Elise sentia o coração pulsar nas orelhas e no peito, em pânico com essa complicação. — Meu livro é sobre meu avô, mas também é sobre você e sua família. Ele guardava cópias de tudo.

— Fotos nunca contam a história completa.

— As do meu avô contam. Ele seguia Kitty o tempo todo e viu tudo com os próprios olhos, registrou cada momento em fotografias. Ele guardou o segredo dela por quatro anos, consciente do que a revelação poderia fazer com a vida dela. Mas depois teve que considerar o que isso significaria para ele caso Nathan descobrisse que ele sabia e não havia contado. Teve que pensar na família e em seu sustento.

— E quanto à minha família e ao meu sustento? Não posso deixar você contar essa história. Vou entender se quiser cancelar as fotos para a *Vogue*.

— Elise, você não entendeu. Não é só a história de Kitty. Essa história também é do meu avô. Legalmente, tenho direito a ela. Meu avô era dono das fotos, e eu sou herdeiro de todos os bens dele.

— Tudo o que suas fotos mostram é minha avó Nellie levando seu bebê, minha mãe, à casa da melhor amiga dela. Só isso.

— Você sabe que eu posso provar que não é só isso. Estou te dando a chance de contar o lado de Kitty nessa história. Caso contrário, ela será contada pelas lentes do meu avô, que, sendo sincero, não pintam o cenário mais favorável.

— E por que isso? Porque ele nunca teve uma chance com ela?

— Ele nunca se convenceu de que Kitty se arrependeu do que fez.

— Arrepender-se por quê? Ela não teve escolha.

— Nós sempre temos escolha, só dizemos que não para aplacar a consciência em vista do que somos capazes de fazer.

— Você não entende o que ela fez. O que isso significa. Ela não machucou as pessoas de propósito.

— Você nunca considerou como a decisão de Kitty te fere? Como fere sua mãe?

— Eu não tenho conseguido pensar em outra coisa. Ela deixou tudo para eu descobrir depois de sua morte.

Por um instante, os olhos de Jasper perderam o foco.

— Espera... você só foi descobrir agora? E por que não quer falar sobre isso?

— Já pensou que talvez Kitty não queira que sua história seja contada?

— Então por que ela deixaria tudo para você, como fez?

— Ela queria que nós conhecêssemos nossa história.

— Então você deve a ela a revelação de sua verdade.

— Vai continuar sendo a verdade, mesmo que ninguém saiba.

Ele pôs a fotografia embaixo do braço.

— Mas, na minha verdade, parece que ela escolheu o caminho mais fácil quando decidiu se passar por branca.

Elise quase sufocou com sua opinião simples, mas comum, e se engasgou como se fosse vomitar uma bola de pelo. Assustado, Jasper bateu no centro das costas dela com a mão aberta.

— Difícil de engolir?

Ela empurrou o braço dele antes do próximo tapinha.

— Você sabe que era isso o que sua avó queria.

— O quê? Que sua história fosse distorcida? Ser julgada por pessoas que não sabem o que ela passou? Ela sofreu muito, e triunfou mesmo assim. Não posso permitir que você destrua o legado dela.

— Então me ajude a contar a história dela. — Jasper se dirigiu à porta. — Vejo você na quinta-feira.

— Espera.

Ele olhou para trás.

— Quem mais sabe disso?

— Minha família.

— Seu editor...?

— Eu quis falar com você primeiro.

— Então você queria minha permissão.

— Não, queria sua ajuda. Seu apoio.

Elise sentiu o conflito crescer ainda mais. Por que Kitty guardou esse segredo por tanto tempo? Não pode ter sido só porque ela era negra de verdade. Mesmo vinte anos atrás, a história de Kitty poderia ter sido celebrada. Nas décadas de 1950, 1960 e até 1970, Elise entendia a escolha, mas, depois de ter se aposentado, não havia mais uma questão de vida ou morte para Kitty manter a fachada. A menos que houvesse.

CAPÍTULO 41
Elise

MADRUGADA DE QUARTA-FEIRA, 1 DE NOVEMBRO DE 2017

Sarah comia sozinha na ilha da cozinha, ainda vestindo a fantasia. Embora passasse das três horas, estava impecável; até o batom conservava, apesar dos craquelados, a intensa cor de vinho. Para Elise, nesse momento, ela era parecida com Kitty, embora não houvesse semelhança física real entre as duas. Tinham o mesmo rosto oval e orelhas um pouco maiores que o normal, mas não havia nenhum sinal evidente de parentesco. O elo genético entre elas era a vaidade.

Ela não levantou a cabeça quando Elise se sentou. Sarah nunca comia enquanto recebia convidados, preferindo recordar a noite enquanto fazia uma refeição. Normalmente, teria perguntado a Elise se estava com fome, proposto reminiscências da noite, mas ela ainda estava brava. Elise viu sua bochecha se contraindo entre porções de frango desfiado e homus no prato do tamanho de um pires.

— Você não ia nos contar nunca, ia?

Sarah ficou em silêncio por tanto tempo que Elise repetiu a pergunta.

— Suas irmãs sabem?

Elise balançou a cabeça em negativa.

— Ela contou tudo naqueles registros que deixou?

Elise hesitou. Não confiava na mãe o suficiente para contar todos os detalhes, ainda não.

— Tipo isso.

— Ela ia jogar essa bomba e deixar todas as perguntas para eu responder.

— Você podia simplesmente ter contado para nós há muito tempo.

— Descobrir que Kitty era minha mãe me causou muita dor. Ver o quanto vocês todas eram próximas dela me fez entender como se sentiriam com isso. — Sarah apoiou a cabeça nas mãos. — Sinto muita falta dela, mas sua morte... que Deus me atinja com um raio por eu me sentir assim... mas a morte de Kitty me aliviou do peso que senti durante toda a vida.

Lágrimas escorriam por seu rosto marrom-alaranjado escuro. Ela parecia constrangida por chorar, mas não tinha mais controle sobre isso.

Em um gesto que surpreendeu as duas, Elise se levantou para abraçá-la.

— Como você descobriu?

— Ela foi ao hospital quando você nasceu, começou a chorar e contou tudo. Sua avó Nellie ficou furiosa. Elas começaram a discutir, e Kitty foi embora. Sua avó tentou me contar tudo o que sabia, mas eu tinha acabado de dar à luz, não quis ouvir nada. Não conseguia ter empatia pela decisão de Kitty de desistir de mim.

Elise desafiou a afirmação da mãe.

— Mas você não queria ter filhos. — A confissão da mãe em um palco, para o público, foi como uma traição, porque elas teriam se afogado no casulo de distanciamento, não fosse por sua avó Nellie e por Kitty, que, como uma fada madrinha, assumiu as rédeas depois da morte de Nellie.

— Eu não *ansiava* a maternidade, mas, Elise, quando chegou ao mundo, você era *minha*.

— Você raramente estava por perto.

Nellie e Kitty imploraram para Sarah trabalhar menos, mas nenhuma das duas a enfrentou ou a obrigou a ouvi-las. Apenas continuaram conduzindo tudo com as filhas dela. Sarah jantava em casa duas vezes por mês, talvez, mas sempre voltava com presentes. Depois de uma longa ausência, ela ia buscar as filhas mais cedo na escola para uma viagem à

Disney, ou surpreendia as salas de aula das três com um caminhão de sorvete. Uma vez, elas foram passear de balão. Nesses momentos, ela era a mãe perfeita (atenciosa, generosa e alegre), mas esses não eram momentos muito frequentes e, depois da morte da avó Nellie, eles nunca mais aconteceram. Havia crueldade em sua rejeição. Sarah não sofria em silêncio sua ambivalência em relação à maternidade.

— Eu podia ter feito tudo diferente, mas acho que agora você é capaz de entender como a carreira de atriz é exigente. Eu estava com contratos por *anos* a fio, Elise. Mas voltar para casa, para você e suas irmãs, era sempre minha maior alegria. — Uma pausa antes de um alívio cômico: — Dá uma folga. Porra... fiquei em trabalho de parto pelo que pareceram dias para ter você de parto normal, só para descobrir que não podia.

Elise fez uma careta, pois conhecia o resto da história. Os ossos da bacia de Sarah não se acomodaram para o parto. Ela teve que ser submetida a uma cesárea de emergência e depois mais duas, e tinha as cicatrizes com queloide para provar.

— Então, viver o inferno na terra e não ter nenhuma alegria? Eu não conseguia entender isso. Não entendo como ela sentiu que não podia ficar comigo.

— O que a vovó Nellie disse? — Elise sentou-se ao lado dela.

— Ela não insistiu no assunto. Entendeu minha raiva e respeitou minha decisão quando me recusei a falar com Kitty ou deixar que ela visse você, até sua primeira festa de aniversário. Ela só viu você porque entrou de penetra na festa, sabendo que eu não faria um escândalo.

Elise imaginou a cena e deixou escapar uma risadinha triste.

— Ela começou a aparecer mais para visitar Nellie. Tentávamos ser educadas uma com a outra, na medida do possível.

— Nunca mais tocaram no assunto?

Sarah parecia arrependida.

— Ela tentou várias vezes, mas eu não via motivo para isso. Tentei consertar nosso relacionamento quando minha mãe morreu, mas Kitty não largava o osso.

Elise se lembrava da mãe e Kitty saindo para fazer compras e almoçar fora nos meses seguintes à morte da avó Nellie. Esses passeios rapidamente atraíram a atenção dos paparazzi, e a *sitcom* em que elas trabalhavam, cancelada em 1979, voltou a ser exibida. Logo depois, Sarah começou outro filme e voltou a se afastar.

— Pensei que pudéssemos ter um relacionamento, mas estar perto dela sempre acabava me causando raiva.

— Você nunca desconfiou disso, antes de ela te contar?

Sarah riu.

— Eu me fiz essa pergunta muitas vezes.

Elise *havia* desconfiado de alguma coisa. Nunca conseguiu identificar o que era, e nunca teria imaginado a verdade, mas sempre sentiu que havia mais alguma coisa por trás da animosidade entre Nellie e Kitty. Às vezes elas brigavam por causa do programa *Jeopardy!*, ou um jogo de tabuleiro, mas a disputa subjacente sempre girava em torno de suas filosofias opostas a respeito da educação das meninas. Elas brigavam por tudo: como as meninas gostavam do mingau de aveia, quais eram seus livros e cores preferidos, como gostavam de pentear o cabelo. Isso afligia Elise (a mais velha e única com uma percepção precisa das repentinas mudanças nas seletivas preferências e nos interesses das irmãs). Houve muitas vezes em que quis corrigir uma ou as duas, mas ficou quieta, sentindo que a discussão não era pelas coisas que diziam ser.

Sarah admitia que as polaridades tinham infligido uma subcorrente de tristeza que a deixava confusa sobre seu lugar no mundo.

— Tive a mãe que me criou e a que me deu essa vida que todo mundo sonha ter. Uma era branca e a outra era negra. Minha mãe negra vivia confortável graças à riqueza da minha mãe branca. Quando minha mãe morreu, eu me senti desleal por amar tanto Kitty. Queria a atenção de Kitty de um jeito que nunca senti necessidade com minha própria mãe.

— Ela era uma estrela. Você a admirava.

— Muitas vezes senti que ela me dava essa vida como um pedido de desculpas — desabafou Sarah. — Como se fama e riqueza pudessem superar qualquer possível carência pelo que perdi.

— E superou?

— Até eu descobrir que ela era minha mãe. — Seu tom mudou. — Eu devia ser grata. Existem milhões de mulheres negras talentosas. Kitty me deu um começo, e a triste realidade é que ela só teve a oportunidade de melhorar as coisas para seus iguais... porque fingiu ser branca. Por isso guardei o segredo de Kitty, pelo que estava em jogo. Nosso sustento e, portanto, nossa vida, estava em risco.

Elise assentiu, compreendendo o dilema. Sarah empurrou o prato para o lado e começou a girar a aliança de ouro de James, que ela usava no polegar esquerdo. Ele sempre deixava com ela quando ia para o estúdio, para evitar riscos na própria aliança e no equipamento. Quando a mão dela começou a tremer, Elise a segurou.

— Mãe, não precisamos mais falar sobre isso. Mas tenho que te contar uma coisa — começou ela, mas Sarah a deteve.

— Espera eu terminar. Na noite em que ela morreu, tive um impulso de ir vê-la. Fiquei deitada ao lado dela, segurando sua mão. — Sarah enxugou os olhos. — Uma hora mais tarde, mais ou menos, ela parou de respirar. Senti o ar deixando o quarto. — Sarah lacrimejou de novo. — Eu devia ter ido antes. Você tinha razão.

— Fiquei muito brava com você. Pensei que tivesse perdido isso.

— Você está sempre muito brava comigo. Mas não se lembra? Eu te acordei.

A tristeza fizera Elise esquecer.

— Mãe, vamos ter que contar às pessoas sobre Kitty.

Sarah fez que não com a cabeça com tanta força, que o chifre, preso por dezenas de grampos para cabelo, finalmente se deslocou.

— A decisão mais segura é deixar que ela continue sendo branca.

— Mais segura? Ela não cometeu nenhum crime.

— Poderiam alegar que Kitty cometeu fraude e, se isso acontecer, a herança de vocês pode ser prejudicada.

— Ninguém se atreveria a fazer uma denúncia e expor o estúdio a esse tipo de atenção. Seria racismo. Dá para imaginar? Os boicotes, as hashtags?

— Elise, existem coisas que é melhor manter como estão, não ditas. Quanto mais as coisas mudam, mais permanecem iguais. As pessoas não gostam de serem lembradas de sua vergonha. Você vai estar no centro de uma polêmica que não pode controlar.

— Não seria uma polêmica...

— Veja como eles estão agindo agora! Podemos contar que ela era minha mãe e sua avó, mas não que era negra.

Elise ficou confusa.

— E como contornamos essa questão?

— Vamos dizer que Kitty teve um caso, e eu sou fruto disso. Ela me entregou para adoção, disse a todo mundo que eu estava morta. Mas ela não pode ser negra.

— Então é melhor destruir a reputação dela?

— Kitty queria ser branca. Morrer branca.

— Ela disse isso?

— Bom, ela não desistiu da branquitude por mim.

— Nessa época ela precisava se proteger... preservar o dinheiro, o nome dela.

— E você também precisa. Não vale a pena arriscar seu Oscar por isso. Kitty não arriscou nada.

— Não me importo com ganhar o prêmio.

— Você não pode estar falando sério.

Elise confessou que o único motivo para ter considerado um lobby pela indicação era a vontade de homenagear Kitty.

— Ela achava que *Drag On* era minha melhor atuação até então. Kitty não está mais aqui para me dar os parabéns se eu ganhar, então quem se importa?

Sua mãe parecia magoada.

— Eu ligo. Seu pai e eu nos importamos.

— Mas não era com a atuação que Kitty se importava. Ela só dava valor ao prêmio por causa de quem realmente era e o que isso significava. O que significaria, mesmo agora, se as pessoas soubessem a verdade. Não tinha a ver com vencer.

— O que te faz pensar que Kitty queria que o legado dela fosse reduzido a um estereótipo? Ela vai ser retratada como a mulata trágica. Eu vou ser a pobre menininha rica com questões de adoção, e você, minha querida, não vai ter nenhum reconhecimento por quem é e o que se tornou. Vão dizer que você não merece isso, que eu não mereço isso, e que Kitty não merecia porque mentiu. Eles vão ignorar o fato de ela ter sido forçada a fazer isso.... Kitty não é especial. A história dela é só mais uma história estadunidense. Existem inúmeras outras bem parecidas.

— E é isso o que é importante.

— Eles não vão entender.

— Temos que tentar. Ela queria que tentássemos.

— Ela está morta. Não tem mais como opinar.

Elise cruzou os braços.

— Acho que ela não queria que *você* opinasse. Mas não está mais nas nossas mãos. Era isso o que eu tinha para dizer. — Elise foi direto ao ponto, sabendo que Sarah ficaria aborrecida por não ter começado a conversa com esse assunto: — Meu fotógrafo para a *Vogue* sabe sobre Kitty, essa é a história do próximo livro dele.

Sarah batucou com as unhas compridas no balcão.

— O que ele acha que sabe?

— Que Kitty era negra e que você é filha dela.

— Ele não tem como provar nada. Tem uma certidão de óbito atestando minha morte. Isso foi documentado em entrevistas.

O rosto de Sarah sofreu pequenos espasmos enquanto Elise contava o que Jasper tinha dito a ela.

— O avô de Jasper viu.

— Ele já morreu. — Sarah gesticulou com desdém. — Acho que você consegue dar um jeito em Jasper.

— Mãe, essa história também é dele.

— Dê a ele outra história, Elise. A verdade tem muitos lados.

— Mas e se Kitty quisesse contar que era negra?

— Ela mesma teria contado. Não teria deixado essa tarefa para você, minha querida.

— Mas ela meio que deixou. Kitty teria pedido explicitamente nosso silêncio, se o quisesse. Ela esperou para contar quando não tivesse mais nenhum controle sobre o desfecho da história. Por quê?

— Porque era dramática.

— Pensei que você não estivesse mais ressentida contra ela.

— Não estou ressentida. — Sarah rangeu os dentes. — Estou furiosa por ela não ter tido outra escolha que não fosse ser forçada a fazer o que fez. Estou furiosa por essa falta de opção ter me afetado como afetou. Revelar essa história expõe as raízes brancas que cavam fundo, serpenteiam e sufocam. Não quero ser sufocada. Nem uma palavra a ninguém.

Elise saiu da cozinha para evitar a cena de briga que conhecia tão bem, a cena que terminaria com Sarah chorando pelo modo como suas filhas amavam Kitty (e Nellie) mais que ela. Elise não podia falar pelas irmãs, mas, nesse momento, seria capaz de pedir à mãe para pensar como ela poderia ter sentimentos diferentes.

CAPÍTULO 42
Kitty

PRIMAVERA, 1969

O novo normal na residência dos Tate transformou Sarah em um tópico de conversa diária. Nathan adorava olhar as fotos dela, imaginando os momentos que nunca tiveram como família. Alguns segredos se foram, mas a verdade havia sido romantizada e pincelada com a ameaça da lei. Os dois queriam viver tão perto da fantasia quanto a imaginação permitisse.

Nathan estava sempre procurando partes de si mesmo em Sarah. Então Kitty fornecia detalhes sobre a personalidade da filha, as coisas engraçadas que ela fazia e dizia e que não podiam ser acessadas por uma foto, como a aversão por alimentos com pele.

— Maçãs?

— Nellie precisa descascar.

Ela gostava de nadar e, aos quatro anos e meio, sabia ler como um aluno da segunda série. Nathan comprava caixas de livros para ela, que Kitty racionava e entregava a Nellie ao longo de vários meses.

— Ela não quer que a menina seja mimada.

— Estive pensando — disse Nathan uma noite, enquanto puxava as cobertas para Kitty se deitar. — E se reformatarmos *Daisy Lawson* para a televisão?

Kitty gemeu.

— A televisão é brutal... eu preferiria só escrever o enredo. — Kitty aplicava o creme para a região dos olhos.

— Não esqueça, Daisy desenvolve um relacionamento próximo com a vizinha, uma enfermeira, e a filha dela. Se pusermos Sarah no elenco como a filha da vizinha, você faria a adaptação?

— Uma série *inter-racial*?

— Poderíamos mantê-la perto de nós.

Kitty tocou o rosto dele.

— Perto de *você*, né.

— Eu cresci no estúdio. Acho justo que minha filha tenha a mesma oportunidade. Talvez ela tenha o talento da mãe.

— Não fale de mim usando essa palavra. — Kitty deu de ombros.

— Podemos providenciar aulas de teatro para ela.

— Converse com Nellie a respeito disso.

— Vou conversar. — Kitty abriu o pote de creme facial.

— Ela jamais vai poder saber que somos seus pais — comentou Nathan.

Kitty o encarou.

— Quando ela tiver idade suficiente, Nellie e eu decidimos que vamos contar a verdade.

— Não. Ninguém pode saber. E se isso vazar? Temos uma empresa... *você* é uma empresa... e não sei como o FBI ou o mundo vão receber a verdade a seu respeito.

— O FBI... eles nem estão mais interessados. E contar à nossa filha é diferente de contar ao mundo.

— Kitty, já pensou em como ela vai se sentir, se souber que deixamos o mundo acreditar que ela estava morta porque era escura demais?

O argumento a atingiu em cheio. Kitty entrou em pânico, reavaliou sua presunção original de que seria capaz de explicar, de que Sarah um dia entenderia, como ela mesma acabou entendendo os motivos de Hazel. Tratava-se de amor, mas o ponto de vista de Nathan fazia tudo parecer feio.

— Não vamos ter que tomar essas decisões por um bom tempo — respondeu Kitty. — Ela não entenderia isso agora.

— Ela nunca vai entender — declarou ele. — Esse é o problema da mentira... é preciso mantê-la viva.

A maior conspiração de Kitty e Nathan, além da ressurreição do Telescope ou de despistar o FBI, foi a construção do futuro da filha deles. A lealdade de Kitty enfim mudou de lugar, deixou de pertencer à sua raça e, pela primeira vez, foi inteiramente depositada em Nathan. Ele saber sobre Sarah era um segredo dos dois, um segredo que esconderiam de todo mundo (especialmente de Nellie, que, ela temia, se sentiria ameaçada por isso).

Nellie permitiu que Sarah participasse do *The Daisy Lawson Show*, mas manteve controle sobre a agenda escolar da menina. Como autora e atriz da série, Kitty garantia para si mesma bastante tempo de tela com Sarah, para poder ajudá-la com a atuação. Muitas vezes, Sarah aparecia no camarim de Kitty ou ia parar em seu colo durante os ensaios, e Kitty a cobria de afeto nesses momentos, mas fora do set ela se fazia fisicamente distante, por respeito a Nellie. Kitty respeitava todas as decisões de Nellie, a menos que afetassem o programa e, mais tarde, a carreira de Sarah.

As demandas do show haviam posto um fim nas visitas domésticas privadas, mas de modo discreto, e, à vista de todos, Kitty e Nellie dividiam a maternidade. Nellie controlava o dia a dia, enquanto Kitty dizia a Nathan que cordões puxar, buscando garantir uma carreira para Sarah.

The Daisy Lawson Show tornou-se um sucesso, e o elenco e a equipe se tornaram uma família. Lucy era a maquiadora, e Nellie estava lá todos os dias como acompanhante de Sarah. Nathan raras vezes aparecia no set, o que provocou rumores sobre ele não querer ou não ter expectativas de que o programa durasse muito tempo no ar, por causa de sua natureza inter-racial. Os dois deixavam as pessoas pensarem o que quisessem. Qualquer coisa era melhor que a verdade.

Kitty sabia que ele se mantinha distante por causa de Sarah, com medo de que, caso se aproximasse demais, não fosse capaz de resistir a cobri-la de beijos.

Em vez disso, ele a acompanhava da sala secreta de observação construída no teto do palco de gravações. A pedido de Abner Tate, uma dessas salas tinha sido construída sobre cada palco à prova de som do complexo. Aclamado como um gênio, Abner Tate foi um lunático controlador que espionava os funcionários. Era assim que sabia sobre as fofocas antes mesmo de elas começarem, como se mantinha em uma posição de vantagem.

    Dedicar-se a essa prática de espionagem também foi o melhor conselho que Nathan já recebera do pai. Nathan passou suas primeiras semanas no Telescope fora de circulação, dando ordens por telefone, observando as operações diárias se desenrolando sem ele, e movendo-se como um detetive nas sombras. Foi de uma dessas salas de investigação, a que ficava sobre o palco C, que Nathan avistou Kitty pela primeira vez. Ela foi o motivo para ter emitido o memorando que incentivava os funcionários a comparecerem às filmagens. Sabia que ela o faria. Ele queria uma esposa. O talento de Kitty foi o coringa que fez tudo parecer predestinado.

CAPÍTULO 43
Elise

MANHÃ DE QUARTA-FEIRA, 1 DE NOVEMBRO DE 2017

Minutos antes da hora marcada para a chegada das equipes que esvaziariam a casa de Kitty, a campainha soou. Elise abriu a porta e se deparou com dois homens, um asiático e um branco, ambos vestindo ternos.

— Pois não?

Os dois mostraram distintivos.

— Agentes Miller e Kim, FBI. Podemos conversar?

Elise encostou um pouco a porta para que as irmãs não ouvissem sua voz da sala, onde comiam *bagels*.

— Na verdade, não. Estamos no meio de uma mudança.

— Quando seria uma boa hora?

— O que vocês querem?

— Temos algumas perguntas para você.

— Converse com minha assessora de imprensa — pediu. — Vou passar a maior parte do mês fora.

— Poderia responder a algumas perguntas agora, para podermos deixá-la em paz?

— Não sem o meu advogado.

Os agentes se olharam, depois olharam para ela.

— Você não está encrencada, srta. St. John.

— Então quem está?

— Só temos algumas perguntas. Podemos entrar, por favor?

— Já disse que nós estamos no meio de uma mudança.

— Quem seria "nós"? Tem mais alguém em casa?

— Estou esperando a equipe de mudanças. Quais são as perguntas?

— A sra. Tate a havia informado acerca da intenção de deixar todos os bens dela para você e suas irmãs?

— Não.

— Tem alguma ideia do motivo para ela ter deixado bens de valor tão elevado para você e suas irmãs?

Ela era nossa avó.

— Éramos muito próximas. Ela morou aqui, ao lado da nossa casa, por trinta anos. — Elise olhou para o lado direito para indicar a casa.

— Mais alguém fez perguntas sobre a herança ou a procurou para falar disso?

— Só o advogado dela, e a mídia, é claro. E agora vocês.

— O advogado da sra. Tate também é seu advogado?

— Não. Por quê?

— A sra. Tate teve algumas associações complicadas no passado e, agora que ela faleceu, queremos ter certeza de que todos os negócios relacionados aos bens da sra. Tate e sua herança transcorreram sem coerção.

— De que maneira ela ter deixado seus bens para mim e minhas irmãs pode sugerir coerção?

O interesse dos agentes, como o de todo mundo, era provocado por questões raciais. Elise duvidava de que a validade da herança estaria sendo questionada se fossem brancas.

— Acham que ela pretendia doar tudo para filantropia, mas nós a coagimos? — Elise estava ficando brava. — Não há nada que eu possa comprar agora que já não pudesse antes.

— A questão é exatamente essa. Por que dar o dinheiro para vocês?

Elise ignorou a pergunta, pois já havia sido feita e respondida.

— Com quem eram essas "associações complicadas"? Kitty manteve os mesmos amigos durante décadas. Talvez eles saibam? Conversaram com outras pessoas?

— Lamento, tudo isso é confidencial. Conhece uma entidade beneficente chamada Casa Blair?

— Não. — Elise estava fazendo o possível para não demonstrar nervosismo, aflita com as irmãs que, curiosas, tinham se aproximado da porta na ponta dos pés para ouvir a conversa.

— Costuma doar para caridade?

— De vez em quando.

— Kitty conversou com você a respeito das posições políticas dela?

— Não. — A extensão dos comentários políticos e sociais de Kitty tinha sido a camiseta de Obama que vestia quando depositou sua cédula ao votar pelo correio.

— Você administra suas redes sociais pessoalmente?

— Sim.

— E sua conta é... o quê? A quinta mais seguida no Instagram?

— Por enquanto.

— A senhorita usa seu perfil para fins de promoção?

— Sim.

— Do quê?

— Meu trabalho.

— Você postou esta foto sua com Hillary Clinton, Bernie Sanders e Barack Obama?

— Sim. Presidente Obama, sim.

— E também postou aquela foto de Colin Kaepernick?

— Sim.

— E quanto a esses vídeos?

— Sim.

— Todos esses posts são considerados promoção do seu trabalho? Elise fechou a porta um pouco mais.

— Senhores, as equipes de mudança vão chegar a qualquer momento, e não posso correr o risco de o TMZ tomar conhecimento de que fomos interrogados pelo FBI. Por favor, procurem minha assessora de imprensa, Rebecca Owens, e encontrarei tempo para conversar com vocês com a presença do meu advogado.

Quando fechou a porta, o mais velho da dupla ainda tentou:

— O que vai fazer com o dinheiro?

Ela olhou para ele pela fresta.

— Doar. — E então fechou a porta, apoiando a testa nela para recuperar o fôlego. Só então percebeu como estava nervosa.

— Que merda está acontecendo? — Mil linhas vincavam a testa de Giovanni. Noele segurava o braço dela como se tivessem dez e doze anos outra vez. — Sabe por que eles vieram aqui? — Giovanni estudava sua expressão em busca da resposta.

Elise começou a sentir náusea.

— Não tenho certeza.

— Você está mentindo. — Ela sempre sabia.

Giovanni passou por ela e se dirigiu para casa.

Noele, voltando ao papel da caçula, correu na outra direção, e Elise sabia que era para procurar o pai. Só então ela ergueu o olhar e, por cima da cerca viva, encontrou a mãe, que esse tempo todo a observava de uma janela no segundo andar.

— O que eles queriam? — exigiu saber Sarah quando Elise entrou na cozinha.

Giovanni já havia contado parte dos últimos acontecimentos. A voz da mãe transmitia uma urgência pela verdade, mas a postura deixava claro que sua posição em relação ao segredo de Kitty não tinha mudado.

— Eles perguntaram sobre uma entidade beneficente chamada Casa Blair — respondeu Elise, por fim.

Sarah também nunca tinha ouvido falar nela.

— Disseram que Kitty teve "associações complicadas", queriam saber se alguém nos procurou.

— Eles falaram com mais alguém? — quis saber Sarah.

— Não quiseram revelar.

— Vou ver se mais alguém recebeu visitas inesperadas. — Sarah saiu da cozinha.

— Comece pela lista de convidados de Kitty para a cerimônia — falou Elise.

Depois encarou as irmãs e o pai, que queriam explicações sobre a conversa cifrada entre as duas.

— O que está acontecendo? — perguntou Giovanni.

— Já falei para você conversar com a mamãe. — Elise abriu a porta lateral. — As equipes de mudança chegaram.

CAPÍTULO 44
Elise

NOITE DE QUINTA-FEIRA EM NOVA YORK, 2 DE NOVEMBRO DE 2017

O apartamento de Jasper ficava em um prédio despretensioso de quatro andares logo depois da Ponte do Brooklyn, em Dumbo. Ele tinha o andar inteiro para si, mas reduziu as expectativas dela.

— Ainda estou reformando.

Era um antigo depósito com pé-direito alto, paredes de tijolos e piso de cimento coberto com tapetes de tons terrosos a cada metro e meio, mais ou menos.

Cada centímetro das paredes era decorado por fotografias, como a casa de Kitty havia sido um dia. No centro ficava o aquecedor original de quando o espaço era usado por uma manufatura têxtil. Um projetor ocupava parte da mesa de jantar, que era acompanhada por bancos, em vez de cadeiras.

Jasper gesticulou para convidá-la a se sentar em seu sofá de couro gasto, coberto por mantas para esconder os buracos. Ele foi à cozinha, e ela abriu o primeiro livro que viu sobre a mesa de centro, *Torpor: Um relato da vida universitária*. Ela folheou o volume, parando nas fotos íntimas, algumas das mesmas garotas.

Jasper entregou a ela uma taça de vinho e sentou-se ao seu lado com um controle remoto.

— Todas antigas namoradas?

— Algumas. Todas duraram só o suficiente para eu terminar a série. Sou consumido por minhas modelos — disse ele. — É o único jeito de fazer justiça a elas, mas admito que posso exagerar e me perder.

— Isso é um aviso?

Ele mexeu no controle.

— Quero me desculpar. Não queria parecer um intimidador.

— Intimidador e *stalker*.

— Desculpe. Fui intenso, mas acho que isso significa alguma coisa, termos nos encontrado como aconteceu.

— Foi um acaso.

— Espere só. Posso te apresentar *Os elos* agora?

Demorou vinte minutos para verem os slides que contavam a história de como um garoto negro de uma cidadezinha na Flórida tornou-se o guardião de um dos mais antigos e mais comuns elos dos Estados Unidos, tão comum que se escondia em muitas árvores genealógicas. A história tecia uma teia entre o avô de Jasper, o Telescope e os St. John. Falava da obsessão de dois homens por Kitty, e como a dedicação do avô de Jasper a proteger o segredo dela colocou em risco seu casamento. A exibição terminava com uma foto de Kitty e a avó de Jasper na noite em que Kitty foi explicar as fotos que o marido dessa mulher tinha dela. Era uma fotografia poderosa, cheia de justaposições de tabus de raça, classe e níveis sociais unidas sob um mesmo teto.

— Eu amei. — Elise estava impressionada com como Jasper contava a história.

Por um momento, se esqueceu do lado de Kitty nela e se sentiu mal pela posição em que aquilo colocava o avô dele.

— Tenho sua autorização?

— O FBI foi nos procurar hoje.

Jasper ficou tenso.

— Devia ter falado logo de cara. O que eles queriam? Eles sabem sobre Kitty?

— Não, mas estou pensando que isso é informação pertinente.

Jasper começou a andar de um lado para o outro.

— Essa história tem ramificações… Cada vez que penso que cheguei ao fim dela, outra surpresa aparece.

— Se seu avô estava seguindo Kitty, algumas fotos dele podem ser evidências.

— De quê?

Elise deu de ombros.

— Eles fizeram perguntas sobre uma instituição beneficente. Alguma vez ele falou alguma coisa sobre a vida social de Kitty?

— Nada específico, mas ela estava sempre por aí. Era uma estrela de cinema.

— Preciso ver tudo. — Elise tinha acabado de separar as fotos de Kitty em categorias, por isso achava que poderia reconhecer as versões mais jovens das amizades e dos associados dela.

— Estão em um depósito.

— Depois da sessão de fotos, então. — Ela se levantou, aproveitando a deixa para ir embora. — Obrigada pelo vinho.

— Você não pode ir agora! Tenho tantas perguntas.

Ela o encarou com um olhar pesaroso.

— Vou fotografar para a capa da *Vogue* e já é meia-noite.

Ele riu, constrangido.

— Boa desculpa.

Elise estendeu os braços, e ele a enlaçou pela cintura, puxando-a para perto até não haver outra possibilidade senão levantar a cabeça e olhar para ele.

— Ok, vou mostrar o que você quiser ver, seja o que for.

— Obrigada por esperar, antes de fazer qualquer coisa com seu livro.

— Eu jamais lançaria o livro sem falar com você. Sabe disso, certo?

— Sei.

— Agora quero jogar tudo no lixo.

— Não faça isso. Mas eu entendo.

Ele pousou os olhos castanhos nela. Um beijo seria suficiente para Elise ir parar na cama dele. Tentada pelo andar da carruagem, ela ficou onde estava, saboreando a sensação do corpo contra o dele, de como era bom estar tão perto. Mas, antes de gostar demais e ficar, ela bateu de leve em suas costas.

— Me solta — disse, e abriu a porta sorrindo.

Como planejado, Elise contou à *Vogue* histórias sobre o relacionamento de vizinhas entre Kitty e sua família. Enalteceu seus avanços pelos movimentos raciais e das mulheres e deu à revista uma história exclusiva sobre Hanes Austen, o famoso autor de *Down South*. O redator ficou satisfeito, e a conversa passou por *Drag On* e a opinião de Kitty sobre esse ter sido seu melhor trabalho até então.

— Que especial seria se você levasse o Oscar!

Ao ouvir o comentário do entrevistador, isso soou verdadeiro de um jeito como Elise não queria admitir. O prêmio a manteria em evidência no ciclo das notícias, mas a doação dos bens de Kitty para caridade surtiria o mesmo efeito. Estava condenada de qualquer jeito.

— Não quero azedar as chances. A validação de Kitty a respeito do meu talento foi suficiente.

— Como pretende levar adiante o legado dela?

Elise apreciou a referência elegante à sua herança.

— Ajudando pessoas.

Jasper a fotografou em uma cobertura alugada no centro da cidade, com a radiante luminosidade natural de uma manhã nevada de novembro, com o cabelo penteado para trás e liso, e o rosto uniforme e fresco para enfatizar os olhos. Essa era a chave. A revista insistiu em um vestido branco, que Elise transformou em uma referência de anjo, em vez de noiva. Olhar para as lentes de Jasper a fez desejar atuar para ele. Queria impressioná-lo e, sob seu olhar, encontrou força contra os estranhos que ocupavam o espaço. Por trás da postura profissional de todos havia opiniões sobre sua vida; conseguia ver tanto admiração quanto desprezo em cada olhar. Ela percebeu, então, que era o julgamento dessas pessoas que a mantinha controlada: ou quieta, para evitar ser mencionada, ou ansiosa em relação ao próximo comentário. A apatia era um mecanismo de defesa. Ela se pegou prestes a permitir que estranhos lhe dissessem para mudar seus sentimentos sobre o legado de família que estava a um passo de fechar e lacrar. Pode ter sido tudo coisa do ego, mas foi naquele momento que Elise decidiu que *de fato* se importava. Dava muita importância a vencer e conquistar seu status de atriz séria.

Sentindo-se claustrofóbica sob o holofote, ela puxou a gola que lhe comprimia o pescoço por cima dos ombros, desculpando-se com a estilista horrorizada quando rasgou o tecido e prometendo que cobriria o custo. Odiava golas altas, e disse preferir o simples vestido trapézio com alças finas pendurado no cabide. Ela chutou os sapatos cor-de-rosa de saltos altos e pediu um lenço demaquilante para remover o batom vermelho. Sentindo-se mais próxima à sua versão verdadeira, começou a própria dança com Jasper, movendo-se pelo apartamento e ignorando as outras dez pessoas presentes. Independentemente de como as coisas terminassem, ela estava fotografando a capa da *Vogue* (algo que Kitty nunca fizera) e seria motivo de orgulho para as duas.

— Ótimo trabalho hoje. — Jasper abriu a porta do apartamento antes de ela bater. — Quer dar uma espiadinha?

— Vou esperar a seleção final, assim não me decepciono se gostar mais de uma foto que não for escolhida. — Ela o seguiu até a cozinha, onde Jasper pôs em suas mãos uma vasilha de massa ao pesto.

— Decisão inteligente. — Jasper apontou para a mesa de metal preto encostada na parede, onde havia algumas caixas. — Aquilo é tudo que tenho. — Estava confuso em relação ao que as fotos do avô poderiam revelar.

— Não acho que Kitty foi a única que se passou por branca em seu círculo — explicou Elise.

— Havia mais gente no Telescope?

— Em todos os lugares, talvez. Preciso de ajuda para checar os fatos.

Ela se sentou na banqueta do balcão. Jasper abriu a geladeira e pegou queijo parmesão.

— Precisamos *mesmo* cavar tudo isso?

— Você cavou!

— Isso foi antes... Para dizer a verdade, não quero mais meu nome nem perto disso. O FBI não aparece do nada só para ver se fisga alguma informação. — Ele salpicou queijo nas duas tigelas diante dela.

— É por isso que preciso saber tudo — insistiu Elise. — Tenho que saber o que proteger.

— Era a isso que me referia quando mencionei seu privilégio. — Ele deu a volta na bancada e entregou uma tigela a Elise. — O FBI aparece, e eu perco o interesse enquanto *você* quer mergulhar nessa história.

— Não acha que ela ter deixado tudo isso no meu colo significa alguma coisa?

— Foi o que eu te disse, mas, agora, acho que é melhor você deixar para lá. — Jasper enrolou *linguini* no garfo e o aproximou dela. — Come, mulher.

Elise comeu. Ele a alimentou com uma segunda porção de sua tigela, antes de se servir.

Como Elise suspeitava, havia um padrão nas fotos: o mesmo grupo de mulheres, aquela casa. Até a avó de Rebecca aparecia em algumas fotos no Gramling Hotel. A sra. Pew era fácil de reconhecer. Ela era fundadora da agência de assessoria que Rebecca e a mãe agora administravam, e durante décadas houve uma foto dela com trinta e poucos anos pendurada na entrada do escritório.

— Como sua mãe está lidando com as coisas?

— Ela está bem.

— Espero que isso possa melhorar as coisas entre vocês duas.

Elise o encarou diretamente.

— As coisas estão bem entre nós.

— Não estou tentando ser invasivo. Só quero te conhecer, no nível pessoal.

— Minha leve paranoia em relação às suas intenções é senso comum...

— Ainda com isso? Já falei, esquece o livro.

— Quando nos conhecemos, em março, você sabia sobre Kitty? Jasper fez que sim.

— Senti que te conhecer foi como um sinal.

— Ou ligeiramente oportunista?

— Não depois que o convite de Kitty chegou para o meu avô. Eu tinha o dever de te contar o que sabia. Além do mais, essa também é a história da minha família.

Elise sentiu a respiração acelerar quando ele pôs as duas mãos em sua cintura.

— Você sabe que não é assim.

Ele a sentou no parapeito da janela e encaixou o quadril entre suas pernas. Seus lábios eram macios e cheios. A língua buscou a dela, e as bocas se moveram em perfeita sincronia. Os corpos se uniram, refletindo os movimentos do outro e o posicionamento de rosto, pescoço e costas. O tempo parou, e a vida não poderia ficar melhor do que era naquele momento, até ele tentar tirar a camisa dela. Além da vidraça fria contra suas costas, as janelas descobertas ficavam de frente para o outro lado do prédio.

Sentindo seu desconforto, ele recuou e a encarou.

— Desculpa. Rápido demais?

— Só não aqui — disse ela.

Sem dizer mais nada, ele a tirou do parapeito e a carregou pelo apartamento, até a escuridão do quarto.

Quando caiu na cama, ela passou as pernas em torno da cintura dele, deixando que o ritmo natural retornasse até estarem nus. O movimento dos corpos a prendia ao momento, e não conseguia pensar, só fazer. O ruído do tráfego na rua, apenas alguns andares abaixo do apartamento de Jasper, desapareceu, junto com qualquer dúvida ou preocupação sobre o futuro.

Ela acordou primeiro. Estavam nus, com pernas e braços enroscados. O céu não tinha nuvens. Ela interpretou isso como um sinal de boa sorte e voltou a dormir. Três horas mais tarde, continuavam com as pernas entrelaçadas, e as dela doíam. Ela se desvencilhou, deslizou de baixo do corpo de Jasper e viu a tela do celular lotada de mensagens não lidas. A mãe devia ter contado sobre Kitty às irmãs dela. Elise voltou para a cama e beijou as costas de Jasper. A pele dele era fria. Elise passou metade da manhã ali, saboreando a paz longe de tudo que tinha a ver com Kitty Karr.

Quando ela sentiu fome, Jasper sugeriu que fossem ao restaurante na cobertura do edifício, onde haviam se conhecido.

Ela o beijou para apreciar seu sentimentalismo.

— Tenho que embarcar daqui a pouco.

— Está tudo bem? Pensei que você... que nós... tivéssemos o fim de semana.

— Também pensei, mas parece que minhas irmãs e eu não fomos as únicas pessoas visitadas pelo FBI. É melhor eu...

Jasper levantou a mão.

— Não precisa falar mais nada. — Ele pegou o telefone. — Então vou pedir o café da manhã enquanto você se veste.

Ela vestiu um moletom.

— Sério, preciso tomar um ar.

Elise queria ficar sozinha para que o paparazzo, que a tinha seguido até a casa de Jasper na noite anterior, pudesse ter outra foto. Eles tentavam ser sorrateiros, mas Elise os via, como sempre. Se estivessem os dois juntos, as câmeras acabariam com sua privacidade, ávidas por comentários. Isso causaria uma comoção na rua, e a história, graças a algum usuário aleatório de iPhone, estaria on-line antes que eles pudessem voltar para dentro de casa. Dessa forma, os paparazzi poderiam suspeitar o quanto quisessem, mas esperariam para construir um argumento e ganhar mais dinheiro. Com isso, ela ganharia um ou dois dias, e timing era tudo.

Elise voltou ao prédio de Jasper menos de vinte minutos mais tarde com dois cafés e duas sacolas de confeitaria. Fingir que não sabia que era observada era como um trabalho: manter os ângulos, ignorar as câmeras e evitar contato visual com "os extras" (nova-iorquinos e alguns prováveis turistas) que mais tarde poderiam relatar que a viram na rua.

CAPÍTULO 45
Elise

NOITE DE SÁBADO EM LOS ANGELES, 4 DE NOVEMBRO DE 2017

O FBI tinha visitado Lucy, Maude e Billie antes da homenagem póstuma de Kitty. Elas estavam decididas a não contar *nada* até o telefonema cortesia de Sarah, então foram pessoalmente levar uma cascata de informações para Elise, que voltou voando para casa a fim de ouvir tudo antes de sua turnê de divulgação em Londres.

— Nós desviávamos doações de pessoas ricas para o movimento — disse Lucy.

— Que movimento? — perguntou Noele.

— O Movimento dos Direitos Civis, meu bem — sussurrou Maude, gesticulando para pedir atenção.

— Algumas de nós éramos consideradas vítimas — continuou Lucy —, mas teríamos sido suspeitas, e talvez condenadas, se o FBI soubesse que éramos negras.

— Algumas colegas nossas foram indiciadas por crimes contra os Estados Unidos — revelou Maude.

As mulheres acreditavam que o tempo lhes havia garantido segurança, e se sentiam tranquilas pensando que ninguém havia falado sobre a Casa Blair, citado os nomes das mulheres que lá se reuniam ou até mesmo olhado na direção da casa, se por acaso passaram por lá desde então. Serem processadas tinha sido uma ameaça real, e o que aconteceu com algumas delas nunca foi esquecido. Mesmo assim, elas continuaram operando (mais discretas, com mais segurança) até que a maioria dos membros do grupo fossem sobras de um legado desconhecido.

— Então, se as pessoas descobrissem que Kitty era negra... — começou Sarah. Era uma tentativa de enfatizar sua posição, depois de já ter ouvido fragmentos da história na quarta-feira, quando deu alguns telefonemas.

— Isso poderia transformar muitas de nós em suspeitas.

— Poderia ameaçar a identidade de todas nós.

— Mas também poderia nos manter seguras. — Lucy tirou da bolsa um grande caderno espiral com capa de couro. Ela o abriu em cima da mesa, e todas se aproximaram para ver o que era. — Este é o livro-razão. Tudo e todos relacionados com a Casa Blair estão registrados aí. Nomes verdadeiros, nomes falsos, endereços, valor de doações.

Era o elo perdido entre as histórias de Kitty e os detalhes do trabalho que elas vinham realizando.

— Ninguém pode provar que todas essas pessoas relacionadas aqui não estavam envolvidas.

— Porque, ano após ano, elas doavam.

Elise foi folheando o livro-razão, que continha um balancete anual de todas as doações recebidas pela Casa Blair.

— Essas pessoas conseguiam enormes deduções de imposto de renda e lucravam — comentou Noele.

Lucy assentiu.

— E nossos registros contábeis poderiam fortalecer o argumento de que a "fraude" era praticada por uma quadrilha.

Os nomes e valores doados eram mapas de árvores genealógicas — a linhagem completa, não o esqueleto na Bíblia da família ou listadas em um formulário do censo. O livro-razão indicava direitos a riquezas e propriedades em todo o país, direitos que havia muito tempo eram negados: a linhagem de Kitty e seu direito a uma fortuna do tabaco; a de Emma, herdeira de uma cadeia de lojas de roupas. Lucy e Laurie eram descendentes do maior latifundiário da Louisiana. Os parentes brancos de Billie eram pobres dos dois lados da família, mas receberam dinheiro do governo e começaram a produzir o próprio óleo de cozinha.

Noele arregalou os olhos.

— Pessoas ricas doam para essas caridades fictícias para deduzir milhões em impostos por conta dessas doações.

— Eles não sabiam que estávamos canalizando o dinheiro para o movimento, mas, em termos de legitimidade, ficavam felizes em olhar para outra direção. Muitos deles fariam qualquer coisa para manter suas famílias no escuro.

— Ninguém vai querer que o FBI comece a investigar seus impostos ou segredos de família — deduziu Giovanni.

— Eles podiam doar — propôs Elise.

— A primeira interpelação seria descobrir se existe alguma investigação legítima — corrigiu-a Lucy.

Noele estreitou os olhos.

— Isso seria extorsão... da nossa parte.

— Como? — quis saber Giovanni.

Noele começou a falar e gesticular:

— Forçar alguém a nos dar dinheiro ou se informar com o Departamento de Justiça em troca do nosso silêncio sobre seus segredos de família *definitivamente* é extorsão.

— Nós os estaríamos acusando de fraude — disse Elise.

— Motivo para praticar extorsão.

Lucy ignorou a conversa entre elas.

— Alguns desses sobrenomes fariam do nosso envolvimento, e de qualquer interesse em nossa verdadeira identidade, uma simples nota de rodapé.

— A essa altura, ninguém pode nos delatar além de nós mesmas — resumiu Billie, batendo de leve na testa.

— Acho que as famílias se importariam muitíssimo, se descobrissem que a esposa, a mãe ou a avó não eram quem pensavam que fossem.

— Por isso eu disse que algumas famílias não vão medir esforços para manter seus segredos — insistiu Lucy. — Há muitos de nós que se passaram por brancos no país todo. E sabemos muitos nomes.

— Como Cora?

— Sim, mas ela tomou providências para que fosse muito difícil encontrá-la, a menos que se tivesse este livro-razão.

— Era para você ter queimado o livro — apontou Maude.

— Laurie e eu pensamos muito sobre isso. No fim, a decisão era dela. É a caligrafia dela, exceto por uns poucos registros — apontou Lucy. — Como a última entrada de Cora.

Cora Rivers desapareceu de LA no fim de 1965, com um novo nome e um casamento à vista. Ela disse a seu rei político que seu verdadeiro nome era Janie Crawford, e que Cora Rivers tinha sido apenas seu nome artístico. Todos esses detalhes, inclusive seu nome, constavam no livro-razão.

— Janie Crawford é a heroína do livro de Zora Neale Hurston, *Seus olhos viam Deus* — disse Lucy.

— Eu sei. É o meu favorito — contou Noele. — Parece um pouco arriscado, não?

— Ou atrevido. — Giovanni riu.

— Cora era assim. Nós não sabíamos, até que ela atualizou seu registro no livro.

— Não acho que seja arriscado... Quantas pessoas negras, que dirá brancas, têm conhecimento sobre esse livro?

— Engraçado, foi isso o que ela disse. — Maude sorriu.

— E aparentemente estava certa — falou Lucy. O noivo aceitou a mentira com facilidade, ansioso para deixar para trás os dias dela de atriz. — Quando eles se casaram, Cora mudou de nome outra vez.

Cora ficou longe das câmeras durante a corrida presidencial de que o marido participou. A possibilidade de ser reconhecida como ex-atriz ameaçaria a reputação dele como um político sério, avisaram seus conselheiros. Ele perdeu, mas o casal continuou em Washington D.C., onde ele teve uma longa carreira atrás de uma mesa na Casa Branca, consciente da influência e do respeito que o nome deles garantia. Cora trabalhava do outro lado da rua. Eles tiveram dois filhos. Revelar a identidade dela àquela altura, assim como a de Kitty, causaria uma comoção pública. Ela era um ícone, e ainda era branca. Tinha uma aparência diferente agora (algumas cirurgias plásticas e noventa e dois anos de vida a disfarçavam), mas a verdade estava registrada a tinta, na caligrafia dela no livro-razão. Ela havia sido o centro de todo esse caso, algo que poderia ser provado não só pelos registros, mas pelas fotos do avô de Jasper.

Elise mostrou as que tinha levado. Todas se viram nelas. Muitas imagens retratavam momentos de que Lucy e as outras se lembravam.

— Ele sabia que todas passavam por brancas? — perguntou Noele a Elise.

— Não há registro disso. Só de Kitty.

— Acho que o que estamos dizendo é que vai ser do modo como vocês todas quiserem. Contar ou não contar, a decisão é de vocês — resumiu Maude.

Elise fechou o livro e o empurrou por cima da mesa para Lucy.

— Vamos fingir que nunca vimos isso.

— Obrigada — disse Sarah.

Depois que as Garotas Douradas se foram, as irmãs voltaram para a sala na ala sul com a caixa de Kitty.

— Precisamos doar tudo, de verdade. Se aconteceu mesmo alguma coisa ilegal, e se não estamos em posse dos documentos, não há crime, certo? — supôs Noele. — Tenho que pesquisar isso.

— Acho que devemos usar o dinheiro para compensações.

— Pela escravidão? — O tom de dúvida de Giovanni combinava com a expressão de Noele.

— E tudo o que aconteceu desde então.

— Para pessoas negras? Você sabe que isso nunca vai acontecer.

— A gente não precisa de permissão. — Elise olhou para as irmãs. — Temos recursos para começar uma tendência. Podemos convencer outras pessoas a contribuírem.

Noele tentou falar, mas Elise a interrompeu:

— Noele, relaxa. Não vamos ameaçar ninguém. Podemos compartilhar a história dessas pessoas com elas de maneira reservada e pedir a contribuição. Se disserem não, é não.

— Temos que mostrar como realmente é interconectada a trama do tecido social estadunidense — sugeriu Giovanni. — Mostrar a eles como isso os afeta para despertar o interesse deles. Essa sempre foi a peça que faltava. Nós somos o outro lado da família.

— Para que período serão as compensações? Isso é suficiente? Quanto as pessoas precisam ser negras?

— A regra é uma gota.

— Bom, então tem um monte de gente branca preta.

— E os sem-teto? Como garantimos igualdade para eles?

As questões de quem, o que e quando continuaram. Elise levantou as mãos.

— Não tenho todas as respostas.

— É melhor... — disse Giovanni.

— Ela tem razão. Isso é loucura...

— Não é só loucura, é burrice. — Sarah entrou no cômodo. — O FBI vai voltar; isso vai alimentar as suspeitas deles.

— Mas não fizemos nada.

— No auge do poder do FBI — começou a contar Sarah —, J. Edgar Hoover disse que a maior ameaça à segurança nacional era a unidade negra. Eles mataram um presidente solidário, Martin, e Malcolm; desmantelaram os Panteras Negras, os rotularam como inimigos dos Estados Unidos; e depois inundaram nossas comunidades com drogas e armas e mandaram mais polícia para fazer mais detenções e lotar as prisões. E isso foi só no meu tempo de vida. Então, se dinheiro é poder, dar esse dinheiro às pessoas faz delas uma ameaça. — Sarah falou como se soubesse por experiência própria.

— Não precisamos dizer para o que é, nem mesmo listar nossos nomes — argumentou Noele.

— Verdade — concordou Giovanni.

— Mas Kitty queria morrer como uma lenda. E ela merece isso. Conseguiu dar um dos maiores golpes da história, e dizer isso em voz alta, por mais que seja perigoso, não apenas a reverencia, como reverencia a luta e a torna difícil de ignorar.

— Mesmo que as pessoas não saibam, continua sendo a verdade — disse Sarah. — Querer que as pessoas saibam é o seu ego falando.

— A história não é sobre Kitty ser negra, e sim sobre o que ser branca proporcionou a ela — esclareceu Elise. — E sobre tudo o que ela perdeu.

— Ela tem razão, Sarah. — James apareceu à porta.

— Como é? — Ela olhou para o marido com completa incredulidade. — Não a criamos para ser uma militante...

— Escuta só. — James sentou-se no sofá. — Fui eu quem disse a Kitty para fazer as coisas desse jeito.

— Como é que é?

Ele segurou a mão de Sarah.

— Você não falava com ela, então ela conversava comigo.

Com exceção das enfermeiras, James era o único visitante regular de Kitty. Ela havia proibido as visitas do namorado médico quando se tornou refém da cama.

James olhou para Elise.

— Sabia que você entenderia o que ela esperava que fizesse. — Os dois se olharam por um instante, antes de ele continuar: — Mas eu não contava com todas essas outras questões, e concordo com sua mãe. — Sarah deu uma amolecida e se sentou ao lado de James.

— Doe o dinheiro... mas sem alarde, de maneira anônima.

— E isso vai ter alguma importância?

— O impacto será o mesmo? Provavelmente.

Elise não queria ouvir nada daquilo. Para que mais usaria sua plataforma? De qualquer maneira, ela queria desistir depois do Oscar. Sentia-se obrigada a falar, impelida por não ter se manifestado até então.

Elise havia perdido a voz pouco antes de completar seis anos. Ela e o pai estavam a caminho do aeroporto para visitar a família dele na Carolina do Norte. Criado no sul segregado, ele não estudou com pessoas brancas até ingressar na Juilliard. Aterrorizado com a ideia de as filhas crescerem infladas com o ar que ele havia respirado dentro de sua bolha de celebridade, voltava com elas para a Carolina do Norte todos os anos.

Naquele ano, a mãe dela estava grávida de Noele e gravando um filme, e Giovanni, a eterna chorona, não foi convidada.

Elise viajava em um dos assentos elevados do banco de trás do Porsche do pai, onde só havia espaço para ela e sua mochila de *A Bela e a Fera*, olhando para o céu pelo teto solar e apreciando a força do vento em seu rabo de cavalo, que dançava em torno do rosto. Estava animada para a viagem; adorava as noites quentes, caçar insetos noturnos e brincar com os primos na água dos regadores. Adorava a comida e o coral da igreja da avó. A voz deles provocava uma sensação em seu corpo, como a voz de Smokey Robinson, que tocava no rádio. Elise e o pai cantavam quando saíram da rodovia 405. *I would do anything, I would go anywhere.*

Century Boulevard, a rua que fornecia o acesso mais direto ao aeroporto, estava interditada por viaturas de polícia. Seu pai entrou em uma rua lateral para evitar o bloqueio. Ele dirigia depressa, não tinham muito tempo e corriam risco de perder o voo de primeira classe. Segundos depois, duas viaturas estavam atrás deles. Seu pai parou, e quando esticou o braço para pegar os documentos, quatro policiais cercaram o automóvel de armas em punhos. *Tira essa sua bunda preta de dentro do carro.* À época, já um produtor bem-sucedido, mas não identificável em meio às massas, James St. John não era um nome de peso. E, como os policiais lembraram, ele estava *perto de ser um macaco morto, de qualquer maneira.*

Sem se virar para olhar para ela, seu pai falou com uma voz que Elise jamais o tinha ouvido usar antes. *Fica no carro. Independentemente do que acontecer comigo.*

Era 29 de abril de 1992, e os policiais julgados pelo espancamento filmado de Rodney King tinham acabado de ser absolvidos. Los Angeles, impactada por décadas de tensão racial e brutalidade policial, se enchia de raiva. Bolsões da cidade já haviam começado a explodir, justamente quando James e Elise estavam a caminho do aeroporto.

James saiu do carro lentamente, mas foi jogado no chão. Eles imobilizaram seus membros contra o pavimento, acusando-o de ter roubado o carro. Elise se encolheu em posição fetal e cobriu os olhos, apavorada com os policiais que gritavam coisas feias para o pai dela. Segundos depois, dois deles voltaram ao carro. Elise prendeu a respiração quando começaram a vasculhar tudo.

— Merda.

Elise abriu os olhos e viu um policial branco olhando para ela por cima do encosto do assento. Ele resmungou alguma coisa e deu um soco no banco.

— Relaxa, cara. — Esse oficial também era branco, mas sorria. — Qual é o seu nome?

Elise não conseguiu falar. O outro a segurou pelo punho e a puxou do assento traseiro. Elise começou a gritar, e o pai, que estava no chão com o rosto voltado para baixo e com três oficiais pressionando os joelhos sobre suas costas, pediu a ela para se acalmar. Elise começou a espernear, tentando chegar até ele. O oficial só a segurou com mais força e a arremessou no banco traseiro de uma viatura, como se fosse uma bola. A próxima coisa que ela percebeu foi que estava sentada sozinha em uma cadeira de metal em uma sala fria, tremendo sem a jaqueta que estava na mochila. Só havia uma janela, e a única coisa que ela conseguia enxergar através dos cabos pretos que a atravessavam era um mar de desconhecidos brancos uniformizados. Ela bateu no vidro, mas ninguém ao menos olhou em sua direção. Passaram-se horas. Ela não sabia onde o pai estava. Sabia de cor o número do telefone, mas ninguém permitia que ela ligasse para a mãe. Só continuavam repetindo: *Alguém está chegando*. Os pais sempre disseram que, caso se perdesse, deveria procurar alguém de uniforme. Evidentemente, não era a esses uniformes que eles se referiam. Escureceu antes de alguém chegar. *Porca*, Elise se lembrava de alguém ter dito, balançando a cabeça para ela ao sentir o cheiro do jeans molhado de urina. Depois de nove horas, Elise e James deixaram a delegacia acompanhados do advogado. Quando chegaram em casa, Elise traçou com os dedos as marcas das algemas nos pulsos do pai. Sua mente jovem e brilhante explodiu quando ela processou o conceito de hipocrisia. Na escola, fazer o juramento à bandeira deixou de ser fácil. A professora a mandava para o recreio todos os dias, até que Elise passou a se recusar a sair, preferindo continuar na sala, lendo.

Os St. John processaram o Departamento de Polícia de Los Angeles. Os pais a levaram ao seu restaurante mexicano favorito para conversar sobre a iminente entrevista com o advogado. Eles sabiam o que havia acontecido, mas não o que o policial tinha dito ou como a fizera se sentir. Elise deixara de usar fraldas logo depois de começar a andar, aos dezessete meses, e estava muito constrangida por não ter conseguido se controlar. Sentia que havia decepcionado a família ao ceder e molhar a calça. Os pais disseram que testemunhar era escolha dela e, assim, ela se recusou a falar com quem quer que fosse sobre aquele dia. A história de James não foi confirmada, e o caso nunca foi levado a julgamento.

Elise sentiu as lágrimas brotando nos olhos.

— Eu devia ter testemunhado. — James pôs as mãos em suas costas.

— Você nunca devia ter sido posta naquela posição.

— Mas foi, e nenhum de nós conseguiu protegê-la — apontou Sarah, olhando para Giovanni e Noele, que ouviam a história pela primeira vez.

A realidade era inegável. Tentar consertar o que estava errado era um negócio que às vezes acabava em morte. Teria parecido exagerado, resultado de conspiração, até, se Charlottesville não estivesse viva na memória recente.

A última palavra foi de Sarah:

— Doem o dinheiro ou não, mas todo o resto... *tudo*... está fora de cogitação.

CAPÍTULO 46
Elise

SEGUNDA-FEIRA, 6 DE NOVEMBRO DE 2017

— Olha. — Rebecca equilibrava na palma da mão o espelhinho de latão de Kitty.

Ela procurava algo para quebrar o gelo desde que embarcaram no voo para Londres.

Elise o reconheceu de imediato.

— Ah, você ficou com ele!

— Paguei caro. Levei para polir, e olha só… — Rebecca virou o espelho, e no verso da armação, na parte inferior, havia uma gravação, iniciais minúsculas: MML. — Como ninguém disse nada no memorial, imaginei que você não soubesse, e eu não tinha autorização para te contar.

Elise não foi a única para quem Kitty escreveu uma carta. A sra. Pew, avó de Rebecca, também recebeu uma dentro do convite para a homenagem póstuma. Ela ficou tão chocada ao receber notícias de Kitty, que no mesmo instante contou tudo a Rebecca e Alison.

— Falar sobre Kitty significa que teremos que falar sobre minha família também — disse Rebecca. — Alguns membros não são nem um pouco melhores que os estupradores e assassinos mencionados nos jornais. Se as pessoas forem pesquisar a história de Kitty, vão encontrar Teddy Lakes.

Elise entendia a frustração dela.

— Nós nem sequer conhecemos esse lado da família — explicou Rebecca. — Não é justo. Minha mãe sabia que essa gente era ruim e nos manteve distantes.

— Então dê essa declaração. Envergonhe essa gente em público.

— E depois?

Elise não sabia o que responder. Na verdade, acabava sempre nesse mesmo beco sem saída.

— Você precisa superar tudo isso — pediu Rebecca.

Elise sentiu que revirava os olhos.

— Sarah conversou com você?

— Conversou.

— Eu... nós decidimos doar o dinheiro para algumas instituições de caridade — revelou Elise.

— Que bom, porque falar sobre compensações causaria problemas. Uma *porrada* de questionamentos. — Rebecca esperou que ela concordasse. — Certo?

— É. — Elise abriu o painel sobre a janela do avião.

— E eu não vou estar por perto para ajudar.

— Eu sei. — Em quatro dias, ela viajaria para Milão para encontrar Gabe.

— Com relação ao trabalho, acho que você nem deveria mencionar Kitty nessa turnê de divulgação. — Rebecca esperou Elise concordar.

— E quanto ao estúdio?

— Eu me coloquei contra eles. Demos uma exclusiva à *Vogue*, então, a partir de agora, tudo que tem a ver com Kitty se torna inacessível.

— Talvez seja melhor não dar mais nenhuma informação ao FBI — opinou Elise, resignada.

— Isso mesmo. — O tom de Rebecca subiu, como acontecia sempre que tinha uma ideia. — Você pode mencionar algumas causas para as quais todas vocês vão doar.

— Não temos essa informação ainda.

— Estou lembrando todos os pontos positivos porque temos outra questão: há fotos suas que sugerem um pernoite no apartamento de Jasper.

— Demorou mais do que eu esperava.

Rebecca revirou os olhos.

— Sério? Não podia ter me avisado de antemão?

— Quero pôr um fim ao casamento, e sabia como isso se desenrolaria, então...

— Não a seu favor. Tem uma entrevista com uma garçonete... ela foi demitida, é claro, mas declarou que em março você e Jasper estiveram juntos lá.

Elise sabia quem era. A coitadinha tropeçara em uma das mesas quando Elise entrou no restaurante naquela noite.

— Isso vai ser péssimo para você.

— Na verdade, não. Conheci Jasper na noite em que descobri que Aaron anda me traindo com Maya.

— Maya Langston? — reagiu Rebecca, chocada.

— A própria, ele está apaixonado por ela. — Elise abriu os arquivos com as provas em seu celular e passou o aparelho para Rebecca, do outro lado do corredor.

— Então, *ele* traiu *você*.

— Aham, mas podemos anunciar um rompimento em comum acordo e enaltecer nosso talento como atores durante um período tumultuado do nosso relacionamento. Assim, o filme, e nosso *talento*, continua ocupando o centro do palco.

— Merda, você ficou muito boa em virar o jogo.

Elise sorriu para ela.

— Aprendi com a melhor.

— Só quando tem a ver com você — respondeu Rebecca, abrindo o sorriso.

— Bom, temos sido a melhor equipe. — Elise estendeu a mão para segurar a dela do outro lado do corredor.

— Você começou falando sobre desistir, e me passou pela cabeça que estou em estado de suspensão. Minha vida depende da sua.

— Rebecca, você não tem que *fazer* nada.

— Consigo ouvir o desdém na sua voz.

— Você não tem como mudar sua origem, de quem você nasceu. Ninguém pode. — Elise teve uma ideia. — Se quer fazer alguma coisa, pode doar dinheiro em nome de Kitty.

— E eu vou, mas de maneira anônima. Tecnicamente, ela é minha tia-avó. Isso não é uma loucura?

— É insano. Talvez você consiga convencer a corporação Lakes a fazer uma doação.

Rebecca riu.

— Eles certamente têm visibilidade.

Elise entendeu que ela não levava sua sugestão a sério.

— Se eles doassem, outros fariam o mesmo. Ou se tivessem outro motivo para fazer a doação.

— Que tipo de motivo?

— A história de Kitty é só uma de muitas.

Rebecca gemeu.

— Pensei que estivéssemos do outro lado disso.

Ela pegou o celular para mandar uma mensagem para o assessor de Aaron.

— Vou alinhar os pontos da declaração com Marcus.

Elise estendeu a mão para pedir o celular de volta.

— Não, eu mesma vou mandar uma mensagem para Aaron. Ele não sabe que eu sei sobre Maya.

— Agora entendo por que você andou de mau humor. Quanto sapo esteve engolindo.

Elise deu de ombros. Estava acostumada com fardos pesados. Rebecca não entendia (nunca entenderia), e estava tudo bem. Clicar em ENVIAR depois de escrever a mensagem para Aaron removeu parte do peso.

Mais tarde, depois que Aaron e Elise deram uma entrevista exclusiva para a *Vogue* britânica sobre o rompimento, Aaron assumiu Maya publicamente no dia em que voltou a Los Angeles.

CAPÍTULO 47
Elise

Por curiosidade, as irmãs St. John passaram os meses seguintes trocando informações que pesquisavam. Decidir os detalhes das doações que fariam ficou em segundo plano, enquanto, por meio da internet, elas descobriam tudo sobre suas origens.

Giovanni tinha voltado ao set, e Noele estava em Nova York, mas agora elas conversavam mais do que tinham feito em anos. Era divertido, até ficar claro quantas pessoas inocentes, como a mãe delas, poderiam ser prejudicadas.

Só Jasper se importava com quantas pessoas poderiam ser ajudadas. As irmãs de Elise tinham outras paixões, e consideravam essa pesquisa um hobby. Sarah se recusava a falar sobre o assunto, e as amigas de Kitty cortaram qualquer comunicação. Só Jasper poderia imaginar que isso resultaria em algum bem. Juntos, Jasper e Elise pensaram em qual seria um plano ideal de compensação e expandiram a linha do tempo visual que o livro dele havia iniciado.

Ao longo de semanas, Elise tomou uma decisão com Jasper.

Depois de aparecer de surpresa na casa de Lucy, em Beverly Hills, para entregar o livro-razão, ela a convenceu. Ligaria todos os pontos, examinaria registros do censo e faria uma varredura on-line. O pai de Jasper era professor de História afro-americana na UNC Asheville, e convocou alguns alunos de sua confiança na graduação para ajudá-los sob um contrato de confidencialidade.

Depois ela enviaria cartas, que sem dúvida chegariam às mesas do alto escalão nos Estados Unidos (e na Europa também), solicitando doações para o fundo de compensação. As informações colhidas durante a pesquisa das árvores genealógicas de suas famílias seriam incluídas como incentivo. Era meramente uma pressão de marketing, um "motivo" sólido. Tomando a iniciativa de começar ela mesma um fundo, Elise esperava que outros contribuíssem, o que ajudaria a aumentar a pressão por compensações a nível federal.

Nessa primeira fase, os compensados teriam que se submeter a um exame de sangue para provar a ancestralidade africana e europeia. Os candidatos receberiam dinheiro para pagar empréstimos estudantis, começar um negócio ou comprar casas. Haveria valores contingenciados para tratamentos de abuso de álcool e drogas, para advogados.

A fase dois levaria em consideração indivíduos anteriormente encarcerados e pessoas sem-teto. As coisas aconteceriam em fases curtas, mas, em algum momento, com a ajuda do governo, todo estadunidense afetado receberia assistência financeira e recursos concentrados.

Ajudar todo mundo aumentaria a riqueza do país e criaria, enfim, a utopia imaginada havia muito tempo por homens brancos e ricos com tempo para ponderar o significado da existência humana de suas varandas, ou de uma sombra em seus gramados (tempo proporcionado por escravizados africanos e sua prole, responsáveis por todo o trabalho).

Como eles, Elise tinha tempo para sonhar.

CAPÍTULO 48
Elise

MARÇO, 2018

 Elise ficou paralisada quando chamaram seu nome ao anunciar a ganhadora do Oscar de Melhor Atriz. A ajuda do pai para se levantar pareceu só um momento de ternura na câmera. Para Elise, foi como se ele a estivesse puxando para a realidade pela primeira vez naquele dia.

 Elise esteve no tapete vermelho muitas vezes antes, mas aquela noite continha muitos significados. A parte dela que não se importava com a vitória havia sido substituída por um desejo intenso. Tinha planejado uma noite memorável, mas o dia começara caótico, com a casa dos pais habitada por vinte pessoas a mais. Todos os St. John compareceriam à cerimônia e se arrumavam na casa de Sarah e James. A camaradagem tinha a intenção de oferecer apoio a Elise, mas ela não conseguia ouvir nem mesmo os próprios pensamentos. Pôs os fones de ouvido para se desligar do barulho enquanto se submetia aos cuidados com o rosto e tinha os cabelos alisados.

 As coisas quase desandaram quando o vestido ficou largo demais no corpete, aparentemente um problema menor, não fosse a dificuldade de encontrar uma costureira disponível para ajustar um vestido de oito mil dólares horas antes da cerimônia de entrega do Oscar.

 Recusando-se a entrar em pânico, embora estivesse começando a suar na cabeça e a estragar a chapinha, ela tirou o vestido e pegou o baseado no parapeito da janela de roseta. Para surpresa de todos no quarto, depois de acender a ponta, ela não a ofereceu a ninguém, nem mesmo às irmãs. Virou-se para a janela e, sem muita paciência, esperou o efeito.

Estava um pouco brava com si mesma. O vestido tinha servido duas semanas antes, mas Elise permitira que os alertas da mãe sobre como as fotos daquela noite ficariam para a posteridade lhe deixassem ansiosa. Ela entrou em modo acelerado de preparação: duas sessões de treino por dia, um *smoothie* no café da manhã, salada no almoço e sopa no jantar. Sem pão ou lanches. Só água em temperatura ambiente, sem gás.

— Não temos outra opção?

Ficaria desapontada se não conseguisse entrar naquele bendito vestido. Azul-royal, preto e prata compunham uma combinação das cores preferidas dela e de Kitty. Mas a confecção também era longa e totalmente bordada, e provocava no corpo a sensação de um cobertor pesado. Se não fosse devidamente ajustado, Elise imaginava que ele escorregaria.

A estilista mostrou um rolo de fita dupla-face.

— Acho que isso resolve, a menos que você comece a suar.

Elise entregou o baseado para o maquiador de Giovanni e voltou para a frente do espelho.

— De qualquer modo, vou trocar de roupa para a festa depois da cerimônia.

A fita foi uma ideia genial, e fez o vestido colar ao corpo como deveria.

Ela foi a rainha do tapete vermelho, apesar de as perguntas se concentrarem em Kitty e na expectativa de Elise para o tributo da noite. Elise deu uma versão para cerca de quinze mídias diferentes, sorrindo diante de todas as tentativas de induzi-la a mencionar Jasper. Com uma pequena pressão de seu assessor, ele havia feito a curadoria do vídeo de apresentação para aquela noite. Elise e Jasper não assumiram a relação publicamente, mas os repórteres estavam aflitos para validarem os boatos (todos os boatos) em torno dos St. John.

O pai dela a acompanhou até a escada para o palco. Ao se colocar diante do microfone, ela ainda não tinha certeza do que ia dizer. Um assistente de produção acenou, indicando que ela precisava falar.

Sentindo o que Elise estava prestes a fazer, sua mãe agarrou os braços da cadeira. Quando o assistente acenou novamente, Elise começou a falar.

— Ninguém pode determinar as circunstâncias de seu nascimento. Tenho a vida que tenho por mero acaso, e tudo graças à minha avó, a falecida sra. Kitty Karr Tate.

Como antecipado, murmúrios começaram a percorrer a plateia, as câmeras se voltaram para a família St. John, sentada na primeira fileira. Sarah parecia querer morrer.

— Kitty cresceu sonhando estar nas telas, mas sentia que, para uma negra, esses sonhos eram irreais. Então, ela abandonou o sul segregado e, ao chegar em Hollywood em 1955, passou a viver como branca. Sabia que ainda não seria fácil, mas ela conseguiu remover a barreira da raça para dar a si mesma uma chance justa.

Com o barulho aumentando na sala, Elise falava cada vez mais alto.

— E é por isso que minhas irmãs e eu vamos doar todos os bens dela para um fundo de compensação. Precisamos reparar o pecado estadunidense original, que continua sendo reciclado em diferentes formas ainda hoje. — Elise fez uma pausa rápida para avaliar a reação, mas agora só havia um silêncio mortal.

Sem saber se isso era uma indicação de interesse verdadeiro ou choque (ou os dois), ela se apressou para continuar ao ver o assistente de produção sinalizando que precisava concluir seu discurso. Imaginava que havia sido favorecida, considerando o tópico e os recentes problemas da Academia com questões relacionadas à diversidade.

— A escravidão é só o começo dos nossos males. A reconstrução foi frustrada; depois veio o sistema de arrendamento, depois Jim Crow, o Movimento dos Direitos Civis… e, mesmo assim, os negros estadunidenses não podem morar em certas áreas, frequentar certas escolas, conseguir certos empregos, ganhar o mesmo salário. E o tempo todo, riqueza tem sido construída, aumentada para as pessoas que sempre a tiveram. Mas não queremos vingança. Queremos o que nos é devido.

Elise ouviu aplausos, e algumas vaias, enquanto o palco escureceu e o apresentador a conduziu ao segundo palco com a gravata meio frouxa. Improvisando, ele a afrouxou ainda mais e a girou no pescoço para provocar risadas. Um silêncio incômodo seguiu a tentativa, e Elise hesitou diante do microfone. Pensou em repreendê-lo, mas não queria a gravidade de seu discurso eclipsada pela reação ao gesto ofensivo do comediante. Ela deixou o palco, desapareceu atrás das cortinas enquanto assistentes de produção percorriam o auditório com o incentivo aflito da plateia.

Nos bastidores, câmeras e equipes de produção seguiram Elise até a área operacional, onde Andy permitiu apenas uma foto com o troféu. Na câmera logada para transmissão ao vivo, ela orientou os seguidores para o site que havia construído discretamente para divulgar informações.

Elise saiu pela porta dos fundos e foi recebida por uma enxurrada de flashes e gritos. Sabendo que não tinha como escapar, dirigiu-se ao caos, pronta para responder a todas as perguntas. Tinha ouvido sobre todos os riscos, considerado as preocupações de todos. Mais boatos circulariam. Provavelmente haveria implicações fiscais que ela nem sequer conhecia. Tudo poderia desabar antes de um centavo ser doado. Mas, semanas antes, Elise havia decidido deixar as fichas caírem onde tivessem que cair… fazer sua aposta. Imaginava que os detalhes se resolveriam por conta própria. Esse era o jeito estadunidense de ser.

AGRADECIMENTOS

Estou inundada de gratidão pelo apoio e amor que recebi enquanto desenvolvia este livro. Ele esteve em mim desde que consigo me lembrar. Para qualquer pessoa que já pronunciou uma palavra sobre ele, obrigada.

Às minhas avós, Mamie e Magdalene, e à minha bisavó Nellie, conhecer vocês foi uma honra. Meu esforço é apenas para ir além dos seus sonhos mais loucos.

Aos meus pais, suas habilidades são da mais alta qualidade. Obrigada por me educar e mostrar como é a aparência de trabalho duro, dedicação e sacrifício. Espero retribuir tudo que despejaram em mim, multiplicado por dez. Obrigada pela liberdade para ser quem sou.

A Christopher, a verdadeira testemunha do crime. Percorremos juntos cada estágio de nossas paixões criativas individuais. Acho que somos ambos rebeldes. Obrigada por apoiar o "modo escritora" (o bom, o glorioso, o mau e o feio) e por ser sempre capaz de ver o cenário maior além do desgaste.

A Brian, sempre minha voz da razão e o melhor irmão mais velho. Ao meu sobrinho, Jason, e às minhas sobrinhas, Emily e Millicent: sempre sonhem alto.

Às minhas doze tias, vocês sempre foram minha inspiração. Obrigada pelo amor, pelas lições, pela lealdade e por desistirem de esperar que eu saísse da sala.

À minha família estendida de todos os lados, obrigada, amo vocês.

A Tracey Evans, Corinne Edelin, Belinda Daughrity, Raechal Shewfelt, Kamillah Clayton, Zach Ehren, Dee Horne e aos meus pais, por sempre lerem um manuscrito.

A Lauren Shands, Danielle Combes, Takkara Brunson, Emily e Maurice Rodgers, Kalia Booker, Love Muwwakkil, Jasmin Ratansi e Natalia Sagar, pelo incentivo, por me forçarem a me divertir e nunca me perguntarem por quê.

Aos meus amigos de infância e às Sessões de contação de histórias.

À minha família da Love of Learning e às minhas irmãs Spelman, por duas das melhores experiências da minha vida.

A Alka Sagar, Jill Feeney, Arin Scapa, Christina Soto e ao restante dos meus colegas no centro da cidade, que prazer.

A Corey Mandell e Talton Wingate por me ajudarem a entender as imagens em minha cabeça.

A Catie Boerschlein, Kendall Hackett, Jessica Castro e Matthew Schmidt, tive a sorte de compartilhar essa jornada com vocês.

À minha agente, Latoya C. Smith, você fez meu sonho virar realidade, literalmente. Obrigada por tudo, a cada passo do caminho, e por amar este livro.

A Retha Powers, minha editora dos sonhos. Obrigada por investir nesses personagens, nesta história e em minha voz. Amo ainda mais escrever graças a você. Em frente! A Natalia Ruiz, Molly Lindley Pisani e Molly Bloom por suas leituras e pelos comentários perspicazes. Foi uma delícia ver através dos seus olhos.

A Amy Einhorn, Sarah Crichton e a todos da Henry Holt, obrigada por sua visão, pelo trabalho árduo e pelo amor por este livro.

Primeira edição **(novembro/2024)**
Papel de miolo Ivory slim 65g
Tipografias Caslon e TT Nooks script
Gráfica LIS